DIE GEFANGENE DES VAMPIRS

KAY ELLE PARKER

Übersetzt von
FRANZISKA HUMPHREY

RENEE ROSE: HOLEN SIE SICH IHR KOSTENLOSES BUCH!

Tragen Sie sich in meine E-Mail Liste ein, um als erstes von Neuerscheinungen, kostenlosen Büchern, Sonderpreisen und anderen Zugaben zu erfahren.

https://www.subscribepage.com/mafiadaddy_de

1

Vienna

Es ist so gottverdammt heiß.

Es ist zwei Uhr morgens, warum ist es so *gottverdammt heiß?*

Mir gefällt die Hitze nicht; ich hasse es, wenn ich schwitze und mich fühle, als würde meine Haut gleich reißen. Tagsüber kann ich es aushalten, weil es erwartet wird, nicht wahr? Die Sonne scheint mit ihren prächtigen Strahlen auf die Erde und hey, wir werden von ihrer gesegneten Kraft gebacken.

Aber solche Temperaturen um diese Zeit am Morgen?

Gott lacht sich sicher eins ins Fäustchen über all die, die sich unruhig in ihren Betten hin und her wälzen und ihre Klimaanlagen anflehen, die Hitze ein wenig zu mildern. Sie beten für etwas Erleichterung von der Hitzewelle, die die Region ohne ein Ende in Sicht heimsucht.

Gott und ich, wir verstehen uns im Moment nicht besonders gut. Ich schätze, ich bin die kleinste Ameise in der Kolonie, die sich Erde nennt, und er hat zu viel Spaß daran, mich im Strahl seines Brennglases zu braten. Unerbittlich – es gibt keine Gnade für meine kleine Wenigkeit.

Ich marschiere in meinen ausgetretenen Flipflops die Straße entlang und Steine bohren sich durch die fadenscheinigen Sohlen in meine Füße. Ich schaue finster drein, als ein Lastwagen vorbeirauscht, ohne anzuhalten. Mein Gott, können diese Arschlöcher denn nicht *sehen*, dass ich mit dem Daumen herumfuchtele, als wäre er besessen? Das ist schon der vierzehnte Truck in der letzten Stunde, der nicht einmal auf die Bremse trat.

Er verdrängt die heiße Luft um mich herum, schleudert sie mir zurück ins Gesicht und lässt mich an Hitze und Staub ersticken. Ich stolpere, strecke dem Lastwagen meinen Mittelfinger entgegen und fluche, als das Hupen seines Signalhorns und mein eigener schmerzverzerrter Schrei in der Wüste widerhallen. Blöde Steine!

Die Route 19 hinunterzuwandern, ist wahrscheinlich das Dümmste, was ich je getan habe. Und zu trampen ist das Gefährlichste, aber das Schicksal – diese hinterhältige, heimtückische Schlampe – hat schon wieder ihre Finger im Spiel. Und es wird anscheinend nicht aufhören, bis ich buchstäblich auf den Knien um Begnadigung von der Scheiße bettle, die mir um die Ohren geschleudert wird.

Ich meine, kommt schon. Ein geplatzter Reifen mitten im Nirgendwo ist Pech. Es ist unglaublich ätzend, vor allem in der unheimlichen Dunkelheit mit Kojoten, die aus allen Richtungen heulen. Ich bin nicht schwach und lasse mich nicht so einfach einschüchtern, aber verdammt, ich war bereit, zurück in meinen zerbeulten Chevrolet zu kriechen, die Türen von innen zu verriegeln und mich bis zum Morgengrauen im Fußraum zu verstecken.

Aber nein. Da ich eine starke, unabhängige, furchtlose

Frau sein soll, die Reifen wechseln kann, während sie den verdammten Wagen mit einer Hand anhebt, tat ich meine Pflicht und machte mich mit dem Ersatzrad und dem Wagenheber an die Arbeit. Ich dachte, ich hätte die richtige Entscheidung getroffen, bis ein Auto neben mir anhielt. Dröhnende Musik und der Geruch von Gras drangen aus den offenen Fenstern.

Die Gesichter in dem Wagen schienen mir freundlich genug, erinnere ich mich säuerlich. Ich hatte mich besser gefühlt, nachdem ich zwei Frauen, die noch nicht ganz zwanzig zu sein schienen, und einen Fahrer, der wahrscheinlich noch nicht ganz volljährig war, als einzige Insassen ausmachte.

Völlig bekifft stolperten sie aus dem Auto und der Junge bot mir galant an, meinen Reifen zu wechseln. Ein Angebot, das ich nicht ablehnen konnte. Im Nachhinein betrachtet, hätte ich verdammt noch mal Nein sagen können. Ich hätte Nein sagen sollen.

Habe ich aber nicht.

Wie eine Idiotin, die ihre vermeintliche Intelligenz verrät, ließ ich meine Mauern fallen, als das irrationale Geschwätz der Kinder mich weicher machte … oder vielleicht war es der passive Rauch des Joints in der Hand des Jungen. Ich weiß nur, dass ich in einer Minute noch darauf wartete, dass Ricardo mit dem Reifenwechsel fertig wurde, und in der nächsten …

Nun, sagen wir einfach, dass es nicht mein glorreichster Moment war, zuzuschauen, wie mein einziges Transportmittel – zusammen mit meiner Handtasche, meinem Portemonnaie und meinem Handy – ohne mich davonfuhr.

Jetzt sitze ich also fest und versuche, mitten in der Nacht eine Mitfahrgelegenheit zu finden. Ich habe kein Handy und auch kein Geld und es ist höllisch heiß. Der Schweiß rinnt mir über den Rücken und zwischen die Brüste. Ich wünschte, es gäbe ein anderes Zeichen von Zivilisation als die Arschlöcher, die, ohne zu bremsen, an mir vorbeirasen.

Das nächste Schild, das ich entdecke, sagt mir – ungelogen –, dass es noch dreißig Kilometer nach Tucson sind. Dreißig. Verdammte. Kilometer. Ich bin mir ziemlich sicher, dass ich tot sein und von Geiern gefressen werde, bevor ich auch nur fünf davon schaffe. Frustriert trete ich gegen einen kleinen Felsen, bevor ich mich daran erinnere, dass ich nur diese verdammten Flipflops trage. Dann hüpfe ich herum und verfluche Gott, das Leben, das Universum … Alles und jeden, der mir in den Sinn kommt.

Beinahe übersehe ich das kleinere Schild, das unter dem Hauptschild hängt und einen Rastplatz ankündigt, der sich nur ein kleines Stück weiter befindet. Dort könnte ich mich hinsetzen und über meine geprellten Zehen nachgrübeln. Vielleicht kann ich bis zum Morgen, wenn die Lage in jeder Hinsicht besser aussehen wird, dort schlafen.

Tucson ist nicht mein ursprüngliches Ziel, aber wenn es mich vor Dehydrierung und dem Tod durch Aasgeier bewahrt, gehe ich gern dorthin. Ich bin eine ziemliche Herumtreiberin und verbringe nicht wirklich viel Zeit in einer bestimmten Gegend. Und mein Job geht dahin, wo ich hingehe. In meiner kleinen Welt ist nicht alles perfekt, aber ich fühle mich wohl.

Als ich meinen jämmerlichen Hintern zum *Rastplatz* schleppe – der kaum mehr als ein zehn Meter Weg zu einer kleinen Lichtung ist, die groß genug zu sein scheint, um ein halbes Dutzend Autos dort zu parken und von einer Handvoll riesiger Felsbrocken umgeben wird –, sind meine Füße voller Blasen. Mein Oberteil ist mehrere Nuancen dunkler als seine ursprüngliche Farbe und ich habe mehr Staub im Hals, als es in der Sahara Wüste gibt.

Ich humple zu den Felsen, um mir einen Sitzplatz zu suchen, und finde an der Rückseite eines riesigen Felsbrockens eine Reihe von Vorsprüngen – manche tief, manche flach –, die sich perfekt als Bank eignen. Ich klettere auf einen niedrigen Felsen, der durch die Witterung oder die vielen Hintern, die sich an dieser Stelle niedergelassen haben, geglättet wurde. Endlich kann ich mich entspannen.

Der Stein hat etwas von der gestrigen Hitze gespeichert, aber er ist trotzdem noch kühler als die Luft um mich herum. Ich lasse mich darauf nieder, schließe die Augen und verdränge die Gedanken an gestohlene Autos und vergessene Träume, an riesigen Hunger und das wahnsinnige Bedürfnis, drei Liter Wasser in einem Zug zu trinken.

Ich glaube, ich habe mich eine Weile treiben lassen, denn ich weiß, dass ich nicht schlafe, aber ich bin ganz sicher auch nicht ganz wach. Es ist dieser seltsame Bewusstseinszustand, in dem der Körper schläft, aber das Gehirn immer noch langsam tickt wie ein Wachhund, der nicht ruht.

Das Brummen eines Motors tönt in der Nähe, dringt aber nicht in meine Realität ein. Es folgen zwei weitere, bevor die Motoren abgestellt werden. Das Zuschlagen mehrerer Türen rüttelt mich wach und ich denke, *Ja! Gott sei Dank, da sind Menschen.*

Als ich mich von meinem Felsvorsprung abstoßen will, meldet sich mein gesunder Menschenverstand zu Wort. Er hält mich auf, bevor ich meine Anwesenheit verrate. Es ist immer noch dunkel und es sind nur noch wenige Stunden bis zur Morgendämmerung. Wir sind dreißig Kilometer außerhalb einer großen Stadt an einem Ort, versteckt vor den Augen der Menschheit. Warum sollten drei Fahrzeuge um diese Zeit gemeinsam hier anhalten?

Da fallen mir viele Dinge ein, mit denen ich nichts zu tun haben will, niemals. Menschenhandel, Sexhandel, Drogenhandel – ihr wisst schon, die drei Hs, in die niemand hineingezogen werden will, und schon gar nicht als Frau allein in der Wüste.

Ich erstarre auf der Stelle, als Stimmen durch die stille Luft dringen. Ich zähle drei verschiedene Männerstimmen, die einander knapp begrüßen. Vor meinem geistigen Auge rechne ich sechs weitere stumme Leibwächter hinzu. Wenn ich eines aus Büchern und Filmen gelernt habe, dann, dass sich kein Menschenhändler, egal welchen Ranges, ohne Verstärkung mit anderen knallharten Kriminellen trifft.

„Ist das wirklich nötig, Oberon?" Stimme eins klingt verärgert. Sein harter, russischer Akzent knirscht die Worte heraus. „Müssen wir uns hier draußen treffen, wenn wir doch alle selbst sichere Orte für diese Art von Zusammenkunft haben?"

„In der Stadt gibt es überall Ohren", kommt die bittere Antwort. Der Besitzer von Stimme zwei ist kein glücklicher Mann. „Jemand hat Lucius einen Hinweis auf den Ring gegeben. Er weiß noch nicht, wer oder wie, aber er ist schlau. Es ist für uns alle von Vorteil, ab jetzt Vorsichtsmaßnahmen zu treffen – *bessere* Vorsichtsmaßnahmen. Einer von uns hat eine undichte Stelle, meine Herren, und Lucius liebt es … Löcher zu stopfen."

Ein kurzer Schwall von Flüchen ertönt, beeindruckender als meine eigenen, und ich bin mir sicher, dass etwas knurrt. Bösartig, wie ein tollwütiger Wolf. Ich hoffe, dass ich mich irre und keiner dieser Gesetzesbrecher seinen Mörderhund mitgebracht hat, um ihn spazieren zu führen.

Ich stinke schlimm genug, ich kann *mich selbst* riechen.

„Es kann keine sonderlich große undichte Stelle sein, wenn er nicht weiß, wer oder wie", wirft die dritte Stimme ein. Sie klingt träge, fast sorglos, als würde es ihn nicht weiter kümmern, von diesem Lucius entdeckt zu werden. „Wenn er genug Informationen hätte, um zu handeln, wären wir alle schon Asche. Lucius ist nicht König, weil er Dinge auf die lange Bank schiebt. Wenn du seine Gesetze brichst, schaltet er dich aus. So einfach ist das."

König? Ich runzle die Stirn. Ich habe noch nie von einem König von Tucson gehört. Wo zum Teufel bin ich hier nur gelandet? Ich lehne mich mit dem Rücken gegen den Felsen und ziehe die Beine vor mir hoch, sodass ich die Arme darum schlingen kann. Es ist zweifelhaft, dass die Männer einen Grund haben, hier herumzukommen, aber ich will kein Risiko eingehen.

„Ich habe eine Lieferung bereit", sagt der Russe unverblümt. „Fünfzig mobile Blutkonserven, bereit zum Abtransport. Willst du mir sagen, dass es nicht sicher ist, sie zu versenden, Oberon? Das wäre sehr schlecht für unsere Arbeitsbeziehung."

Mobile Blutkonserven? Ich glaube, ich schnappe nach Luft, aber ich bin zu sehr damit beschäftigt, diese beiden kleinen Worte in meinem Kopf zu verdrehen, bis sie irgendeinen Sinn ergeben. Was sie nicht tun. Verdammt, wie sollten sie auch? Es hört sich so an, als würden sie Leute ihres Blutes wegen verschleppen. Krankenhäuser? Nein, sicher würde keine Einrichtung, die etwas auf sich hält, unschuldige Menschen für das *kaufen*, was sie am Leben erhält.

„Wir müssen nur ein paar Wochen vorsichtiger sein", stottert Oberon und ich schwöre, dass ich seine Angst riechen kann, die in diese Richtung geweht wird. Wer auch immer er ist, er steht nicht so weit oben in der Nahrungskette, wie er denkt – und er weiß es. „Fünfzig ist Wunschdenken, Vadim. Eine große Menge Ware unterzubringen, ist riskant, wenn Lucius unsere Fährte aufgenommen hat. Wir sollten nur das verschiffen, was wir sofort weiterverteilen können."

„Was willst du mir damit sagen? Dass ich Geld für das Produkt verlieren soll, dass *du* angefordert hast. Für das ich Zeit, Mühe und Bares investiert habe, um es für dich zu beschaffen, nur weil du Angst vor dem großen, bösen Vampir hast? Du enttäuschst mich, Oberon."

„Du wirst dein Geld bekommen, Vadim." Das ist wieder die träge Stimme, genauso unerbittlich wie zuvor. „Bis auf den letzten Rubel. Lucius empfängt Fremde nicht mit offenen Armen in seinem Nest. Und sein Ruf, was den Umgang mit denen angeht, die sich seiner Herrschaft widersetzen, ist legendär. Oberon könnte recht haben."

Der Russe spottet. „Der Vampirkönig kann genauso leicht sterben wie jeder von uns, Colt. Er versteckt sich hinter seinen Lakaien und in seinem Klub und lässt sich von diesem heißen kleinen Fickstück ablenken. Er lässt sich leicht von seinem Thron der Macht stürzen und durch jemanden ersetzen, der es mehr verdient."

Jetzt weiß ich, dass ich träume. Ich kneife mich fest, aber der stechende Schmerz beweist, dass ich mich irre. Ich bin hellwach und in einem Albtraum gefangen, in dem es, wenn alle Anzeichen stimmen, Vampire gibt. Und zwar wirklich. *Wirklich*, wirklich.

„Da du nicht aus der Gegend bist, verzeihe ich dir deine Unwissenheit dieses eine Mal. Lucius ist nicht ohne Grund König und mit den Jahren, die er auf dem Buckel hat, würde er nicht *so leicht sterben wie jeder von uns*. Wir können ihm nicht das Wasser reichen, Vadim. Er kann einen Schädel schneller zerquetschen, als du blinzeln kannst. Von Verrat zu sprechen – selbst hier draußen in dieser gottverlassenen Hölle – ist nicht klug." Colt mit der wunderbaren Stimme wird langsam wütend, wenn man seinem Tonfall Glauben schenken darf. „Wenn du es versuchen willst, nur zu. Ich riskiere meinen Hals nicht für so eine Suizidmission – mir gefällt mein Kopf genau da, wo er jetzt ist."

„Also was schlägst du vor? Ich verliere jeden Tag Geld, an dem ich die wimmernden Kreaturen in meiner Obhut füttern muss."

„Ich kann die Fünfzig nehmen. Meine Käufer können wahrscheinlich jeweils ein paar mehr nehmen, solange die

Ware wie beschrieben ist. Nach dieser Lieferung müssen wir die Kopfzahl, die zu uns kommt, reduzieren. Weniger Einheiten über mehrere Lieferungen. Das ist nicht ganz so kosteneffizient, wie ich es gerne hätte, aber bis wir sicher wissen, dass Lucius uns nicht schon auf den Fersen ist, muss es reichen."

Ein paar unheilvolle Augenblicke lang herrscht Schweigen und ich höre nur das Trommeln meines Herzens, das unregelmäßig in meiner Brust schlägt. Mein Körper ist jetzt kalt, ob vor Schock oder Angst, das weiß ich nicht. Ich will einfach nur, dass sie gehen, damit auch ich von hier verschwinden kann.

„Ich werde den Auftrag erteilen. Sie werden am Freitag ankommen. Um acht Uhr abends, am üblichen Übergabeort. Ich werde morgen Abend nach Moskau zurückfliegen. Kümmere dich um das Problem, Colt, oder meine Produkte werden nicht länger eure hungrigen Mäuler stopfen. Sie werden für sich selbst sorgen müssen, wenn Lucius nicht in die Schranken gewiesen wird."

Drei Autotüren knallen wie Schüsse zu und lassen mich zusammenzucken, dann heult ein Motor auf und die Reifen knirschen durch Schotter, als das Auto in einem engen Kreis wendet und davonrast.

„Ich habe dir doch gesagt, dass uns dieses russische Arschloch nichts als Ärger einbringen wird, Obe." Colts Ton klingt missbilligend. „Ich werde auf gar keinen Fall versuchen, Lucius zu ermorden. Es wurde schon einmal versucht und ich habe die Gesichter derer gesehen, die die Folgen miterlebt haben – sie waren ebenso verängstigt wie ehrfürchtig. Mit ihm ist nicht zu spaßen."

„Welche andere Wahl haben wir denn? Vadim kann die seltensten aller Blutlinien beschaffen, die Blutgruppe, die uns reicher machen wird als Midas."

Colt lacht. „Ich kann dir garantieren, dass wir keine

puren Rh-Null-Spender bekommen werden, Obe. Er hat gerade gesagt, dass er fünfzig Köpfe hat, die bereit zum Transport sind. Wir können von Glück reden, wenn wir in dieser Gruppe *einen* Rh-Null bekommen. Es gibt weniger als fünfzig dokumentierte Rh-Nulls auf der ganzen Welt; die einzige Möglichkeit, so viele zu kriegen, wäre, sie zu züchten."

„Vielleicht tut er das."

„Zutrauen würde ich es ihm."

„Verflucht. Wenn er nur mittelmäßige Ware schickt, sitzen wir in der Scheiße."

„Ich informiere die anderen. Ich kann Käufer für alles finden, was kommt. Essen ist essen, egal wie anspruchsvoll der Gaumen ist."

„Er soll verdammt sein. Warum sind russische Vampire solche Arschlöcher?"

„Jede Wette, er denkt dasselbe über uns."

„Wahrscheinlich. Hör zu, ich muss etwas Schadensbegrenzung betreiben. Ich melde mich später. Schau mal, ob du herausfinden kannst, was Lucius weiß, ja? Du kennst Leute, die ihm nahestehen, vielleicht kannst du ihnen ein paar Infos entlocken und sicherstellen, dass uns keine Axt im Nacken hängt."

„Sicher doch."

Dieses Mal schließen sich nur zwei Türen und das Auto fährt in einem gemächlicheren Tempo als das des Russen davon. Kurz darauf knallen zwei weitere Türen zu und der letzte Wagen verschwindet auf den kurzen Weg zurück zur Autobahn.

Gott sei Dank.

Ich atme zum ersten Mal seit zwanzig Minuten wieder tief durch und lehne meinen Kopf an den Felsen, als ich zu zittern beginne. Mit so viel verrückter Scheiße komme ich nicht klar. Was soll ich jetzt nur tun?

Ich könnte mich wieder auf den Weg machen und so tun, als wäre ich nicht gerade Zeuge eines Gesprächs geworden, das meine ganze Welt auf den Kopf gestellt hat. Wahrscheinlich könnte ich versuchen, jeden Gedanken an Vampire und Rh-Nulls, was auch immer das sein mag, mit so viel Alkohol auszulöschen, dass man die Titanic versenken könnte, aber ich werde es immer *wissen* und das … erschüttert das Fundament von allem.

Plötzlich scheint es nicht mehr die klügste Idee zu sein, nachts draußen unterwegs zu sein.

Aber was soll ich sonst tun? Ich kenne diesen Lucius nicht. Und ich glaube nicht, dass es gut ankommen würde, wenn sich eine Sterbliche dem *Vampirkönig* nähert. Ich habe drei Namen und ein Gespräch, nicht gerade eine echte Spur, der er folgen könnte. Keine Personenbeschreibungen oder Autokennzeichen. Soweit ich weiß, könnten die Männer Decknamen benutzt haben, um sich miteinander zu treffen.

Ich will mich nicht von meinem Platz rühren, aber ich kann auch nicht hierbleiben, wenn mich das Echo dreier sehr böser Männer – Vampire, verdammt – verfolgt, je länger ich an dieser Stelle zittere. Ich muss mich bewegen, um den Schock und die unruhige Energie, die sich in mir anschaut, zu verdauen. Beuteinstinkt.

Weglaufen und verstecken.

Von der Kante zu rutschen, ist das Schwerste, zu dem ich mich jemals zwingen musste. Irgendetwas in mir rebelliert körperlich gegen den Gedanken, mit dem, was ich jetzt weiß, in die große, dunkle Welt hinauszutreten.

Ich will Licht, ganz viel, viel Licht und eine Tür mit einem Schloss.

Mit mehreren Schlössern.

Übelkeit dreht mir den Magen um, als ich zaghaft zu der Lichtung humple und an die dreißig Kilometer Dunkelheit denke, die ich durchqueren muss, um Schutz zu finden. Auf gar keinen Fall werde ich jetzt noch per Anhalter fahren – Vampire stehen ganz oben auf der Liste derer, denen ich auf gar keinen Fall begegnen will. Sie kommen noch vor Serienmördern und Vergewaltigern.

Die Haare an meinem Nacken und auf meinen Armen stellen sich auf, eine subtile Warnung. Es geschieht genau in dem Augenblick, bevor eine warme, sanfte Stimme durch den Kreis der Felsbrocken schwebt.

„Ich dachte doch, ich könnte einen Spion riechen. Ich hätte aber nicht erwartet, dass es ein so hübscher wäre."

Ich wirble herum und suche nach der Quelle, kann aber niemanden sehen. Mein Herz rast in meiner Brust und donnert hinter meinen Rippen, bis ich kaum noch atmen kann.

„Du hast unglaubliches Glück, dass mein Kollege dich nicht erwischt hat. Sonst wärst du jetzt schon leergesaugt und den Kojoten zum Fraß vorgeworfen worden." Ein sanftes Glucksen. „Du bist sicher froh, dass du bei mir gelandet bist, was?"

Froh ist nicht das Wort, das ich verwenden würde, nein. Wie zum Teufel hat er das gemacht? Sein Auto ist *weggefahren*. Ich habe es gehört; das weiß ich genau. Ich versuche, meine Atmung wieder zu normalisieren, drehe mich langsam im Kreis und suche mit den Augen jeden Zentimeter Fels und Schatten ab. „Wo versteckst du dich, du Drecksack?"

Ein sattes, lebhaftes Lachen, das ich von einem *verdammten Toten* nicht erwartet hätte, tanzt um mich herum und trifft direkt in meine Eierstöcke. „Freche, kleine Spionin, die die dicke Lippe riskiert." Sein Ton ist spöttisch, neckisch, und es macht mich wütend. Er ist wie eine Hyäne, die mitten in der Wüste den Namen eines unglückseligen Touristen heult und ihr Opfer aus der Sicherheit des Lagers in den Schlund des Todes lockt. „Sag mir, was du gehört hast, und du wirst vielleicht den Sonnenaufgang erleben."

„Wenn wir hier draußen bleiben, bist du derjenige, der den Sonnenaufgang erleben wird", erwidere ich und verfluche mich innerlich für diesen Anfall nervösen Übermuts. Ihn zu provozieren, ist nicht die beste Entscheidung, denn ich habe nicht einmal eine Haarnadel, um mich zu verteidigen. Worte sind alles, was ich habe. „Dein Letzter, würde ich annehmen. Du stehst nicht auf Sonnenbaden, was? Und ich nehme an, dass Rasieren auch schwierig wäre."

Etwas huscht an mir vorbei und wirbelt mich herum, bevor ich weiß, wie mir geschieht, aber da ist niemand. Dieser Kerl ist entweder ein Witzbold oder ein Sadist und ich kann mir denken, welches der beiden. Wenn er glaubt, dass er mich dazu bringen kann, schreiend wegzulaufen … Dann könnte er recht haben, gebe ich zu, als ich in die andere Richtung zurückgeschleudert werde.

„So eine Schande", dröhnt eine Stimme an meinem Ohr – ich meine, *in* meinem Ohr, als stünde er direkt hinter mir. „Ich kann dich mit all unseren Geheimnissen in deinem Kopf nicht wirklich weglaufen lassen. Wer weiß, wem du sie erzählen würdest …" Es fühlt sich an, als würde eine kühle Fingerspitze vom Nacken bis zu meinem Po über meinen Rücken hinuntergleiten, aber ich bin zu erstarrt und unfähig, mich zu bewegen. „Wem du meine Geheimnisse verraten könntest …" Etwas Scharfes knabbert an meinem Ohrläppchen. „Zu wem du vielleicht läufst und mich umbringen lässt."

„Meinst du Lucius?" Ich spreche den Namen selbstbewusst aus, als wüsste ich ganz genau, wer das ist. „Du solltest *wirklich* vorsichtiger damit sein, wo du deine supergeheimen, schändlichen Pläne besprichst, *Colt*."

Ein leises Knurren folgt dem Weg seines Fingers, aber als ich meinen Ellbogen zurückstoße, um ihn in seine Rippen zu rammen, treffe ich auf nichts als leeren Raum. Ich werde wieder herumgeschleudert – dieses Mal spüre ich seine Finger an meinem Arm, als er mich herumwirbelt. Es ist nur für einen kurzen Augenblick, aber es reicht, um meine Haut durch die Berührung zu verbrennen.

Nicht heiß wie von einem Menschen, nicht kalt wie von einem Toten.

Es ist eine seltsame, sonderbar fesselnde Temperatur. Wie etwas, an das man sich in einer dieser Nächte kuscheln möchte, wenn das Bett eiskalt ist. Sie hat genug Kühle, um die ganze Nacht hindurch kuscheln zu können, und nicht nur, bis einem zu heiß wird und man ihn von der Bettkante stoßen muss.

Bis du dich daran erinnerst, dass er ein Untoter ist und scharfe, spitze Zähne hat.

Ich werde ein wenig sauer, weil ich von diesem toten Kerl hin und her geschubst werde. Es ist eine Sache, mit seinem Essen zu spielen, und eine andere, ein verdammtes Arschloch mit einer wirklich sexy Stimme zu sein, die mir nicht so unter die Haut gehen sollte.

„Was. Soll. Ich. Mit. Dir. Machen." Er summt die Worte fast im Singsang und ich weiß, dass er mit mir spielt. Er klang nicht so wahnsinnig, als er die Details der Verschiffung von Menschen ins Land besprach, die als Snack für seine Artgenossen dienen sollen. „Mein liebes Mädchen, offensichtlich hast du alles gehört. Ich schätze, es wäre am gütigsten, dir das Genick zu brechen. Aber das Blut, das so angsterfüllt durch deine Adern pulsiert, riecht so köstlich verlockend. Es wäre verachtenswert unverschämt, es zu verschwenden, nicht wahr?"

Es kostet mich viel Mühe, mich zurückzuhalten und nicht loszusprinten. Ein eisiges Kribbeln der Angst breitet sich unter meiner Haut aus wie eine Art Ausschlag, denn seine Stimme verändert sich. Die lässige, lockere Seite bekommt einen raubtierhaften, rasiermesserscharfen und tödlichen Hauch. Wenn ich weglaufe, wird sich sein Eindruck verfestigen, dass ich Beute bin. Und ich werde heute Nacht nicht sterben.

Mit Autodiebstahl komme ich klar.

Sterben ist ein absolutes Tabu.

Ich habe nur eine Waffe zur Verfügung und ich werde sie jetzt benutzen. Sonst habe ich nichts, womit ich verhandeln könnte. „Weißt du, Lucius wird nicht glücklich sein, wenn du seine neueste Angestellte tötest. Ich nehme an, dass du dafür geköpft werden würdest, selbst wenn er nie von dem Schmuggel erfährt."

Colt schnaubt. „Du? Lucius' Angestellte? Das glaubst du doch selbst nicht, Schätzchen. Was könnte der König von Tucson mit jemandem wie dir anfangen? Kein Auto, keine Handtasche. Gekleidet in … was ist das? Schiefgelaufene Strandbekleidung?" Er bewegt sich schneller um mich herum, als ich mit ihm Schritt halten kann, und bleibt dabei die ganze Zeit außerhalb meiner Sichtweite. „Trägerhemdchen, kurze Hose und Flipflops? Sind ihm die Billigstripperinnen ausgegangen?"

Bei dieser Beleidigung verziehe ich die Lippen. „Für einen alten, toten Kerl bist du ziemlich unhöflich!"

„Für eine Frau, die nur noch Sekunden zu leben hat, bist du ziemlich frech! Das gefällt mir. Aber bitte, lassen wir uns nicht von Beleidigungen ablenken. Erzähl mir mehr über den *Arbeitsvertrag*, den du mit dem guten König Lucius hast."

Scheiße! Was habe ich, dass ein Vampir außer meinem Blut sonst noch wollen würde? Ich habe Fähigkeiten, ein paar, die nützlich sind, aber das haben viele andere Leute auch. Wahrscheinlich werden alle, die regelmäßig gebraucht werden, zu … festen Mitgliedern von Lucius' Reich.

„Nicht, dass es dich etwas angehen würde", sage ich hochnäsig und bleibe stehen, weil mir all die Drehungen zu Kopf steigen, „aber ich bin eine Künstlerin."

Ein paar Sekunden lang wirbelt die Welt noch weiter, dann sehe ich zum ersten Mal dieses kombinierte Wesen – den Mann, der mich seit einer gefühlten Ewigkeit quält, und meinen ersten Vampir.

Kein Wunder, dass ich ihn in der Dunkelheit nicht sehen konnte, denke ich säuerlich. Er ist ganz in Schwarz gekleidet und verschwindet leicht in den Schatten. Das Einzige, was an ihm auffällig ist, ist die Blässe seiner Hände und des Gesichts, aber auch die ist nicht ganz so krass, wie ich es erwartet hätte. Er könnte auf der Straße in jede Menschenmenge passen. Man könnte neben ihm in einer Bar stehen und nicht wissen, dass der Teufel persönlich neben einem wartet.

Mit seinen weit über einen Meter fünfundachtzig überragt er mich mühelos. Ich bin ohne Stöckelschuhe gerade ein Meter siebzig. Und er ist … nun, ich muss meinen Kopf nach hinten legen, um ihm in die Augen zu sehen. Starke, dicke Arme sind ungeduldig vor seiner breiten Brust verschränkt, die den Stoff seines schwarzen Anzugs spannt. Er füllt ihn wirklich gut aus und ich vermute, dass er so seine Opfer anlockt.

Jede Frau, die einen Blick auf diesen Mann in diesem Outfit wirft, sollte besser ihr Testament aufsetzen. Denn sie wird ihm folgen, wohin auch immer er sie bittet. Wenn man dann noch seine gefährliche Aura, sein arrogantes Grinsen und das elementare Urverständnis hinzufügt, dass er einen hart drannehmen und einen feucht und sehnsüchtig zurücklassen wird … Ja, das ist tödlich.

Breite Schultern, starke Brust, muskulöse Glieder … und nichts davon reicht seinem Gesicht das Wasser. Sein Körper ist der eines Kriegers, aber sein Gesicht ist teils Traum eines Künstlers und teils überirdisch in den Schatten. Ich kann es nicht so gut sehen, wie ich es gern hätte, obwohl meine Augen sich an die Dunkelheit gewöhnt haben. Aber was ich sehe, erregt mich.

Böses, böses Mädchen.

Er hat dunkles Haar, das fast bis zu seinem Anzug reicht, mit kürzeren Strähnen, die über sein rechtes Auge bis zur Mitte seiner Wange hängen. Es ist fast glatt, bis auf eine leichte Welle, die es nicht ganz perfekt aussehen lässt. Sein Bart ist genauso dunkel, aber nicht annähernd so lang, sauber getrimmt auf zwei knappe Zentimeter – ich glaube in einer Zeitschrift, die ich gelesen habe, nannte man es *lange Stoppeln*. Sehr zu meinem Widerwillen steht es ihm gut.

Seine Augen sind zu sehr von der Nacht verfinstert, als dass ich ihre Farbe richtig erkennen könnte, aber ihre Absicht ist unverkennbar. Sein Blick bohrt sich gerade so tief in mich hinein, dass ich mich frage, ob er meine Gedanken lesen kann. Aber er zieht die Augenbrauen langsam zusammen, als wäre er verärgert darüber, dass er keinen Zugang zu meinem Kopf hat.

Glück für mich.

„Eine Künstlerin?", fragt er zweifelnd und lässt seinen Blick an meinem Körper hinunter und mit unverhohlenem Misstrauen wieder hinauf wandern. „Ich soll glauben, dass Lucius eine Künstlerin angeheuert hat, um … was zu tun, das Innere seiner Gemächer zu dekorieren?"

„Wir wurden keine Details genannt. Man hat mich kontaktiert, mir eine Summe angeboten, die groß genug ist, um mich hierherzulocken, und jetzt bin ich hier, verdammt noch mal. Mitten im verdammten Nirgendwo mit einem rasenden Irren, der Menschen frisst. Als wäre es nicht schon schlimm genug, dass mein Auto gestohlen und ich ausgeraubt wurde!" Ich schreie ihn an und verliere die Beherrschung so sehr, dass ich meine Hände gegen seine Brust stemme. Ich bewege ihn zwar keinen Zentimeter, aber Junge, fühlt sich das gut an. „Du kannst glauben, was du willst, es ist mir egal. Tu einfach, was du vorhast, bevor du mich zu Tode langweilst!"

Das Einzige, was die tödliche Stille unterbricht, die sich zwischen uns breitmacht, ist mein schweres Atmen. Ich bin wütend genug, um Feuer zu speien, und will ihn am liebsten selbst zu Asche verbrennen und in seinen zweifellos glorreichen Arsch treten, sodass er dahin fliegt, wo der Pfeffer wächst.

„Ich bin mir ziemlich sicher, dass ich hier nicht der Verrückte bin", murmelt er in seinem trägen Tonfall und lässt die Arme an den Seiten hängen. „Was für eine Künstlerin bist du überhaupt?"

Ich funkle ihn an. Offenbar kann er fließend von einem blutsaugenden Unhold zu einem lässigen Vollidioten übergehen. Ich würde es bewundern, aber ich bin immer noch zu sehr in meiner Feuer speienden Stimmung und Lässigkeit wird mich nicht beruhigen. „Ach, *jetzt* bist du also interessiert. Nicht an meinem Namen, denn das könnte eine persönliche Verbindung schaffen, die du nicht willst, wenn du mir die verdammte Kehle aufschlitzt." Seine Brust ist jetzt ein viel besseres Ziel, ohne die Arme, die mir im Weg sind. „Bei der ersten Gelegenheit, die sich mir bietet, mache ich eine Nachbildung von dir aus Ton und dann werde ich sie …" Ich stampfe mit dem Fuß auf dem Boden herum, um zu demonstrieren, was ich mit seinem Tonabbild tun werde.

Colt schaut auf seine Uhr, rollt mit den Augen in Richtung Himmel und seufzt dann. „Ich habe keine Zeit für Hysterie, du kleine Füchsin." Er beißt sich auf die Unterlippe und zuckt lässig mit den Schultern. „Nun, im Zweifelsfall …"

Er bewegt sich so schnell, dass ich hoch oben über seiner Schulter hänge, bevor ich auch nur schreien kann. Das Blut schießt mir in den Kopf, als er einen dieser extrem starken Arme um meine Beine schlingt und pfeifend davonschreitet.

Er *pfeift*. Mit jedem Ton wird mein Zorn heftiger, bis ich mit einer Wut vibriere, die heiß genug ist, um mich zu verbrennen.

Ich trommle mit den Fäusten auf seinen Rücken und es bewirkt nichts, außer dass ich mir wehtue. Er ist gebaut wie ein Fels, verdammt. Wenn ich versuchte, ihn zu beißen, bräche ich mir ganz sicher die Zähne ab. „Wenn du mich nicht runterlässt, schwöre ich, dass ich dich mit einem Cocktailspieß zu Tode pfähle!"

Er schlendert einfach weiter und gibt mir einen kurzen Klaps auf den Po. „Aber, aber. Du solltest dankbar sein, dass ich dir nicht das Leben aussauge. So können wir uns wenigstens ein bisschen besser kennenlernen, bevor ich entscheide, ob es die gewinnbringendste Entscheidung ist, dich zu essen."

„Ich … gewinnbringend?" Mir bleibt der Mund offen stehen, als ich an die *mobilen Blutbeutel* denke, mit denen er handelt. „Ich schwöre bei Gott, ich werde deine Existenz beenden, wenn du auch nur daran denkst, mich an den höchstbietenden Blutsauger zu verkaufen!"

„Der erste Versuch ist umsonst", erklärt er mir unbekümmert.

Ich knurre jetzt leicht atemlos und grabe meine Fingernägel in die empfindliche Haut an seinen Seiten. Natürlich ist sie durch den verdammten Anzug geschützt, also ist es nicht annähernd so effektiv, wie ich es brauche. „Bring mich zu Lucius. Bring mich sicher dorthin und wir vergessen, dass das alles jemals passiert ist."

„Ich könnte in weniger als zwei Minuten jede einzelne Erinnerung aus deinem hübschen Kopf auslöschen", antwortet er. „Vergessen ist nicht das Problem. Es sind jetzt andere Dinge im Gange und ich muss herausfinden, wo und wie du da hineinpasst. Dich Lucius zu überlassen, ist keine Option, die mir offensteht, das tut mir leid."

„Es tut dir leid? Oh, das wird es allerdings."

Vor mir höre ich ein Auto piepen und sehe das schnelle Aufblitzen von Warnblinkern in der Dunkelheit. Ich kämpfe noch mehr gegen ihn an, aber mit all dem Blut, das mein armes Gehirn durchflutet, funktioniert es nicht so gut, wie es sollte. Wenn er mich in dieses Auto steckt, bin ich mir ziemlich sicher, dass die Dinge nicht rosig ausgehen werden, wenn die Sonne aufgeht.

„Du hast dir all diese Mühe gemacht, um mich zu täuschen?", frage ich und lalle leicht. Ich glaube, meine Zunge schwillt an.

„Mühe? Das brauchte keine Mühe", antwortet Colt fröhlich. „Ich habe die Autotür ein paarmal zugeschlagen, bin weggefahren und zurückgelaufen, um zu warten, bis du aus deinem Versteck auftauchst. Ich wusste, dass jemand da war – ich habe deine Angst mehrfach gerochen und nur darauf gewartet, dass Vadim und Oberon sie auch riechen können, aber du hattest Glück. Ich glaube, sie dachten beide, der Geruch käme von Obe. Aber ein kleines Keuchen der Angst war die Krönung."

Verdammt, es war mir nicht bewusst, dass ich ein Geräusch gemacht hatte. Vielleicht hatte ich mir eingeredet, ich hätte es nicht getan. Ich hätte quer durch die Wildnis abhauen sollen, als ich noch eine Chance dazu hatte.

„Ich würde dich ja vorn mitfahren lassen, aber ich traue dir nicht, dass du nicht versuchen wirst, uns beide umzubringen, während ich fahre. Ich habe leider heute Abend keine Fesseln dabei, also will ich dieses Risiko nicht eingehen."

Etwas klappert leise, dann werde ich über seine Schulter geschleudert, fliege rückwärts und stürze in einen engen, kleinen Raum. Während ich um mich schlage und nicht ganz bei Sinnen bin, starre ich zu dem Vampir hinauf, der sich mit beiden Händen gegen den geöffneten Kofferraumdeckel lehnt. „Du wirst froh sein, dass die Fahrt nicht lange dauert. Höchstens dreißig Minuten. Wenn du jetzt auch nur einen Pieps machst oder versuchst, meine Rücklichter auszuschalten, wirst du an einem Ort landen, der dir nicht gefallen wird."

„Nein!" Wenn es etwas gibt, dass ich fürchte, dann, auf engem Raum gefangen zu sein. Es ist mein schlimmster Albtraum. Klaustrophobie ist nicht nur psychisch zerstörerisch, sondern auch körperlich lähmend. In dreißig Minuten wird mein Kopf zu einem heulenden, schreienden Wrack. „Bitte nicht den Kofferraum. Ich kann enge Räume nicht ausstehen, Colt, ich …"

Der Wichser knallt den Deckel zu, ohne ein Wort zu sagen, und lässt mich allein in diesem dunklen Gefängnis zurück. Verzweifelt taste ich mit den Händen die Ränder der Hölle ab und versuche, einen kleinen Spalt zu finden. Irgendeinen Spalt, durch den frische Luft oder Licht hineingelangen können. Das Auto wackelt sanft, als Colt seinen Hintern auf den Fahrersitz plumpsen lässt. Dann vibriert es leicht, als er den Motor anlässt. Innerhalb von Sekunden drückt er seinen Fuß auf das Gaspedal, während ich im Kofferraum hüpfe und schreie, als die Reifen über Schlaglöcher oder Felsen fahren, bevor er auf die Autobahn biegt und alles ruhiger wird.

Ich weiß nicht, welche Automarke das ist, aber der Kofferraum ist erstaunlich geräumig, auch wenn es wenig hilft. Ich schreie nach Colt und schlage mit meinen Füßen und Händen auf jede Oberfläche ein, die ich finden kann. Die Wände schließen sich um mich, bedrückend, und drohen mich zu zerquetschen.

Etwas knirscht in meinem linken Fuß und Schmerz schießt in meinem Bein hoch, aber es fällt mir schwer, einen vollen Atemzug zu nehmen. Meine Lunge arbeitet in flachen Bewegungen und verabreicht mir kleine Schlucke Luft, die nicht zu den notwendigen Körperfunktionen wie meinem Herzschlag beitragen, sondern nur die titanische Panikwelle verstärken, die über mich hereinbricht.

Mein Gesicht ist nass und ich kann keinen Sauerstoff durch die Nase einatmen. Na toll, wenn sie mich finden, werde ich an meinen eigenen Körpersekreten erstickt sein.

Vienna Mulrooney, die Tochter der Multimillionäre Tyson und Moira Mulrooney, wurde im Alter von achtundzwanzig Jahren tot aufgefunden. Ertrunken an ihrem eigenen panischen Rotz, entdeckt in schäbigen Flipflops, einem schweißnassen Trägerhemdchen und einer kurzen Hose. Da es keine Anzeichen für ein Verbrechen gibt, geht die Polizei davon aus, dass sie, wie üblich, unverantwortlich und leichtfertig gehandelt hat, und schließt den Fall als unglücklichen Unfall ab.

Ich lache hysterisch, bis es sich in ein schrilles, kreischendes Schluchzen und keuchendes Atmen verwandelt. Das wird vermutlich der verdammte Bericht über mein Leben in der *Chicago Tribune* sein – ein Absatz, der nicht einmal annähernd wiedergibt, wer ich im Grunde meines Herzens bin.

Wütend schreie ich Colts Namen und kratze über die Rückseite des Kofferraums, bis ich mich durch den angenehm weichen Teppichboden wühle und auf Metall stoße. Ich presse meine Hände gegen die Kühle, dann gegen meinen Kopf, bis meine Haut ein paar Grad kälter wird. Es ist so verdammt heiß hier drin, dass ich mit jedem armen Hund mitfühle, der an einem heißen Tag im Auto eingeschlossen wird.

Wenn ich vorher dachte, ich würde aus der Haut fahren wollen, ist das hier reinste Folter.

Musik füllt das Innere des Wagens. Ein Versuch, mich zu übertönen, wie ich feststelle. Colt ist ein Vampir, nicht wahr? Als solcher hat er ein sehr empfindliches Gehör. Er kann hören, wie ich hier drin den Verstand verliere. Er hört, dass ich unter einer echten Phobie leide, und er will meine Geräusche verdrängen.

Ich frage mich, ob er meinen Herzschlag hören kann.

Ich lasse mich auf den Rücken fallen, schließe die Augen und tue so, als wäre ich nicht entführt worden. Als wäre ich nicht in einer kleinen Metallkiste eingesperrt und würde auf meine Hinrichtung warten. Es gelingt mir, meinen Atem zu verlangsamen. Ich fange an, zu *denken*.

Wenn ich mein Gehirn benutze, bin ich gefährlich.

Es passiert nicht oft und es bedarf einiger Anstrengung, um die Zahnräder in die richtige Richtung zu lenken, aber wenn sich diese Zahnräder erst einmal drehen und wie eine Maschine laufen ... Viele Leute glauben, ich sei geistig umnachtet, aber sie irren sich.

Ich sehe vielleicht genauso aus und benehme mich wie meine duselige Mutter, aber ich habe die Intelligenz meines Vaters.

Jeder Vampir, der etwas auf sich hält und ein Luxusauto wie dieses fährt – die Qualität des Teppichs im Kofferraum verrät es –, bewahrt seine fettigen, schmutzigen Werkzeuge nicht im Fußraum der Rücksitze auf. Dafür ist dieses Stück Hölle da. Was logischerweise bedeutet, dass sich irgendwo hier bei mir eine Waffe befindet.

Ich brauche sie nur zu finden.

Offensichtlich befindet sich nichts auf der Innenseite oder dem Boden des Kofferraums, aber das bedeutet nicht, dass sie nicht *darunter* sein können. Ich weiß, dass bei einigen älteren Automodellen die Reserveräder in einem speziellen Bereich unter dem Boden des Kofferraums aufbewahrt werden, und ich kann nur hoffen, dass das hier auch der Fall ist.

Um mich auf die Seite zu manövrieren, muss ich ein wenig zappeln. Ich schreie mehr als einmal auf, weil mein verletzter Fuß gegen etwas stößt, aber schließlich ende ich mit dem Rücken zum Heck des Wagens und strecke mich im Dunkeln nach dem Metallstück aus, das ich zuvor freigelegt habe. Als ich es mit den Fingern berühre, fange ich an, zu graben, um sie unter den Teppich zu schieben. Ich ziehe und reiße an dem verdammten Zeug, bis der Kleber sich löst, mit dem der Hersteller es angeklebt hat.

Ich glaube, ich mache jetzt mehr Lärm als zuvor, als ich mit der Panikattacke zu kämpfen hatte, und rutsche herum, um das dumme Material aus dem Weg zu schieben und zu treten. Eine Klappe ist in den Boden eingelassen; ich kann den schwächsten Spalt spüren, wo sie aufliegt.

Wo ein Spalt ist, ist auch ein Haken.

Schweiß tropft in meine Augen und von meiner Nase. Ich bin ernsthaft hin und her gerissen zwischen dem Wunsch, dass Colt mich hier herauslässt, damit ich nicht zu Tode schwitze, und dem Wunsch, ihm nicht noch einmal ohne Waffe gegenübertreten zu müssen. Am liebsten würde ich ihm das selbstgefällige Grinsen aus dem Gesicht schlagen, entscheide ich mit einem Brummen.

Ich entdecke einen winzigen Drehverschluss an einer Kante und ein fingergroßes Loch und fummle daran herum, bis ich den Verschluss so weit ausgerichtet habe, dass ich die Luke anheben kann. Nur ein paar Zentimeter und gerade weit genug, um ein Handgelenk schmerzhaft durch den schmalen Spalt zu drücken und nach einer Waffe zu tasten.

Alles fühlt sich herrlich kalt an. Dort drin ist noch weniger Platz als hier drin und ich fange an, mich zu verkrampfen, während ich mich verrenke, um die Klappe noch ein wenig weiter zu öffnen.

Ich taste über den Gummi, folge der Wölbung des Ersatz-rads und lächle, als meine Fingerspitzen über das steife Leder einer Werkzeugtasche gleiten.

Mein Vater hat auch so eine. Sie sind robust und wider-standsfähig und halten buchstäblich Jahrzehnte, wenn man sie so aufbewahrt. Manche bleiben jahrelang unbenutzt und warten nur darauf, dass ein Reifen platzt, damit sie das Licht der Welt erblicken können.

Ich öffne den Reißverschluss und lasse meine Finger hineingleiten. Ich suche nach dem, was dort drin sein muss. Als ich es finde, weiß ich, dass Colts Zukunft gerade eine sehr schlechte Wendung genommen hat.

2

Colt

ICH TROMMLE mit den Fingern auf das Lenkrad, während ich in die dämmernde Stadt Tucson fahre. Meine Gedanken sind mit der überdrehten Brünette beschäftigt, die im Kofferraum liegt.

Sie ist still geworden, Gott sei Dank, aber nach all den Tritten und Schreien, die es gab, als ich losgefahren bin, wundert es mich nicht. Während ihr verzweifelter Kampf für die Ohren eines Menschen gedämpft gewesen wäre, hätte sie mir ein paarmal fast das Trommelfell zerschmettert. Ich brauche diese Art von Aufmerksamkeit wirklich nicht, wenn ich durch meine Heimatstadt fahre – es ist zwar noch früh, aber es gibt immer ein paar Augen und Ohren, die alles mitbekommen, was vor sich geht.

Ich hätte sie nicht mitnehmen sollen. Das weiß ich. Es war die richtige Entscheidung, zum Treffpunkt zurückzukehren, um die kleine, hinterhältige Spionin zu erwischen, *das* weiß ich ohne Zweifel. Oberon und ich brauchen keine

Audienz bei Lucius und sie ist die Einzige, die uns mit der Operation Rh-Null in Verbindung bringen kann.

Vadim wird höchstwahrscheinlich wütend sein, wenn er herausfindet, dass wir bei unserem Treffen nicht allein waren. Wahrscheinlich wäre er empört genug, um mir den Kopf abzureißen, wenn er erfährt, dass sie noch nicht tot ist.

Als Leiter der Operation ist er kein Vampir, den ich verärgern möchte.

Als Avtoritet der vampirischen Bratva in Russland ist er niemand, dem ich in die Quere kommen will, wenn ich es nicht wirklich muss. Seine Verbindungen sind legendär und erstrecken sich über die ganze Welt. Sowohl Vampire als auch Sterbliche sind vor ihm und seiner Organisation nicht sicher.

Ich wurde mit diesem Arschloch verwickelt, als Oberon sich mit den falschen Leuten angelegt hat. Idiot, der ich bin, bin ich eingeschritten, um seinen Arsch aus dem Feuer zu ziehen, bevor er zu sehr angekokelt wurde. Leider gab es Zeugen für meine heldenhafte Rettung und Vadim erfuhr davon.

Einfallsreich und *methodisch* waren zwei der Worte, mit denen Vadim mich bei unserem ersten Treffen beschrieb, und ich hätte fast darüber gelacht, so etwas sein zu sollen. Ich lasse mich nicht unterkriegen, Scheiße geht mir am Arsch vorbei und ich habe schon Kugeln mit bloßen Fingern aus meinem Körper gezogen, aber ich bin ein Draufgänger.

Methodisches Vorgehen ist nicht mein Stil.

Seit fast fünfzig Jahren stehe ich schon unter Vadims Fuchtel. Lustknabe, Laufbursche, was auch immer es war, ich habe es getan. Ich bin mit vielem, was er tut, nicht einverstanden, und es gibt Dinge, die ich für ihn getan habe, die ich nicht gut finde. Aber das Überleben ist unser aller Fluch.

Wir tun, was wir tun müssen.

Operation Rh-Null ist Vadims Baby. Ein teures,

verschwenderisches Baby. Geldmittel im Wert von Millionen von Dollar wurden von gierigen Vampiren aus aller Welt in dieses Projekt gesteckt. Die besten Genetiker und Hämatologen sind in einer gesicherten medizinischen Einrichtung unter einem der russischen Berge eingeschlossen – nach einigem Herumschnüffeln habe ich die Region entweder auf den Elbrus oder den Dychtau eingegrenzt.

Aus allen Ecken der Welt werden Sterbliche aus ihrem Leben und ihren Familien gerissen, um Vadims schwindenden Bestand an Original-Goldblutspendern am Leben zu erhalten. Berichten zufolge sind nur noch dreiundvierzig bekannt, aber es waren viel mehr, bevor der verrückte Russe auf die Idee kam, die armen Kerle zu entführen und zu züchten, sie aufzuziehen und wegen des Blutes in ihren Adern auszusaugen.

Jetzt ist er dazu übergegangen, sie zu verkaufen. Und was habe ich damit zu tun? Ich bin der verdammte Schwachkopf, dem die zweifelhafte Ehre zuteilwurde, sie an ihre neuen Besitzer zu verteilen. Sie wie Vieh an fette, gierige Vampire zu verhökern, die eine Kostprobe des seltensten Bluts haben wollen, das es auf der Welt gibt.

Gerüchten zufolge behält Vadim alle Menschen mit irgendeiner Variation des Rhesus-Typs, experimentiert und spielt mit ihnen, um zu sehen, ob die Zucht mit ihnen das hervorbringt, was er wirklich will.

Diejenigen, die nicht erbringen, was er sich wünscht … Nun, meine Quellen sagen, dass er mehr als nur ein paar Vampire in seinen Diensten hat, denen die Moral fehlt, eine Mahlzeit in Babygröße abzulehnen.

Ein heftiger Schauer überkommt mich, als ich nach links auf den Parkplatz eines alten Lagerhauses abbiege. Ich bin schon seit Hunderten von Jahren Vampir, manchmal vergesse ich, wie viele es waren. Ich habe von Männern getrunken, die in der Schlacht starben, ich habe Dörfer in ganz Europa geplündert und vergewaltigt und ich habe mich von den Überlebenden katastrophaler Unglücke ernährt. Aber Babys ... Ich bin ein Monster, das ist unbestreitbar, aber von Babys zu trinken, würde meine Grenze überschreiten.

Die Gedanken wirbeln in meinem Kopf herum, als ich den Wagen zwischen den verblassten weißen Linien einer Parklücke zum Stehen bringe – lächerlich, wenn man bedenkt, dass ich zumeist der Einzige bin, der hierherkommt. Ich stelle den Motor ab. Er tickt, als er abkühlt, und ohne das sanfte Gebläse der Klimaanlage steigt die Temperatur im Inneren des Wagens an.

Stille umgibt mich und ich frage mich, ob die kleine Frau nach all der Anstrengung ohnmächtig geworden ist. Ich höre ihren Herzschlag in langsamen, gleichmäßigen Schlägen, also weiß ich, dass sie noch am Leben ist. Ein Vorteil für mich, wenn sie bewusstlos ist – es wäre viel einfacher, sie hineinzutragen, einen schnellen Snack zu nehmen und einen sicheren Ort zu finden, um sie einzusperren.

Die Morgendämmerung sendet bereits Alarmglocken an meine Artgenossen aus, um sie vor ihrer Ankunft zu warnen. Ich habe etwas Zeit, aber nicht viel. Ich bringe niemanden hierher – keine Vampire, keine Mahlzeiten – und ich bin nicht darauf vorbereitet, jemanden gefangenzuhalten. Schon gar nicht, wenn sie den ganzen Tag lang unbeaufsichtigt sein wird.

Ich öffne die Tür und trete auf den rissigen Asphalt hinaus. Ich schließe die Wagentür hinter mir und gehe um den hinteren Teil des Wagens herum. Etwas in mir bebt vor Aufregung, als ich den Kofferraum öffne und mich darauf vorbereite, meine hübsche Gefangene zu begrüßen.

Es ist schon lange her, seit ich interessante Gesellschaft hatte, die mich unterhalten hat.

Der Schmerz trifft mich direkt in den Schwanz. Eine Sekunde lang denke ich, die verrückte Schlampe hätte mich erschossen. Als sich der Schmerz von dem einzigen Kontaktpunkt ausbreitet, stoße ich eine Reihe von Schimpfwörtern aus und kämpfe dagegen an, nicht auf die Knie zu sinken und mich zu übergeben.

Ich sehe ein schlankes Stück Eisen, das zurück in den Kofferraum gleitet, und mir wird bewusst, dass sie mir gerade mit dem Ende eines verdammten Radmutternschlüssels in den Schritt geschlagen hat.

Dieselbe verdammte Eisenstange saust, gehalten von zwei winzigen Händen an jedem Ende, auf mein Gesicht zu und schlägt mir den Mund und Wangenknochen ein.

Verdammte Scheiße, *au.*

Es ist genug, um mich auf den Arsch zurückfallen zu lassen. Ich liege auf dem Rücken und mein eigenes Blut füllt meinen Mund, als der Schmerz mein Gesicht und meinen armen, wehrlosen Schwanz verschlingt. Mit widerwilliger Bewunderung sehe ich zu, wie meine Gefangene unsicher aus dem Kofferraum klettert. Sie hält den Radmutternschlüssel in der einen Hand und hält sich mit der anderen am Wagen fest, während sie auf der Stelle schwankt.

„Du hast dir die falsche Frau ausgesucht, um sie zu entführen, Colt", sagt sie mit rauer Stimme zu mir. Das ganze Geschrei kann ihrer Kehle nicht gutgetan haben, aber in diesem Moment möchte ich sie ihr herausreißen und sie für die Unannehmlichkeiten, die ich spüre, erwürgen. „Aber danke fürs Mitnehmen. Du hast es mir erspart, dreißig Kilometer in diesen gottverdammten Flipflops zu laufen."

Mein Mund ist bereits verheilt, aber sie muss mir den Wangenknochen gebrochen haben. Ich spüre, wie er nur langsam wieder zusammenwächst. Ich drehe den Kopf, spucke Blut auf den Boden und bereite mich auf einen Angriff vor, den sie nicht kommen sehen wird.

Sie glaubt, sie hätte das Unmögliche geschafft und einen Vampir zur Strecke gebracht. Zweifellos hat sie Bücher gelesen und Filme über meine Art gesehen. Diesen Dreck gibt es überall und nicht ein einziges Mal hat irgendjemand, den Nagel, mit dem was wir wirklich tun können, auf den Kopf getroffen. Denn während die Menschheit uns alle über einen Kamm schert, unterscheidet sich jeder Vampir auf unendlich kleinste Weise von allen anderen.

„Du wirst mich erledigen müssen, kleines Mädchen. Wenn du es nicht tust, werde ich dich fertigmachen."

Ein Meter siebzig wütende Frau richtet sich durch pure Willenskraft auf. Mein geprellter Schwanz zuckt bedächtig, als ich die Kurve ihrer Hüfte und Taille und die Länge ihrer Beine mustere. Ihre Brüste heben sich verlockend, als sie den Radmutternschlüssel auf ihre Schulter schwingt. Ich stelle mir vor, wie sie in meinem Mund schmecken werden, bevor ich meine Reißzähne in ihr geschmeidiges Fleisch versenke.

„Das lässt sich einrichten. Ich bin nicht das dumme, blonde Mädchen aus einem Horrorfilm, Colt. Ich habe schon vor langer Zeit gelernt, dass man den Feind nicht einfach niederschlägt und darauf wartet, bis er hinter einem herkommt. Wenn es um Leben und Tod geht, muss man ihn töten, wenn man kann." Sie hat die herrlichste Augenfarbe, die ich je gesehen habe, vor allem, wenn sie von innen so unbarmherzig strahlen. Sie sind fast azurblau mit einer schiefergrauen Tönung. Ich möchte sehen, wie viele Schattierungen von beidem es darin gibt. „Ich denke, deinen Kopf zu Brei zu schlagen, wird dich nicht umbringen, nicht wahr? Aber es wird dich lange genug am Boden halten, damit die Sonne dir den Rest geben kann."

Nun, in Theorie könnte das funktionieren. Darüber habe ich noch nie nachgedacht, wenn ich ehrlich bin, und es ist auch kein Experiment, für das ich gern das Versuchskaninchen sein möchte. Wenn ich mich nicht schnell genug regeneriere, werde ich in kürzester Zeit zu einem knusprigen Häufchen. „Sei dir verdammt noch mal sicher", warne ich sie,

„dass ich nicht gnädig sein werde, wenn ich dich noch einmal erwische.“

Sie presst die Lippen fest aufeinander, als sie darüber nachdenkt. Ich hätte nichts dagegen, in ihr Gehirn einzutauchen und ihre Gedanken zu Unterhaltungszwecken zu scannen. Ich habe das Gefühl, dass zehn Sekunden in ihrem Kopf besser wären als jeder Film, der je gedreht wurde. Aber sie zuckt nur mit der Schulter und kommt näher. Als sie knapp außerhalb meiner Reichweite stehen bleibt, hebt sie den Radmutternschlüssel. Diese atemberaubenden Augen glänzen mit einer Mischung aus Emotionen und im selben Moment, in dem sie die Stange in die Richtung meines Kopfes schlägt, mache ich meinen Zug. Ich rolle meinen Körper auf dem harten Boden und bin vor ihr auf den Beinen, bevor das Ende des Radmutternschlüssels auf den Asphalt knallt. Ich reiße ihn mit Leichtigkeit aus ihrer zarten Hand und schleudere ihn über den Parkplatz, wo ich höre, dass er laut klappert und abrupt gegen die Wand der Lagerhalle knallt.

Ich grinse, lasse meine Reißzähne aufblitzen und wehre den sauberen Aufwärtshaken ab, den sie mir gegen das Kinn schlagen will. Der Schock steht ihr ins Gesicht geschrieben und nervöse Energie schwirrt durch ihre Adern, als ihr dämmert, dass sie gerade von einem Vampir überwältigt wurde. „Also, wo waren wir, Kleines? Ah ja, ich erinnere mich. Keine Gnade.“

„*Fuck*“, haucht sie und atmet tief ein. Ich drücke meine Handfläche auf ihren Mund und umschließe ihre Kehle mit meiner freien Hand, um sie zu ermutigen, *keinen* ihrer ohrenbetäubenden Schreie auszustoßen.

„Gib einen Laut von dir oder sage ein Wort und die Sache endet genau hier“, sage ich leise und beuge mich zu ihr hinunter, sodass ich ihr in die Augen sehen kann. Sie zu bezirzen, wäre sicherer und einfacher, aber ich mag es, mit dieser wilden Kreatur zu kämpfen. „Du bist jetzt in meinem Revier und du wirst dich benehmen oder du wirst sterben. Der Kofferraum, vor dem du sich so fürchtest, wird deine letzte Ruhestätte sein, das verspreche ich dir. Hast du mich verstanden?"

Die Art und Weise, wie sich ihre Augen weiten und ihr Herz klopft, verrät mir, dass sie den dominanten Ton gehört hat und ihn respektiert. Vielleicht ist es Wunschdenken, aber ich habe den Eindruck, dass sie genauso geneigt sein wird, mir zu gehorchen, wenn sie nackt und mit Handschellen an mein Bett gefesselt ist.

Ich schnuppere leicht an ihrem Haar und ihrem Hals.

Der Geruch von Schweiß und Angst überdeckt die fast köstliche Süße des unterwürfigen Dufts, aber ich nehme ihn trotzdem wahr. Sterbliche sind selten in der Lage, ihr wahres Wesen zu verbergen, und sie haben keine Ahnung, wie viel sie durch ihren Geruch verraten.

Mörder? Reichhaltig und bitter.

Vergewaltiger? Stark und sauer.

Optimisten? Süßer als Zuckerwatte.

Unterwürfige? Verdammt göttlich.

Als sie langsam nickt, ziehe ich meine Hand von ihrem Mund, behalte die andere jedoch an ihrer Kehle. Wenn sie mit dem Feuer spielen will, komme ich ihr gern entgegen. Ich knalle den Kofferraum zu und schließe das Auto ab. Ich habe gesehen, wie sie das Innere ihres vorübergehenden Gefängnisses verwüstet hat – und ich bin nicht glücklich darüber, aber zumindest weiß ich, dass sie keine Waffen an faszinierenden Stellen versteckt.

„Es war mutig, dort drin alles zu zerlegen, um an den Radmutternschlüssel zu gelangen", sage ich in einem unzufriedenen Ton zu ihr. Sie zittert, als ich meine Hand an ihren Nacken gleiten lasse, und ich weiß, dass wir beide daran denken, wie leicht es wäre, ihr das Genick zu brechen. „Zum

Glück für dich ist er ausziehbar. Ich bin überrascht, dass ich nicht gehört habe, wie du ihn hast einrasten lassen."

Sie schnauft, als ich sie vorwärtsführe, und ihr Haar kitzelt meinen Handrücken, wenn sie sich bewegt. Der schlichte Vanilleduft ihres Shampoos bringt meine Lust in Wallung und ich zwinge meine Libido unter Kontrolle, bevor ich etwas Dummes tue, wie sie direkt hier an der Wand zu ficken. „Ich bin schockiert, dass du überhaupt etwas anderes hörst als dein eigenes Ego, das dir antwortet, Arschloch. Gott, das ist so abgefuckt!"

Meine Mundwinkel zucken. Ich habe Zeiten erlebt, in denen Frauen umgebracht wurden, weil sie etwas Unangemessenes sagten. Ganz zu schweigen von der Art von Sprache, die sie von sich gibt. Dieses Mädchen wirft zum Spaß mit Obszönitäten um sich. Um sie zu testen, schlage ich mit der Hand auf die Rundung ihres Hinterns. Erst auf die eine Pobacke, dann auf die andere, um es fair zu halten. „Pass auf, was du sagst, Kleine."

Sie hat die Dreistigkeit zu knurren. Gott, sie ist phänomenal. Ich muss mir wirklich überlegen, welche Möglichkeiten ich habe, bevor Vadim oder Obe von ihrer Existenz erfahren. „So rede ich eben. Wenn du mich gehen lassen würdest, bräuchtest du dich nicht damit auseinanderzusetzen, nicht wahr?"

„Mach weiter so. Ich habe mehrere Möglichkeiten, mich mit dir *auseinanderzusetzen*." Ich schiebe sie um die Seite des Lagerhauses herum zu dem Eingang, den ich am häufigsten benutze. „Die meisten davon werden dir nicht gefallen … oder vielleicht bist du die Art von Mädchen, die so etwas mag."

Sie versteift sich in stummem Protest, als ich sie mit dem Gesicht voran gegen die Tür stoße und sie festhalte, während ich mich um die Sicherheitsvorkehrungen kümmere. Handabdruck und Stimmerkennung, sechsstellige PIN und

Daumenabdruckscanner. Für manche ist es übertrieben, aber als Vampir braucht man die Gewissheit, dass dein Nest sicher ist, während du schläfst.

Das Lagerhaus ist neunhundert Quadratmeter groß und von massiven Metallwänden begrenzt. Es gibt keine Oberlichter im Dach und keine Fenster. Nachdem ich es gekauft hatte, nahm ich ein paar massive Anpassungen vor, von denen die erste darin bestand, die Verladetore mit der gleichen Sicherheit zu versiegeln wie den Eingang, den wir gerade benutzt haben.

Wenn sie nicht von jemandem mit einer riesigen Menge C4 gesprengt werden, müssen meine Feinde die Sicherheit der Tür, die ich jetzt hinter uns verriegle, erst einmal knacken oder außergewöhnliche Gewalt anwenden.

Ich spüre, wie meine Gefangene zu zittern beginnt, als uns die Dunkelheit einschließt. Ich habe Mitleid mit ihr. Ich selbst kann perfekt sehen, aber sie ist offensichtlich verzweifelt, weil ihr das Augenlicht genommen wurde. Wie es sich für einen Gentleman gehört, schalte ich das Licht ein und warte, bis es aufflackert, bevor ich sie loslasse.

„Das ist mein Zuhause. Der einzige Ausgang ist der, durch den wir gerade gekommen sind; die Verladetüren bieten dir keinen brauchbaren Fluchtweg." Ich verschwende keine Zeit damit, ihr zu sagen, dass sie ohne mich an ihrer Seite nicht von hier entkommen kann. „Ich fürchte, ich habe nichts Geeignetes zu essen für einen Menschen hier. Du wirst bis heute Abend hungern müssen. Ich glaube, da hinten steht irgendwo eine Kiste mit Wasser und ich werde danach suchen, sobald ich dich gesichert habe."

Sie schlingt ihre Arme um ihren Körper. „Gesichert?"

Ich lache. „Ich bin nachtaktiv. Ich schlafe tagsüber tief und fest und ich vertraue nicht darauf, dass du mich nicht pfählst oder dich aus dem Staub machst, während ich schlafe."

Sie schaut sich mit leerem Blick um. „Du hast ein Wohnzimmer in einem leeren Lagerhaus eingerichtet", murmelt sie. „Kein Schlafzimmer, keine Küche, nur ein Wohnzimmer. Wo zum Teufel schläfst du? Hängst du in den Dachsparren?" Sie schaut nach oben, als erwarte sie, dass andere von meiner Sorte wie Fledermäuse dort oben baumeln.

Es ist ein seltsamer Raum; das kann ich nicht leugnen. Ich habe einen Fernseher, eine Couch und einen Couchtisch in der Mitte der Lagerhalle aufgestellt. Aus ästhetischen Gründen. Es ist nicht so, dass ich oft Besuch bekomme, aber es bietet eine Illusion von Leben.

Mein eigentliches Zuhause befindet sich einige Meter unter uns. Aber meine Besucherin muss sich von ihrer besten Seite zeigen, bevor sie die Vorzüge dessen, was unter uns liegt, genießen darf. Denn wenn ich sie jemals gehen lasse, wird sie Zugang zu einem Wissen haben, das sonst niemand auf der Welt besitzt, und das öffnet gefährlichen Leuten viele Türen.

„Du und ich werden – zumindest heute – unten schlafen." Ich ziehe eine Augenbraue hoch, als sie mich anstarrt. „Was, du willst im Auto schlafen? Könnte ungemütlich werden in diesem Kofferraum, jetzt, wo er so verwüstet wurde."

Sie funkelt mich böse an, bevor sie davonstapft und sich auf die Couch wirft. Sie zieht die hässlichen Flipflops aus, lehnt sich zurück und schnauft vor sich hin, als sie es sich scheinbar zufrieden gemütlich macht. Wo bewahrt sie ihre stählernen Eier auf, ich will es unbedingt herausfinden.

Ich gehe hinüber und setze mich vor sie auf den Couchtisch. Ihre verzogenen Lippen schrecken mich nicht im Geringsten ab. „Gewöhne dich daran, dass ich das Sagen habe. Ich will ein paar Antworten von dir. Und wie du antwortest, wird einen großen Unterschied machen, ob du den Mond aufgehen siehst oder nicht. Hast du mich verstanden?"

Sie zeigt mir als Antwort ihre weißen Zähne und ich erwidere es.

„Wie heißt du?" Das ist die Frage, die ich vor mir hergeschoben habe.

„Ach, *jetzt* willst du es wissen." Die Bitterkeit in ihrer Stimme ist neu. „Mein Name ist Vienna. Ich bin achtundzwanzig, komme aus Chicago und bin Künstlerin. Ich kann dir in den Arsch treten, sodass du von hier bis nach Montana fliegst, und wenn ich die Gelegenheit bekomme, werde ich auf deiner Asche tanzen. Und jetzt verpiss dich und lass mich in Ruhe. Geh in deinen Winterschlaf, oder was auch immer du machst."

Sie hat mir zwar von sich aus jede Menge Informationen geliefert, aber ihr Ton ist respektlos, und das kann ich nicht zulassen. Ich greife nach ihren Knöcheln und reiße sie von der Couch. Sie schreit vor Schmerz auf und ich funkle sie böse an. Ich bin mir sicher, dass mein Griff nicht fest genug ist, um diese Reaktion einer so zähen Frau zu rechtfertigen.

Sie tritt mit dem rechten Fuß nach mir, hält den linken aber seltsam still. Vorsichtig betrachte ich den unbeweglichen Fuß und bemerke Anzeichen von Blutergüssen, die unter der Haut entstehen. Ihr Fuß wird bis heute Abend schwarz und lila sein. Ich drücke sanft mit dem Daumen und sie zuckt mit einem weiteren spitzen Schrei zurück.

„Du hast nicht gehumpelt, als wir zum Lagerhaus gegangen sind", werfe ich ihr misstrauisch vor, „und auch nicht, als du dich zur Couch geschleppt hast."

„Adrenalin ist stärker als Schmerz", speit sie zurück und beugt sich vor, um ihren Fuß aus meinem Griff zu befreien. Ich belohne sie mit einem schnellen Klaps auf die Hand. „Es ist nichts, lass es einfach. Sieh es als Handicap, wenn ich dich umbringe."

Ich lasse ihre beiden Füße auf den Boden fallen und schaue zu, wie sie sich mühsam wieder in eine sitzende Position bringt. Als sie es sich wieder bequem gemacht hat, habe ich einen Aktionsplan im Kopf und handle entsprechend. Ich stürze mich auf sie, bevor sie reagieren kann, schiebe meine Knie zwischen ihre und dränge mich zwischen ihre Beine, sodass sie auf meine Oberschenkel rutscht.

Entsetzen huscht über ihr Gesicht, als ich ihre Handgelenke mit einer Hand umklammere. „Ich habe genug von deiner Einstellung, Vienna. Ich hatte vor, dir den Hintern zu versohlen, dich ins Bett zu schicken und dieses Gespräch heute Abend fortzusetzen. Aber obwohl du weißt, was ich bin, hast du keine realistische Vorstellung davon, *wozu* ich fähig bin. Das werde ich jetzt ändern, denn dann werden wir heute Abend vielleicht auf einer respektvolleren Basis neu beginnen."

„Du kannst nicht einfach …"

„Kein Konzept", wiederhole ich düster und packe ihren Hinterkopf, um ihr Haar in meiner Hand zu einem engen Zopf zusammenzufassen. Ich ziehe ihn über ihre Schulter, sodass ihr Hals auf der anderen Seite freiliegt. „Ich bin der Tod, irre dich nicht. Du scheinst zu glauben, du kannst mit mir spielen, mich verhöhnen, ohne dass es Konsequenzen gibt."

„Colt!"

Mein Name klingt in diesem gehauchten, verängstigten Tonfall wie ein Flehen und mein Schwanz zuckt nach oben. Sex wird vorerst warten müssen. Ich fixiere den Puls an ihrer Kehle, der unberechenbar schlägt und meine Reißzähne zum Spiel auffordert, mit meinem Blick. „Wenn du ein braves Mädchen gewesen wärst, hättest du auf meinem Schwanz gesessen, während ich das hier tue, Vienna. Aber du hast die falschen Knöpfe gedrückt und böse Mädchen bekommen keinen Orgasmus, während ich trinke."

Blut strömt in meinen Mund, als ich zubeiße – süßes, duftendes Blut, wie ich es noch nie zuvor gekostet habe. Es ist stark mit Angst gespickt und, oh verdammt, ja, mit Erregung. Aber die Substanz selbst ist himmlisch und auf eine Weise süchtig machend, von der ich weiß, dass sie für mich und für sie gefährlich sein wird. Ich könnte sie in Sekundenschnelle leer trinken und würde immer noch verzweifelt nach mehr verlangen.

Ihre Hüfte zuckt nach vorn, um sich an meinem Schwanz zu reiben, weil sie Erleichterung finden will, aber ich verweigere ihr jeden Anschein von Erlösung. Wäre sie weniger frech gewesen, hätte ich mich vielleicht dazu überreden lassen, meine Hand in ihre Hose zu schieben und ihre glitschige Muschi mit den Fingern zu ficken, bis sie kommt, aber wie ich schon sagte, böse Mädchen bekommen keine Orgasmen.

Ich verliere mich in ihren wimmernden Schreien, dem Ziehen ihrer Finger in meinem Haar, dem Kratzen ihrer Nägel auf meinem Rücken. Sie weiß nicht, was sie mit der plötzlichen Welle der Lust, die in ihr aufsteigt, anfangen soll. Der Biss bringt sie ebenso in Ekstase, wie er sie schmerzt – es ist eines der wenigen Dinge, an die ich mich von meiner eigenen Schöpfung erinnere.

Feuer, das meine Kehle versengt, eine Ejakulation, die so stark war, dass sie mir die Seele aus dem Leib riss, dann eine Flut von dickem, kupfernen Blut, das in meinen Bauch floss, und mein Herz, dass ein … letztes … Mal … schlug …

Widerstrebend lasse ich Viennas Hals los und lecke sanft über die Einstichwunden, um sie zu säubern. Dann beiße ich mir in die Unterlippe. Ich küsse die Wunden und versiegle sie mit meinem Blut. Ein kurzer Blick auf ihr Gesicht verrät, dass sie glückselig erstarrt ist – ihre Augen sind halb geschlossen, aber soweit ich sehen kann, haben ihre Pupillen die Iriden verdunkelt.

Ihr Körper ist schlaff und ihre Hände gleiten langsam von meinem Rücken, bis sie sanft auf die Couch fallen. Zum ersten Mal, seit wir uns kennengelernt haben, hat sie kein einziges Wort zu sagen.

Ausgezeichnet. Es wäre so einfach, sie jetzt zu erledigen und dieses unvergleichliche Blut auszutrinken. Mein Dämon ist ganz meiner Meinung – wir sind gierig und wollen sie vernaschen. Aber mit Mühe widerstehe ich. Etwas sagt mir, dass ich es muss.

Ich beiße mir mit einem Reißzahn in die Daumenkuppe und schiebe sie dann in ihren Mund. Warm und feucht. Köstlich. Nach ein paar Sekunden flattert ihre Zunge über meinen Finger, dann setzen ihre Instinkte ein und sie fängt leicht an, zu saugen. Sie nimmt genug, um mich zu befriedigen, und sobald die kleine Wunde verheilt ist, ziehe ich meinen Daumen mit dem stillen Versprechen heraus, ihn irgendwann in naher Zukunft durch etwas Längeres, Dickeres und Empfindsameres zu ersetzen.

Mein Blut wird ihren Fuß und die Bisswunde heilen, genau wie alles andere, was sie vor mir verbirgt. Ich will, dass sie fit und gesund ist. Sie muss beides sein, denn dass ich von ihr getrunken habe, bedeutet jetzt, dass ihre Zukunft in meinen Händen liegt.

Vienna wird für eine ganze Weile nirgendwo hingehen.

* * *

VIENNA

Ich bin gerade so verdammt high.

So krass high, dass ich nicht mehr weiß, auf welcher Ebene ich mich befinde. Ich bin mir nicht sicher, ob ich physisch in meinem Körper oder nur eine Vielzahl von funkelnden kleinen Sternen bin, die in der Dunkelheit verstreut sind. Was auch immer ich bin, ich fühle mich ... erstaunlich *lebendig*. Tausend Energydrinks fließen durch meine Adern und pumpen Leben in jede Zelle meines

Körpers. Sie werden von einem konstanten Strom anregender Elektrizität angetrieben.

Einen Marathon laufen? Verdammte Scheiße, ich würde schon Margaritas an der Ziellinie schlürfen, bevor der Rest der Läufer den Startbereich verlässt. Mount Everest besteigen? *Pah*, ich habe den Gipfel schon erreicht und meine Mitstreiter auf dem Weg nach unten überholt. Gewichte heben? Ich bitte dich, ich jongliere mit verdammten Panzern und tanze dabei einen irischen Volkstanz.

Alles Koffein auf der Welt kann diesem Gefühl nicht das Wasser reichen und ich will nicht, dass es aufhört. Ich bin unbesiegbar und unverwundbar und in der Lage, in einem Regen aus Schutt und Asche durch Backsteinmauern zu rasen. Keine Ketten könnten mich aufhalten, keine Türen können mich ein- oder ausschließen.

Begeistert von dieser Erkenntnis schnappe ich in der Dunkelheit nach Luft.

Ich bin die neue Superheldin von Tucson in Arizona.

„Verdammt noch mal, Weibsbild, musst du so gottverdammt laut denken?"

Meine Superheldeninstinkte blitzen auf und ich springe von meinem Ruheplatz aus weichen Laken auf und lande unsicher auf meinen Füßen. „Wer ist da, verdorbenes Wesen? Gib dich zu erkennen!"

Material raschelt und ein schwerer, männlicher Seufzer erfüllt die Dunkelheit. „Hör auf mit dem Scheiß, Vienna, und geh wieder ins Bett. Es ist noch eine Stunde bis zum Sonnenuntergang und ich bin nicht bereit, dir zuzuhören, wie du Chaos anrichtest, während du von der Wirkung meines Blutes herunterkommst."

Misstrauisch kneife ich die Augen zusammen. Die Stimme kommt mir irgendwie bekannt vor, aber ich kann ihr kein Gesicht zuordnen. Er spricht mit mir, als würde er mich kennen und nennt mich beim Namen, also wer ist er? „Woher kennst du meine wahre Identität?"

Ein weiterer Seufzer, tiefer und voller Resignation. Dann klickt ein Schalter und sanftes Licht erhellt meine Umgebung. Ich drehe mich langsam um und begutachtete die Lage, in der ich mich befinde.

„Vienna. Komm zurück ins Bett und ruh dich aus. Wenn du aufwachst, wirst du dich wieder wie du selbst fühlen, das verspreche ich. Manche Menschen reagieren auf Vampirblut anders als andere, und du scheinst einer davon zu sein. Du bist keine Superheldin, glaube mir."

Mir fallen fast die Augen aus dem Kopf, als ich den halb nackten Mann anstarre, der es sich in einem massiven, aus Kirschenholz geschnitzten Schlittenbett bequem gemacht hat. „*Vampirblut*? Verschwinde, du widerliche Bestie!", kreische ich laut, presse meine Zeigefinger zu einem Kreuz zusammen und stemme sie ihm entgegen.

Er murmelt etwas, rollt mit den Augen, schüttelt seinen dunklen Schopf und wendet mir einfach den Rücken zu.

Ich schlage meine Hand auf mein Herz und spüre, wie seine dämonische Präsenz meine Lebenskraft aus meinen Adern saugt. All meine glorreiche Energie versickert langsam und lässt mich geschwächt und seiner Gnade ausgeliefert zurück. Bevor er mich völlig aussaugen kann, setze ich mich in Bewegung und springe mit dem wenigen bisschen Verstohlenheit, das mir geblieben ist, mutig auf das Bett.

Wenn er mich schon umbringt, dann kann ich die Erde mit meinem letzten Atemzug wenigstens von seiner Bosheit befreien. Ich gelobe im Stillen, genau das zu tun, und studiere die muskulöse Länge seines entblößten Rückens, um die Stelle zu finden, wo sein totes Herz sein sollte. Ich habe keine Waffe zur Hand, aber Vienna, Beschützerin und Wächterin von Tucson, braucht keine Waffe, um den Dämon zu töten.

Ich *bin* die Waffe.

„Mein Gott, du hast eine blühende Fantasie", brummt meine Beute und setzt sich leicht auf, um sein Kissen aufzuschlagen. „Ich sage es dir kein drittes Mal, Vienna. Rollenspiele sind nicht mein Ding, aber ich werde dir gern zeigen, was ein echter Bösewicht mit seiner Gefangenen tut."

Ich knurre. Eine Drohung? Und noch dazu eine so schwache. Anstatt zu lachen, fletsche ich die Zähne und stürze mich wie eine heilige Rakete auf ihn. Ich krümme die Hände zu Klauen und als unsere Körper aufeinanderprallen, beiße ich in seine untote Schulter. Ich knurre und zerfetzte sein Fleisch, während ich meine Fingernägel in seine Haut bohre.

Sieg!

Ich weiß, dass ich ihn schwer verwundet habe, aber nicht genug, um mich selbst zu retten. Der letzte Rest meiner Superheldenenergie schwindet und ich werde wieder zu einem einfachen Menschen und muss mich mit einem verärgerten, blutenden Vampir auseinandersetzen.

Während mein Gehirn mehrere Gänge hinunterschaltet und Vienna, die Frau, zurück auf den Fahrersitz katapultiert, bleibt der Mann, den ich als Colt kenne, totenstill unter mir liegen. Meine Zähne stecken immer noch in seiner Schulter und meine Hände fangen an zu zittern, als mir dämmert, wie tot ich gleich sein werde.

„Bist du jetzt fertig?", fragt er ruhig.

Oh, scheiße. Das ist katastrophal *schlimm*. Ich meine so richtig schlimm, Todesurteil-schlimm. Ich habe in ein Wespennest gestochen, das ich normalerweise nie anfassen würde, und jetzt erheben sich Tausende dieser verdammten Dinger in Form von Colt gegen mich.

Mein Hals pocht einmal, als ich mich an den Biss seiner Reißzähne in meine Halsschlagader erinnere. Langsam ziehe ich meine Zähne heraus, huste und lecke mir über die

Lippen, bevor ich einen seltsam vertrauten Geschmack wahrnehme. Er ist schwer auf meiner Zunge – metallisch in einem Moment und köstlich im nächsten.

Meine Muschi verrät mich, als ich mich von meinem Entführer abstoße und vom Bett klettere, bevor ... nein, nicht bevor. Ich schreie auf, als sich eine starke Hand um meinen Knöchel schlingt und mich zurück in die Mitte der Matratze zerrt. Colts Demonstration von Dominanz und absoluter Stärke macht verrückte Dinge mit meinen Eingeweiden, die eine Flut von Nässe in mein Höschen schießen lassen.

„Dreimal habe ich es dir gesagt", sagt er in einem langsamen Ton, wobei die Hitze in seiner Stimme jeden Nerv unter meiner Haut zum Glühen bringt. „Du sollst zurück ins Bett kommen und dich ausruhen. Du hast nicht gehört, nicht wahr? Du musstest unbedingt ein böses Mädchen sein und meine Regeln brechen." Er dreht mich mühelos auf den Bauch und greift in den Bund meiner Shorts. „Ich war rücksichtsvoll, habe dich bekleidet gelassen, um dir ein Gefühl der Sittsamkeit zu geben, und du ... Du reizt mich mit dem Duft dieser Muschi."

„Das ist nicht meine Schuld!", protestiere ich und trete halbherzig nach ihm. Ich sollte mich wirklich mehr anstrengen, um diesem Szenario zu entkommen, aber wenn er mir wehtun wollte, hatte er bereits reichlich Gelegenheit dazu. „Ich war nicht ich selbst, Arschloch!"

Colt schiebt seine Nase an meiner Wade und meinem Oberschenkel hinauf und lässt mich erschaudern. Mit einem schnellen Ruck ist meine kurze Hose von den Beinen verschwunden und er zieht sie schneller aus, als ich blinzeln kann. Mein Höschen hat nicht so viel Glück und reißt mit einem Ruck seiner Hände auseinander. „Bist du jetzt du selbst, Vienna? Hast du meine kleine Superheldin wieder weggeschlossen?"

Fangfrage. Ich erkenne sie als solche, bevor ich den Mund zur Antwort öffne, was wahrscheinlich klug ist und mehr Glück als Verstand bedeutet. Wenn ich Ja sage, wird er sofort über mich herfallen und wer weiß was mit meinem wehrlosen Körper anstellen … Ich verziehe das Gesicht, als der Gedanke meine Erregung noch mehr anheizt, wie ein gottverdammter bockender Bulle in der besten Sendezeit.

Wenn ich Nein sage … nun, ich bin nicht in der Lage, mir auszumalen, was passiert, wenn ich Nein sage.

„Ich fühle mich nicht mehr so, als könnte ich über den Grand Canyon springen", murmle ich sarkastisch, dann schreie ich auf, als Feuer wie Rache über meine linke Pobacke schießt. „Was zum Teufel? Oh, du wirst ein …" Meine rechte Pobacke zittert unter einem ähnlichen Schlag. Ich beiße ins Bettlaken, um mein Stöhnen zu unterdrücken – ich werde dieses Neandertalerverhalten nicht durch positive Verstärkung ermutigen.

Meine Hüfte wird nach oben gerissen und ein kühles Kissen darunter geschoben, um meinen Hintern für dieses Monster im Bett hochzuhalten. Ich hasse es. Ich hasse die Verletzlichkeit, Colt ausgeliefert zu sein, aber als ich versuche, mich wegzuwinden, versohlt er mir erneut den Arsch.

„Ich denke, wir werden ein paar Regeln aufstellen", knurrt er und kratzt mit den Fingernägeln über meine Oberschenkel bis zu den empfindlichen Kniekehlen. Dann schiebt er meine Beine weit auseinander. „Dein Leben liegt in meinen Händen, Vienna. Ich schlage vor, du hörst genau zu, bevor du dich entscheidest, mir nicht zu gehorchen. Sind deine Ohren scharf geschaltet?"

Ich bäume mich als Antwort wütend auf.

„Gut. Regel Nummer eins: Respekt, zu jeder Zeit. *Sir* passt mir gut; wenn dir das nicht über die Lippen kommt, werde ich sie anderweitig benutzen, bis du genug Manieren gelernt hast, um mich mit dem Ehrentitel anzusprechen.

Wenn du frech werden willst, nur zu, aber mit dem gleichen Ergebnis."

Nun, zum Teufel. Mein Mundwerk wird mich ernsthaft in Schwierigkeiten bringen, wenn ich keinen Weg finde, seinem strengen Blick zu entkommen.

„Regel Nummer zwei: Weinen und Lügen bringen dich bei mir nicht weiter. Ich verabscheue Unehrlichkeit und Krokodilstränen machen mich nur wütend. Wenn ich dir eine Frage stelle, beantwortest du sie ehrlich und unverzüglich."

Ich spotte: „Oder was? Wirst du meinen Mund anderweitig benutzen?"

Als er gluckst, ist der Klang schwarz wie die Nacht und ich überlege, ob es klug ist, ihn zu verspotten. Ja, ich muss anfangen, mich daran zu erinnern, dass er kein Mensch ist. Er ist mehr als fähig, meinem sterblichen Körper so lange schreckliche Dinge anzutun, wie es ihm gefällt, bevor er mich an einem Ort entsorgt, an dem ich nie gefunden werde.

Er klatscht mit beiden Handflächen auf meinen Hintern und spreizt meine Pobacken auf. Selbst als ich versuche, sie zusammenzuziehen, hält er sie auseinander und mein intimstes Loch versucht, sich unter seinem hungrigen Blick komplett zu verschließen. „Mit Lügnern gehe ich ein bisschen anders um als mit respektlosen Unterwürfigen." Ein kühler Finger drückt gegen mich und raubt mir den Atem. „Ich finde, wenn ich winzige Löcher mit meinem Schwanz dehne, wird die *Keine Lügen*-Regel eindringlicher klargemacht. Glaube mir, es werden keine Krokodilstränen sein, wenn es dazu kommt, Vienna. Diese Tränen werden echt sein."

Mein Arsch fleht mich an, mich zu benehmen, aber leider kenne ich mich zu gut. Wenn ich lügen kann, um mich aus einer Patsche zu befreien, werde ich verdammt noch mal alles sagen, was ich muss. „Ich weine nicht. Das liegt mir nicht im Blut."

„Wir werden sehen", sagt er bedrohlich und lässt meinen Hintern los. „Regel Nummer drei: Von jetzt an gehörst du mir. Du hast es mir angetan, Vienna, und du bist eine Herausforderung. Heutzutage gibt es nicht mehr viele Herausforderungen, die meine Aufmerksamkeit fordern, also kannst du dich glücklich schätzen. Ich werde mit dir machen, was ich will, bis diese … Faszination für dich vorbei ist. So wie du schmeckst, würde ich nicht darauf wetten, je wieder eine freie Frau zu sein."

Ich kralle meine Finger ins Bettlaken und klammere mich so fest an den glatten Stoff, dass meine Finger drohen, abzubrechen. Ich bin mir ziemlich sicher, dass es gegen Regel Nummer eins verstößt, ihm die Fresse zu polieren, und da mein Arsch immer noch entblößt ist, werde ich das jetzt nicht riskieren. „Ich bin eine freie Frau, Colt."

Die Matratze bewegt sich und Colts Hände landen auf beiden Seiten meines Kopfes. Er presst seinen Körper an meine Konturen. Mein Rücken bebt, als Haut auf Haut trifft, und ich kann es mir nicht verkneifen, meine Hüfte gegen die beeindruckende Erektion zu drücken, die an meiner Poritze reibt.

„Regel Nummer drei", trällert er in mein Ohr und leckt über die kitzlige Ohrmuschel, bis ich mich winde. Dann knabbert er an meinem Hals entlang. Ich versteife mich und warte auf den Schmerz, aber er macht einfach weiter bis zu meiner Schulter. „Wenn ich dich markiert habe, jeden Quadratzentimeter deines entzückenden Körpers, wirst du die Wahrheit erkennen."

„Respektieren Doms keine Einvernehmlichkeit mehr?" Ich habe seine kleine Stichelei über respektlose Unterwürfige nicht vergessen; dieser eine Satz fasste seine Einstellung komplett zusammen und verpackte sie mit einer hübschen

BDSM-Schleife. „Ich dachte, es ginge deinesgleichen nur um Sicherheit, Vernunft und Einvernehmen?"

Er schnurrt und das Geräusch läuft mir den Rücken hinunter. Er beißt mir in die Schulter und seine Zähne kratzen leicht über mein Fleisch. „Glaubst du, dass ich dir ein Safeword gebe, Kleines? Vielleicht sollte ich das. Ich bin kein so großes Monster, dass ich dir das nicht geben kann."

Ich verliere den Faden des Gesprächs, als er an meinem Rücken hinuntergleitet und an meiner Haut knabbert und sie küsst. Jede Berührung seiner Lippen entfacht Funken, die mein Gehirn außer Kraft setzen und meinen Körper in Verzückung bringen. Ich gebe mir selbst die Schuld für meine Reaktion – ich habe zu lange keine körperliche Intimität mehr erfahren und schon verwandle ich mich in das kleine bedürftige, wollüstige Wesen, das sich gerade unter Colts geschickter Liebkosung zu erkennen gibt.

Trotz seines groben und heißblütigen Geredes hat er immer noch keine Anstalten gemacht, mir wehzutun.

Ich wimmere, als er sich zurückzieht. Ich bin bereit, riesige rote Pfeile und eine Wegbeschreibung zu meiner bedürftigen Muschi zu postieren, wenn er sich nicht beeilt und etwas tut. Einen Moment später werden meine Gebete erhört und eine Implosion von Emotionen bricht in meinen Adern aus, als er mein sehnsüchtiges Geschlecht mit dem Mund bedeckt und meine Klitoris mit der Magie seiner Zunge bearbeitet.

Offensichtlich waren die vielen Jahrhunderte des Untotseins nicht umsonst. Dieser Kerl ist geschickt mit seinen Händen, seiner Zunge, seiner Stimme … ernsthaft, wenn alle Vampire so geschickt darin sind, sekundenschnelle Orgasmen herauszukitzeln, würden sie als professionelle Sexarbeiter einen Killererfolg haben – Wortspiel beabsichtigt. Zur Hölle, man sollte ihnen ein Siegel geben und sie Sextherapeuten nennen.

Er entreißt meiner Kehle mühelos ein Stöhnen und hält mich mit dem Griff an meiner Hüfte still, als meine Kontrolle aus dem Ruder läuft und ich mich dem Rausch der ungeheuren Lust hingebe. Ich meine, ich bin mir ziemlich sicher, dass Regenbögen und Sternenstaub aus den Spitzen meiner Finger und Zehen schießen.

„Stöhnen reicht mir nicht aus, Vienna", murmelt Colt und beißt mit den Zähnen in die Rückseite meines Oberschenkels. „Ich will Schreie hören, bevor ich dich ficke. Du hast eine süße Stimme, wenn du mich nicht gerade verfluchst, aber ich will sie singen hören."

Das blökende Klingeln eines Handys bewahrt mich davor, zu antworten. Ich kann nicht, denn meine Zunge ist zu einem Brezelknoten verheddert und völlig unfähig, etwas zu sagen. Es bestätigt mich, als ich lallend erwidere: „Solltest du da nicht rangehen?"

Colt gräbt seine Finger fester in meine Hüfte und bohrt mit den Fingernägeln Feuerpunkte in mein Fleisch, wo sie die Haut durchbrechen. Mit der Zunge gleitet er gemächlich an meinem Schlitz entlang, während das Handy eine lange Minute weiterheult. Als es aufhört, dringt er mit einem dicken Finger in mich ein, stößt tief hinein und entlockt meinem Körper ein erleichtertes Ausatmen.

Das ist es, was ich brauche. Das wird das Feuer schüren, bis es mich verbrennt und mich befreit.

„Es ist wohl schon eine Weile her, was?", kommentiert er. Dann wird er ganz still, als das Handy erneut zu klingeln beginnt, dieses Mal mit einem anderen Ton. „Verdammt noch mal. Da muss ich rangehen." Im Handumdrehen ist er mit dem Telefon in der Hand quer durch den Raum gegangen. Sein Ton ist finster, als er sagt: „Sei kein Klugschwätzer, Vienna. Wenn sie herausfinden, dass ich jemanden hier habe, werden sie neugierig. Sie werden wissen wollen, woher du kommst, wie wir uns kennengelernt haben und warum du hier bist. Dein Leben wird nicht mehr in meinen Händen liegen, sondern in ihren. Und glaube mir, wenn ich sage, dass ich der Nette bin."

Irgendetwas in seiner Stimme sagt mir, dass er nicht versucht, mich zu überreden, den Anruf nicht als Hilferuf nach außen zu benutzen. Er warnt mich ernsthaft, dass mein Leben auf dem Spiel stehen wird, sobald er den Anruf entgegennimmt.

Zwischen ihm und dem Unbekannten vertraue ich ihm.

Wenn er der *Nette* ist, möchte ich den Bösen nicht treffen.

Ich nicke stumm und Colt entspannt sich leicht, als er den Anruf annimmt. Er wendet sich ab, als könnte ich seine Seite des Gesprächs nicht hören, wenn er mir den Rücken zukehrt. Während er ins Telefon murmelt, nutze ich die Gelegenheit, mich vom Bett zu erheben und meine Shorts zu finden.

Was hier passieren sollte, ist jetzt vom Tisch. Es ist eine Sache, sich dem Moment hinzugeben und von seinen krassen Worten und der starken Berührung mitgerissen zu werden, aber ich kann nicht leugnen, was er ist. Ich nehme an, dass er Menschen ermordet hat. Unschuldige Menschen. Und er ist definitiv in eine wirklich zwielichtige Sache mit dem Russen verwickelt.

Essen auf Rädern für Vampire, um Himmels willen. Oder vielleicht sollte es *Blut auf Abruf* heißen. Wie auch immer ich es betrachte, es ist falsch. Und nicht einmal ein überwältigender Orgasmus rechtfertigt es, dass ich mich in so etwas hineinziehen lasse.

Ich ziehe meine kurze Hose wieder an und beobachte Colt, der sich aufgebracht mit der Hand durch die Haare fährt. Ich versuche, nicht zu sabbern, als die Muskeln in seinem Rücken und seinem Arm bei dieser Bewegung zucken. Böses Mädchen. Wende diesen lüsternen Blick sofort ab … jetzt.

„Antoine, so gerne ich Euch auch eine Kostprobe Eurer

Bestellung geben würde, darf ich Euch daran erinnern, dass die *gesamte* Lieferung zur gleichen Zeit eintrifft? Es ist ja nicht so, dass ich überschüssige Ware als Muster vorrätig hätte." Colts Stimme hebt sich leicht. Sein Körper ist entspannt und geschmeidig, aber als er sich umdreht und sein dunkler, braunäugiger Blick auf mir landet, sehe ich die Frustration darin.

Ich weiche unwillkürlich einen Schritt zurück, als sich seine Frustration in Nachdenken verwandelt.

„Antoine, genau genommen, glaube ich, dass ich doch die perfekte Kostprobe habe."

3

Colt

Es MACHT MICH WÜTEND, wenn man mich so unter Druck setzt. Vor ein paar Jahrzehnten war ich ein entspannter, lässiger, untoter Typ, der sich nur um seine eigenen Angelegenheiten kümmerte, aber ich bin der unlebendige Beweis dafür, dass zu viel Zeit in einer feindlichen Umgebung *alles* in Dinge verwandelt, die nicht sein sollten.

Vienna steht mir gegenüber, das Bett zwischen uns. Sie ist angespannt, bereit zur Flucht, aber sie sollte inzwischen wissen, dass sie nirgendwohin *fliehen* kann. Ich bin ihre Welt und ich habe nicht gelogen, als ich sagte, sie gehöre mir. Leider bedeutet, mir gehören, dass sie für mich bluten muss, und dem Blick in ihren stürmischen Augen nach zu urteilen, wird sie diesem Vorschlag nicht offen gegenüberstehen.

„Du bringst mir diese Probe heute Abend." Antoine spricht mit seinem üblichen französischen Akzent, dem er einen Hauch Spott hinzufügt, den ich nicht ausstehen kann. „Ich werde nicht für ein minderwertiges Produkt bezahlen,

Colt. Wenn du meine Bezahlung im Voraus haben willst, wirst du mir eine frische Probe bringen."

Ich möchte mit den Zähnen knirschen, aber das Arschloch am anderen Ende der Leitung würde meine Verärgerung hören. Er weiß nicht, dass ich seine wahre Identität kenne, und er würde wahrscheinlich seine Kampfhunde auf mich hetzen, wenn er davon erfährt. Aber das Arschloch ist nicht einmal Franzose. Seine Ur-Ur-Ur-Ur-Großeltern könnten einem wahrscheinlich nicht einmal sagen, wie der verdammte Eiffelturm aussieht.

Sein richtiger Name ist Bertram. Verdammter Bertram – welche Eltern, die etwas auf sich halten, nennen ihren Sohn *Bertram*? Offensichtlich haben sie nicht bedacht, dass ihr Sohn *für immer* mit diesem scheußlichen Namen leben würde. Er stammt nicht einmal aus Europa – unser junger Berti kommt aus dem guten alten Saskatoon, regiert sein kleines Reich jedoch wie einer der alten Fürsten.

Köpfe werden buchstäblich von den Hälsen gerissen, wenn jemand auch nur den Gedanken hegt, eines seiner lächerlichen Gesetze anzuzweifeln.

Ich persönlich glaube, Lucius wird Antoines rostige Krone noch früh genug abschlagen und dem aufgeblasenen Narren ein Ende setzen, bevor er uns mit seinen Eskapaden alle in den wahren Tod reißt.

Aber das ist nicht meine Entscheidung.

Ich stehe vor dem Dilemma, dass Antoine zwar ein unerträglicher Tyrann ist, aber auch einer der reichsten Vampire, die ich kenne. Er hat seinen Hofstaat in einer geräumigen Villa, veranstaltet Orgien, die sich gefährlich schnell zu Hinrichtungen entwickeln, und sein Bankkonto ist dick genug, um eine beträchtliche Delle in der Staatsverschuldung zu verursachen.

Rh-Nulls sind seine neueste Faszination und er hat sich zehn Stück geschnappt, als er erfuhr, dass ich Vadims Lieferant bin. Zehn menschliche Köpfe für die stolze Summe von fünfzig Millionen Dollar.

Sosehr ich den Schwanzlutscher auch verabscheue, wenn ich diesen Auftrag verliere, gerate ich in Vadims Fadenkreuz. Es wird immer schwieriger, nett zu bleiben; lieber würde ich ihn ausnehmen und mit seinen Eingeweiden spielen, während er schreit und sich windet.

Ich ziehe bei dieser Vorstellung eine Grimasse, weil ich es abstoßend und gleichzeitig reizvoll finde. Ein weiteres Beispiel dafür, wie sich eine widerwärtige Umgebung auf eine Person auswirkt – in Vadims Team tummeln sich viele Vampire, die sich daran erfreuen und lachen, einen der ihren auszuweiden.

Während Vienna jede meiner Bewegungen mit dem Blick verfolgt, lege ich meine Hand an meinen Nacken und drücke zu. Sie ist das süßeste Wesen, das mir seit Langem begegnet ist. Sie hat das köstlichste Blut, das ich je gekostet habe, und ich hasse den Gedanken, dass dieses falsche französische Arschloch sie berühren könnte. „Es wird einige Zeit dauern, sie zu holen. Es könnte sein, dass es heute Nacht nicht mehr klappt, sie zu bekommen und zu dir zu bringen – wir beide wissen, dass die Dämmerung um diese Jahreszeit früher kommt."

„Pah!" Er weist meine Ausrede mit einem lauten Schnauben zurück. „Du hast mich neugierig gemacht, *mon Ami.* Sag mir, du musst sie doch aus einem bestimmten Grund weggesperrt haben, oder? Hast du eine der Rh-Nulls für dich beansprucht?" Die Aufregung, die durch die Leitung schwingt, ist ekelerregend. „Schmeckt sie göttlich?"

Mir läuft das Wasser im Mund zusammen, bevor ich es kontrollieren kann, und meine Reißzähne schießen zu ihrer vollen, sichtbaren Länge heraus. Ich folge dem Blick meiner Gefangenen bis zu der Stelle, wo sie meine noch nicht nachlassende Erektion mustert, und mir wird klar, dass sie auf die

Kronjuwelen zielen wird, wenn ich eine falsche Bewegung mache. „Das tut sie, Antoine, und sie gehört mir. Ich werde Euch heute Abend Eure Probe bringen. Sagt den Hunden an Euren Toren, dass sie mich erwarten sollen."

Stolz flattert in meiner Brust herum, ein seltenes und unerwartetes Gefühl, als ich Vienna dabei beobachte, wie sie die Situation und den Ausgang des Gesprächs beurteilt. Ich muss fast lachen, als sie die Muskeln in ihren Armen und Beinen anspannt. Sie rüstet sich für einen Kampf, den sie nicht gewinnen kann.

„Ich erwarte deine Ankunft, Colt." Der Anruf wird unterbrochen.

Ich lege das Handy beiseite, verschränke die Arme vor der Brust und beobachte neugierig, wie sich Vienna weiter aufwärmt. Zu meiner großen Enttäuschung ist sie nicht mehr halb nackt. Aber diese verdammt kurze Hose verdeckt nicht viel und zu wissen, dass sie nichts darunter trägt, macht mich wahnsinnig.

Als ihre Augen auf die meinen treffen, grimmig und entschlossen, hebe ich meine Finger an meine Nase und atme tief ein, um den Duft dieser köstlichen Muschi zu genießen. Der Sadist in mir möchte meinen Namen auf das, was mir gehört, tätowieren. Für immer in schwarzer und roter Tinte direkt über ihre freche, kleine Klitoris. „Ich habe dir nicht erlaubt, dass du das Bett verlassen darfst, Vienna, und auch nicht, dass du deine Muschi bedenken kannst. Ungezogenes, ungezogenes Mädchen."

Eine strahlende Röte umspielt ihre Wangen, aber sie wird unter meinem harten Blick nicht weich. Ihre Augen strotzen vor Trotz. „Du hast mir auch nicht gesagt, dass ich es nicht darf, *Sir*."

Nun, damit hat sie recht. „Das nächste Mal, wenn ich dich nackt ausziehe, werde ich diese Shorts in Stücke reißen. Dein Oberteil wird nur noch ein Fetzen sein. Das Einzige, was du tragen wirst, sind meine Handschellen an deinen Handgelenken, eine Fessel um deinen Hals, sowie einen Analplug, der so tief in deinem Arsch steckt, dass du dich nicht mehr hinsetzen kannst."

Sie lacht schroff. „Du stehst auf Drohungen, nicht wahr, Colt? Versprechen und Drohungen, die beiden Dinge, die du nicht durchziehst. Mich gehen zu lassen, bevor du verletzt wirst, ist das Klügste, was du in diesem Moment tun kannst."

Für einen Augenblick ist Antoine aus meinen Gedanken verschwunden. Ich werde meine Arbeit machen und ihm die gewünschte Probe zu gegebener Zeit bringen. *Jetzt* muss ich, wie meine kleine Füchsin verlangt, klug sein. Ich grinse, als mir das Wort *Füchsin* in den Sinn kommt. Es passt perfekt zu ihr – intelligent, umwerfend, verdammt frech und wilder als ein wütender Dachs. Es gibt Mittel und Wege, rauflustige kleine Dinger wie sie zu zähmen, und ich gehe im Geiste mein Arsenal an Analplugs durch und frage mich, mit welchem davon sie ihre Worte am meisten bereuen wird. „Du wirst zu gegebener Zeit herausfinden, welche Dinge ich durchziehe, Vienna. Dich gehen zu lassen, ist keine Option; akzeptiere das."

Ich überlege, was ich mit ihr machen soll, während ich durch die Nacht nach Phoenix fahre, um Antoine zu treffen. Ich würde sie mitnehmen, aber seine Wachen werden sie in Sekundenschnelle wittern, und ich traue ihr nicht, dass sie den Mund hält. Sie ist die Art von Schatz, die Antoine gern hortet ... bis er seiner Spielzeuge überdrüssig wird und sie zur Unterhaltung seiner Hunde und Männer in die Zwinger schickt.

„Es akzeptieren?", speit sie. „Enthaupten funktioniert bei euch genauso gut wie Pfählen, oder? Ich wette, es gibt irgendetwas Scharfes, womit ich dir den Kopf abschlagen kann. Ich bin nicht deine Marionette, Colt; akzeptiere das!"

Oh, sie wächst mir immer mehr ans Herz. Mit jeder

Sekunde unserer Bekanntschaft wird die Verbindung zwischen dem, was von dem Mann in mir übrig geblieben ist, und dieser tobenden Wildkatze, die mir gegenübersteht, stärker. Sie ist etwas, von dem ich nie gedacht hätte, dass ich es finden würde; eine Frau, die im Angesicht der Gefahr unberührt bleibt. „Ich sage dir, wie es ist, kleine Füchsin. Leider habe ich keine Zeit, mich mit dir zu streiten. Und obwohl ich gern an der Stelle weitermachen würde, an der wir so unhöflich unterbrochen wurden, werden böse Mädchen nicht für unflätige Ausdrücke, Ungehorsam oder das Stampfen mit ihren Füßen bei Wutanfällen belohnt."

Für eine kurze amüsante Sekunde sind ihre hübschen Gesichtszüge ausdruckslos. In diesem Bruchteil der Sekunde schlage ich zu, springe über das Bett und werfe sie sanft zu Boden. Meine Absicht, sie vor Verletzungen zu schützen, wird jedoch durch ihre Hartnäckigkeit vereitelt.

Sie auf den Boden zu pressen, während sie sich wehrt, liefert meiner lebhaften Fantasie viel zu viele Ideen, wie ich mich in Zukunft mit ihr austoben kann, und obwohl ich ihr deutlich überlegen bin, kämpfe ich mit allen Mitteln, um die Oberhand zu behalten.

„Musst du dich mir immerzu widersetzen?" Ich höre die Verzweiflung in meinem Tonfall und spüre, wie sich der Dämon in mir regt, als er einen Hauch von Konfrontation spürt. Er liebt nichts mehr als einen guten Kampf und Vienna bietet ihm genau das, was er begehrt. „Ich versuche, dein Leben zu retten, du törichtes Weibsbild!"

Sechs Jahrhunderte, drei Jahrzehnte und acht Jahre meines Lebens unter Sterblichen hätten mich lehren sollen, dass sie das nicht gut aufnehmen würde. Aber ich bin zu sehr in ihren Duft und das Gefühl ihres weichen Körpers unter mir vertieft.

Diesmal greift sie schneller an und verpasst mir einen geschickten Aufwärtshaken gegen das Kinn. Mein verdammter Kopf wird nach hinten gerissen, bevor ich ihre Handgelenke packen und sie auf den Teppich neben ihrem Kopf drücken kann. „Wenn du weiter so bockst, Vienna, werde ich dich so reiten, wie du es brauchst. Hart, schnell und schmutzig."

„Gott, warum sind Männer solche Schweine?" Ihre Hände suchen nach Halt, aber sie hat keinen Spielraum, um ihn zu gewinnen. Ich mag meine Augen da, wo sie sind, ohne Blut und mit voller Sehkraft. „Ich schwöre, ich werde diesen Laden mit dir darin niederbrennen!"

Schnell wie eine Schlange beuge ich mich hinunter und nehme ihre Lippen in Besitz. Ich stehle einen Kuss von diesem wilden Mund, bevor Vienna erschrocken einatmet. Der Mund, der mich verflucht, beschimpft und mir mit allem Möglichen gedroht hat, wird unter dem kräftigen Druck meiner Lippen weich.

Sie macht mich so hungrig wie keine andere Sterbliche je zuvor. Es ist mehr, als mich an ihrem Blut zu laben und mich in einem Bad aus ihrer Lebensessenz zu ertränken. Ich will sie bis auf die Haut und darüber hinaus ausziehen. Sie Stück für Stück auseinandernehmen, bis ich herausfinde, welche Geheimnisse sie in ihrem Herzen verbirgt. Ich will ihre knallharte Attitüde überwinden, bis ich das Labyrinth ihrer Seele durchdringe.

Sie hat die Augen weit aufgerissen und schaut suchend in die meinen, als ich den Kuss vertiefe und jeglichen Kampf aus ihr heraussauge. Schließlich bin ich ein Vampir. Ihre verkrampften Hände werden schlaff, ihre Finger zucken und der feurige Energieball in ihrem langen, angespannten Körper kommt unter mir zur Ruhe.

Ah, ich habe den Schlüssel gefunden, um die Wildkatze zu zähmen.

Aber ihre Drohung, das Gebäude in Brand zu setzen, kann ich nicht ignorieren. Sie unbeaufsichtigt in meinem

Heiligtum alleinzulassen, ist meine einzige Möglichkeit, während ich mich um Antoine kümmere, aber ich bin nicht glücklich darüber. Auch der Gedanke, sie mehrere Stunden an mein Bett gefesselt zurückzulassen, gefällt mir nicht sonderlich. Sie könnte sich selbst verletzen, wenn sie etwas Dummes versucht – was sie zweifellos tun wird.

Gott liebt die Verwegenen; er muss diese Frau vergöttern.

Ich beende den Kuss mit einem scharfen Biss in ihre volle Unterlippe und gleite mit der Zunge über den Tropfen Blut, der herausquillt. Ich genieße es, bevor ich mich leichtfüßig aufrichte und auf die benommene Frau hinabstarre, die vor mir liegt.

Die Fahrt nach Phoenix, wo Antoine sein kleines Reich regiert, dauert ungefähr zwei Stunden, also allein vier Stunden hin und zurück, und das ohne Verkehr und dazu kommt die Gefahr, dass ich länger auf seinem Anwesen festgehalten werde, als mir lieb ist.

Vienna wird also nicht mit mir kommen. Und ihre Handgelenke in Ketten zu legen, wäre nicht fair. Menschen haben Bedürfnisse, fällt mir wieder ein – sie müssen alle paar Stunden essen, auf die Toilette gehen, unterhalten werden – und sie wird nichts davon haben, solange ich abwesend bin.

Mein einziger Ausweg ist, sie zu bezirzen. Ich kann mir vorstellen, dass sie sich lautstark darüber beschweren wird, wenn sie nach meiner Rückkehr wieder zu sich kommt. Es würde mich unheimlich überraschen, wenn wir nicht in einen Krieg darüber geraten, dass ich ihr die freie Wahl genommen habe.

Vienna mag meine Gefangene sein, aber als Entführer trage ich auch Verantwortung.

Ich muss für ihre Sicherheit sorgen, bis ich entschieden habe, was ihr endgültiges Schicksal sein wird – und das ist nur die Spitze des Eisbergs. Ich freue mich wirklich nicht darauf, diese Entscheidung zu treffen, denn irgendwie habe ich ein Bauchgefühl, dass der Tod dabei eine Rolle spielen wird.

Meine innere Sonnenuhr meldet mir, dass die Gefahr vorüber und die Nacht zum Spielen bereit ist. Es ist Zeit, zu gehen und die Dinge voranzutreiben. Es gibt so viel zu tun und die Konsequenzen sind zu groß, um Termine zu verpassen.

Vienna blinzelt mich an, als ich sie vom Boden hochhebe. Ihr glückseliger Blick verwandelt sich viel schneller zu einem finsteren Funkeln, als es mir lieb wäre. „Du hast mich geküsst!"

Meine Lippen zucken. „Du weißt gar nicht, wie glücklich es mich macht, dass dir das nicht entgangen ist. Ich hasse es, mich zu wiederholen, aber in Anbetracht der Tatsache, dass die Wiederholung bedeutet, diesen Mund noch einmal zu schmecken, werde ich es dieses Mal erlauben."

„Erst versuchst du, mich zu ficken, dann küsst du mich. Hast du noch nie jemanden gekidnappt?"

„Jede Menge", sage ich tonlos und gebe ihr einen Moment Zeit, es zu verarbeiten. „Ich wusste nicht, dass es Benimmregeln für Entführungen gibt. So wie ich das sehe, habe ich dich gefangen genommen und ich behalte dich, also kann ich mit dir machen, was ich will, wann immer ich will. Ist das nicht das Standard-Entführungsprotokoll?"

„Nein!" Das Wort klingt wie ein Quietschen, als ich sie auf das Bett fallenlasse, und sie wippt sanft auf und ab. „Nein, du solltest mich in Einzelhaft halten, mich füttern und mir Wasser geben und meine Eltern um Geld erpressen. Nicht … nicht das hier!"

„Aha." Ich streiche mit den Fingerspitzen an ihrem Bein entlang und ihr natürliches Parfüm steigt in der Luft auf. „Ich schätze, ich werde deine Bedenken an den Beschwerdemanager dieses feinen Etablissements weitergeben." Ich neige den Kopf und nicke vor mich hin. „So. Er sagt, ich kann machen, was ich will, weil ich hier das Sagen habe."

Ich kann nicht aufhören, sie zu berühren. Meine Finger wandern hinauf zu dem schmalen Streifen Haut, der sich zwischen ihrem Oberteil und ihrer kurzen Hose abzeichnet. Ihren Bauchnabel zu umkreisen, entlockt ihr einen leisen Fluch und einen Schauer, der mich ebenso quälend durchzuckt wie sie. Ich streichle weiter. Nach und nach gibt sie sich mir hin. Es reicht nicht aus, um ihr stures, ungezogenes Verhalten zu unterdrücken. Aber sie lässt ihre Mauern ein wenig sinken, sodass ich durch ihren verstärkten mentalen Schutz hindurchschlüpfen und dorthin gelangen kann, wo ich sein muss.

Ich fixiere sie mit meinem Blick und schlinge meine Finger um ihre Kehle, bevor ich leicht zudrücke. Eine visuelle und körperliche Verbindung funktioniert für mich am besten, wenn es ums Bezirzen geht. Ich kann jeden mit meinem Blick allein zwingen, aber für diejenigen, die etwas willensstärker sind, finde ich, dass Haut auf Haut-Kontakt hilft ... meine Befehle besser zu verankern.

Ich starre in ihre Augen, bis ihre einzigartigen Iriden komplett schwarz sind und von den Pupillen verdeckt werden. Dann werde ich in den geschäftigen Bienenstock gezogen, den sie ihr Gehirn nennt. Erinnerungen, Gedanken, Gefühle überfallen mich von allen Seiten, aber ich nehme mir nicht die Zeit, sie zu durchforsten.

Das habe ich in meinem ersten Jahrhundert einmal getan und hätte mich beinahe in den dumpfen Gedanken eines Küchenmädchens verloren. Niemand warnt einen davor, wie gefährlich das Bezirzen für einen Vampir sein kann – es ist so verlockend, in diesen Erinnerungen zu stöbern, aber eine führt zur nächsten und zur nächsten, bis man so tief im Labyrinth steckt, dass es kein Entkommen mehr gibt.

„Vienna, hörst du mir zu?" Meine Stimme klingt in

meinen eigenen Ohren weit weg. Stimmliche Anweisungen sind optional und ich benutze sie selten, aber ich möchte, dass sie versteht, was passiert.

„Ja."

„Gut. Ich habe etwas Geschäftliches zu erledigen, was einige Stunden dauern kann. In meiner Abwesenheit solltest du im Bett bleiben und schlafen. Schlafen, Vienna. Hast du mich verstanden?"

Der schwächste Schimmer ihrer Iris kämpft gegen die Pupille, dann kapituliert sie. Sie hat einen irrsinnig starken Verstand und ich sehe voraus, dass er mir erhebliche Probleme bereiten wird. „Ja."

„Braves Mädchen. Mach jetzt ein Nickerchen. Wir sehen uns, wenn ich zurückkomme."

Es schmerzt mich, die visuelle Verbindung zu unterbrechen. Ich möchte jede Nuance der Emotion in diesen Augen studieren, wenn sie wach und aufmerksam sind. Ich muss wissen, ob dieser ständige, innere Kampfgeist in etwas Formbareres umschlägt, wenn man den richtigen ... Reiz ausübt.

Viennas Augen werden wieder normal, als ihre Lider zu flattern beginnen. Ich streiche ihr die Haare aus dem Gesicht und stecke sie hinter die Ohren. Als ich mich vergewissert habe, dass sie schläft – sonst würde sie mich das nie tun lassen –, decke ich sie zu und lasse das Licht für sie an.

Sich für ein Treffen mit Antoine anzuziehen, ist eine komplizierte Angelegenheit. Er ist bekannt dafür, dass er sich an den kleinsten Dingen stört. Darunter, wenn die Gerüchte stimmen, selbst an den Manschettenknöpfen eines seiner Männer. Die Farbe des Metalls passte angeblich nicht zur Farbe des Anzugs und der arme Kerl verlor seine Hände als Strafe für die Beleidigung des Phoenix-Lords.

Am Ende entscheide ich mich für schwarz. Anzug und Hemd ohne Krawatte und auf gar keinen Fall Manschettenknöpfe. Wenn ihm das Fehlen von Farbe nicht gefällt, kann er sich auf meinen Mittelfinger setzen und sich drehen. Ich verliere keine Körperteile an Leute wie ihn.

Mit einem Blick auf Vienna öffne ich die im Schatten verborgene Tür im hinteren Teil des Raums und gehe durch einen drei Meter langen Gang in den Rest meines Unterschlupfs. Während das Wohnzimmer im Lagerhaus nur eine Attrappe ist, ist dies hier unten mein privater Bereich.

Mein Wohnzimmer nimmt ein gutes Stück der Fläche ein und ist mit einer Ledercouch ausgestattet, die Platz für sechs Personen bietet. Ich bin ein großer Mann und mache es mir gern bequem, wenn ich die Gelegenheit dazu habe. In den seltenen Momenten, in denen ich ein paar Minuten Zeit und Lust habe, zu sitzen und zu grübeln. Vielleicht lässt es mich weniger wie ein Monster und zivilisierter fühlen, ein paar Annehmlichkeiten zu Hause zu haben.

Der riesige Flachbildfernseher an der Wand wird zwar nicht oft benutzt, aber er leistet mir bei Bedarf Gesellschaft in High Definition. Ganz zu schweigen von Pornos auf einem Bildschirm dieser Größe? Da reißt man die Augen besonders *weit* auf.

Ich gehe hindurch und steuere auf die Türen an der anderen Seite zu. Eine führt zu einem hochmodernen Bad, eine andere zu meiner Waffenkammer. Die Letzte ist mein Ziel und es ist mir lieber, wenn Vienna sie während ihres Aufenthalts hier nicht zu Gesicht bekommt.

Auf beiden Seiten des Flurs, der zu meinem Schlafzimmer führt, sind zwei weitere Räume versteckt, die aber kaum genutzt werden. Eine kleine Küche, in der ich hauptsächlich meine Blutkonserven für Notfälle aufbewahre, und ein kleiner Sicherheitsraum, den ich für den Fall einrichten ließ, dass ich einmal etwas Wertvolles aufbewahren muss, das nicht angegriffen werden darf.

Der Raum, in den ich gehe, kann nicht unbedingt Folterkammer genannt werden, aber ich würde ihn auch nicht als Spielzimmer bezeichnen. Ich brauche beides nicht, aber ich sammle … Dinge. Kleine Teile und Stücke, die die Zeit und die Zivilisation im Laufe der Jahre vergessen hat. Dinge, die auf der Strecke geblieben sind und durch Upgrades ersetzt wurden.

Wenn Vienna für längere Zeit bei mir bleibt, wonach ich mich zu sehnen beginne, werde ich es vielleicht zu einem funktionalen Spielzimmer ausbauen. Um zu sehen, ob ich die Unterwürfige, die unter all ihrer Feindseligkeit lauert, dazu bringen kann, sich ganz zu unterwerfen, anstatt sich zu verstecken. Obwohl ich vielleicht in Betracht ziehen muss, meine geschätzte Storchfessel woanders zu verstecken.

Ich habe ein Auge auf einen sizilianischen Bullen geworfen, den ich unbedingt in meine Sammlung aufnehmen möchte, aber die Logistik, ihn hierher zu transportieren, ist nicht ideal. Das ist ein Problem für einen anderen Tag.

Auf der polierten, hölzernen Anrichte an der Wand stehen verschiedene Utensilien, von denen ich die meisten in meiner Karriere als Vadims Händlerhure verwende. Ich habe Schubladen voller Fesseln, Nadeln, Spritzen, Fläschchen … egal was, ich habe alles irgendwo. Das ist alles Wegwerfware, genau wie die Menschen, die er auf US-Boden bringt.

Fünfzig verdammte Menschen. Vadim wird jetzt schon gierig, es ist kein gutes Zeichen für Erfolg. Angesichts des Preises und meines eigenen Verdachts bezüglich der Qualität der Lieferung hat der Russe gute Chancen, sein Unternehmen zu ruinieren, bevor es überhaupt eine Chance hat, zu florieren.

Obwohl Vadim mit Antoines fünfzig Millionen in der Tasche bereits lacht. Denn er wird es nicht sein, der einen Pflock ins Herz bekommt, wenn die Ladung nicht den Anforderungen entspricht. Nein, es wird nicht der schmierige, russische Drecksack sein.

Ich werde es sein.

Ich kann nicht leugnen, dass ich es für meinen Anteil am Untergang dieser Menschen verdiene. Ich habe in meinen sechshundert Jahren schreckliche Dinge getan und mir in den frühen Stadien meiner Entwicklung einen Ruf verdient, auf den ich nicht stolz bin, aber ich habe mich sehr verändert. Offensichtlich nicht genug.

Ich nehme ein Fläschchen und eine Krankenhausspritze aus einer Schublade. Antoine will eine Probe; ich werde ihm eine bringen. Aber die Quelle wird er nicht in die Finger bekommen.

Sie gehört mir.

Es ist fast Mitternacht, als ich vor Antoines Tore fahre, und Viennas Blut brennt mir ein Loch in die Brusttasche. Wie üblich umringt eine kleine Armee bewaffneter Wachen mein Auto. Einer nähert sich meinem Fenster und klopft mit seiner Waffe gegen die Scheibe.

Es ist tatsächlich lächerlich – ein kleiner, reicher Vampir, der sich mit einem ganzen Bataillon von Sicherheitsleuten schützt, während der König von Tucson nur ein paar seiner Gefolgsleute hat, die ihm treu ergeben sein. Oh, und seine Frau, die Wandler-Vampir-Hybridin, die den meisten Leuten, die sie trifft, eine Heidenangst einjagt.

Das Fenster öffnet sich auf Knopfdruck und ich werde von der Mündung einer Waffe begrüßt, die nur wenige Zentimeter von meiner Stirn entfernt ist. Ich sehe den Wachmann mit gehobener Augenbraue an, der es besser wissen sollte, da wir uns schon oft getroffen haben. „Oscar, ist das wirklich nötig?"

Oscar, kahl wie ein skalpierter Waschbär, grinst mich an, bevor er die Waffe zur Seite zieht. „Ich hatte in letzter Zeit ein paar Spaßvögel hier. Sie tauschen die Fahrzeuge und versuchen, uns zu ärgern. Ich weiß nicht, ob sie uns ausspionieren oder ob sie es nur zum Spaß machen, aber wir haben den Befehl, jeden einzuschüchtern, der hier anhält. Es soll sich herumsprechen, dass wir mit unseren Sicherheitsvorkehrungen nicht spaßen, du weißt ja, wie es ist."

„Man kann nicht vorsichtig genug sein", antwortete ich mit einem ernsten Nicken. „Musst du das Auto durchsuchen, willst du einen Ausweis sehen?" Aus den Augenwinkeln sehe ich, wie sich mehrere Waffen aus der Schussposition bewegen. Gut, denn ich bin nicht scharf darauf, den Rest der Nacht damit zu verbringen, mir hölzerne Kugeln aus dem Fleisch zu ziehen. „Ich habe ihm gesagt, er soll dich wissen lassen, dass ich komme."

Oscar gestikuliert mit einer Hand und die Wachen ziehen sich zurück. Sie machen den Bereich vor der Motorhaube frei, damit ich hindurchfahren kann. Die Tore quietschen, dann gleiten sie ohne ein weiteres Geräusch auf. Sie müssen einmal gut geölt werden. „Alles in Ordnung, Colt. Was auch immer du ihm bringst, bring mehr davon. Er ist anders, seit er mit dir gesprochen hat."

„Ich werde sehen, was ich tun kann." Ich tippe mir mit zwei Fingern an die Schläfe und setze meinen Weg durch die Tore fort, um auf das geschätzte Gelände eines Vampirs zu fahren, der sich für etwas Besseres hält als der Rest von uns.

Gepflegte Rasenflächen, die über Nacht konstant von mehreren Dutzend Sprinkleranlagen bewässert werden, umgeben die Monstrosität eines Herrenhauses. Ich sehe mehrere Wasserbögen, die im Mondlicht schimmern, während sie sich drehen. Jeder Baum, jeder Strauch und jedes Blumenbeet ist makellos, kein Blatt bleibt unbeschnitten.

Ich wundere mich, dass die Tropfen nicht sofort verdunsten, wenn sie die Sprinklerköpfe verlassen.

Die geschwungene Einfahrt sieht aus, als wäre der Kies zur Perfektion gehakt worden. Und es ist nicht nur *irgendein* Kies. Es ist eine von Antoines vielen Prahlereien. Nein, das gewöhnliche Zeug, mit dem die Bauern auf der ganzen Welt zufrieden sind, ist diesem aufgeblasenen Arschloch nicht gut genug – wie er erzählt, hat er tonnenweise Saphire gekauft und sie nur zu diesem Zweck zerkleinern lassen.

Ich verdrehe bei dem Gedanken allein die Augen.

Niemand, der bei klarem Verstand ist, würde massenhaft wertvolle Edelsteine zerstören, um eine Straße für Autos zu bauen. Aber jetzt muss ich den Mund halten und mir auf die Zunge beißen oder sie verlieren. Ihn als Angeber zu bezeichnen, wäre nicht gut. Es ist einfacher, zu schweigen und ihm zuzustimmen.

Die Auffahrt führt den kleinen Hügel hinauf, auf dem das Herrenhaus wie ein riesiges Mammut thront. Es passt nicht in die Landschaft dieser Gegend von Phoenix und zeugt von Antoines Geschmacklosigkeit und der völligen Vernachlässigung der Wahrung der Unauffälligkeit.

Zwischen den Lichtern, die aus fast jedem der mehr als sechzig Fenster scheinen, und der Wasserrechnung für den Rasen, wette ich, dass seine Versorgungsunternehmen jedes Mal einen Freudentanz aufführen, wenn sie ihm eine Rechnung stellen können.

Als ich vor dem halben Dutzend weißer Steinstufen vor der Haustür zum Stehen komme, eilt Antoines persönlicher Parkdiener herbei, um mir die Tür zu öffnen. Ich steige aus, lasse den Motor im Leerlauf laufen, und der Parkdiener setzt sich wortlos auf den nun freien Fahrersitz. Er fährt davon, noch bevor er die verdammte Tür geschlossen hat.

Wenn er sie auf dem Weg zum Parken des Wagens abbricht …

Ich hole tief und kräftig Luft und jogge die Treppe hinauf. Ich brauche den Sauerstoff natürlich nicht, aber ich merke, dass die Bewegung meinem Körper einen Schub gibt. Es hängt so viel von diesem Treffen ab, und ich kann mich des Gefühls nicht erwehren, dass ich nicht vorbereitet bin.

Antoines Handlanger, Garçon, reißt die massiven Holztüren auf, sobald mein Fuß die oberste Stufe erreicht hat. Genau wie sein Chef benutzt auch Garçon einen falschen Namen und er ist so französisch wie mein linker Fuß. Er ist ein mürrischer Vampir mit der gleichen Einstellung in Bezug auf sein ewiges Leben, der seine vielen Jahre nicht gerade mit Anmut durchsteht.

Andererseits wäre ich vielleicht genauso drauf, wenn mein Chef darauf bestünde, mich bis ans Ende meiner Tage *Junge* zu nennen. Es stinkt nach Respektlosigkeit und zwingt Garçon in seine Schranken, nehme ich an, aber selbst ein loyaler Untergebener kann nur so viel Missachtung ertragen.

„Er hat auf dich gewartet", schimpft er mit einem bitterbösen Blick. Mit schlammbraunen Augen mustert er die Stufen und das Gelände dahinter, bevor er mich mit deutlicher Missbilligung ansieht. „Mir wurde gesagt, dass wir dich und eine weitere Person erwarten würden, Colt. Hast du etwas im Auto vergessen?"

Die Versuchung, ihm in die Eier zu treten, ist groß. Ich frage mich, ob Viennas Gewalttätigkeit auf mich abgefärbt hat, weil ich von ihr getrunken habe. Der Mann irritiert mich so sehr, wie er hilfreich ist – also ziemlich –, aber ich hatte noch nie den überwältigenden Drang, seine Eier bei einem Besuch in die Richtung seiner Kehle zu schicken. „Es gab eine Planänderung, Garçon, nichts weiter. Ich habe die Probe wie versprochen mitgebracht."

Er lässt seine Reißzähne aufblitzen. „Er wollte das ganze Produkt sehen, Colt."

„Nun, wir alle wissen, dass jedes Produkt einzigartig ist, bis hin zum letzten Fingerabdruck. Was zählt, ist nur das, was durch die Adern fließt." Und ich bin mir ziemlich sicher, dass Antoine nicht begeistert sein wird, dass wir dieses Gespräch unter freiem Himmel führen. „Entweder du lässt mich rein, Garçon, oder ich gehe mit der Probe. Ich habe keinen Bock auf eine Diskussion auf der verdammten Türschwelle."

Eine Seite seines Mundes zuckt, ein wenig wie ein tollwütiger Hund. Nach einem Moment des Schweigens lehnt er sich zurück und lässt mich eintreten, bevor er die Tür mit einem kräftigen Ruck hinter mir schließt. Das Klicken hallt in dem riesigen Foyer wieder und prallt an Kunstwerken und Skulpturen im Wert von Millionen von Dollar ab. Unbezahlbare Artefakte, die wahrscheinlich nie wieder in menschliche Hände fallen werden.

„Bete, dass deine Probe ihr Gewicht in Gold wert ist", zischt Garçon und geht in die Richtung des sogenannten Sonnenzimmers. Er schnippt dabei mit den Fingern, damit ich ihm wie ein braves Schoßhündchen folge. Wenn er nicht aufpasst, wird er herausfinden, wie scharf meine Zähne sein können, wenn ich sie einsetze. „Er will attraktive Ware. Er mag es nicht, hässlichen Abschaum zu ficken. Er sagt, es nimmt ihm den Spaß am Aussaugen. Du gibst ihm die beste Auswahl deiner Lieferung."

„Seit wann sprichst du für ihn, Garçon?"

Er ist fast so groß wie ich, aber durch einen glücklichen Zufall der Genetik sind meine Augen ein wenig höher als seine, sodass er zu mir aufschauen muss, um mich anzustarren. Ich habe Größe, Gewicht und Geschicklichkeit zu meinen Gunsten, aber er hat Alter und Stärke. Es würde ein interessanter Kampf werden, wenn es dazu käme. „Ich sage es nur in klaren Worten, Colt. Für fünfzig Millionen Dollar kriegt er die Crème de la Crème."

„Er zahlt dasselbe wie alle anderen. Fünf Millionen pro Kopf. Nur weil er mehr kauft, heißt das nicht, dass er Vorteile gegenüber meiner anderen Kunden bekommt. Er

muss den Deal schon versüßen, wenn er besondere Gefällig-
keiten will."

Etwas, das wie Respekt aussieht, blitzt in seinen Augen
auf, bevor er wieder seinen üblichen mürrischen Gesichtsausdruck aufsetzt. „Antoine mag es nicht so sehen, aber ich
kann deine Argumentation nachvollziehen. Vielleicht ist er
gut gelaunt genug, dass du ihn überreden kannst, ein Sahne-
häubchen draufzusetzen."

Wir gehen durch einen offenen Torbogen in das
furchtbar extravagante Sonnenzimmer. Alles schimmert und
glänzt, von den grellgerahmten Kunstwerken bis hin zu den
vergoldeten Fliesen – Fliesen, die ich schon mehr als einmal
mit Blut und Asche bedeckt gesehen habe.

Klassische Musik dringt aus allen Ecken des Raums und
flüstert aus Lautsprechern in der Vertäfelung. Es ist ein laues
Stück ohne wirkliches Tempo, ein Füllgeräusch und weiter
nichts. Wenn Antoine so etwas gern hört, ist sein Musikgeschmack genauso langweilig wie sein Handlanger.

Der Mann selbst sitzt in einem Ohrensessel. Er trägt
einen formellen Morgenmantel, der aussieht, als sei er aus
Samt: schwer und unbequem, besonders bei der derzeitigen
Hitze. Ein Fuß ruht auf dem gegenüberliegenden Knie und
er klopft mit den Fingern im Takt der Musik.

An seiner Seite kniet ein junger Mann, dessen Haut von
Peitschenhieben und Brandwunden übersät ist, zusammen-
gekauert neben dem Sessel. Ich erkenne den Grund dafür, als
ich das dicke, schwarze Halsband an seinem Hals und die
kurze Kette entdecke, die an Antoines Stuhlbein befestigt ist.
Sie ist kurz genug, um den Kopf des Mannes in ständigem
Respekt gesenkt zu halten.

„Colt, willkommen. Ich habe deine Ankunft schon erwartet." Antoine greift nach unten und packt das dichte Haar des
Mannes. Er reißt seinen Kopf zurück und erwürgt ihn fast
mit dem Halsband. „Darf ich dir ein Getränk anbieten?"

„Danke, aber ich fürchte, ich muss ungesellig sein und ablehnen. Ich habe um vier ein weiteres Treffen in Tucson, also müssen wir direkt zur Sache kommen, wenn es Euch nichts ausmacht." Ich lüge ohne Skrupel und beobachte, wie Antoines Mahlzeit rot wird. Seine Augen rollen langsam zurück. „Euer Essen wird gleich ohnmächtig, Antoine."

Mit einem gallischen Grunzen lässt Antoine sein Essen los und die gequälte Seele atmet dankbar auf. Er lässt den Kopf wieder in eine bequemere Position fallen. „Er hat seinen Zweck sowieso fast erfüllt. Noch eine Mahlzeit und er wird seinen letzten Ritt hinunter zu den Zwingern antreten."

Garçon räuspert sich. „Verzeihung, mein Herr, aber ich dachte, ich sollte Vorkehrungen treffen, damit dieser hier nach der üblichen Methode fotografiert wird?"

Mir dreht sich der Magen um. Ich habe Antoines Sammlung von Postmortal-Kunstwerken gesehen und sie ist grauenhaft. Wenn jemals eine Kunstgalerie eine Ausstellung über die Bandbreite menschlicher Schmerzen und Schrecken im Tod benötigt, könnten sie den falschen Franzosen sofort unter Vertrag nehmen.

Der fragliche Mann blickt auf den blonden Schopf neben sich hinunter und winkt dann angewidert mit der Hand ab. „Es stellt sich heraus, dass er nicht das Subjekt ist, für das ich ihn gehalten habe. Er hat es nicht verdient, für die Ewigkeit konserviert zu werden. Die Hunde sollen ihn haben. Ich belohne Loyalität, kein Versagen."

„Ganz wie Ihr wünscht, Verehrtester. Ich bin sicher, die Männer und die Hunde werden Euch für Eure Großzügigkeit dankbar sein, so wie immer."

„Also, jetzt lass uns unsere Vereinbarung besprechen, Colt. Ich hatte gehofft, du würdest mein Geschenk mitbringen, aber es scheint, als hättest du keins." Eiskalte, blaue Augen mustern mein Gesicht müßig. „Versteckst du dein Geschenk, Colt?"

„Ich habe, worum Ihr gebeten habt, Antoine."

„Hmm. Nun dann, setz dich. Ich bin begierig darauf, die Zukunft zu kosten."

Ich setze mich auf meinen gewohnten Platz, einen schlichteren Sessel als seinen, wende mich Antoine zu und studiere das selbstgefällige Gesicht, das ich mit großer Leidenschaft verabscheue. Ein weißer Haarschopf begleitet die mörderischen, blauen Augen, aber das Gesicht selbst ist das eines freundlichen Großvaters. Er hatte das Pech, in der letzten Phase seines Lebens verwandelt zu werden.

Er wird für immer siebzig sein.

„Wenn das, was du mir gebracht hast, nicht der Beschreibung entspricht, Colt, dann weißt du sicher, dass wir ein Problem haben werden, nicht wahr?" Antoines Tonfall ist gesellig, locker, als wären wir zwei Freunde, die sich zwanglos unterhalten. Aber unterschwellig … schwingt Gefahr in seinen Worten mit. „Fünfzig Millionen Dollar sind eine beachtliche Summe für zehn Menschen. Für diese Summe könnte ich zehntausende von menschlichen Huren kaufen und sie alle auf die gleiche Weise verbrauchen."

Ich nicke nüchtern. Ich zweifle nicht daran, dass Antoine für jede Menge vermisster Sterblicher verantwortlich ist, quer über alle Kontinente verstreut. Er neigt dazu, Menschen zu beobachten, und wenn er einen sieht, der ihm gefällt, nimmt er ihn sich. Ob sie nun wollen oder nicht. „Das hier wird Euch gefallen, Antoine, Ihr habt mein Wort. Meine Quelle hat mir versichert, dass die nächste Lieferung genauso ansprechend für Euch sein wird."

„Deine Quelle, der selbstgefällige russische Avtoritet", sagt mein Gegenüber wissend. „Du hast doch wohl nicht geglaubt, dass ich Geschäfte mit dir mache, ohne herauszufinden, wohin mein Geld fließt, oder?"

Die Antwort darauf ist Nein. Es kursieren bereits Gerüchte, dass die vampirische Bratva ihre Finger im Spiel hat, aber keinem meiner anderen Klienten ist es gelungen, Vadims Verbindung zu dieser Sache direkt aufzudecken. Jedenfalls noch nicht. „Es macht für mich keinen Unterschied, ob Ihr meine Quelle kennt oder nicht, Antoine. Vadim liefert die Ware, ich verteile sie nur in gutem Glauben an interessierte Kunden weiter. Wenn es ein Problem mit der Ware gibt, dann klärt es mit Vadim selbst."

„Oh", schnurrt er, „das werde ich."

Seine Antwort lässt mir einen Schauer über den Rücken laufen. Antoine hat das Geld und die Macht, buchstäblich alles zu kaufen, was er sich wünscht. Wandelnde Blutbeutel, menschliche Huren, Waffen … Das sind die kleinen Dinge, mit denen er gerne spielt. Es gibt Spekulationen, dass seine Hunde nicht nur Höllenhunde sind – was schon beängstigend genug ist, wenn man bedenkt, dass sie von Natur aus den Drang haben, *alles* zu zerstören –, sondern das Antoine vielleicht auch einen echten Werwolf in einem der vielen Räume dieser Hölle angekettet hat.

Keinen Wolfsgestaltwandler. Ich spreche mit einigen Rudeln dieser Art auf der ganzen Welt. Einen *echten* Werwolf, der sich dreimal im Monat in eine hirnlose, räudige Bestie verwandelt. Den Seltensten der Seltenen.

Wenn Antoine einen Groll gegen Vadim hegt, ist die Wahrscheinlichkeit groß, dass ein Krieg zwischen den beiden ausbricht. Sie beide sind mächtige Männer, beide so reich wie die Sünde selbst und so unmoralisch, dass sie mit Freuden ihre beiden Städte – nein, Länder – dezimieren würden, um als Sieger hervorzugehen.

„Wird meine Bestellung aus Männern oder Frauen bestehen?", erkundigt er sich beiläufig und meine Gedanken schwenken sofort in die Richtung, die er einschlägt.

„Das kann ich ehrlich gesagt nicht sagen. Bis die Lieferung eintrifft, habe ich keine Ahnung, was ich erhalten werde, außer fünfzig versandfertige Rh-Nulls." Das ist die

Wahrheit. Vadim schickt mir, was für die Ernte bereit ist. „Vadim ist ein kluger Mann, Antoine. Ich bin sicher, Ihr wisst, dass Rh-Nulls gezüchtet werden können, indem man einen Rh-Null mit einem anderen kreuzt. Die Kreuzung eines Rh-Nulls mit einer anderen Blutgruppe führt nicht zu dem gewünschten Ergebnis."

Er hebt die Hand und streicht mit dem Zeigefinger langsam über seine Lippen. „Ja, ich habe meine eigenen Nachforschungen angestellt. Die Zahl der Rh-Nulls, die der Welt bekannt ist, beläuft sich auf erbärmliche dreiundvierzig Individuen. Ich frage mich, wie viele der Russe von dieser Zahl versteckt?"

Ich zucke mit den Schultern und strecke die Hände aus, um abzuwinken. „Und nochmals, ich bin in diese Seite der Dinge nicht eingeweiht. Seine Operation läuft schon seit sehr langer Zeit. Wer weiß, wie viel Zuchtmaterial er besitzt. Aber ich weiß eines und ich wiederhole mich hier, Vadim ist ein *kluger* Mann. Keines der Exemplare, die er aus Russland schickt, wird fruchtbar sein. Ob männlich oder weiblich, sie werden alle sterilisiert, damit niemand anderes ihm diesen Geschäftszweig entreißen kann."

Die blauen Augen verdunkeln sich und geben mir einen Einblick in den Dämon, der unter der Oberfläche lauert. Das ist der Hauptgrund, warum Antoine so viel für so viele Rh-Nulls aus dieser Lieferung ausgegeben hat. Er will sein eigenes Zuchtprogramm starten. Aber er gibt nur anerkennende Laute von sich und ich frage mich, wie sich das auf *mich* auswirken wird. „Ich verstehe. Das ist gut zu wissen."

Ich beschließe, dass dies ein guter Zeitpunkt ist, um von Antoines zerschmetterten Plänen abzulenken, die mir um die Ohren fliegen, und greife in meine Brusttasche. Ich ziehe eine schlanke Glasampulle heraus. Ich drehe sie zwischen meinen Fingern und lasse das Licht auf dem Glas tanzen. Sie enthält einen Schluck von Viennas Blut, den ich zuvor von ihrem schlafenden Körper gestohlen habe.

Ein Plastikfläschchen wäre weiser gewesen, um diese kostbare Fracht zu transportieren, aber Plastikgeschmack verfälscht das Blut. Jeder Vampir, der schon einmal aus einer lebenden Vene und aus einem versiegelten Blutspendersack getrunken hat, merkt den Unterschied sofort. Es … lässt das Blut zu einem gewissen Grad gerinnen.

Glas hingegen bewahrt den ursprünglichen Geschmack tadellos.

Antoines Augen blitzen auf und er streckt die Hand nach dem zerbrechlichen Gefäß aus. „Das ist von deinem eigenen Exemplar?"

Ich schließe meine Finger vorsichtig um das Glas. Ein falscher Druck und dieser Mundvoll herrlichen Blutes wird vergeudet sein. „Bevor Ihr es kostet, Antoine, solltet Ihr wissen, dass der Mensch, von dem dieses Blut stammt, *mir* gehört. Sie ist nicht zu verkaufen. Wenn ihr irgendetwas zustößt, wird es unangenehme Konsequenzen nach sich ziehen. Sind wir uns einig?"

„Absolut", sagt er fröhlich und wackelt mit den Fingern. „Darf ich bitte?"

Ich beuge mich vor und lege es in seine verwitterte Hand. Schlechte Omen beschleichen mich, sobald das Fläschchen meinen Griff verlässt, aber ich kann jetzt nichts weiter tun, als zuzusehen, wie er die Ampulle öffnet und an dem Blut schnuppert. So wie ein Mensch an einem guten Wein riechen würde.

Seine Augen leuchten rot, als er noch einmal einatmet, härter, tiefer, und seine Hand zittert vor Aufregung. Ungeachtet der schlechten Vorzeichen weiß ich, dass es ihn dazu bringen wird, seine Lieferung anzunehmen. Ganz gleich, ob seine Pläne, gegen Vadim anzutreten, aufgehen werden oder nicht. Er hebt das Fläschchen an seine Lippen und gießt sich die dicke, rote Flüssigkeit auf die Zunge. Er schmeckt sie dort, bevor er sie durch seinen Mund spült und schließlich schluckt.

Mit bebenden Nasenflügeln fixiert er mich mit seinem Blick und leckt sich über die Lippen. „Ausgezeichnet. Du kannst dich glücklich schätzen, Colt, dass du Zugang zu einer Rh-Null von solcher Qualität hast. Einfach göttlich", seufzt er lüstern, „als würde man direkt aus der goldenen Ader einer Göttin trinken."

Ich nicke und schaue entschlossen auf meine Uhr. „Es ist also nach Eurem Geschmack?"

Antoine schließt die Augen und sein Kehlkopf wippt, als er erneut schluckt. „Ich fühle mich wieder wie ein junger Mann. Mit nur einem Schluck habe ich wieder Kraft im Blut, das Leben strömt durch meine verstaubten Adern. Das Geld wird auf das Konto überwiesen, sobald ich die Nachricht erhalte, dass die Lieferung in deinen Händen ist. Oh, und Colt?"

„Antoine."

„Stelle sicher, dass viele Frauen dabei sind, ja? Attraktiv, jung und mit einem gewissen Durchhaltevermögen. Ich habe das Gefühl, dass sie hart arbeiten müssen, während sie hier sind und ich werde oft an ihnen schlemmen." Er öffnet die Augen und begegnet meinem Blick. „Ich ficke Männer und Frauen, aber das hier … Das hier macht mir Lust auf süße, feuchte Muschis, während ich trinke."

Ekel macht sich in meinem Bauch breit. Die Vorlieben dieses Vampirs sind nicht die, die die meisten Vampire als angenehm empfinden, aber leider scheinen immer mehr in seine verdammten Fußstapfen zu treten. Es geht nicht mehr nur darum, sich zu ernähren oder jemanden schnell zu töten. Folter und Elend sind ein wichtiger Bestandteil der Ernährungsgewohnheiten vieler meiner Artgenossen. „Ich werde dafür sorgen, dass Ihr nur das Beste bekommt, Antoine. Ich denke, dies wird eine profitable Beziehung für uns beide."

Er nickt. „Stell sicher, dass es so ist, Colt. Es gibt ein kleines Extra für dich, wenn du es tust. Nicht nur Geld, ich bin sicher, daran mangelt es dir nicht. Ich wette, du würdest einiges dafür geben, um dich von deinen Bindungen zu Vadim zu befreien. Ich kann dir dabei helfen, aber das ist ein Gespräch für einen anderen Tag. Ich bin sicher, du findest den Weg hinaus selbst."

4

Vienna

JEMAND IST bei mir im Zimmer.

Obwohl ich unter einer warmen Decke liege, läuft mir ein eiskalter Schauer über den Rücken. Ich öffne die Augen und höre leise Schritte im Zimmer. Ich weiß bereits, dass dies nicht mein Zimmer ist – selbst wenn ich aus einem so tiefen Schlaf erwache, dass ich mich wie eine neue Frau fühle, ist mein Verstand noch in Ordnung. Colt ist das Erste, was mir einfällt.

Verflucht soll er sein.

Etwas quietscht und ich wage es, meine Augen einen Spalt breit zu öffnen, um mich in dem schwach beleuchteten Schlafzimmer umzusehen. Niemand lauert in den Schatten, aber ich weiß aus eigener Erfahrung, wie gut sich dieser Vampir in der Dunkelheit versteckt, wenn er will. Ich entscheide mich für alles oder nichts und setze mich langsam auf, um in jedem schattigen Winkel nach einer verdächtigen Gestalt Ausschau zu halten.

Nichts.

Mein Bauchgefühl sagt mir, dass es nicht *nichts* ist, und ich bin geneigt, zuzustimmen. Ich bewege mich wie eine Ninja-Katze in Zeitlupe, klettere aus dem Bett, das mir nicht gehört, und schleiche zur nächsten Wand, die ich zur Rückendeckung benutze. Ich hoffe, gegen nichts zu stoßen.

Wäre das nicht peinlich.

Mein Verdacht bestätigt sich, als ich das leise, wütende Gemurmel einer männlichen Stimme höre, die von … irgendwo herkommt. *Okay, Arschgesicht, zeig mir, wo du dich versteckst.* Ich schließe die Augen und konzentriere mich auf das Summen, das die Stille durchbricht. Es klingt weit weg und doch … Meine Füße bewegen sich in seine Richtung und gleiten über den Teppich, als würden sie von unsichtbaren Händen geführt.

Colt.

Mit immer noch geschlossenen Augen folge ich seiner Stimme. Hinter meinen Lidern leuchtet der Klang im Rhythmus wie blinkende Weihnachtslichter. Es pulsiert sanft und wird stärker, je näher ich komme. Die Luft um mich herum verändert sich leicht, sie wird kühler und weniger einschränkend. Ich befinde mich nicht länger im Kokon des Schlafzimmers.

Nervös stolpere ich ein wenig nach rechts, stütze mich mit dem Rücken gegen den Türrahmen, taste mich an der Wand entlang und streife mit den Fingern irgendwie über eine Reihe von Schaltern. Licht fällt auf meine Augenlider und ich öffne sie, um in den Raum zu starren, der aussieht wie die Idee perfektionierter männlicher Schlichtheit aus einem Männermodemagazin. Als ich hinter mich blicke, kann ich gerade noch den verblichenen Schein der Schlafzimmerlampe erkennen. Verdammt, es ist, als wäre ich durch den Kleiderschrank nach Narnia getreten.

Es gibt eine riesige Couch und einen ebenso großen

Fernseher, und das war es. Keine Kunst an den Wänden, keine Erinnerungsstücke, keinerlei persönliche Gestaltung. Verdammt, es gibt nicht mal einen Läufer auf dem Fußboden, um die Monotonie des silbergrauen Teppichs zu unterbrechen.

„Oberon, ich werde es dir nicht noch einmal sagen. Heute Nacht ist nicht gut für mich. Ich bin vor nicht einmal zwanzig Minuten von einem Besuch bei Antoine zurückgekommen. Ich bin müde, hungrig und gerade nicht in der Stimmung für dein Gejammer."

Colts Irritation donnert hinter einer halbgeöffneten Tür – eine von dreien mir gegenüber. Eine Schublade knallt zu, dann stürmt der besagte Vampir heraus und lässt die Tür mit der Kraft, mit der er sie schließt, in ihren Angeln zittern. „Antoine ist an Bord. Das ist alles, was du wissen musst. Nein. Nein, Obe, du brauchst nicht – scheiße!"

Unsere Blicke begegnen sich in dem spärlich eingerichteten Raum. Ich glaube, meine Augen nehmen fast mein ganzes Gesicht ein, während Colt seine mit einem Ausdruck zusammenkneift, den ich nicht ganz lesen kann. Eine Mischung aus Wut und Lust, denke ich, aber ich bin nicht bereit, darauf zu warten, dass meine Theorie bestätigt wird.

Nicht, wenn er mich so anstarrt, als wäre ich ein Teller Hähnchenkeulen.

„Oberon", zischt er gefährlich in das an sein Ohr gepresste Handy, „wenn du glaubst, dass ich heute Abend dorthin gehe, kannst du lange warten. Was auch immer dich so aufgewühlt hat, kann bis morgen warten. Ich habe dringendere Dinge zu erledigen." Seine Reißzähne rutschen hervor und die Spitze eines Zahns bohrt sich in die Wölbung seiner Unterlippe. Sie verfängt sich im festen Fleisch, bevor er sie löst. Er schenkt mir ein wildes Grinsen. „Du weißt, wie ich bin, wenn ich ausgehungert bin, Bruder."

Ich bin nicht dumm. Ich weiß, dass man, wenn man

einem Raubtier gegenübersteht, eigentlich nicht weglaufen sollte – es löst den Jagdtrieb aus, bla bla bla, sodass sie sich nur noch auf eine Sache konzentrieren können.

Die Verfolgung.

Die Jagd.

Das Töten.

Diese drei Elemente verbinden sich zu dieser *einzigen Sache*.

Aber wenn Colts Nasenlöcher so beben und sein Grinsen so triumphierend wirkt, ist mein Selbsterhaltungstrieb nicht länger vorhanden. Ich bin nicht mutig genug, um vor dieser Bestie zu stehen, mit den Armen zu fuchteln und zu brüllen. Was in seinen Augen lauert, ist pure Zerstörungswut. Er wird mich niedermähen, um zu bekommen, was er will.

Ich stürze los.

Vielleicht ist es töricht, zu glauben, dass ich die Tür erreichen, sie schließen und verriegeln kann, bevor Colt mich in die Finger bekommt. Es ist sicherlich lächerlich zu denken, dass ein großes, dickes Holzbrett ihn von dem abhält, wonach er giert. Es ist definitiv schwachsinnig, anzunehmen, dass er mir in einem seltsam aufregenden Katz-und-Maus-Spiel einen Vorsprung lassen wird.

Noch bevor ich meinen ersten Schritt machen kann, packt mich ein starker Arm an der Taille, hebt mich in die Luft und trägt mich nicht ins Schlafzimmer, sondern zurück ins Wohnzimmer – wenn man es überhaupt so nennen kann –, um mich dort auf die Couch zu werfen.

Ich schnaufe erschrocken und versuche mühsam, mich vom weichen Leder zu rollen. Mein Gott, dieses Ding ist wie eine kalte, schwarze Wolke, die mich in die Kissen saugt. Wie Treibsand, der mich in eine Falle zieht, je mehr ich mich anstrenge.

Gerade als ich wieder auftauche, landet Colts große Hand auf meinem Kopf und stößt mich zurück in mein weiches

Gefängnis. Ich winde mich zwischen den Kissen und werde schnell müde, während mein Entführer in einem Anzug, der ihm hervorragend steht, einfach nur wie ein Krieger über mir thront.

„Morgen", schnauzt er. „Um zehn. Lass dein Gejammer zu Hause, Oberon."

Ich schlucke hörbar, als das Handy durch den Raum fliegt und dumpf über den Teppich rutscht und springt. Mein Körper wird völlig regungslos, als Colt knurrt und seine Anzugjacke einen … Knopf … nach … dem … anderen aufknöpft.

Verdammt, ist das heiß.

Er zieht das Jackett aus und wirft es zur Seite. Das makellose, schwarze Hemd darunter folgt, segelt durch die Luft und flattert in einem Haufen zu Boden. Mann, jemand wusste genau, was er tat, als er entworfen wurde.

Für einen so breitschultrigen Mann ist er nicht brutal muskulös. Keine Steroide für Colt. Er strahlt Stärke aus, sicher, aber seine Muskeln passen zu seiner Statur. Schultern, Arme, Brust … bis hin zu dem subtilen V, das knapp über seinem Hosenbund zu sehen ist.

Seine Brust wird von dem faszinierendsten dunklen Haarbüschel geziert, das sich über seine Brustmuskeln erstreckt, bevor eine dünne Linie nach unten geradewegs über sein dezentes Sixpack und darüber hinaus nach unten verläuft.

Ich kann mich nicht erinnern, das schon einmal gesehen zu haben, aber jetzt frage ich mich, wie zum Teufel ich es übersehen konnte – oh nein, warte. Ich war high mit meinem Superheldengehirn, deshalb. Ich war mehr daran interessiert, den Feind zu besiegen, als mich ihm zu unterwerfen.

„Ich nehme an, du hast gut geschlafen", sagt Colt langsam und öffnet den Knopf der Hose, die ihm wie angegossen passt. Ich wünschte wirklich, er würde sich umdrehen, damit ich sehen kann, ob sein Hintern so schön ist, wie ich es mir vorstelle, wenn er von diesem engen Stoff umschlossen wird. „Du hast dich nicht gerührt, als ich reinkam."

Es schnürt mir die Kehle zu. Er führt keine einfache Konversation; er steuert auf etwas zu, das ihn gleich die Fassung verlieren lassen wird. Ich fühle es, die Spannung, die sich um uns herum aufbaut. Sie ist kurz davor, mir um die Ohren zu fliegen.

„Ich fasse das als Ja auf." Das leise Surren seines sich öffnenden Reißverschlusses lässt mich zusammenzucken, aber ohne Hilfe gibt es kein Entkommen von dieser Couch. „Ich würde dich an Regel Nummer zwei erinnern, aber du wirst dich in ein paar Minuten nicht einmal mehr an deinen Namen erinnern. Wir werden die Regeln bald noch einmal durchgehen."

Er fängt an, seine Hose nach unten zu schieben, lässt sie dann aber an seiner Hüfte hängen, während er leise aufstöhnt und den Kopf schüttelt. „Wie unhöflich von mir, mich selbst auszuziehen, bevor ich dir dabei helfe." Er greift nach unten und packt mein Trägertop zwischen meinen vollen, sehnsüchtigen Brüsten und reißt es, ohne innezuhalten, in der Mitte auseinander. „Hmmm. Und wenn man sich vorstellt, dass ich diesen beiden Hübschen fast gar keine Aufmerksamkeit geschenkt habe."

Mit schwieligen Fingerspitzen greift er nach meinen Brustwarzen. Er kneift sie und rollt sie, bis ich in einer Mischung aus Schmerz und entzücken aufschreie. Meine Zehen krümmen sich, jeder Muskel zwischen meinen Füßen und meiner Weiblichkeit spannt sich an und meine Muschi krampft sich vor Lust zusammen.

„Ich werde mich bemühen, ihnen ganz besondere Aufmerksamkeit zu schenken", brummt er dunkel. „Kein freches Widerwort, Vienna? Keine Beschwerden, keine schlauen Sprüche? Nun, jetzt weiß ich, wie ich dieses freche

Mundwerk zum Schweigen bringen kann." Er lässt meine Brustwarzen los und der darauffolgende pochende Schmerz blendet mich fast. Dann streicht er mit einer Fingerspitze über meinen entblößten Bauch zu meiner kurzen Hose. „Die wollte ich die ganze Zeit unbedingt loswerden. Sie verdeckt die Muschi, die mir gehört. Unanständiges Mädchen."

Er hat mich wieder da, wo wir zuvor von einem Anruf so unsanft unterbrochen worden waren. Und das nur mit Worten und Dominanz. Feucht, begierig, wimmernd. Dieses Mal wird mich kein Telefonanruf vor mir selbst retten. Ich glaube, das Dach und das Lagerhaus könnten uns auf die Köpfe fallen und es würde ihn trotzdem nicht davon abhalten, seinen Anspruch geltend zu machen.

Mit ein paar festen Rucken seiner Hände ist meine Shorts zerrissen, genau wie er es versprochen hat. Ich liege vor ihm und zittere unter seinem heißen Blick – zum Teil erschrocken darüber, wozu er fähig ist, wenn er einmal loslegt, und zum Teil entzückt.

Ich stecke in riesigen Schwierigkeiten.

„Hast du inzwischen Angst, Füchsin?", fragt er und ich bin mir sicher, dass seine Augen sich von Sekunde zu Sekunde noch verdunkeln. Diese Kreatur, die es nicht geben sollte, gehört in die Dunkelheit, und doch … reißt er mich nicht in Stücke. Trotz seiner Taktik, mir Angst zu machen, und seiner sexy, brodelnden Dominanz – streich das, böse, böse Vienna – seiner selbstherrlichen, widerwärtigen Dominanz – ja, das klingt viel besser. „Bei den Spielen, die ich mir vorstelle, solltest du es auch."

„Oh, hat jemand das Baby mit schlechter Laune aus dem Kindergarten nach Hause geschickt?" Ich blinzle, schockiert über meinen spöttischen Spruch, und winde mich hilflos in den Kissen. Ich kann nicht verhindern, dass der Rest der Worte aus mir herausprudelt. Mein Hintern kribbelt bereits im Angesicht der Folgen. „Soll ich dir deinen Schnuller und eine Kuscheldecke holen, Großer?"

Colts Lächeln ist kein unbeschwerter Sonnenschein. Er verzieht die Lippen langsam und entblößt wieder diese verdammten Reißzähne, während seine Augen mit dem Glanz von Vergeltung strahlen. „Ich kann mir etwas viel Süßeres vorstellen, an dem ich lutschen könnte, glaube mir. Sogar mehrere Dinge. Lass es mich beweisen, Vienna."

Seine Hose ist in Sekundenschnelle verschwunden und außer Sichtweite zur Seite geworfen. Einen Moment lang habe ich Angst, als ich sehe, wie er mit der Hand an der Länge seines Schwanzes hinuntergleitet, dann bis zur Eichel wieder hoch, bevor er auf mich springt. Mein Schreckensschrei hallt durch den Raum und kommt als Echo zu mir zurück, als er mich aufrichtet und gegen die Rückseite der Couch drückt.

Ich zische durch zusammengebissene Zähne, als meine entblößte Vorderseite erbarmungslos gegen das kalte Leder gedrückt wird. Ein dünner Schweißfilm lässt meine Haut an dem verdammten Möbelstück kleben wie eine Fliege in einem Spinnennetz.

Mein Entführer drückt seine Knie zwischen meine in die Kissen und benutzt seine Beine, um meine Schenkel auseinanderzudrücken, Zentimeter für Zentimeter, bis ich die Spitze seines Schwanzes zwischen meinen Beinen spüre. Selbst als ich mich verdrehe, um ihn zu kratzen, wo auch immer ich ihn erreichen kann, packt er meine Hände und hält sie an der Lehne der Couch gefangen.

Mein Atem kommt in wütenden, panischen Stößen. Sollte mein Herz noch schneller schlagen … oh, Moment, richtig und es geht los, es beschleunigt sich, als Colt mich mit seinem Körper umschließt und mich gegen das weiche Polster drückt. „Du weißt, dass du dich gerade in einer sehr verletzlichen Position befindest, nicht wahr, Colt?"

Sein Lachen durchzuckt mich. Es braucht nur eine subtile Bewegung seiner Hüfte, um mich in die verletzlichste Position meines Lebens zu bringen. „Ich hoffe, du bist schön feucht für mich, Vienna, sonst wird es gleich brennen."

Er stößt hart zu und entlockt meiner Kehle ein scharfes Stöhnen. Es ist schon eine Weile her, seit ich Sex hatte, und mein Körper bezahlt den Preis. Obwohl ich feucht für ihn bin, verdammt sei sein arroganter Arsch, dehnt mich dieser gut bestückte Vampir doch an all den richtigen Stellen. Köstlich.

Der Schmerz zwischen meinen Beinen ist exquisit und Colt kümmert sich sorgfältig darum. Langsame, harte Stöße seines Beckens treiben seinen Schwanz Stück für Stück tiefer, bis ich jämmerlich stöhne und in das Sofakissen beiße.

Er lässt meine Hände los und lehnt sich zurück, um meinen zitternden Körper mit seinen großen Gliedmaßen zu umfassen. Er gleitet an meinen Seiten hinunter und massiert mich von der Schulter bis zu den Oberschenkeln. Gerade als ich denke, dass ich nicht mehr kann, dass meine Muschi ihre maximale Kapazität erreicht hat und ich bei der Vorstellung schwitze, von dem, was in mir steckt, gefickt zu werden, beugt sich Colt zu mir hinunter und flüstert mir sanft ins Ohr.

„Oh, nein, süße Füchsin. Da sind noch ein paar Zentimeter meines Schwanzes für dich und du darfst nicht aufgeben, bevor du ihn ganz aufgenommen hast." Er packt meine Hüfte und winkelt sie an, als er sein Becken vorstößt und dreht. „Wir werden sehen, wer den Schnuller und eine Kuscheldecke braucht, wenn ich mit dir fertig bin."

Zu viel Druck. Ich bin kurz davor, zu zerplatzen und Feuer zu fangen wie entflammbarer Glitter. Meine Schenkel zittern mit einem überwältigenden Bedürfnis zu kommen, das den Rest von mir mit jeder Sekunde in Flammen setzt. Ich beiße mit den Zähnen ins Leder, während ich schnaufe und das Material zerreiße. Als er sich durchsetzt und die weiteren Zentimeter hineindrückt, bin ich unfähig zu sprechen.

Colt stöhnt und hält meinen Arsch mit den Händen fest an seinen Unterleib gepresst. Ich wimmere und ziehe meine inneren Muskeln im Takt des langsamen, dicken Pulsierens seines Schwanzes zusammen. „Es ist schon eine Weile her, dass eine enge Muschi mich ganz aufnehmen konnte, Vienna. Glückwunsch, du hast einen Preis gewonnen."

„Darf ich dir in die Eier treten?", schleudere ich ihm entgegen, als ich meinen Mund von der Couch löse und meine heiße Wange an den kühlen Stoff drücke. „Das würde mir wirklich gefallen."

Sein Lachen ist tief und gefährlich. „Nein, Füchsin. Mich zu entmannen, steht nicht zur Debatte, aber zu kommen schon. Und jetzt sei lieb", rät er mir und stößt tief zu, bevor er sich zurückzieht, bis er nur noch mit der Spitze in mir steckt, „oder ich lasse dich stattdessen dafür arbeiten."

Meine kurze, besonders geistreiche Antwort – die im Grunde daraus besteht, *Fick dich du Neandertaler,* zu sagen – geht in einem verzweifelten Schrei unter, der mir die Kehle verbrennt, als er erneut bis zum Anschlag in meine erbärmlich dankbare Muschi stößt. Ich war noch nie mit einem Mann zusammen, der gleichermaßen behutsam und grob vorgeht, der alles nimmt und genauso viel zurückgibt.

Vielleicht haben wir dieses Mal das Vorspiel ausgelassen, aber bei allem, was heilig und geil ist, das ist es so verdammt wert.

Die Welt verschwimmt ein wenig. Die Zeit ist bedeutungslos und es gibt nichts als Fleisch, das auf Fleisch schlägt. Hände, die Feuer auf verschwitzter Haut entzünden. Besessenes Grunzen hallt durch den Raum, begleitet von jedem strafenden Stoß seiner Hüfte und übertönt mein eigenes atemloses Stöhnen.

Ich verliere den Verstand, explodiere in tausend Scherben und es gibt keine Hoffnung, sie jemals wieder richtig zusammenzusetzen. Mein Körper und Gehirn trennen sich, einer geblendet von der Lust, die so stark ist, dass er gar nicht mehr weiß, wie er funktionieren soll, während das andere sich unter der Kontrolle seines Masters windet und aufbäumt.

Colt beherrscht mich vollständig, und er weiß es.

„Braves Mädchen", knurrt er mir ins Ohr. Er *knurrt*, als wäre ich ein böses Mädchen, weil ich seinen Schwanz genommen habe. Ein unanständiges Mädchen, weil ich mir von ihm die Kontrolle rauben lasse. Er krallt seine Finger in meine Hüfte und quetscht mich. Er fügt der ohnehin schon überwältigenden Flut von Empfindungen, die über mich herfallen, weitere Schmerzpunkte hinzu. „Gib mir mehr."

Es *gibt* nicht mehr. Ich bin wie ein nasser Lappen in seinen Händen und er wringt mich aus. Lediglich sein unnachgiebiger Körper bewahrt mich davor, zu einem Häufchen Brei auf der Couch zusammenzusinken, sabbernd und halb komatös. Wenn er mehr will … muss er es sich nehmen.

„Noch mal, Vienna. Komm noch mal, verdammt."

Unmöglich, er verlangt das Unmögliche. Wenn er mich innerhalb so kurzer Zeit mit einem weiteren derart überwältigenden Orgasmus verwüstet, werde ich nie wieder dieselbe sein. Ich fürchte um meine geistige Gesundheit, aber Colt macht sich diese Sorgen nicht. Er gleitet mit der Hand zu meiner Vorderseite herum und findet mit den Fingern die Stelle, an der wir verbunden sind. Dann landet er zielsicher auf meiner Klitoris.

„Nein!"

Sein Mund schwebt an der Seite meines Halses. Die Anstrengung färbt auf seine Worte ab, aber ich vermisse die Wärme seines Atems auf meiner Haut, die Hitze eines sich anstrengenden Körpers, der meinen antreibt. Dennoch macht er die kleinen Punkte, die ihm an Menschlichkeit fehlen, mit überlegener Kraft und einschüchternder Ausdauer wett. „Komm jetzt, Füchsin, oder ich zwinge dich. Dein Körper ist bereit, noch einmal zu fliegen, also lass los und schwebe, verdammt noch mal."

Er kneift mir in die Klitoris und treibt mich näher an den Rand der Klippe, an der ich stehe. Er kneift erneut, diesmal hält er sie fest und lässt den geschwollenen Knubbel zwischen seinen Fingerspitzen rollen. Er massiert sie im Takt seiner immer schneller werdenden Stöße.

Ein Schrei zerreißt die Luft, als mein prekärer Halt ins Wanken gerät und ich von der Kante in den klaffenden Abgrund meines Höhepunkts stürze, der auf mich wartet. Ich werde aus der Dunkelheit gerissen und in den Himmel katapultiert, als seine Reißzähne meine Schlagader durchbohren und die Lust greifbar wird.

Ich nehme das Stoßen seines Schwanzes in mir kaum noch wahr, als er sich tiefer in mich hineinzwängt. Sein wildes Brüllen lässt mich taumeln, aber ich bin mir ziemlich sicher, dass ein Lächeln auf meinem Gesicht liegt, als ich unter ihm ohnmächtig werde.

* * *

COLT

Ich war schon ein paarmal im Krieg, aber meine Erfahrungen auf dem Schlachtfeld haben mir nie ein solches Gefühl beschert. Ich bin erschöpft, erregt und gesättigt zugleich.

Ich trinke zu Ende und verschließe die Wunde an Viennas Kehle, als mein Körper ein letztes Mal zuckt. Ich habe noch nie ein Mädchen wie sie getroffen. Ihr Blut, ihre Frechheit, ihre unerbittliche Furchtlosigkeit, wenn sie mich verspottet ... Es gibt keine andere sterbliche Frau, die mit ihr vergleichbar wäre.

Sie ist erschlafft, nicht ansprechbar, aber das überrascht mich nicht. Ich habe sie hart rangenommen, vielleicht härter als ich es hätte tun sollen, wenn man meine Größe und die Stimmung bedenkt, in der ich war, als ich sie nahm. Sie ist – war – keine Jungfrau, was ein gewisser Trost ist. Ich kann ein Drecksack sein, wenn ich will, aber manche Dinge sind mir immer noch heilig. Jungfräulichkeit und die Unschuld, die sie mit sich bringt, sind etwas, das ich verehre.

Nun ruhiger, lasse ich vorsichtig von ihr ab und lege ihren bebenden Körper auf die Couch. Ihr Bewusstsein mag sich auf einem Kurzurlaub befinden, aber ihr Körper ist von diesem ordentlichen Fick immer noch erschüttert.

Ich habe ihr an vielen Stellen blaue Flecke zugefügt und ihre makellose Haut mit perfekten dunklen Stellen versehen, die bereits schwarz und violett erblühen. Die Abdrücke haben die Form meiner Fingerspitzen. Obwohl ich es genieße, grob zu sein – und Vienna hat wunderbar darauf reagiert –, steigt ein Hauch von Reue in mir auf, weil ich diesen wundervollen Körper so verunstaltet habe.

Ich hätte sie nicht in Besitz nehmen sollen, während ich wütend auf Oberon und Antoine war.

Aber es ist geschehen und jetzt drängt mich meine dominante Seite, etwas zu unternehmen. Meine Frau zu hegen und zu pflegen. Ich lasse sie liegen, wo sie ist, gehe nackt ins Bad und hole einen warmen, feuchten Lappen und ein trockenes Handtuch.

Ich würde es vorziehen, wenn sie nackt neben mir schliefe und der Geruch meines Spermas in ihre Haut einziehen würde, um andere von ihr fernzuhalten, aber ich glaube nicht, dass es ihr gefallen würde, mit Sperma an den Schenkeln ins Bett gebracht zu werden. Oder in einem nassen Fleck aufzuwachen.

Meine Füchsin ist leicht zu reizen und wenn sie einmal in Fahrt ist, ist sie zu allem fähig. Jetzt, da ich sie einmal genommen habe, will ich sie jedes Mal ficken, wenn sie ihr freches Mundwerk benutzt, um mich zu ärgern. Ich mag sie, diese freche Seite an ihr. Sie ist scharfsinnig und witzig, angriffslustig und macht Spaß. Eine ansprechende, unterhaltsame Frau mit einem Mundwerk wie ein Seemann und einem Körper, der dafür gebaut ist, schlimme, schmutzige Dinge zu tun. Ich vermute, dass ihre Gedanken auch dazu passen.

Das Problem ist nur, dass sie eine Rh-Null ist.

Als ich zu ihr zurückkehre, nehme ich mir einen Moment Zeit, um die langen Züge und süßen Kurven dessen zu bewundern, was jetzt mir gehört. Ich hätte wissen müssen, wie anders sie ist, als ich ihr Blut zum ersten Mal gekostet habe. Goldenes Blut macht süchtig, es ist das stärkste Rauschmittel, das es für Vampire gibt, und es ist so knapp, dass nur wenige von uns jemals einen einzigen Tropfen zu sich nehmen können. Selbst ein Süßblut – ein Mensch, der mit verschiedenen Mitteln manipuliert wurde, um süßeres, mit Adrenalin gespicktes Blut zu produzieren – hat nicht denselben Geschmack wie ein Rh-Null.

Antoines Reaktion auf das Blut in der Ampulle bestätigte die Theorie, die ich auf der Fahrt nach Phoenix aufgestellt hatte. Und jetzt stehe ich vor einem Dilemma.

Vadim darf nichts von ihr erfahren, niemals.

Antoine darf sie nicht finden, niemals.

Ich kann sie nicht gehen lassen.

So wie ich das sehe, habe ich zwei barmherzige und zwei verachtenswerte Möglichkeiten. Das Beste, was ich für sie tun kann, ist, sie entweder jetzt zu töten, während sie noch in ihrem Rausch schwebt, oder sie zu verwandeln. Sie so zu machen, wie ich es bin. Als Vampir wird ihr Blut für alle nutzlos sein und dann wäre sie vor meinem Boss und meinen Kunden sicher. Sie gehört dann ganz klar mir – es gibt kein besseres Band als das zwischen einem Schöpfer und seinem Nachwuchs.

Umgekehrt könnte ich, wenn ich mich entscheide, gefühllos zu sein und meine egoistische Seite auszuleben, Vadim jetzt anrufen und ihr Leben gegen meine Freiheit eintauschen. Ich bezweifle nicht, dass er den Tausch meiner Dienste gegen eine Rh-Null abschlagen würde; ich wäre frei, aber Vienna würde sehr leiden.

Genauso wie sie leiden würde, wenn ich sie an Antoine verkaufe.

Ich schüttle den Kopf und verwerfe den Gedanken, sie dem Avtoritet oder Mogul auszuliefern. Wie kann ich es in Erwägung ziehen, wenn ich ihr Schicksal in deren Hände kenne? Immer und immer wieder vergewaltigt und geschwängert zu werden, bis ihr schwacher, menschlicher Körper nicht mehr in der Lage wäre, den Teufelskreis von Empfängnis, Schwangerschaft und Geburt fortzusetzen. Sie würde gezwungen werden, Leben in die Welt zu bringen, nur damit es ihr entrissen und für sein Blut aufgezogen wird. Ihr Leben würde enden, wenn Vadim entweder ihren Körper bis auf den letzten Tropfen aussaugt oder sie an den Meistbietenden verkauft. Für das, was auch immer er für eine abgenutzte Fleischhülle bekommen würde.

Ich bin sicher, dass Antoine ähnliche Pläne für die Rh-Nulls hat, die er in die Finger bekommt.

So behutsam, wie es mir möglich ist, wische ich die Sauerei zwischen Viennas Schenkeln ab. Ich bin versucht, sie mit meinem Mund an ihrer Muschi und einem Orgasmus zu wecken. Nur der Anblick von weiteren blauen Flecken an ihren Schenkeln und ihrem roten, geschwollenen Geschlecht hält mich davon ab. Das wird wehtun.

Bevor ich meine Motive hinterfragen kann, blutet mein Daumen bereits und ich drücke ihn zwischen ihre Lippen auf ihre Zunge. Die winzige Wunde bleibt nicht länger als ein paar Sekunden offen, aber das, was sie aufnimmt, wird ausreichen, um den Schaden, den ich ihr zugefügt habe, zu heilen. Vielleicht wird es einen Teil meiner Schuldgefühle lindern, weil ich zu grob war.

Nicht, dass ich darüber ein Wort verlieren würde, wohl gemerkt.

Wenn überhaupt, steht meine kleine Füchsin auf Schmerzen und ich habe vor, diese Vorlieben weiter zu ergründen.

Oberon möchte sich morgen Abend mit mir im Club Toxic treffen. Für jemanden mit so wenig Rückgrat ist es ein kühner und gewagter Schritt. Der Club gehört dem Vampir, den wir am meisten fürchten. Und Lucius ist mit seiner attraktiven Königin Selene fast jede Nacht dort zu Gast.

Uns direkt vor Lucius' Nase zu treffen …

Oberon muss einen Todeswunsch haben.

Das muss ich wohl auch, weil ich seine Bitte überhaupt in Erwägung ziehe, aber ich weiß zufällig, dass es unter dem Club selbst ein geheimes Verlies gibt, das nur für Vampire bestimmt ist. Ein BDSM-Club mit allem, was sich ein dominanter Vampir – ob männlich oder weiblich – nur wünschen kann.

Es ist der perfekte Ort, um meine Füchsin auf den Prüfstand zu stellen, solange ich kein Blut von ihr trinke. Nur ein Hauch ihrer Essenz in der Hitze des Verlieses und ich werde mit jedem Vampir dort drin einen Kampf auf Leben und Tod führen.

Vielleicht wäre es klug, Viennas spitze Zunge für ein paar Stunden zum Schweigen zu bringen. Zumindest bis ich sie ins Verlies hinunterbringe … Oder ich könnte es wagen, Lucius um einen Gefallen zu bitten und sie dort zu verstecken, während ich das Treffen mit Obe hinter mich bringe. Wenigstens kann der launische, kleine Drecksack dann nicht zurück zu Vadim laufen und dem Russen von meinem neuen Spielzeug erzählen.

Gewagt, ja, und wahrscheinlich idiotisch, aber es ist eine zu verlockende Gelegenheit, um sie mir entgehen zu lassen. Ich will sehen, wie ihre Haut in perfekten Striemen aufquillt und wie sie sich unter der Peitsche und den neidischen Blicken der anderen windet. Ich muss ihre Schreie hören, diese herrlich kehligen und erregenden Geräusche, die sie von sich gibt, und die sich zu einem Crescendo steigern, das jedes andere Geräusch in diesem verdammten Raum übertönt.

Sie weckt eine Besessenheit in mir, die ich zur Schau stellen möchte.

Sie gehört mir. Sie wird niemals euch gehören.

Mit dieser Einstellung werde ich als Aschehäufchen enden, aber das ist mir egal. Ich war jetzt in ihr drin und ihr Blut fließt durch meine Adern. Meines vermischt mit ihrem pumpt mit jedem köstlichen *bumm-bumm* ihres Herzens durch ihre Zellen.

Meine Haut kribbelt und warnt mich vor der nahenden Morgendämmerung. Ich bin hier unten sicher, das sind wir beide, aber mein Bett ruft mich zum Schlafen. Ich möchte keine Minute mit ihr missen, aber in diesem Fall habe ich keine Wahl. Ich werde es wiedergutmachen, wenn ich aufwache.

Sie seufzt leise, als ich sie in den Arm nehme und an meine Brust drücke. Es ist nur ein leises Summen aus der Tiefe ihrer Kehle, das zu meiner beschützenden Seite spricht. Sie rührt sich nicht, als ich sie ins Bett trage und das Licht lösche, als ich gehe. Zum ersten Mal seit langer Zeit fühle ich mich wie ein Mann, und nicht wie ein Monster.

Ich lege sie neben mich, schlinge meinen Arm um ihre Taille und ziehe sie an mich, bevor ich die Decke über uns beide ziehe. Ich lasse die Wärme ihres Körpers und die

Weichheit ihrer Haut in mich eindringen, während ich ihre langsamen, rhythmischen Atemzüge zähle und der Welt entschwinde.

* * *

VIENNA

Offensichtlich ist mein Vampirliebhaber ein Kuschler.

Wir sind aneinandergekuschelt, berühren uns von den Schultern bis zu den Füßen und sein Schwanz ruht an meiner Arschritze. Näher wird er meinem Hinterteil nicht kommen. Wenn ich mich daran erinnere, wie er meine Muschi gedehnt hat, irrt er sich gewaltig, wenn er denkt, dass er mit dieser Waffe noch einen anderen Teil meines Körpers erforschen darf.

Ich fühle mich gut. Richtig gut.

Nicht ganz so high wie als Superheldin, aber ich spüre einen Hauch davon und fühle mich nicht unwohl. Der Softie hat mir wieder sein Blut gegeben, damit ich keine Schmerzen habe – ich weiß nicht, ob ich dankbar, beruhigt oder verärgert sein soll.

Natürlich bin ich dankbar. Auch wenn es eine Befriedigung ist, nach einem Fick wie dem mit Colt mit Schmerzen aufzuwachen, so ist es doch schön, sich bewegen zu können, ohne zusammenzuzucken. Dass er daran gedacht hat, beruhigt mich und bestärkt mich in meiner Meinung, dass er nicht das völlig monströse Arschloch ist, für das ich ihn gehalten habe.

Aber es ärgert mich, dass er mich immer wieder mit Blut füttert, als wäre ich ein infantiler Vampir.

Wer weiß, welche Nebenwirkungen es gibt, wenn ich länger seinem Blut ausgesetzt bin? Schließlich war ich schon einmal eine verblendete Superheldin, die versucht hat, den Dämon zu erschlagen. Was, wenn ich plötzlich zum

Bösewicht werde, verdorben durch das Ding, das in mir lauert?

Obwohl ich einen verdammt guten Bösewicht abgeben würde.

Aber das spielt jetzt keine Rolle.

Wenn er die Auswirkungen von heißem, rauen Sex nach jeder Nummer auslöscht, werde ich nie meine Grenzen kennenlernen, was ich von ihm hinnehmen kann. Was zwischen uns passiert ist, war roh und verdammt geil, aber er hält noch einiges vor mir versteckt. Ich weiß, dass er sich zurückgehalten hat; wenn er die ganze Kraft seines Verlangens auf mich loslässt, stecken wir beide in Schwierigkeiten.

Ich strecke mich träge und frage mich, wann zum Teufel ich akzeptiert habe, endgültig bei Colt zu bleiben. Großer Gott, ist das eine Auswirkung seines Blutes? Das Stockholm-Syndrom? Oder habe ich endlich einen Grund bekommen, mich bei jemandem zugehörig zu fühlen? Zu ihm?

Denn trotz all meiner Proteste fange ich an, zu mögen, was ich sehe.

In diesem Moment zum Beispiel sollte ich mich eigentlich aus dem Bett schleichen und versuchen, einen Weg aus diesem Bunker zu finden, den er sein Zuhause nennt. Oder ich sollte wie ein Trüffelschwein auf seiner Mission nach seinem Handy suchen, aber nein, ich reibe meinen Arsch an seinem Schwanz wie ein verzweifeltes, wollüstiges Flittchen.

Colt ist mein Gift und ich spritze es mir buchstäblich selbst.

Ich lasse mir die Gelegenheit entgehen, die Behörden zu alarmieren oder meine Eltern anzurufen, um ihnen mitzuteilen, dass ich noch lebe, nur nicht so bald nach Hause kommen werde ... verdammt, ich weiß es nicht! Meinen Eltern ist alles scheißegal, solange ich Spaß habe und meinen Treuhandfond nicht für frivole Dinge verschwende, wozu ich offensichtlich keine Gelegenheit haben werde.

Es sei denn … Ich werfe einen Blick über meine Schulter auf ihn. Er ist besinnungslos und schläft wie ein Toter. Was auch immer die Macht, die Vampire in Schach hält, wenn Tageslicht scheint, sie hat ihn fest im Griff. Er wirkt lebensecht, ist aber nicht ansprechbar. Wenn ich wissenschaftlich veranlagt wäre, würde mir meine aufgeregte Neugier über ihn das Gehirn wegblasen.

Er würde in einer dieser Laborzellen mit den drei weißen Wänden und der Glasfront, die man aus dem Fernsehen kennt, *phänomenal* aussehen. Ganz im Ernst. Nackt, arrogant und herumstolzierend, als gehöre ihm der verdammte Laden. Er würde jedes Mal mit den Sicherheitsleuten kämpfen, wenn sie ihn für die Wissenschaftler herausholen wollen …

Vielleicht sollte ich versuchen, Drehbücher für Pornos zu schreiben – ich könnte Colt den ganzen Tag und jede verdammte Woche lang in meinen Büchern verkaufen. Mein eigenes Vermögen aufbauen und die nächste *Queen of Porn* werden. Mach Platz, Hugh Heffner.

Nun, wenn Colt besinnungslos ist, gehe ich eben auf Entdeckungsreise. Ich bin aufgeregt, überdreht und brauche etwas zu tun. Wenn ich einen Fluchtweg finde, werde ich mir überlegen, was ich mache. Was ich tun will.

Wenn ich mich doch nur erinnern könnte, wo er sein Handy hingeworfen hat …

Mit halb geschlossenen Augen spiele ich die letzten Momente noch einmal durch, bevor Colt durchdrehte. Ich sehe, wie das Telefon über den Teppich hüpft und springt und tanzt, bevor er mich mit seinem Pfauentanz beim Ausziehen seines Jacketts abgelenkt hat. Das bedeutet, dass das Handy im Wohnzimmer ist und ich es finden kann, wenn es mir gelingt, mich dort hineinzumanövrieren, ohne mir den verdammten Zeh zu stoßen – dieses Mal hat das Arschloch die verfluchte Tür geschlossen.

Leider bin ich am Verhungern, durstig und brauche dringend etwas zur Stärkung. Kann der Pizzalieferant Telefonnummern zu ihren Adressen zurückverfolgen? Das wäre jetzt sehr praktisch, vor allem, falls ich Colts Portemonnaie aufspüren und seine Kreditkarte stehlen könnte, um zu bezahlen. Immerhin hat er mich entführt; er sollte mich mit Essen, Wasser und einem sicheren Schlafplatz versorgen.

Ich verbringe zehn Minuten damit, mich unter seinem Arm herauszuwinden, bevor mir klar wird, dass ich ihn wahrscheinlich nicht aus einem vampirischen Schlaf reißen werde, wenn ich seinen Arm hochhebe und zur Seite lege.

Der heutige Tag entwickelt sich zu einer ernsthaften Lektion darüber, wie man das große Ganze nicht angehen und so viel Zeit verschwenden sollte, dass es sich anfühlt, als würde mein neunundzwanzigster Geburtstag mit einem Blumenstrauß und einer billigen Zwei-Dollar-Schachtel Pralinen vor der Tür stehen.

Dieser Mistkerl.

Ich schnaufe und löse mich von Colt. In wenigen Monaten werde ich das letzte Jahr meiner Zwanziger beginnen und dann werde ich zu den Erwachsenen gehören. Oh Freude. Während meine Eltern mir erlauben, meinen Treuhandfond zu einem gewissen Grad zu verprassen, solange ich jung und sorglos bin, könnte es in meinen Dreißigern anders aussehen.

Meine Eltern wurden beide in ihren Dreißigern geprägt – meine Großeltern waren beeindruckend in ihrer Erziehungsfähigkeit – sie haben sie gezwungen, sich niederzulassen und nicht länger von dem zu leben, was ihnen gegeben wurde. Um produktive Mitglieder der Gesellschaft von Chicago zu werden, was ihnen offensichtlich mit großem Erfolg gelungen ist.

Ich hingegen?

Ich will nicht im Familienunternehmen arbeiten; ich habe

kein Gespür für Zahlen, meine Redaktionsfähigkeiten sind miserabel und ich bin auch an den besten Tagen *kein* Teamplayer. Schon gar nicht, wenn ich menstruiere. Ein falsches Wort an diesen Tagen und selbst Colt wird sich hüten, so mit mir zu sprechen, wie er es tut.

Vampire haben *nichts* gegen eine Frau mit PMS, glaubt mir.

Nackt versuche ich, die Tür zu den anderen Räumen zu finden. Die Muskeln in meinen inneren Oberschenkeln kribbeln bei jedem Schritt. Colt hat mich wirklich richtig geritten und es meinem Körper vernünftig besorgt und ich spüre ein vages Echo davon. Blut heilt nicht alles, wie es scheint. Wenn er und ich diesen energetischen Weg weitergehen wollen, muss er mich wirklich füttern.

Es gibt keine richtige Türklinke. Als ich die Wand nach der Stelle absuche, an der die Tür sein sollte, finde ich für eine gefühlte Stunde lang nicht einmal eine Naht. Aber schließlich drücke ich eine Fingerspitze in etwas, das sich wie eine Vertiefung in der Wand anfühlt. Sie ist groß genug, um einen Finger einzuhaken und daran zu reißen.

Nun, das ist eine Möglichkeit, einen Eingang zu verstecken.

Und auch hier hat er alle Lichter ausgeschaltet. Wunderbar. Ich folge meinem Weg von zuvor durch den dunklen Flur und gleite mit einer Hand an der Wand entlang, bis ich das Wohnzimmer erreiche. Ich weiß noch, wo der Schalter ist … ungefähr.

So hungrig ich auch bin, bin ich auch neugierig, welche Geheimnisse mein Vampirliebhaber in den Zimmern mir direkt gegenüber verbirgt. Drei kleine Zimmer und so viel Zeit, um sie zu erkunden – ich komme mir vor wie ein Kind in einem Süßwarenladen. Ich will herausfinden, was meinen scharfsinnigen Spielkameraden zum Sabbern bringt, und es dann gegen ihn verwenden. Ich will, dass er auf Händen und Knien kriecht, während ich ihn reite wie ein Kleinkind, das zum ersten Mal beim Kinder-Rodeo auf ein Schaf springen darf. Danach lasse ich mich vielleicht noch einmal von ihm ficken, denn der Mann ist ein Knaller im Bett.

Aber nichts Anales. Da ziehe ich eine Grenze.

Ich habe Wahnvorstellungen, wenn ich denke, dass ich ihn davon abhalten könnte, irgendetwas mit mir zu tun, was er tun will. Aber manchmal liegt in Wahnvorstellungen auch ein Trost. Kontrolle in Illusionen. Colt ist derjenige, der mein Leben in der Hand hat, und doch bin ich bereit, mich auf dieses Abenteuer einzulassen, weil ich glaube, dass ich einen jahrhundertealten Vampir überlisten kann.

Während ich mich nähere, vergesse ich alles außer die Verlockung der Türen. Es ist mir scheißegal, dass ich nackt bin. Meine Handflächen jucken, als ich nach der ersten Klinke greife. Leichen, Schätze und Kunst, eine extravagante Bibliothek? Was werde ich wohl hinter der Tür finden?

Ich tanze fast vor Aufregung.

Ich stelle mir vor, dass mein Gesichtsausdruck überhaupt nicht das ist, was ich erwarte, als ich die Tür öffne und Licht in ein voll funktionsfähiges Badezimmer fällt. Und mit voll funktionsfähig meine ich natürlich ein hochmodernes Bad mit einer Dusche, die groß genug ist, um darin Zaubertricks vorzuführen. Es gibt mehrere Duschköpfe, die für ein Rundum-Badeerlebnis sorgen. Und nicht nur das, sie dient gleichzeitig auch als Badewanne und es gibt eine echte Toilette.

Ich hatte schon die Befürchtung, dass Colt in seinem Revier in die Ecken pinkelt. Nun, was ihm gehört, gehört jetzt auch mir, und ich muss mal.

Als ich fertig bin, wasche ich mir die Hände und überlege, ob ich eine lange Dusche nehmen oder mit meinen Erkundungen weitermachen soll. Die Erkundungen gewinnen und als ich eine Tür schließe, öffne ich die nächste. Nun, nicht ganz so aufregend.

Es sieht aus wie eine Art mittelalterliche Waffenkammer. Überall glänzt Holz und Metall. Ob es nun von der Decke oder von den Wänden hängt, oder hinter Glas geschützt ist, Colts Waffenkammer glänzt von sorgfältiger Pflege.

Die Klingen sehen scharf aus. Seine Waffen sind verdammt tödlich und es gibt sie in allen möglichen Formen und Größen. Ich erkenne keine der Marken oder Modelle und will es auch gar nicht wissen. Wenn überhaupt, würde ich lieber mit Pfeil und Bogen oder einem Schwert in eine Schlacht ziehen, als die Mündung einer Waffe an meine Stirn gepresst zu fühlen.

Ich sehe mich um und entdecke, dass er tatsächlich auch Bögen und Schwerter besitzt. Ist er eine Art Sammler? Der Anzahl der Waffen nach zu urteilen, die ich sehen kann, ohne aktiv nach weiteren zu suchen, muss er entweder ein Sammler oder ein leicht verrückter Überlebenskünstler sein, der glaubt, dass er all diese bösartigen Werkzeuge brauchen wird, wenn es zum Armageddon kommt.

Vielleicht nicht in meiner Lebenszeit, aber vielleicht in seiner.

Die letzte Tür ist die, aus der Colt in den ruhigeren Momenten herauskam, bevor seine Begierde letzte Nacht Amok lief. Sie ist nur einen Spalt breit geöffnet. Jetzt bin ich nicht mehr so neugierig, sondern voller Angst. Das Kribbeln in meinem Bauch wird unangenehmer und warnt mich vor dem, was meine Meinung über Colt hoffentlich nicht ändern wird, nachdem ich die Hypothese aufgestellt habe, dass er gar kein so schlechter Vampir ist.

Ich trete in den Raum, suche nach dem Lichtschalter und taumle auf nackten Füßen hinein. Meine Handfläche gleitet über die Wand. Die Tür fällt langsam hinter mir zu und nimmt mir das wenige Licht, das ich habe. Sie rastet mit einem unheilvollen Geräusch des Schlosses ein, sodass ich im Dunkel eines seltsamen, klaustrophobischen Raums gefangen bin.

Verdammt. Ich habe mich eingeschlossen.

Ich hocke in der Dunkelheit in einem Raum mit einer Tür, die ich nicht öffnen kann, und habe noch Stunden vor mir, bevor mein Entführer-Liebhaber-und-offensichtlicher-Retter in einem köstlichen Paket aus seinem Dämonenschlaf erwacht, um mich aus der Hölle zu befreien, in die mich meine Schnüffelei verbannt hat.

5

Colt

VIENNAS GERUCH durch mein Haus zu folgen, ist ziemlich einfach. Selbst wenn ihre Duftspur unterbrochen wäre, kann ich ihre wütenden Schnauflaute und Flüche gut genug hören – sie spiegeln meine eigenen wider. Schließlich hatte ich erwartet, dass meine kleine Füchsin beim Aufwachen genau dort wäre, wo ich sie zurückgelassen habe. Aber sie ist definitiv nicht da.

Morgen wird sie angekettet, damit ich sie nicht mehr durch meine Zimmer jagen muss, wenn ich aufwache, um meine Triebe zu befriedigen.

Das heißt, wenn wir dann beide noch leben und nicht unter Lucius' Absatz zerquetscht wurden.

Ich stapfe durch das Wohnzimmer, reiße die Tür zu meinem Arbeitszimmer auf und habe die Absicht, meine verirrte Füchsin bei den Haaren zu packen und sie für einen schnellen Fick zurück ins Bett zu zerren, bevor ich mich auf mein Treffen mit Obe vorbereite. Ich brauche die Erleichterung, bevor wir gehen, vor allem, wenn ich mit meinem wertvollen Besitz auch noch eine Runde im Club Toxic drehen will. Ich bin mit einer Vielzahl an sadistischen Trieben aufgewacht, von denen der geringste darin besteht, Viennas köstliche Muschi für all den Ärger, den sie mir im Moment bereitet, mit dem Auspeitscher zu versohlen.

Ich glaube, in meiner Tasche befindet sich ein mit Nieten besetzter Auspeitscher, der sie dazu bringen würde, sich aufzusetzen und zur Freude meiner blutsaugenden Kollegen hübsch zu schreien.

Ich bin jedoch nicht darauf gefasst, dass Vienna sich wie ein wahnsinniges Flughörnchen auf mich stürzt, sobald der Weg frei ist. So sehr bin ich darauf konzentriert, sie in die Finger zu kriegen und sie auf die bestmögliche Weise leiden zu lassen. Aber sie stürzt sich auf mich, ohne mich auch nur einen Zentimeter zu verschieben. Ich werfe einen Blick auf das Chaos auf dem Fußboden des Zimmers, bevor ich meine Arme um sie schlinge und ihren Angriff auf der Stelle stoppe.

„Ist deine Neugierde befriedigt?", frage ich unwirsch und betrachte die unzähligen Dinge, die achtlos hier und dort herumliegen. „Ich hoffe, was immer du gefunden hast, ist es wert, kleine Füchsin. Es wäre weniger schmerzhaft für dich, mich zu fragen, was du wissen wolltest."

Sie vibriert wie ein wütender Kolibri im Käfig meiner Arme und trampelt mit nackten Füßen auf meinen herum. Jedoch vergeblich. Was auch immer ihr so unter die Haut gegangen ist, macht sie so richtig wütend. „Was zum Teufel ist das alles für ein Scheiß?"

Ich lasse meinen Blick über das Chaos schweifen und trenne gedanklich die medizinischen Geräte von Sexspielzeugen. „Einiges davon benutze ich für die Arbeit und anderes zum Spielen. Und manches, du neugierige Füchsin, benutze ich für beides", flüstere ich ihr ins Ohr und entfache ihr Temperament so leicht wie ein Feuer. „Beruhige dich, oder ich zeige dir gern, welche Gegenstände für beides verwendet werden können. Wir haben heute Abend viel vor und ich will dich nicht so früh erschöpfen, wo du doch so einen anstrengenden Tag hattest."

Sie sprudelt entzückend los: „Anstrengender Tag! Ich bin seit heute Morgen in diesem verdammten Zimmer *eingesperrt*. Ich verhungere, bin dehydriert und warte darauf, dass du deinen jämmerlichen Arsch aus dem Bett schwingst und dich um mich kümmerst. Ich bin ein Mensch, Colt, ich kann nicht nur von frischer Luft leben."

Hmm, damit hat sie vielleicht recht. Ich habe meine Pflichten als ihr Betreuer vernachlässigt, und das werde ich ändern, bevor wir zum Club Toxic aufbrechen. Tatsächlich habe ich auf dem Heimweg von Phoenix in einem Supermarkt gehalten und ein paar essbare Leckereien für meine kleine Füchsin gekauft ... Ich habe nur vergessen, sie für sie hereinzubringen. „Du hast meine Schränke also auf der Suche nach Essen und Wasser durchwühlt?"

Ihre wunderschönen azurblauen Augen funkeln mich an. „Ich war auf der Suche nach Essen, Arschloch. Und habe das hier gefunden!" Ihr Arm schießt vor und sie zeigt auf den Raum.

Ich zucke mit den Schultern. „Ich bin ein Dom, Vienna, ich dachte, das hättest du inzwischen begriffen. Falls es noch nicht ganz zu dir durchgesickert ist, wird der heutige Abend ein echter Augenöffner für dich sein." Oh ja, ihr heftiges Erröten und das kurze Aufflackern ihrer Erregung verraten mir, dass sie auf das, was ich mit ihr vorhabe, nicht vorbereitet ist ... aber sie hat keine Angst. „Was genau hat dich denn so aufgeregt, kleine Füchsin?"

Ich streichle bereits ihre Brüste, umschließe ihr Gewicht und gleite mit den Daumen über ihre Brustwarzen. Ich denke, ich werde sie den ganzen Abend über nackt sein lassen, damit ich sehen kann, welche Wirkung der Club auf sie hat. In diesem Moment sind ihre Knospen spitz gerötet und hart und ich habe das Verlangen, sie zu piercen, um sie zu schmücken.

Ihre Rippen beben, als sie genussvoll einatmet, und sie verliert ihr wütendes Feuer. Die zornige Haltung verschwindet mit der kribbelnden Bewegung ihrer Hüfte und dem subtilen Druck ihrer Oberschenkelmuskeln. Vienna weiß, was ich will, und sie wird mir mein Verlangen nicht umsonst überlassen.

Von mir aus.

Sie hat meine Frage nicht beantwortet, aber das ist jetzt auch egal. Wir haben nur wenig Zeit, um uns etwas abzureagieren, bevor ich sie den Anforderungen von Club Toxic entsprechend zurechtmache, und ich will keine Zeit verlieren. Ich packe den Ansatz meines Schwanzes mit einer Hand und lege die andere um Viennas Nacken. Ich schlinge ihr Haar einmal um mein Handgelenk und ziehe ihren Kopf zurück, bis sie leise wimmert.

„Auf die Knie, Vienna. Ich will, dass mein Schwanz härter als Stein und nass von deinem Speichel ist, wenn ich dich ficke. Wenn du es gut anstellst, werde ich mir noch einmal überlegen, ob ich dich hier und jetzt in den Arsch ficke, obwohl", murmle ich dunkel und benutze meinen Griff an ihrem Kopf als Hebel, um sie vor mir auf die Knie zu drücken, „ich ihn sehr gern ficken, stopfen und zur Schau stellen möchte."

Abscheu blitzt auf ihrem Gesicht auf, auch wenn ihre Augen unterwürfig flattern. Sie ist ein Gewirr von Widersprüchen und glaubt, dass sie das eine will, während sie sich nach dem anderen sehnt. Sie verweigert sich die schmutzigeren Dinge im Leben, die sie wirklich will. Nun, jetzt gehört sie mir und sie wird ihre dunkelsten Fantasien ausleben, auch wenn ich sie mit Gewalt aus ihrem verschlossenen Gehirn herauspressen muss.

Sie öffnet den Mund, um etwas zu sagen, und ich schiebe meinen Schwanz mit Leichtigkeit durch ihre prallen, leicht geöffneten Lippen. Ihr Stottern ist Musik in meinen Ohren und der Sog ihres Mundes um meine Eichel göttlich.

„Streng dich an", warne ich, lasse meinen Schwanz los und stütze Viennas Kopf mit den Fingern ab, als sie nervös schluckt, „oder das hier wird heftig, kleine Füchsin."

Ich sehe, wie sie die Lippen zu einem Knurren verziehen will; ich sehe sie zucken und lenke ihre Aggression mit einem festen Stoß meiner Hüfte. Ich will nicht, dass ihre Zähne auf die Idee kommen, meinen Schwanz von meinem Körper abzutrennen. Eine Ewigkeit ohne meinen besten Freund ist eine Aussicht, die ich nicht in Betracht ziehen will, und ich habe heute Abend keine Zeit für einen Ausflug in die Notaufnahme.

Vienna nimmt mich mutig tiefer auf. Unsicherheit blitzt in ihren Augen, als ich sie an die Grenze ihres Vertrauens in mich bringe. Ihre Kehle wippt, sie schluckt reflexartig und Speichel sammelt sich an ihren Mundwinkeln. Ich ändere meinen Griff, halte ihren Kopf jetzt fest in beiden Händen und verführe sie dazu, mich noch … ein … Stückchen … tiefer hineinzulassen.

„Entspann dich und nimm mich auf, Vienna." Ihre flache Zunge zuckt rastlos über die Unterseite meiner Länge, flattert und rollt, während ich gegen den Widerstand am Ende ihrer Kehle drücke. Ihr warmes, feuchtes Saugen fühlt sich fantastisch an und lässt das Sperma aus meinen prallen Eiern aufsteigen. Sie kann gut mit ihrem Mund umgehen, eine talentierte kleine Füchsin. „Oh, braves Mädchen. Wehre dich nicht gegen mich, Vi. Atme tief und … oh, *fuck*, du kleiner Superstar."

Meine Knie werden schwach, als sie meinen Schwanz fast inhaliert, mich tief hineinzieht und um die empfindliche Eichel herum schluckt. Ein wirres, unsinniges Gebrabbel bricht aus ihr heraus und wird zu einem Sprudel aus wütendem Brummen, das meinen Schwanz durchströmt und mir buchstäblich den Orgasmus aus den Hoden reißt.

Ich höre etwas wie *Fick dich, Colt*, als ich meine Hüfte gegen ihr Gesicht drücke und sie auf eine Art und Weise mit meinem Sperma füttere, die ich viel zu sexy finde. Dann taumle ich einen Schritt zurück. Ein letzter Spritzer Sperma fließt aus meinem Schwanz und verziert ihre geschwollene Unterlippe wie Zuckerguss.

Dies ist wahrscheinlich der peinlichste und schnellste Orgasmus, den ich je hatte, aber gleichzeitig hat mich Vienna über alle Maßen damit erfreut. Auch wenn sie mich anknurrt, als hätte ich ihr das hübsche Gesicht mit Sperma bespritzt, anstatt nur ein kleines Tröpfchen auf ihrer Lippe zurückzulassen.

Sie zuckt mit dem Kopf zurück, als ich ihr mein Geschenk in die Haut reibe, und ihre Zähne blitzen warnend auf. Ungezogene, temperamentvolle Füchsin. Im Bruchteil einer Sekunde kralle ich meine Finger in ihr Haar und reiße ihren Kopf mit einem Schütteln zurück. „Sei kein Arschloch, Vienna. Du hast mich sehr erfreut, aber das heißt nicht, dass ich der frechen Göre in dir nicht den Hintern versohlen werde, wenn du sie ins Spiel bringst."

Sie zischt mich an und ihre Augen funkeln mit echter Verzweiflung. „Komm nie wieder ungefragt in meinem Gesicht. Ich hasse es." Sie wehrt sich nicht gegen den Griff meiner Hand, aber sie unterwirft sich auch nicht.

Wir befinden uns auf Glatteis.

Mit der anderen Hand streiche ich sanft über ihre Wange und schmiere meine Gabe auf ihre Unterlippe, während ich ihr in die wütenden Augen schaue. Ich neige den Kopf, da ich nicht gewillt bin, weiter gegen sie zu kämpfen, wo es doch so gut zwischen uns gelaufen ist. „Es tut mir leid, Füchsin. Es war nicht meine Absicht, dich zu beleidigen."

Vienna blinzelt langsam und kneift die Augen zusammen. Fragt sie sich etwa, ob sie überreagiert hat? Die Gedanken kreisen in ihrem klugen Hirn herum und ich beobachte sie interessiert. Ich warte auf den Moment, in dem es *klick* macht. Es dauert nicht lange und sie lässt sich zu meinen Füßen sinken, zeigt mir ihre Kehle und überlässt mir die Kontrolle über ihren Kopf.

Es ist keine Entschuldigung, aber ihre Kapitulation reicht mir.

Ich lasse sie langsam los, um ihren zarten Hals nicht zu verletzen, und dränge sie dann, ihre Wange an meinen Oberschenkel zu pressen. Sie überrascht mich, indem sie meiner stillen Bitte nachkommt, und die Überraschungen halten an, als sie ihren Arm um meine Wade schlingt und sich an mich schmiegt. Die einzige Belohnung, die ich griffbereit habe, ist, ihr mit den Fingern über das dunkle Haar zu streichen und die Lustrezeptoren ihrer Kopfhaut zu stimulieren. Aber sie nimmt es an und seufzt zufrieden.

„Ich bin kein Tyrann, Vienna. Ich möchte, dass du mir sagst, wenn ich etwas tue, das dich verärgert. Ich kann nicht garantieren, dass ich, was du beanstandest, ändern werde. Und vielleicht mache ich es sogar weiter, nur um dich auf Zack zu halten, aber Kommunikation ist mir wichtig. Ich habe noch nie einen Menschen als Haustier gehalten."

Ohne Vorwarnung bohrt sie ihre Fingernägel in meine nackte Wade. „Ich bin nicht dein Haustier."

„Ich bin dein Ein und Alles, Vienna. Bis ich mich entscheide, was ich mit dir mache, musst du mich als deinen Hüter, deinen Liebhaber, deinen Master ansehen. Bis auf Weiteres ist meine Welt deine Welt." Ich rolle mit den Schultern und schaue auf die Uhr. „Geh dich duschen. Ich besorge dir etwas zu essen, während du dich frisch machst, und dann müssen wir gehen."

Sie neigt das Gesicht nach oben. „Wohin?"

Ich kann nicht verhindern, dass sich ein raubtierhaftes Lächeln auf meine Lippen schleicht. „Ins Fegefeuer."

* * *

VIENNA

Colt hat nicht gelogen, als er sagte, wir würden ins Fegefeuer gehen. Ich habe wirklich das Gefühl, dass ich gerade zwischen Himmel und Hölle schwebe und mich nicht traue, auch nur zu schwitzen. Nur für den Fall, dass die wildgewordene Vampirhorde um mich herum meine Angst wittern kann und mich töten will. Was sehr gut möglich ist, wenn man bedenkt, dass ich nicht viel mehr als eine Jungen-Shorts und einen Sport-BH trage und eine Heidenangst habe.

Colt hat mich in einem Paar gefütterter Handschellen und mit einer Augenbinde hierhergebracht und führt mich wie einen zögerlichen Welpen an der Leine. Ich glaube, wir haben eine Tanzfläche überquert und ich weiß, dass er sich mit mehreren Leuten unterhalten hat, bevor er mich einige Stufen hinunterführte. Als er mir die Augenbinde abnahm, waren meine Handgelenke mit einer Kette an einem Metallring befestigt, der an eine Stange geschweißt war. Ich wurde angewiesen, meinen Hintern auf dem Barhocker zu behalten, bis er mich abholen kommt.

Dann hat der Wichser mich geknebelt, den Barkeeper bezahlt und ist verschwunden.

Zwei Stunden später sitze ich immer noch hier. Speichel läuft an meinem Kinn hinab und durchtränkt den schwarzen Sport-BH. Meine Handgelenke sind von meinen verzweifelten, heimlichen Fluchtversuchen aufgescheuert.

Der Barkeeper sieht mich mit schmunzelnd hochgezogener Augenbraue an.

Okay, vielleicht nicht so heimlich.

Mein Kiefer schmerzt, mein Hintern ist taub und meine

Haut kribbelt unter den Blicken eines Dutzend Vampire, die mich aus einem echten Sexverlies anstarren.

Woher ich weiß, dass es Vampire sind und nicht nur gewöhnliche Perverse, fragt ihr?

Ich war schon öfter mit ganz normalen Perversen zusammen, aber die haben sich nie über die Lippen geleckt und mir ihre Reißzähne auf eine Weise gezeigt, die meine Muschi zum Krampfen und Wimmern bringt. Wenn ich das nächste Mal denke, dass Colt ein böser, böser Mann ist, werde ich mich an diesen Moment erinnern und mir vor Augen führen, dass er das kleinere Übel ist.

„Ich darf dir nichts zu trinken anbieten, Süße, da dein Master mir nicht erlaubt hat, den Knebel zu entfernen." Der Barkeeper schwingt wieder in meine Richtung, wie schon den ganzen Abend. Er scheint ein netter Mann zu sein, auch wenn er ein Dämon in Menschenhaut ist. Er ist Mitte zwanzig und von den Fingerspitzen über die Arme bis zu den Schultern tätowiert, wo die Tattoos unter seiner schwarzen Seidenweste verschwinden und dann in der breiten Lücke im Stoff auf der Brust wieder zum Vorschein kommen.

Sein blondes, glänzendes Haar reicht ihm bis an die Schultern und er hat eine Reihe von Piercings, von der Nase über die Ohren bis zu den Brustwarzen. Er zwinkert mir mit scharfen, blauen Augen zu.

So eine Schande, dass er schwul ist.

Ich schnaufe ihn an und versuche erneut, die Handschellen zu lockern. Colt war nicht so dumm, die Verschlüsse zugänglich zu lassen. Oh nein, Dr. Klugscheißer hat irgendetwas mit den Verschlüssen gemacht, was es mir unmöglich macht, mich zu befreien.

„Du scheinst in einer misslichen Lage zu sein", murmelt eine sanfte britische Stimme an meinem Ohr, was mich zusammenzucken und die Stirn runzeln lässt. Ich gebe dem

Neuankömmling ein unverständliches Grunzen und Nuscheln, dann hebe ich flehend die Hände. „Ich fürchte, nein, kleines Fräulein. Eine von Lucius' wichtigsten Regeln hier drin ist, dass sich niemand in das Spiel eines anderen Doms mit seiner Unterwürfigen einmischt, es sei denn, der oder die Unterwürfige schwebt in Gefahr. Du scheinst dich trotz deiner Einschränkungen recht wohlzufühlen."

Arschloch. Ich fletsche meine Zähne um den Knebel.

„Jetzt verstehe ich, warum er sich so viel Mühe gegeben hat", fährt der Brite lachend fort und tritt um mich herum ins Licht der Bar, sodass ich ihn besser sehen kann. „Für eine Unterwürfige bist du herrlich wild. Obwohl nur ein mutiger Mann seine sterbliche Untergebene in einem Verlies voller hungriger Vampire zurücklassen würde." Er atmet tief ein und ich erschaudere, als seine intelligenten, braunen Augen rot zu glühen beginnen. „Mutig … oder töricht."

Ein erschrockenes Quietschen entspringt meiner Kehle, als ich rückwärts vom Hocker rutsche und dabei fast auf den Hintern falle. Ich kann nirgendwohin und der britische Vampir starrt auf die Arterie an meinem Hals, als wäre sie eine süße Leckerei.

„Rupert", sagt der Blondschopf hinter der Bar und klatscht mit einem Handtuch auf die glänzende Oberfläche. „Muss ich dich an die Regeln erinnern? Sie ist nicht dein Eigentum."

„Und doch wurde sie so hübsch gefesselt zurückgelassen", murmelt Rupert verführerisch und gewährt mir einen Blick auf seine Reißzähne. Er ist wie ein verdammter Pfau, der seine Schwanzfedern zu einem Fächer ausbreitet und mit dem Hintern wackelt, um weibliche Bewunderer zu beeindrucken. „Ich bin sicher, ihr Master hat nichts dagegen, wenn ich einen Schluck nehme."

Eine Hand packt mich am Nacken und wird zusammengedrückt, als er mich auf die Zehenspitzen zieht. Ich gebe es nur ungern zu, aber meine Blase ist kurz davor, sich zu entleeren. Mein Mut flieht schreiend aus dem Zimmer und lässt mich gefesselt und hilflos hängen. Der Knebel verschlägt mir die Sprache, die Angst macht mich blind.

„Ihr Master wird sich ein paar englische Eier zum Frühstück braten, wenn du ihre Haut auch nur berührst." Colts Stimme ertönt hinter mir und meine Knie werden vor Erleichterung schwach. Sein Ton ist kalt, sein Unmut offensichtlich, und ich habe das schreckliche Gefühl, dass er dieses unerfreuliche Intermezzo an meinem Arsch auslassen wird. „Verschwinde, Rupert, solange ich noch in höflicher Stimmung bin."

Ein Schauer läuft mir über den Rücken und ich keuche um den Knebel herum, so gut ich kann. Der schnelle Druck von Colts Fingern bringt mich zum Schweigen; was immer er getan hat, während ich wie ein Vampirköder hier sitzen musste, hat ihn nicht glücklich gemacht.

„Du solltest dein Spielzeug nicht unbeaufsichtigt lassen", murmelt Rupert und lässt seinen Blick über mich schweifen. Ich fühle mich sofort schmutzig, als hätte sein Blick Finger, die gerade jeden Zentimeter meiner nackten Haut mit Scheiße beschmiert haben. „Jemand anderes wird sonst mit ihr spielen."

Die Luft zwischen uns dreien ist zum Schneiden dick. Hinter mir sträubt sich Colt und ich bin mir sicher, dass es eine Art Blutvergießen geben wird. Die Art, wie er knurrt, scheint eine Kriegserklärung zu sein, denn Rupert bläht sich auf und ballt die Fäuste. Sein ganzes Auftreten verwandelt sich zu etwas Bestialischem.

Etwas kracht auf die Theke und sowohl Rupert als auch ich starren in die Richtung der Unterbrechung. Meine Kehle ist wie zugeschnürt, als ich den Baseballschläger sehe, den der Barkeeper warnend auf die Eichenplatte geschlagen hat. Aber es ist kein gewöhnlicher Schläger.

Dieses Ding ist aus massivem Holz und mit zentimeterlangen, silbernen Nieten gespickt.

„Der Erste, der an meiner Bar Blut vergießt, geht mit Schmerzen nach Hause." Der Barkeeper funkelt Colt und Rupert an und seine tätowierte Hand krümmt sich warnend um den Knüppel und klopft mit den Stacheln vorsichtig auf das Holz. „Rupert, das Mädchen wurde den ganzen Abend beaufsichtigt. Sie ist ganz offensichtlich jemandes Besitz. Halte dich verdammt noch mal zurück oder Lucius wird von deinem völligen Mangel an Club-Etikette erfahren."

Ich blinzle überrascht. Dieser Ort hat eine Etikette?

Der britische Vampir schnaubt, tritt aber zurück und neigt seinen Kopf ein wenig, um Colt Respekt zu erweisen. „Wenn du einen Master willst, der sich mehr um dein Wohlergehen sorgt, kleines Fräulein, weißt du, wo du mich findest."

Colt knurrt und es ist ein schreckliches Geräusch. Für den Bruchteil einer Sekunde denke ich, er würde die Warnung des Barkeepers ignorieren und seinem Artgenossen hier und jetzt die Kehle aufschlitzen. Aber der Brite muss wissen, dass er die Grenze überschritten hat, denn er verschwindet schneller in den Schatten, als meine Augen ihm folgen können.

Mein Liebhaber klatscht zwei Zwanziger auf die Theke. „Das verdammte Arschloch wünscht sich gebrochene Hände. Macht er dir viel Ärger, Austin?"

„Rupert ist es gewohnt, sich zu nehmen, was ihm gefällt", antwortet der Blonde mit einem Achselzucken. Er zwinkert mir noch einmal mit strahlend blauem Blick zu, als er die Scheine von der Holzfläche zieht. „Ich kann es ihm nicht verübeln, Colt; sie ist ein süßes, kleines Ding und hat die ganze Nacht hier gesessen und Unschuld ausgestrahlt. Es war klar, dass sie Aufmerksamkeit erregen würde."

Zwei Gläser erscheinen vor mir. Das eine sprudelt leicht

und ich vermute aufgrund der Farbe und der Bläschen, dass es sich um eine Cola handelt. Das andere ist Whisky, glaube ich, oder ein anderer harter Schnaps. Er ist bernsteinfarben, aber in der Mitte schwimmt ein dunkler Fleck, als hätte man einen Schuss hineingekippt. Als ich auf den Fleck starre, dämmert es mir.

Whisky mit einem Schuss Blut.

Angewidert verziehe ich den Mund.

Colt macht mich mit flinken Fingern von dem Metallring los, an den ich gefesselt bin, und lässt die Kette so weit locker, dass sie durch den Ring gleiten kann ... und durch einen Clip, der an seiner Hose befestigt ist. Er tauscht also einen Verankerungspunkt gegen einen anderen, bevor er seinen Drink anhebt und ihn in einem Zug trinkt.

Er öffnet den Knebel und ich spucke ihn vorsichtig aus. Ich stöhne, als mein Kiefer begreift, wie geschändet er wurde. Meine Zähne schmerzen, die Gelenke meines Kiefers sind in der offenen Position blockiert und ich fühle mich durch die Flut von Speichel, die jetzt unkontrolliert aus meinem zitternden Mund fließt, gedemütigt.

„Du verdammtes Arschloch", schimpfe ich auf ihn ein und bin wütend darüber, dass er mich so lange mit diesem verdammten Ding allein gelassen hat. Aber was herauskommt, ist eher: „Uu erdammes aschoch". Ich glaube, er hat mich dennoch verstanden, denn er nimmt das Handtuch von der Theke und wischt geduldig meine Demütigung ab.

„Bei euch alles klar?", fragt Austin. Er muss etwas in Colts Gesichtsausdruck gelesen haben, denn er nickt und schiebt den Baseballschläger zurück unter den Tresen. Einen Moment später gleitet er davon. Jemand der sich in der Dunkelheit hinter den Lichtern versteckt, muss ihn zu sich gewunken haben.

Inzwischen haben sich noch mehr Leute hier versammelt und Colt hebt mich wieder auf meinen Hocker. Er drängt sich von hinten an mich, als er mir das Glas Cola an die Lippen hält und mich trinken lässt. „Trink, Füchsin. Du brauchst den Zucker. Ich werde dafür sorgen, dass du viel Wasser trinkst, bevor wir spielen."

Ich schnaufe nur. Ich werde nicht spielen, nicht nach dieser Nummer. Ich wackle sanft mit dem Kiefer hin und her und bin erleichtert, dass es keine bleibenden Schäden gibt. Nur einen Restschmerz und vielleicht eine leichte Muskelzerrung. „Du kannst mich mal. Zwei verdammte Stunden hast du mich hier sitzen lassen, Colt. Zwei Stunden gefesselt und geknebelt. Ich will nach Hause gehen."

Er schiebt mir die Haare aus dem Nacken und fängt an, an meinem Hals zu knabbern. Mit der Zunge und den Zähnen findet er all die kleinen erogenen Zonen zwischen meinem Ohr und meiner Schulter. „Ich dachte nicht, dass ich so lange von dir weg sein würde, Füchsin. Mein Treffen hat wesentlich länger gedauert als erwartet, mit absolut miserablen Ergebnissen. Eine gute Unterwürfige würde ihren Master nach einem so traumatischen Meeting aufmuntern wollen."

Ich höre das Lachen in seiner Stimme und schnaufe erneut. Aber ich muss zugeben, dass ich jetzt mehr als nur ein wenig neugierig auf sein Treffen, das Thema und den Ausgang dessen bin. Dann verspotte ich mich selbst, weil ich mich daran erinnere, was passiert, wenn ich mich von meiner Neugier leiten lasse – ich lande auf den Knien, lutsche Schwänze und bekomme einen Schuss Sperma ins Gesicht wie eine Hure.

Feuer steigt in meinem Bauch auf und lässt die Wut wieder aufflammen. „Dann geh und suche dir eine gute Unterwürfige, denn du hast deine Gefangene heute Abend schon einmal zu oft verärgert."

Zwei scharfe Stiche bohren sich in meine Schulter und erinnern mich daran, wie viel Genuss mir Colt neben dem

Schmerz bereiten kann. „Nicht einmal, wenn ich dir mindestens drei Orgasmus verspreche? Ich bin heute Abend in Geberlaune, Füchsin. Der Knebel und die Fesseln waren eine unglückselige Notwendigkeit in meiner Abwesenheit."

„Hättest du nett gefragt, wäre ich vielleicht von selbst geblieben."

„Das ist zweifelhaft, aber nicht unmöglich. Meine Sorge war eher, dass eines der anderen Monster in diesem Verlies dich trotz der Konsequenzen stehlen würde. Selbst wenn du bei mir bleiben wolltest, ist jeder einzelne in diesem Verlies größer und stärker als du. Mehr als fähig, dich zu packen und wegzuschleppen. Oder dich zu bezirzen, mit ihnen zu gehen."

Warum zum Teufel lehne ich mich an ihn? Genervt von meiner zunehmenden Abhängigkeit von diesem Idioten, stoße ich mich ab und nippe weiter an der süßen Flüssigkeit in meinem Glas. „Worum ging es bei deinem Treffen?"

Es ist ein kompletter Themenwechsel von Sex und dem Versprechen von Orgasmen und ich würde fünfzig Dollar darauf wetten, dass er mir das talentierte Mundwerk stopfen würde, wenn ich fünfzig Dollar übrig hätte. Gut, dass ich sie nicht habe, denn er schockt mich zu Tode, als er prompt – und offensichtlich ehrlich – antwortet.

„Wir haben ein paar technische Probleme mit unserem Lieferungssystem. Oberon macht sich manchmal zwanghaft Sorgen und geht gern jede Möglichkeit durch, die schiefgehen könnte."

Eine Bewegung quer durch den Raum erregt meine Aufmerksamkeit. Ich erstarre an Ort und Stelle, als die Leute dem wohl attraktivsten Powerpärchen, das ich je gesehen habe, aus dem Weg gehen. „Ich glaube nicht, dass du dir Sorgen um dein Liefersystem machen musst", flüstere ich. Mein Mund bleibt offenstehen, als ich den großen, dunklen und köstlichen Kerl beobachte, der mit dieser Arroganz durch die Menge schlendert, die mir sagt, dass ihm das hier alles gehört. An seinem Arm hängt eine schlanke und grauenhaft attraktive, weißblonde Frau. „Ich denke, das dort ist derjenige, der dir Sorgen machen sollte, Colt. Das ist ein Mann, der weiß, was in seiner Stadt vor sich geht."

„Lucius und seine Gefährtin, Selene", sagt Colt knapp. „Näher wirst du vampirischem Königtum nicht kommen, kleine Füchsin, also schau sie dir gut an, solange du kannst." Er knabbert an meinem Ohr. „Aber andererseits ist er ja auch dein neuer Arbeitgeber, nicht wahr? Natürlich weißt du also, wer er ist."

Mein Verstand schaltet sich ein paar tödliche Sekunden lang ab, bevor er sich daran erinnert, was mein dummes Mundwerk bei meiner Festnahme behauptet hat. Nun, zur Hölle, man kann darauf vertrauen, dass der Klugscheißer sich an meine ursprüngliche Aussage erinnert. „Sicher, ich werde ihn nicht belästigen", erwidere ich lässig und mache eine Handbewegung.

„Ich denke, wir sollten dich ordentlich vorstellen." Colt gluckst düster.

Ich schlucke schwer und schaue zu dem umwerfenden Pärchen hinüber. „Bist du dir so sicher, dass ich dein kleines Geheimnis nicht lüften werde? Es ist ein großes Wagnis, Colt."

Er streicht mit den Händen über meine Schultern und an meinen Armen entlang bis zu meinen Händen. Meine Augenlider flattern, als ich mir vorstelle, wie er den gleichen Weg mit seinem Mund zurücklegt und am Ende an meinen Fingern saugt, bis sich meine Zehen krümmen und meine Muschi tropft. „Im Moment ist mir das egal, Vienna. Lauf zu Lucius und erzähle ihm alles. Bleib hier bei mir und beschütze meine Geheimnisse. Ich vertraue darauf, dass du deine eigene Entscheidung triffst."

Oh, wow. Damit habe ich nicht gerechnet. Er bietet mir

eine offene Tür, durch die ich weglaufen kann. Und jetzt, wo der Weg frei ist, zögere ich. Ich betrachte sein Gesicht, das im Grunde alterslos und so verdammt schön ist, dass es mir den Atem raubt. Ich suche nach etwas, das zu mir sagt: *bleib bei mir.*

Es steht ihm ins Gesicht geschrieben und lauert in den Schatten seiner braunen Augen. Es ist kein richtiges Flehen – dafür ist Colt viel zu selbstsicher – aber ein Hauch von Verletzlichkeit, der mich wissen lässt, dass er weiß, dass sein und mein Schicksal in meinen Händen liegen.

Mein Blick huscht automatisch zurück zu Lucius und seiner Königin; sie haben sich durch das geschäftige Verlies bewegt, um auf waschechten *Thronen* Platz zu nehmen, die auf einem Podest am anderen Ende des Raumes stehen.

Ohne Vorwarnung begegne ich Selenes Blick und erröte, als sie interessiert eine blasse Augenbraue hebt. Scheiße, ich glaube, ich bin auf ihrem Radar. Ohne Panik zu zeigen, drehe ich mich um und studiere die glänzende Holzbar, als wären Hieroglyphen in die Oberfläche graviert.

Sei nicht schüchtern, Kleines.

Ein Hauch von Wärme gleitet über meine Schultern, als würde eine Hand meinen Rücken streicheln. Verdammte Scheiße, Kack-Mist-Dreck. Weder bilde ich mir das ein, noch habe ich die süße, ruhige Stimme heraufbeschworen, die in meinem Kopf herumkreist. Ich bin definitiv auf dem Radar der Vampirin und sie ruft mich zu sich.

Warum kommst du nicht zu mir herüber? Ich würde gern deine Bekanntschaft machen.

Diese unsichtbare Hand streicht über meinen Nacken und drängt mich, meinen Kopf zu drehen und Selenes Blick zu begegnen. Sie wartet mit einem kleinen Lächeln auf mich und beugt sich leicht über den Thron, um mit den Fingern über den Arm ihres Mannes zu gleiten, während sie leise zu ihm spricht.

Der Vampirkönig wirft mir einen scharfen Blick zu und ich zucke zusammen. Jetzt habe ich es geschafft. Wenn einer von den beiden Gedanken lesen kann und keine persönlichen Grenzen kennt, wenn es darum geht, in die Köpfe anderer einzudringen, werden Colt und ich diesen Ort nie wieder von außen sehen.

Plötzlich ist es unerlässlich, Colt zu beschützen.

Ich weiß nicht einmal, warum.

Ich kneife die Augen zu, aber die nette Stimme dringt weiter in meine Gedanken ein und fordert von mir, zum Podium zu gehen, wo die Vampire, vor denen sich andere Vampire fürchten, sitzen und geduldig warten. Ich kralle meine Fingernägel in die Bar und halte mich fest, so gut es geht.

Dann werden die Süße und das Schmeicheln durch einen scharfen Befehl unterbrochen.

Komm her.

„Vienna?"

Meine Füße bewegen sich, ohne dass ich bewusst darüber nachdenke. Sie werden von der sanften, dunklen Stimme gezwungen, die mich durch das Verlies führt. Ich spüre, wie Colt sich auf mich stürzt und an meine Schulter klammert, aber ich kann die fast euphorische Anziehungskraft der maskulinen Stimme nicht aufhalten.

Mit jedem Schritt, den ich mache, steigt Angst in meinem Bauch auf und die Kette, an die Colt mich gebunden hat, spannt sich, während er versucht, sich dagegenzustemmen. Ich schüttle den Kopf, als er die zerbrechlichen Glieder festhält. „Nimm die Handschellen ab und lauf", murmle ich, kaum in der Lage, Worte zu formulieren. In meinem Kopf schwirrt der Befehl des Königs und übertönt alles andere. „Wenn sie dein Geheimnis aufdecken, werden sie dich töten."

Ich weiß, dass ich auf der falschen Seite der moralischen Linie stehe. Ich sollte auf der Seite des Guten stehen und bereit sein, jedes Detail meines Wissens über Colt und seine Verbindung zu dem Russen, zu Oberon und den kranken Geschäften, die sie hinter Lucius' Rücken abwickeln, einfach ausspucken.

Vielleicht hat Lucius die Verbindungen und genug Männer, um den russischen Blutzüchter zur Strecke zu bringen und sein Geschäft zu vereiteln, aber der Gedanke, Colt dabei zu verlieren, gräbt Krallen in mein Herz.

Braune Augen huschen zwischen dem Podium und mir hin und her. Mit angespanntem Kiefer nimmt Colt mir die Handschellen ab und lässt seine Finger durch meine gleiten, bevor ich dem Ruf der Sirene in meinem Kopf folge. „Ich bin ein Arschloch, Vi, aber ich lasse dich nicht allein gegen Wesen kämpfen, von denen du keine Ahnung hast. Wir stecken da zusammen drin."

Schmerz beginnt zu stechen, scharfer Schmerz hinter meinen Augen. Was auch immer Lucius und Selene benutzen, um mich zu ihnen zu ziehen, es kann nicht ignoriert werden. Ich ziehe Colt mit mir durch die wachsende Menge von Vampiren und stoße in meiner Eile, zu gehorchen, fast einen von ihnen aus dem Weg. „Vergiss das nicht, Colt."

Das Licht im Raum flackert und färbt sich rot. Ich weiß nicht, wer hier die Befehle gibt, aber irgendjemand hat den verdammten Stimmungsschalter gedrückt. Mit dieser kleinen Veränderung des Lichts wird der Verliesbereich des Clubs Toxic weniger zu einem angenehmen, geselligen Raum und mehr zu dem, was es eigentlich sein sollte.

„Stehenbleiben." Ein großer Vampir stellt sich mir in den Weg, als ich nur noch einen Meter von meinem Ziel entfernt bin. Die nagende Stimme in meinem Kopf redet immer noch auf mich ein und ich bin bereit, mir meinen Weg wie ein Bulldozer durch diese Bestie von einem Mann zu kämpfen, wenn es bedeutet, dass das verdammte Ding mich nur in Ruhe lässt. „Wo willst du so eilig hin?"

Colt lässt mich los, als ich ihm meine Finger entreiße und einen Schritt nach vorn trete. Ich balle meine Faust dabei. Colt umklammert sie mit seiner Hand und reißt sie an meine Seite. Doch bevor einer von uns etwas sagen kann, kommt uns die hübsche Stimme aus meinem Kopf zuvor.

„Maximus, lass das Mädchen in Ruhe. Ich habe sie gebeten, zum Spielen zu kommen."

Der große Körper in seinem perfekt sitzenden, schwarzen Anzug – was hat es eigentlich mit diesen Typen und ihren verdammten Anzügen auf sich? – dreht sich leicht in die Richtung des Throns. „Kennt Ihr diese Leute, Selene?" Der Wachhund namens Maximus spricht in einem respektvollen, förmlichen Ton.

Ein wunderschönes Lächeln ziert ihre Lippen. Sie ist ebenso furchteinflößend wie umwerfend und ihre markanten, grauen Augen huschen mit Schalk über mich. „Sieht das arme Ding aus, als würde ich sie kennen, Maximus? Wenn du dich besser fühlst, durchsuche sie. Bei dem, was sie trägt, bezweifle ich, dass sie bewaffnet ist, es sei denn, sie hat etwas zwischen …"

„Selene", knurrt Lucius warnend. „Benimm dich."

Mein Herz droht unter der Kombination aus Maximus' prüfendem Blick und Selenes teuflischer Wertschätzung zu zerspringen. Ich trete einen Schritt zurück und bin bereit, zu fliehen, ohne mich um meine Würde zu scheren. Es gibt keine Würde, wenn man *tot* ist. Ich stoße gegen eine harte Gestalt an meinem Rücken und quietsche.

„Lauf nicht weg", haucht Colt mir ins Ohr.

Das hier ist ein beschissenes Katz-und-Maus-Spiel. Ich bin die klitzekleine Maus, meine Waffen sind geladen und schussbereit. Und um mich herum wimmelt es von katzenartigen Feinden, deren Biss definitiv schlimmer ist als ihr Miauen.

Scheiße, jetzt vermassle ich schon meine Metaphern.

„Maximus, lass sie heraufkommen. Wenn sie dumm genug sind, mich zu ärgern, kannst du dich danach um sie kümmern." Lucius presst seine Fingerspitzen zu einem Dreieck zusammen und tippt sich mit der Spitze seiner verbundenen Finger an die Lippen. „Du bist mir neu, Sterbliche. Du", sagt er in einem kalten Ton zu Colt, „bist es nicht. Vielleicht möchtest du sie vorstellen, Mr. Dockery."

Colt seufzt und sein Griff um meine Hand lockert sich. Er hebt sie an meine Hüfte und hält mich fest, während ich mit mir ringe, ob ich auf die Knie fallen und beten soll, dass sie mich schnell töten, oder ob ich sehen soll, wer den Ausgang zuerst erreicht – ich oder der mächtige Maximus.

„Vienna, das ist Lucius Frangelico, König der Tucson-Vampire, und seine Gefährtin Selene." Er drückt sanft meine Hüfte „Mein König, meine Königin, das ist Vienna."

Der Respekt in Colts Stimme erstaunt mich. Denn als ich ihn das erste Mal über den König sprechen hörte, war er spöttisch und fast abweisend. Wenn man ihm jetzt zuhört, könnte man meinen, er sei der loyalste und unterstützendste Anhänger des Königspaares.

Lucius scheint nicht beeindruckt zu sein. Er mustert mich mit dunklen Augen und ich fühle mich unter seinem Blick fast nackt. Nicht einmal die lächerliche Jungen-Shorts und der Sport-BH, den Colt für mich aufgetrieben hat, können das Gefühl zerstreuen, dass ich von einem Experten geröntgt werde. Lucius steht abrupt auf und befiehlt mit einem scharfen Blick auf Colt: „Mitkommen."

Wer, ich? Ach du Scheiße, sie wollen *im Freien* speisen.

Ich bleibe wie angewurzelt stehen, obwohl Colt mich auffordert, Lucius und Selene zu folgen. In meinem Kopf tanzen Bilder davon, wie man mich hinaus in eine dunkle Gasse führt und dort wie ein Buffet für die Massen anrichtet. Ich stemme meine nackten Fersen gegen den Holzboden, als er versucht, mich zu schubsen. Wahrscheinlich trägt es noch zu meiner Panik bei, dass Maximus ungeduldig wartet. Er hat die massiven Arme über seiner breiten Brust verschränkt und sieht mich an, als würde er mir einfach das Genick brechen und mit mir fertig werden wollen.

„Entspann dich, Füchsin. Ich werde dich nicht allein lassen."

Oh, das ist wirklich tröstlich. Mein Liebhaber wird zusehen, wie seine Vorgesetzten mich verspeisen. Ich nehme an, er hat keine andere Wahl. Wenn er ihre Pläne für das Abendessen durchkreuzt, werden sie ihn wahrscheinlich pfählen. Und welches unsterbliche Wesen würde seine ewige Existenz für eine einfache Sterbliche opfern?

Die Ereignisse der letzten achtundvierzig Stunden holen mich im nächsten Atemzug wieder ein. Irgendwie habe ich mir eingeredet, dass alles in Ordnung wäre, obwohl ich weiß, was Colt ist. Von ihm gebissen zu werden, der Sex, die Drohungen … Ich habe das alles in eine Fantasie verwandelt, in der der Tod durch einen Vampir nicht möglich ist.

Hier und jetzt?

Das ist ein komplett anderes Szenario ohne das Sicherheitsnetz der Fantasie. Die Realität schlägt gnadenlos zu und öffnet mir die Augen. Ich bin eine Idiotin, die mit Vampiren spielt wie ein Kind mit einem verdammten Welpen. Nur dass der Welpe zehnmal stärker, schneller und gemeiner ist als ich.

Verdammte scheiße, ich werde hier *nicht* sterben. Nicht auf diese Weise.

Ich trete einen wackligen Schritt nach vorn und schüttle Colts beruhigende Hände ab. Ich vermisse seine Berührung sofort, aber mache mir dann Vorwürfe, dass ich eine absolute Idiotin war, ihm zu vertrauen. Immerhin ist er einer von ihnen. Ein paar Nummern in Pornoqualität zwischen den Laken ändern daran nichts.

Sobald ich mich aus seinem Griff befreit habe, weiche ich um Maximus herum aus.

„Lucius mag es nicht, wenn man ihn warten lässt", warnt er unheilvoll.

Für eine kurze Sekunde frage ich mich, ob er weiß, dass er Russell Crowe verdammt ähnlichsieht. Maximus würde perfekt in die Besetzung von *Gladiator* passen, so viel ist sicher. Er würde die gottverdammten Löwen fressen und seine Gegner mit seinen großen, brutalen Händen zerfetzen.

Ein Schrei hallt durch den Club, schrill und wild. Er lenkt die Aufmerksamkeit aller auf das Geräusch, auch die von Maximus und Colt. Als sie sich umdrehen und die Quelle ausfindig machen, flüchte ich.

Diese Schlampe hier kann mit dem richtigen Ansporn ganz leicht von null auf hundert beschleunigen.

Meine Füße machen kaum ein Geräusch auf dem Boden. Dadurch, dass ich mein Gewicht auf die Ballen verlagere und nicht auf die ganzen Sohlen, habe ich einen Geschwindigkeits- und Geräuschvorteil. Ich weiche zwischen den Clubgästen hindurch aus und ziele auf die Wand, die dem Ausgang am nächsten ist. Ich hoffe, dass der Schatten mir etwas Deckung gibt.

Mein Herz klopft so laut, dass ich weiß, dass es mich verraten wird. Mein Atem keucht und bahnt sich seinen Weg durch die Faust, die sich scheinbar um meine Kehle schließt.

Die Treppe zum Ausgang ist noch drei Meter entfernt.

Zweieinhalb. Zwei. Anderthalb.

Ich rutsche auf den Füßen aus, als ich einer großen, schlanken Frau ausweiche, die einen jungen Mann zur Bar begleitet. Mein Knie knallt auf den Boden und implodiert offenbar beim Aufprall, wenn man den Schmerzen Glauben schenken darf. Es bleibt keine Zeit für Selbstmitleid – Maximus wühlt sich wie ein Maulwurf durch die Leute hinter mir.

Scheiße, ich kann nicht aufstehen. Mein Knie ist kaputt. Es funktioniert nicht mehr und der Schmerz macht mich blind. Ich beiße die Zähne zusammen, bis ich mir sicher bin, dass sie unter dem Druck brechen werden. Dann schleppe ich mich vorwärts, um in die Freiheit zu kriechen.

Meine Finger sind nur wenige Zentimeter davon entfernt, die erste Stufe zu berühren, als jemand um mich herumtritt und vor mir auftaucht. Vertraute schwarze Stiefel stehen mir im Weg.

Das war es, Leute. Das Spiel ist vorbei.

Ich habe Niederlagen noch nie leichtfertig akzeptiert. Ich finde, ein Mensch sollte bis zum letzten Atemzug kämpfen, denn wer weiß, wann die rettende Gnade eintritt und die Launen des Schicksals ändert?

Aber während ich hier liege und unter meinem Atem stöhne, während die Qualen an jedem meiner Nervenenden nagen, habe ich meine Grenze erreicht. Verdammt, ich bin gerade ungebremst darübergeschlittert.

„Das war beeindruckend", sagt Colt und beugt sich zu mir hinunter, um über mein Haar zu streicheln. „Ich dachte wirklich, du würdest es schaffen. War es das wert, sich das Knie zu zertrümmern?"

Ich verziehe die Lippen vor Schmerz. Sollte ich den Mund öffnen, um etwas zu sagen, würde er keine Worte, sondern nur gequältes Stöhnen hören. Ich kann es nicht länger ertragen, also ergebe ich mich.

6

Colt

MEINE TAPFERE KLEINE Gefangene liegt fix und fertig auf dem Boden von Club Toxic.

Ich kann nicht sagen, dass ich überrascht bin. Ich habe ihr Knie aufschlagen hören, als sie zu Boden ging, wie jeder andere auch. Doch sie hat keinen Laut des Schmerzes von sich gegeben. Ich muss zugeben, dass ich erwartet habe, sie schreien zu hören – die Verbindung zwischen uns, die durch den Verzehr des Blutes des jeweils anderen geschmiedet wurde, vibriert immer noch vor Schmerz und Panik.

Als Schritte die Treppe zum Nachtclub hinunterkommen, seufze ich und hebe ihren schlaffen Körper in meine Arme. Ich will mir nicht noch mehr Ärger mit Lucius einhandeln, weil ich seine Kundschaft durch einen Unfall auf der Treppe gestört habe.

Dem Blick in seinen Augen nach zu urteilen, hat er es sowieso auf mich abgesehen.

Ich kann immer noch nicht ganz glauben, dass sie den

Mut hatte, in einem Raum voller Monster zu rennen. Oh, ich kann es verstehen. Ihre Gedanken waren klarer als die Glasflaschen, die die Rückwand der Bar säumen. Es steht ihr ins Gesicht geschrieben und ihre faszinierenden Augen sind vor Angst weit aufgerissen.

Meine Füchsin hat endlich begriffen, dass dies hier kein Leben mit Happy End ist.

Maximus wartet ungeduldig. Sein finsterer Blick ist alles andere als erfreut. Er gibt mir lediglich ein Zeichen, dass ich vor ihm gehen soll, sobald Vienna sicher in meinen Armen liegt. „Behalte deine Unterwürfige unter Kontrolle, Colt."

Ich knurre ihn leise an. „Gönn dem Mädchen eine Pause. Sie ist nicht die einzige Sterbliche, die bei der Aussicht, von Vampiren gefressen zu werden, ausflippt."

„Deshalb haben wir strenge Regeln in Bezug darauf, ob Sterbliche wissen dürfen, was wir sind. Lucius' Gesetze sind nicht ohne Grund in Kraft." Maximus gibt mir einen Stoß in den Rücken, damit ich weitergehe. Er ist sauer auf mich, was bedeutet, dass Lucius definitiv bereits eine Klinge wetzt, die für meinen Hals bestimmt ist. „Geh schneller, wenn dir dein Leben lieb ist."

Um mein eigenes Wohlergehen mache ich mir im Moment keine Sorgen. Meine ganze Aufmerksamkeit gilt Vienna. Ich muss mich um ihr Knie kümmern, bevor sie wieder zu sich kommt und das Haus niederbrüllt. Ich kann auf keinen Fall zulassen, dass Lucius ihr wegen meiner Fehler etwas antut.

Wir schlüpfen in einen Nebenraum, der von Schatten verdeckt ist. Er ist im Stil eines altmodischen Salons eingerichtet und strahlt Wärme und Behaglichkeit aus. Während Antoine Protziges sammelt und seine Räume mit Symbolen seines Reichtums schmückt, ist Lucius' Stil weniger arrogant.

Zwei passende Chaiselongue-Sofas aus massivem Walnussholz nehmen jede Menge Platz im Raum ein. Das

Holz ist kunstvoll geschnitzt – vermutlich Französisch oder Englisch – und ich glaube, sie stammen aus der viktorianischen Ära und wurden in einem königlichen Blauton sorgfältig neu gepolstert.

Sie würden auch ohne die darauf sitzende Vampirkönigin die Blicke auf sich ziehen. Sie sieht imposant aus, mehr noch als ihr Mann in diesem Moment. Der Schlitz ihres roten Etuikleides entblößt die exquisite Länge ihrer Oberschenkel, während sie ein Bein über das andere geschlagen hat. Die Farbe lässt ihr Haar, ihre blasse Haut und ihren scharfen Blick besonders hervorstechen.

Ich betrete den Raum und passe dabei auf, dass ich weder Viennas Kopf noch ihre Beine gegen die Türpfosten stoße. Maximus' großer Körper füllt die Türöffnung hinter mir aus, während er Wache hält. Ob wir hier je wieder herauskommen, liegt allein in der Hand des Mannes, der gerade Blut in ein Glas gießt.

„Sorge dafür, dass wir nicht gestört werden, Maximus", befiehlt Lucius, ohne sich umzudrehen. Das braucht er nicht – seine Sinne sind schärfer als die aller anderen meiner Art, die ich kenne.

Die Tür schließt sich mit einem Klicken und ich warte und bete, dass Vienna nicht aufwacht.

„Ist die Frau verletzt?", fragt er, nachdem er einen großen Schluck von seinem Getränk genommen hat. Ich kann das O-Positiv von hier aus riechen und es reizt meinen Appetit nicht so stark, wie es sollte.

Warum auch, wenn das beste Blut, das es gibt, direkt unter meiner Nase pulsiert. Ich räuspere mich. „Sie hat sich am Knie verletzt. Euer Wachhund hat mir keine Zeit gelassen, sie genauer zu untersuchen."

„Maximus weiß, wie wichtig es ist, mein Temperament im Zaum zu halten", antwortet Lucius. Er gleitet zur Couch hinüber, lässt sich neben Selene nieder und schlingt einen

Arm um sie. Mit dem Glas in der Hand deutet er auf die Couch gegenüber. „Kümmere dich um deine Frau, Colt. Meine Geduld ist erschöpft genug, ohne dass ich noch eine jammernde Sterbliche dazu brauche."

„Was ist passiert?", fragt Selene leise und ich bin erleichtert, einen Hauch von Sorge in ihrer Stimme zu hören. In der paranormalen Welt kursieren Mythen und Gerüchte über die Königin. Einige von ihnen sind lächerlich und andere … nun, andere kommen der Wahrheit sehr nahe.

Als Gestaltwandlerin, die zum Vampir verwandelt wurde … ist Selene ein unmögliches Wesen.

Für die einen ist sie eine Abscheulichkeit, für die anderen der Heilige Gral.

In ihrer kurzen Zeit als Blutsauger – wie uns die Wandler oft nennen – ist sie für ihre Fähigkeiten legendär geworden. Viele behaupten, sie sei blutrünstiger und dem Tod näher als Vampire ‚reinen' Blutes, aber sie sprechen aus Furcht.

Selene ist sanft und gutherzig. Sie hält Lucius die Treue und das trotz der Mission, die sie zusammengeführt hat – eine Mission, die mit Lucius als Aschehaufen hätte enden sollen.

Sie ist eine wilde Kreatur, die perfekte Mischung aus dem, was sie war und dem, was sie wurde. Ihre Loyalität treibt sie zur Gewalt, wenn sie sich bedroht fühlt.

Wenn man also einen weiteren Tag leben will, sollte man sich nicht mit ihr anlegen.

Ich trage Vienna zur Couch und lege sie auf die weichen Kissen. „Ich glaube, sie dachte, Ihr und mein König wollten sie aussaugen." Mit den Händen streiche ich über ihre schlaffe Gestalt, an ihrem Oberschenkel hinunter und zu ihrem verletzten Bein. Ihr Knie ist bereits auf die doppelte Größe angeschwollen und von schwarzen und violetten Blutergüssen überzogen. „Sie ist ausgerutscht und landete unsanft auf ihrem Knie. Etwas ist gerissen", murmle ich und konzentriere mich auf das Fleisch unter meinen Fingern, während ich das Gelenk abtaste. „Sie hat versucht, zur Treppe zu kriechen und ist dann ohnmächtig geworden."

„Wer hat sie auf die Idee gebracht, dass wir sie umbringen wollen?" Selenes Augen bohren ein Loch in meinen Hinterkopf. „Hast du das Gerücht verbreitet, Colt?"

„Natürlich nicht."

„Wie viel weiß sie?", fragt Lucius in eiskaltem Ton.

Scheiße, das ist der Moment, in dem alles, worauf ich im letzten halben Jahrhundert hingearbeitet habe, den Bach hinuntergeht. Ich baumle über einem sehr dunklen Abgrund. Ich begutachtete Viennas Knie und beiße mir dieses Mal nicht in den Daumen, sondern versenke meine Reißzähne in meinem Handgelenk und drücke es gegen ihren Mund, um ihn so weit zu öffnen, dass mein Blut zwischen ihre üppigen Lippen tropft.

„Mehr als mir lieb ist. Sie weiß von Vadims Operation und Oberons Beteiligung und hält mich für eine russische Marionette. Sie hat keine Ahnung, dass ich tief verdeckt für Euch arbeite oder dass Ihr und ich uns so gut kennen", sage ich, als ihre rosa Zunge herausgleitet und mein Handgelenk umspielt.

Ein leises Knurren des Unmuts ertönt. „Im Grunde genommen, hast du mir also ein Riesenproblem auf die Türschwelle gebracht. Werde sie los, Colt, bevor sie Jahrzehnte harter Arbeit zerstört. Entweder du löschst ihr Gedächtnis und lässt sie gehen oder du saugst sie aus und entsorgst ihren Körper." Lucius' Beherrschung schwindet, als er sich aufrichtet. „Der verdammte Russe stellt eine zu große Bedrohung dar, jetzt, wo er seine Waren in den USA vertreibt. Er stellt meine Autorität infrage, indem er Sterbliche in meine gottverdammte Stadt schmuggelt."

„Oh, es gibt noch mehr. Antoine strebt danach, der nächste große Rh-Null-Züchter zu werden. Die Lieferung, die Vadim am Freitag schickt, enthält fünfzig Personen. Alle vermeintlich von goldenem Blut, aber er wird die echte Qualitätsware nicht hierherschicken." Die Wunde an meinem Handgelenk schließt sich und ich streiche mit der Hand über Viennas Haar. Dann stehe ich auf und wende mich an Lucius. „Antoine hat zehn von diesen fünfzig gekauft. Er war nicht erfreut, als ich ihm sagte, dass sie sterilisiert wären, damit man sie nicht züchten kann. Es könnte einen Krieg zwischen ihm und Vadim auslösen."

„Das ist doch gut, oder nicht? Sie können sich gegenseitig auslöschen und diese barbarische Praxis, Menschen wie Vieh zu züchten, gleich mit." Selene runzelt die Stirn.

„Nein, es würde eine Menge Probleme verursachen", sage ich so höflich wie möglich zu ihr. „Es würde uns der Gefahr aussetzen, an die Menschheit verraten zu werden. Vampire wie Vadim haben im Laufe der Zeit eine Menge Waffen und Anhänger angehäuft. Und Antoine sitzt auch nicht nur auf seinem ganzen Reichtum rum – einen Teil davon hat er in den Aufbau einer eigenen Armee gesteckt. Wenn die beiden aneinandergeraten ... wird es Verluste geben."

„Verluste?" Lucius schnauft und schüttelt den dunklen Schopf. „Das Blut wird in den Straßen fließen und die Leichen werden beim ersten Sonnenlicht zu Asche zerfallen."

„Phoenix ist nur zwei Stunden von hier entfernt. Ich schätze, wenn die Dinge zwischen den beiden Idioten eskalieren, wird Vadim die Stadt mit allem, was er hat, unter Beschuss nehmen. Er wird Antoine und die, die ihm am treuesten sind, auslöschen. Diejenigen, die lieber leben wollen, werden sich seinen eigenen Truppen anschließen. Sobald Antoine verschwunden ist, wird es einfach sein, die Phoenix-Vampire zu kontrollieren. Schließt euch ihm an oder sterbt. Und dann ..."

„Das Arschloch weiß genau, was er tut, indem er minderwertige Ware schickt", sinniert Lucius. „Du glaubst, dies ist ein erster Schritt, um die US-Clans zu übernehmen?"

Ich nicke nüchtern. „Ehrlich gesagt, glaube ich es. Wenn er gegen Antoine in den Krieg zieht, wird sich kaum jemand darum scheren. Jeder hasst den falschen Franzosen mit Leidenschaft. Niemand wird ihm Beachtung schenken, bis er jemanden angreift, der wichtiger ist. Und dann wird es zu spät sein. Vadim ist nicht dumm und er hat ein gutes Team von Strategen, die ihm den Rücken stärken. Sie werden ihm gesagt haben, dass es einer Kriegserklärung gleichkäme, wenn er jemanden wie Euch direkt und ohne Grund angreift. Es gibt keinen Raum für einen hinterhältigen Angriff."

„Und wir haben nicht die nötige Truppenstärke, so wie er."

„Haben wir nicht. Aber selbst wenn wir die gleichen Zahlen hätten, wäre ein Angriff von unserer Seite genau das, was er wollte: ein Grund, mit voller Waffengewalt einzumarschieren, in angeblicher Selbstverteidigung."

„Verdammt noch mal. Können wir Antoine nicht einfach ausschalten?"

Oh, ja. Die Idee gefällt mir. Der Gedanke, diesen Wichser seiner Unsterblichkeit zu berauben, ist verlockend. Besonders jetzt, da er Viennas Geschmack kennt. „Es ist definitiv eine Möglichkeit. Vadim könnte jedoch einen anderen Weg finden, sich an die Macht zu putschen."

„Was ist mit den Menschen?"

Ich sehe Selene mit gehobener Augenbraue an. „Mit den Menschen?"

„Die Menschen", wiederholt sie, als hätte ich den Verstand verloren. „Die fünfzig Menschen, die markiert und in Kisten verfrachtet werden, um in einem fremden Land zu Mahlzeiten zu werden. Was sollen wir mit ihnen machen?"

Lucius und ich tauschen Blicke aus. Wir wissen beide,

dass frühere Lieferungen an ihren Bestimmungsort gebracht worden sind – ein notwendiges Übel, um meine Beziehung zu Vadim zu festigen und zu beweisen, dass ich eine vertrauenswürdige Person bin, die für sein Geschäft von Nutzen sein kann.

„Meine Liebe, mach dir darüber keine Gedanken." Lucius schenkt ihr ein Lächeln, das seine Augen nicht erreicht. Er weiß mehr als jeder andere, wie stark seine Gefährtin ist. Aber vielleicht ist dies ein Grund mehr für ihn, ihre Stärke nicht zu testen. Nur weil sie einen Vampir so schnell und grausam töten kann wie einige der ältesten und brutalsten unserer Art, heißt das nicht, dass sie keine Menschlichkeit oder kein Mitgefühl in sich trägt. „Colt kümmert sich um diese Details."

Selene erhebt sich jetzt, anmutig und tödlich. Sie drückt ihren kleinen Finger mit einem schnellen Stich gegen die Brust ihres Gefährten. „Nenn mich nicht *deine Liebe*, Lucius. Diese Leute sind keine *Details*. Genauso wenig wie Colts Frau jemand ist, den er einfach loswerden kann."

Ich grinse, weil es verdammt lustig ist, zuzusehen, wie Lucius von einer Frau zurechtgewiesen wird, die halb so groß ist wie er. Vienna ist Selene mit ihrer Einstellung und dem Feuer, mit dem sie versucht, als Unterwürfige doch oben zu sein, ähnlich. Aber mein Gesicht ist ernst, als ich sage: „Diese Leute verschaffen uns vielleicht ein paar Tage extra Zeit, um unsere Pläne in die Tat umzusetzen, Selene. Wenn ich sie nicht ausliefere, wird Vadim auf den Verräter in seiner Mitte aufmerksam. Als besagter Verräter würde ich es vorziehen, nicht auf seinem Radar zu landen, bis ich darauf vorbereitet bin."

Sie funkelt mich an. „Wir sind also bereit, fünfzig Lebewesen zu opfern, weil wir hoffen, dass wir dieses Wochenende keinen Krieg führen müssen? Hast du die Möglichkeit in Betracht gezogen, dass Antoine mit dem Russen *zusam-*

menarbeiten könnte und die Zeit möglicherweise nicht auf unserer Seite ist?"

„Selene ..."

„Moment." Ich halte inne und hebe die Hand, um Lucius daran zu hindern, seine Gefährtin zu schelten. Meine Gedanken wandern zurück zu meinem Treffen mit Antoine und ich lasse das Gespräch Revue passieren. Mist. „Antoine wusste, dass Vadim der Leiter des Rh-Null-Programms ist. Er hat es zugegeben und mit der Information geprahlt, als wollte er mich verunsichern. Und nicht nur das, er hat mir auch ein Angebot gemacht, dass er mich aus Vadims Kontrolle befreien würde."

Lucius beißt die Zähne zusammen. „Antoine kauft dem Russen eine große Menge fehlerhafte Ware ab, wobei du der Vermittler bist. Er bemüht sich, die Identität des Hauptverantwortlichen herauszufinden, und was dann? Er trifft eine Abmachung mit ihm, um keine Zielscheibe auf dem Rücken zu haben, wenn Armageddon kommt?"

„Männer." Selene rollt voller Verzweiflung mit ihren wunderschönen, grauen Augen. „Der Franzose, er ist reich?"

„Obszön reich."

„Er hat sich einen Anteil vom Kuchen gekauft", stellt Selene sachlich fest und zuckt mit den Schultern. „Er kauft sich in die Organisation des Russen ein, handelt sich zusätzlichen Schutz aus, und wenn er so ein Arschloch ist, wie du sagst, verhandelt er um einen Anteil am echten Rh-Null-Bestand. Wenn er klug ist und einen Sinn fürs Geschäft hat, hat er einen Plan ausgearbeitet, wie er Vadims Unternehmen hier in den USA ausbauen kann, ohne dass er Leute einschleusen muss. Ein Ableger der Mutterfirma mit der Auflage, dass der Franzose die Geschäfte in den Staaten führt."

Nun, doppelte Scheiße. Das ist etwas, was ich dummerweise nicht in Betracht gezogen habe. Ich nicke langsam und denke über die verschiedenen Szenarien nach. Es ergibt Sinn. Antoines Vorschlag für mich würde wahrscheinlich dazu führen, dass ich meine Verpflichtung gegenüber Vadim verliere und stattdessen eine neue Fessel in Form eines falschen Franzosen am Hals habe.

Lieber würde ich eines frühen Morgens zu Staub zerfallen.

Vienna rührt sich und stöhnt leise, als sie erwacht. Lucius wirft ihr einen Blick zu und ich trete unbeirrt zwischen die beiden. „Selene könnte recht haben", sage ich in der Hoffnung, seine Aufmerksamkeit von meiner Gefangenen abzulenken. „Antoine ist ein Arschloch und in mancher Hinsicht nicht sehr klug, aber er ist verdammt reich. Und jemand auf seiner Lohnliste sorgt dafür, dass weiter Geld reinkommt. Es wäre etwas, das sich für ihn lohnen würde, sowohl monetär als auch wegen des Blutes."

„Der Meinung bin ich auch. Nun gut. Vereinbare einen Besuchstermin mit ihm, noch vor Freitag. Finde heraus, worum es bei diesem Angebot geht und ob er sich an den Russen verkauft hat."

Fabelhaft. Ein weiterer Abend, an dem ich diesem Arschloch mit seinem beschissenen französischen Akzent zuhören muss. „Und wenn er sich selbst belastet?" Wenn Lucius will, dass ich Antoine in seiner eigenen verdammten Villa umbringe, werde ich Hilfe brauchen, um mit meinem Leben davonzukommen.

„Wenn er sich der Verbindung zu dem Avtoritet schuldig gemacht hat, können sie beide am selben verdammten Seil in der Sonne hängen."

Lucius' britischer Akzent ist stark. Seine Stimme vibriert mit Macht und Tod. Es läuft mir kalt den Rücken hinunter, denn ich habe Lucius schon schlimmere Strafen verhängen sehen und weiß genau, wozu er fähig ist, wenn er wütend ist.

Selene hingegen schnurrt und reibt sich an seiner Seite.

Die Wut ihres Gefährten erregt sie offenbar. Sie lebt wirklich gern gefährlich.

„Wenn du Antoine hinrichten kannst, ohne dich selbst in Gefahr zu bringen, dann tu es. Wenn nicht, locken wir ihn aus seinem Versteck und erledigen ihn", sagt Lucius.

Ich weiche ein paar Zentimeter in Richtung Vienna zurück und akzeptiere seinen Befehl. „Ich werde für morgen Abend um eine Audienz bei ihm bitten."

Scheinbar beruhigt, da das Thema Verrat nun vom Tisch und eine Lösung in Sicht ist, setzt Lucius sich wieder hin und zieht Selene mit sich nach unten. „Sobald Antoine erledigt ist, müssen wir uns vielleicht darum kümmern, Vampire, denen wir vertrauen können, nach Phoenix umzusiedeln. Jemanden, der in der Lage ist, Loyalität zu zeigen und Führungsqualitäten zu beweisen. Vielleicht überlegt es sich Vadim dann zweimal, ob er diese Stadt als sein Kontrollzentrum wählen will."

Vienna fängt an, zu summen, und ich kann die Melodie nicht ganz einordnen. Ich wünschte, sie würde die Klappe halten, denn sie zieht Lucius' Aufmerksamkeit wieder auf sich. Ich will, dass er vergisst, dass sie überhaupt da ist.

„Was soll ich mit der Lieferung machen?", frage ich.

Er schließt einen Moment lang die dunklen Augen. Als sie sich wieder öffnen, sind sie hart wie Stahl. Welche Entscheidung er auch immer getroffen hat, sie wird mir wahrscheinlich nicht gefallen. „Behalte sie für den Moment. Bis morgen Abend sollten wir wissen, wie es um die Sache steht. Wie viele Käufer hast du schon?"

„Antoine hat mit zehn den Löwenanteil übernommen. Zwanzig Weitere haben jeweils einen gekauft und zehn sind für Paare vorgemerkt. Insgesamt einunddreißig Käufer, wenn nicht doch jemand in letzter Minute abspringt; einige von ihnen hatten Mühe, die fünf Millionen pro Kopf aufzubringen."

„Schicke mir eine Liste mit den Käufern per E-Mail. Für diese und die letzte Lieferung. Ich werde jemanden beauftragen, sie durchzugehen und zu prüfen, ob sonst noch jemand große Pläne hat, der anderen Seite des Ozeans seine Treue zu bekunden. Bis dahin nimm die Lieferung an und halte sie verschlossen."

Ein seltsames Gefühl durchzuckt mich. Ich stelle mir vor, dass es so etwas ist wie das, was Menschen fühlen, wenn sie von einer Überdosis Koffein aufgedreht sind. Eine Sekunde später fluche ich, als Viennas Summen lauter wird und ich die Titelmelodie von Superman erkenne.

Selene verzieht das Gesicht vor Belustigung, als sie mit Argusaugen beobachtet, was Vienna hinter meinem Rücken treibt. Zu spät erinnere ich mich daran, was passiert, wenn sie mein Blut trinkt. Als ich mich mit der Absicht umdrehe, sie am Boden zu halten, springt Vienna wie ein verdammtes Äffchen auf meinen Rücken.

Ihr verfluchtes Superheldinnengehirn ist wieder da.

Ein schlanker Arm schlingt sich um meinen Hals und versucht, mich zu erdrosseln. Starke Beine reiten auf meiner Hüfte und sie gräbt ihre Fersen in die Oberseite meiner Oberschenkel, um sie zu fixieren. Mit dem anderen Arm peitscht sie an meinem Kopf vorbei, als würde sie ein Schwert schwingen. „Auf in die Schlacht, mächtiger Hengst! Wir werden das Böse in dieser Nacht besiegen, mit nichts als unserem Verstand und unserem Können!"

„Mächtiger Hengst?" Selene kichert.

Ich grinse, weil ich es mir nicht verkneifen kann. Ich liebe Vienna, wenn sie so aufgedreht ist. Sie ist high von meinem Blut, aber die Fantasie und die Energie sind ganz sie selbst. „Vi…"

„Wer ist das?", fragt sie und senkt ihren Arm, um auf Selene zu zeigen. „Seid Ihr Freund oder Feind?"

Himmel-Herrgott noch mal, sie wird Lucius ein Aneurysma verpassen, wenn ich sie nicht von hier wegbringe. Während seine Gefährtin von Vienna begeistert zu sein scheint, mustert mein König sie mit gesenktem Blick, wahrscheinlich um abzuwägen, wie groß das Risiko ist, das von ihr ausgeht. Und was mit ihr geschehen soll.

„Wenn Ihr uns entschuldigen würdet, meine Unterwürfige und ich haben eine Verabredung mit der Prügelbank."

„Setzt euch, alle beide. Sie ist nicht in der Lage, an irgendetwas teilzunehmen, bevor sie nicht von ihrem Rausch herunterkommt. Und du", Lucius hebt seine tödliche Augenbraue, „du hast einiges zu erklären, Colt. Ich will die Umstände dieser … Vereinigung erfahren."

Zur Hölle. Das einzige Gespräch, das ich vermeiden möchte. Vienna krächzt im Protest, als ich gehorche und mich auf die Kante des Sofas setze, während sie sich immer noch an meinen Rücken klammert. Ich spreize die Hände und mache mich für mein Verhör bereit. „Ich werde beantworten, was ich kann."

„Wer ist sie?"

„Vienna Mulrooney. Eine Künstlerin aus Chicago." Ich informiere ihn so schnell wie möglich über alles von dem Moment an, als ich bemerkte, dass jemand an unserem Treffpunkt war, bis jetzt … plusminus ein paar der kleinen Details. Ich bin verdammt stolz darauf, dass es mir gelingt, während meine ausgeflippte Untergebene auf meinem Rücken auf und ab hüpft und ihre Fersen in meine Beine stößt, als würde sie auf einem verdammten Pferd reiten.

Sobald sie wieder herunterkommt, wird sie etwas viel Befriedigenderes reiten, um für die Scheiße zu bezahlen, die ich mir von jedem, der davon erfährt, anhören werden muss. Und sie werden davon hören, daran habe ich keine Zweifel. Selene findet es zu amüsant, als dass sie ihre Belustigung nicht verbreiten würde.

Colt, der Hengst.

Ha-verdammt-ha-ha.

„Wenn du nicht in der Lage dazu bist, ihre Erinnerungen zu löschen, werde ich es tun", beschließt Lucius. „Du musst dich auf die Aufgaben konzentrieren, die ich dir auferlegt habe, Colt, und sie … so reizend sie auch ist, ist nichts weiter als eine Ablenkung. Besonders in diesem Zustand. Ich bin sicher, dass du das einer dauerhafteren Lösung vorziehen würdest."

Vienna fängt an, an meinem Hals zu knabbern, was meinen Schwanz sofort hellhörig werden lässt. Sie summt vor Vergnügen, ohne offensichtlich wahrzunehmen, dass ihr Schicksal in der Schwebe hängt. Der Duft ihrer Erregung beginnt die Luft in dem kleinen Raum zu durchdringen. Die ganze Reiterei hat ihren verrückten Rausch in einen geilen Rausch verwandelt.

„Das kann ich nicht tun, Lucius. Ich kann sie nicht töten und ich kann sie nicht gehen lassen."

„Maximus kann sich darum kümmern."

Ich fletsche die Zähne und meine Reißzähne gleiten in Androhung von Dominanz, die mich meinem Tod möglicherweise näherbringt, hervor. „Wenn Maximus sie anfasst, werden wir beide beim Morgengrauen Schmerzen erleiden. Vienna gehört mir, Lucius. Ich habe in Eurer Entscheidung, Selene als Eure Gefährtin zu wählen, zu Euch gestanden. Ich habe Eure Entscheidung respektiert."

„Du wagst es, mir zu unterstellen, ich respektiere deine nicht?"

„Er unterstellt es dir nicht, Lucius. Er sagt es dir. Und ich stimme ihm zu", meldet sich Selene kühn zu Wort.

Seine Lippe zuckt und ein Reißzahn blitzt auf. Ich frage mich, ob es Maximus ist, mit dem ich um Viennas Leben kämpfen werde, oder der König selbst. Keine von beiden Aussichten reizt mich besonders, weil die Chancen, dass ich es überleben werde, gleich Null stehen. Aber das wird mich nicht davon abhalten, in den Ring zu steigen und eine sterbliche Frau zu beschützen, die ich noch keine drei Tage kenne.

„Was ist so besonders an ihr, Colt? Es gibt Tausende von Frauen in dieser Stadt, die du ficken kannst, wenn das der Grund ist, warum du Ungehorsam zeigst. Ich kenne dich schon fast dein ganzes Leben lang und du hast noch nie ernsthaftes Interesse an einer Frau gezeigt – egal ob Mensch, Wandler oder Vampir. Also warum sie?"

Es gefällt mir nicht, wenn man meine Gefühle oder Beweggründe hinterfragt. „Ich nehme an, aus denselben Gründen, aus denen Ihr eine verdammte Gestaltwandlerin zum Vampir gemacht habt, Lucius. Und nicht nur irgendeine Wandlerin, sondern eine, die Euch *unbedingt* umbringen wollte. Ist Liebe kein ausreichender Grund?"

„Wenn es das ist, was du wirklich für sie empfindest, dann vielleicht schon. Aber da ist noch etwas anderes." Spekulativ neigt Lucius den Kopf. „Ich will sie nicht verurteilen. Sie reitet vielleicht einen meiner zuverlässigsten Vollstrecker wie ein Pony, aber ich hege keinen persönlichen Groll gegen das Mädchen."

Das tut sie wirklich. Während sie ihre Muschi, so gut sie kann, an meinem Rücken reibt, hat Vienna Riesenspaß. Was ich als Nächstes sage, hat die Macht, ihre Zukunft unwiderruflich zu zerstören. Aber wenn ich es Lucius nicht sage und es zu einem Krieg kommt, gibt es vielleicht niemanden außer ihm, dem ich sie anvertrauen kann.

„Sie ist etwas, für das sowohl Vadim als auch Antoine töten würden."

Lucius' Blick verschärft sich, Selene lächelt.

„Vienna ist eine Rh-Null, Lucius. Sie hat goldenes Blut. Wenn ich sie wegschicke, sie ihren eigenen Weg gehen lasse, wird sie niemals sicher sein. Ein Papierschnitt würde sie an einen Vampir verraten und sie wäre entweder tot oder würde an den Meistbietenden verkauft werden. Ich werde nicht zulassen, dass sie ihnen in die Hände fällt, also bleibt sie bei mir."

„Rh-Null. Wie faszinierend. Das habe ich nicht erwartet. Darf ich?" Es ist keine Bitte. Seine Augen glänzen, die Neugier ist geweckt, und leider befinden wir uns in einer Sackgasse. Wir kennen uns lange genug, dass er ein wenig Ungehorsam und ein paar Ausflüchte in bestimmten Dingen toleriert, aber in dieser Sache … Wenn ich Nein sage, bringt er mich um.

„Vienna." Mein Ton ist leise und ich verleihe meiner Stimme einen Hauch von Dominanz, um ihre Aufmerksamkeit zu erregen. Ein leises Keuchen dringt an mein Ohr, als sie am Rande eines Orgasmus steht, der *mir* gehört. „Wenn du es *wagst*, zu kommen, wird dein strammer, kleiner Hintern meinen Schwanz kennenlernen."

Sie kichert, sie *kichert*, verdammt noch mal.

Schweigen hängt in der Luft, während ich abwarte, welche Konsequenzen sie wählen wird. Ich werfe einen Blick über meine Schulter und ignoriere die beiden Augenpaare, die mich von der anderen Seite des Raumes anstarren. Ich grinse wölfisch, als sie das Gesicht verzieht. Ihr schlanker Hals spannt sich mit einem leisen Schrei an, als ihr Kopf nach hinten kippt. Ihr ungleichmäßiger Atem ist das einzige Geräusch im Raum.

Amüsiert genieße ich die Vorstellung, meinen Schwanz in dem einen Loch zu versenken, dass sie mich auf gar *keinen* Fall ficken lassen will. Ich warte ab, bis sie sich beruhigt und ihre Stirn leicht an meine Schulter lehnt. „Ungezogene, unanständige Unterwürfige", tadle ich sie und schüttle den Kopf. „Ich hoffe, du hast nicht vor, dich in nächster Zeit setzen zu wollen, Vi."

„Ich … was?"

Mit überlegener Kraft und Geschwindigkeit drehe ich mich und schlinge meinen linken Arm wieder um ihre Taille.

In einer Sekunde habe ich sie von meinem Rücken gezogen und über mein Knie gelegt. Meine Hand landet fünf stechende Hiebe auf ihrem ausgestreckten Hintern, zwei auf jede Pobacke und den letzten direkt auf ihre empfindliche Muschi. „Was. Ist. Regel. Nummer. Eins?"

Vienna zappelt verzweifelt und stößt so heftige Flüche aus, dass ich ihr einen weiteren Satz gönne. Regel Nummer eins und drei sind zum Fenster hinaus und in den Weltraum gekickt worden. Sie wird nicht glücklich darüber sein, wenn ihr bewusst wird, dass sie der Feier des heutigen Abends gerade noch einen Blowjob hinzugefügt hat.

Ich grinse und versohle ihr weiter den bockenden Hintern, bis sie kapituliert, erschlafft und schnieft. Noch keine Tränen, was mich etwas beunruhigt. Sie sollte sich die Augen ausheulen und um Vergebung betteln – die sie nach einer aufrichtigen Entschuldigung auch bekommen würde.

Als ich sie auf mein Knie setze, unterdrückt sie ein Schnaufen des Unbehagens und weigert sich, mir in die Augen zu sehen. „Wie lautet Regel Nummer eins, Vienna?"

„Respekt zu jeder Zeit, Sir", murmelt sie.

„Du hättest gut daran getan, dich vor fünf Minuten daran zu erinnern. Sobald du dich für dein Verhalten entschuldigt hast, darfst du zu meinem König und seiner Königin kriechen und dich auch bei ihnen aufrichtig entschuldigen. Lucius möchte dich gern kennenlernen." Ich stelle sicher, dass ich „kennenlernen" anstatt „kosten" sage. Lucius hat die Absicht, von Vienna zu trinken, um meine Behauptung zu bestätigen, sie sei eine Rh-Null. Aber sie braucht keine Vorwarnung – es sei denn, ich will sie wieder vom Boden aufheben müssen. „Wenn du so weit bist, Vienna."

Sie knirscht mit den Zähnen und versucht, mit dem Hintern einen Zentimeter über meinem Oberschenkel zu schweben. Mir entgeht nicht, dass sie sich bei der Erwähnung von Lucius' Namen versteift. Ihre Stimme ist so klein, als sie nachgibt und murmelt: „Es tut mir leid, dass ich unhöflich war … Sir."

Es ist nicht der ausführlichste Ausdruck von Bedauern, den ich je gehört habe, aber sie meint es ernst. Ich glaube, ich habe ihr die Frechheit vorübergehend ausgetrieben. Ich liebe ihre Haltung unter den richtigen Umständen, deshalb macht mich der Gedanke traurig, aber jetzt ist weder die richtige Zeit noch der richtige Ort, um eine freche Göre zu sein. „Entschuldigung angenommen, meine Füchsin. Und jetzt geh bitte auf Hände und Knie. Wir haben Lucius und Selene schon zu lange warten lassen."

Zum Glück stellt sie nicht infrage, dass ich sie beim Namen genannt habe. Ihr Herzschlag trommelt in meinen Ohren – teils Erregung, teils Angst und teils Unbehagen. Ihr Körper versucht, zu verarbeiten, was zum Teufel gerade passiert ist, und das direkt nach einem verdammt guten Blutrausch.

Mit dem Gefühl, mein Lieblingslamm zur Schlachtbank zu führen, lasse ich sie zwischen meinen Füßen auf die Knie sinken und gebe ihr einen nicht ganz so subtilen Stoß mit dem Stiefel.

Mit gesenktem Kopf beginnt sie zu kriechen.

* * *

VIENNA

Das ist so peinlich.

In einer Minute fliege ich durch die Wolken und benutze Colts Körper rücksichtslos als freihändigen Reizgeber.

Und in der nächsten? Mein Arsch brennt so heiß wie sieben Sonnen, nachdem das Holzbrett, das er Hand nennt, wiederholt damit kollidiert ist. Und während ich vom harten Stechen und dem langsamen Brennen auf meinem unschuldigen Hintern immer noch überwältigt bin, macht er *das* hier.

Ich krieche wie ein verdammter Hund auf Händen und Knien zu den Leuten, vor denen ich gerade fliehen wollte. Ich brauche mich nicht zu wundern, warum mein Knie nicht vor Schmerz aufheult – der Rausch von Colts Blut hat sich immer noch nicht ganz verflüchtigt. Wenn ich nicht aufpasse, werde ich eine Sucht entwickeln, die nicht leicht zu brechen ist.

Das Material dieser blöden Jungen-Shorts reibt über meine zarte Haut und ich zische mit zusammengebissenen Zähnen, während ich erbärmlich in mein Verderben krieche. Wäre ich nicht gestolpert, wäre ich jetzt nicht hier. Ich war der verdammten Treppe und meiner Freiheit so verflucht nah.

Das Haar hängt mir ins Gesicht und ich bin so sehr in mein eigenes Elend versunken, dass ich vergesse, wohin ich rutsche. Ich stoße mit voller Wucht gegen etwas und als ein weibliches Schnauben meine Gedanken unterbricht, blicke ich in missmutige Augen.

Etwas verändert sich in mir, als würde ich die Kontrolle über meinen Körper abgeben und den Fahrersitz freimachen. Ich sehe, höre, fühle, aber alles fühlt sich ... falsch an.

„Auf die Knie", fordert Lucius und es ist, als wäre ich wie eine Marionette an Fäden gebunden, die alle in seiner regierenden Hand enden. Ich erhebe mich auf die Knie, unfähig, den Blick von ihm abzuwenden, und warte darauf, dass das Licht meines Lebens zu schwarz verblasst. „Sie ist stark, Colt. Sie kämpft mit mir um die Kontrolle."

„Das ist sie. Zu kämpfen, scheint ihre bevorzugte Verteidigung zu sein."

Lucius beugt sich vor. Ich versuche, mich zurückzulehnen, weg von ihm, als er in meinen persönlichen Raum eindringt. Er ist nah genug, um seine Nase an meinem

Schlüsselbein und an der Seite meines Halses entlangzuführen. „Sie hat keinen merklich anderen Geruch", bemerkt er und schnuppert. „Obwohl … vielleicht …"

Schließ deine Augen. Blinzle.

Meine Augen sind wie eingefroren, als wären sie immer noch auf die des Königs fixiert. Welchen Zwang er auch immer auf mich ausübt, ich muss ihn brechen. Er hat die volle Kontrolle über meinen Körper, aber solange mein Geist mir gehört, werde ich die Hoffnung nicht aufgeben.

Lucius lehnt sich zurück und hebt meine Hand. Mit langen, eleganten Fingern untersucht er mein schmales Handgelenk und streicht mit dem Daumen über meine gebräunte Haut und die darunterliegenden Adern. Er spitzt seine vollen Lippen und mein Herz überschlägt sich beim Anblick seiner Reißzähne, die herausgleiten und im schwachen Licht schimmern.

Entsetzen durchströmt mich. Es ist nicht so, dass ich noch nie gebissen wurde – die Vorfreude auf Colts Biss, wenn wir Sex haben, macht alles sogar noch heißer –, aber Lucius ist ein unbekanntes Wesen und viel, viel stärker als mein Liebhaber.

Und Colt ist nicht gerade ein Schwächling.

„Vienna, es ist in Ordnung. Es wird in ein paar Sekunden vorbei sein." Colts Stimme hallt aus der Ferne nach. Er versucht, mich zu beruhigen. Ich würde ihn küssen …, wenn ich ihm nicht die Schuld dafür geben würde, dass er mich hierher und überhaupt erst in diese Situation gebracht hat.

Angst und Wut vermischen sich in mir und ich bin plötzlich nicht nur auf Colt und seinen verdammten König sauer, sondern auch auf das gottverdammte Universum, weil es mir diese Scheiße eingebrockt hat. Was zum Teufel habe ich getan, dass ich es verdient habe, wie eine Art Proteinshake verschlungen zu werden?

Nichts.

Mit einem kleinen *Peng* platzt etwas in mir und ich blinzle einmal, zweimal. Meine armen Augäpfel fühlen sich trocken an, aber das ist nicht weiter schlimm. Ich reiße mich ruckartig von Lucius los und entziehe ihm meine Hand, bevor er merkt, dass ich nicht länger unter seinem Bann stehe.

Selene schnappt nach Luft.

„Wie faszinierend", murmelt Lucius, dessen Augen fast schwarz werden, als er sie wieder auf mich richtet.

Ich stolpere rückwärts über meine eigenen gottverdammten Füße und der Atem rauscht aus meiner Lunge, als ich auf dem Boden aufschlage. Meine Zunge ist wie verknotet; es gibt keine Hoffnung, dass mein messerscharfer Verstand mich rettet, wenn ich nicht sprechen kann. Alles in mir schrumpft und erstirbt, als der Vampir aufsteht und mich mit seinem Blick fesselt, bevor er näher kommt.

„Lucius …" Ich glaube, Colt ist auf den Beinen und bereit mich zu verteidigen. Seine Wut ist so spürbar wie heiße Funken in der Luft, die bereit sind, sich zu entzünden.

Der König macht einen Schritt nach vorn, dann steht plötzlich seine Gefährtin vor ihm. Sie drückt die Hände auf seine Brust und schaut ihm ins Gesicht. Sie murmelt leise, während die Zeit stehen bleibt und mein Schicksal auf dem Spiel steht.

Ich nutze ihre Ablenkung und rutsche auf dem weichen Teppich rückwärts auf Colt zu … bis eine königliche Hand um Selenes schlanke Gestalt geschoben wird und, ohne dass Lucius mich auch nur ansieht, einen warnenden Finger hebt.

„Bleib *genau* da, wo du bist, Sterbliche."

Mehr Gemurmel, ein überraschend liebevolles Lachen.

Meine Brust hebt und senkt sich, mir steht der Angstschweiß auf der Stirn und ich weiß nicht, ob ich Selene unterstützen oder zur Hölle wünschen soll. Was auch immer sie zu dem König sagt, er hört ihr aufmerksam zu. Man sieht es daran, wie er sich auf ihr Gesicht konzentriert. Seine intensiven Augen erwärmen sich leicht.

Er wirft mir einen Blick zu, sagt etwas und küsst die schlanke Blondine mit einer Neigung seines Kopfes leidenschaftlich. Elegant wie immer kehrt er auf seinen Platz zurück und breitet die Arme auf der geschnitzten Rückenlehne aus.

Ewige Kontrolle.

Selene dreht sich fließend um. Ihr umwerfendes Gesicht wird weicher, als sie meinen bedauernswerten Zustand betrachtet. Wenn ich jemals jemanden um sein Gesicht beneiden würde, dann wäre ihres meine Obsession. Nicht, dass ich auf Frauen abfahre, aber wenn ich es täte, stünde sie ganz oben auf meiner Liste.

„Wir hatten einen schlechten Start miteinander", sagt sie und streckt mir eine blasse Hand entgegen.

Als ich nicht danach greife, geht sie in die Hocke, ohne ihr Hilfsangebot zurückzuziehen. „Lucius hat einen Ruf, was bedeutet, dass er für jeden, der ihn kennt, wirklich einschüchternd wirkt. Und für viele, die ihn nicht kennen. Manchmal vergisst er, dass keine harte Gewalt nötig ist, um jemanden zur Kooperation zu bewegen – wir sind an die dunkleren Seiten des Lebens gewöhnt. Es tut ihm leid, dass er dich erschreckt hat." Ihr Tonfall ändert sich und wird ein wenig härter. „Nicht wahr, Lucius?"

Er hebt eine dünne Augenbraue. „Ich entschuldige mich, dir Angst gemacht zu haben, Vienna."

Ich traue ihnen beiden nicht, aber ein kleiner Teil von mir *möchte* es. Ohne Grund, ohne Logik, nur ein Fünkchen Instinkt, der mir sagt, dass sie etwas anderes als Todfeinde sein könnten.

Ich unterdrücke es.

Freundliche, graue Augen schauen in die meinen, aber unter dem Schimmern des Mitgefühls lauert die Schärfe einer Jägerin. „Wir haben nicht die Absicht, dir wehzutun, Vienna. Eine von Lucius' festen Regeln lautet, dass im Club kein Mensch zu Schaden kommt. Du genießt zusätzlichen Schutz, da du zu Colt gehörst. Wir müssen uns nur vergewissern, dass du das bist, was Colt behauptet.“

Ich schlucke schwer. Meine Stimme bricht, als ich spreche. „Was sagt er denn, was ich bin?“

„Eine Rh-Null. Eine, die mit goldenem Blut gesegnet ist. Das Seltenste der Seltenen.“

Was zum Teufel? Ich schüttle den Kopf, um es zu leugnen. Selbst wenn ich eine verdammte Rh-Null *wäre*, würde ich das vor den Vampiren nicht zugeben, die Menschen kaufen, verkaufen und züchten. Die Wahrscheinlichkeit, dass ich das tun würde, ist genauso gering wie die Möglichkeit, dass ein Mensch tatsächlich ein verdammter Rh-Null ist – praktisch gleich Null. „Das ist lächerlich. Ich bin keine ... nein.“

Neugierig neigt er den Kopf. „Du kennst deine Blutgruppe nicht?“

„Tut das *irgendwer*?“

„Füchsin, ich hatte die Ehre, dich zu probieren. Der erste Schluck hat mich bereits abhängig gemacht. Du bist eine Rh-Null, das heißt, du musst vor Leuten wie Vadim und Antoine beschützt werden. Wenn sie wüssten, dass es dich gibt, würden sie vor nichts Halt machen, um dich in die Finger zu kriegen.“ Colt klingt ernst, das muss man ihm lassen. „Lucius und Selene sind unsere beste Chance, dich von den Zuchtfarmen fernzuhalten.“

Ich erschaudere bei dem Wort. *Zuchtfarmen.* Lässt der Russe Männer die Frauen auf natürliche Weise besteigen oder benutzt er künstliche Befruchtung für eine kalte und berührungslose Empfängnis? Gott, warum denke ich *überhaupt* darüber nach?

„Ich weiß, du bist wahrscheinlich strikt dagegen, mit uns zusammenzuarbeiten, Vienna, aber wir können dir wirklich helfen. Ich bitte dich nur darum, dass du mich einen Schluck – einen kleinen Schluck, das ist alles – aus deinem Handgelenk nehmen lässt", argumentiert Selene. Verdammt, sie ist gut. Der sanfte, überzeugende Ton ihrer Stimme geht mir unter die Haut und schlängelt sich durch das Netzwerk meiner Nerven, das sich vor Angst verspannt hat. „Ich verspreche, dass ich dir nicht wehtun werde."

Mein Puls beruhigt sich und ich komme endlich wieder zu Atem. Die Erleichterung ist zwar schön, aber ich weiß, was sie vorhat. „Versucht diese Scheiße nicht bei mir." Ich möchte meine Augen zusammenkneifen, um sie davon abzuhalten, ihren seltsamen Zwang bei mir anzuwenden, aber ich will lieber sehen, was auf mich zukommt. Ich kann nicht gegen etwas kämpfen, das ich nicht sehen kann. „Ich bin nichts Besonderes, also, nein, du darfst mich nicht beißen."

Selene bleibt in der Hocke und wartet geduldig mit ausgestreckter Hand. „Offensichtlich hat Colt dich gebissen; ich erinnere mich noch gut an das erste Mal, als seine Majestät von mir getrunken hat. Der Moment, in dem sich die Reißzähne durch die Haut bohren, ist der schlimmste, nicht wahr. Der Schmerz, die Angst, die Hilflosigkeit … es ist nicht so, wie wir es uns vorstellen, nicht wahr? Es ist schlimmer."

Oh, sie hat ihre Taktik geändert. Jetzt spricht sie von Frau zu Frau mit Mitgefühl und verbindet uns mit gemeinsamen Erfahrungen. Es funktioniert auch, sehr zu meinem Widerwillen. Als sich meine Kehle zusammenzieht, kann ich nur nicken.

„Aber dann wird es lustvoll. Sogar orgastisch." Sie verzieht die Lippen zu einem verruchten Lächeln. „Wie wäre es, wenn ich dir sagen würde, dass ich mir nehmen kann, was ich brauche, ohne dass du Schmerzen hast, Vienna? Ich kann dich direkt ins Vergnügen schießen, ohne dass du den Biss überhaupt spürst."

Meine Lippe bebt. Lucius' Ungeduld wird immer deutlicher, obwohl er seit seiner ‚Entschuldigung' kein Wort mehr gesagt hat. Colt sind die Hände gebunden, seine Loyalität gilt seinem König. Und ich habe das Gefühl, wenn ich mich Selene verweigere, wird sich ihr Gefährte einfach nehmen, was er will, egal wie sehr Selene ihn anfleht.

„C-Colt? Kann sie das?" Meine Stimme bebt bei dieser Frage.

„Selene hat viele Talente, Vi. Sie ist einzigartig unter Vampiren und sie ist keine Lügnerin. Wenn sie sagt, sie kann es, dann kann sie es."

„Ich hasse euch alle", schnauze ich und schiebe meine Hand in ihre, bevor ich es mir anders überlege. Ich ziehe meine eigene Folter nur in die Länge, indem ich es hinauszögere, und ich will so oder so nur, dass es vorbei ist. „Wenn du mich tötest, werde ich dich für den Rest deines unnatürlichen Lebens heimsuchen."

Selene lacht mit einem satten Klang der Freude. „Temperamentvoll. Kein Wunder, dass Colt Gefallen an dir gefunden hat." Sie greift locker nach meinem Handgelenk, dann streichelt sie mit den Fingern ihrer freien Hand an meinem Unterarm vom Handgelenk bis zum Ellbogen entlang. Hin und her, hin und her, sie streift dabei kaum über meine Haut. Mein Arm kribbelt, meine Gedanken kommen zum Stillstand. „So ist es viel besser. Ich möchte, dass du mir in die Augen schaust und mir sagst, was du siehst, Vienna."

Ich schnaube leise. „Zwanghafte Scheiße?" Aber ein Blick in diese grauen Augen und ich bin verloren. Sie kann das so viel besser als Lucius. Anstatt durch Kontrolle meines Körpers gefangen gehalten zu werden, werde ich losgelassen.

Ich kann es nur so beschreiben, als würde ich auf dem Höhepunkt eines Orgasmus schweben. Gefangen in dem Moment, in dem sich der Körper im Höhepunkt krümmt, wenn sich die Muskeln zusammenziehen und zucken, das

Herz vor lauter Lust klopft, wenn man die Zügel loslässt und sich in die Besinnungslosigkeit stürzt.

Ich stöhne und klinge wahrscheinlich wie eine wilde Straßenkatze, die alle verfügbaren Freier für eine schnelle Orgie im Gebüsch herbeiruft, aber das ist mir egal.

Selbst als ich zusehe, wie Selene mein Handgelenk zu ihrem Mund führt, den Kopf senkt, um ihre Lippen auf meine Haut zu drücken, spüre ich nichts. Nicht den Druck ihrer Finger oder die Berührung ihres Mundes auf mir. Mein ganzer Körper ist betäubt und frei von Schmerz, als ihre Reißzähne kurz aufblitzen, bevor sie mein Fleisch durchbohren.

Ich schwebe und schwebe, als blutrote Flüssigkeit an meinem Arm hinuntertropft.

Ich schwebe und schwebe, als ein einzelner Schluck zu einem Festmahl wird.

Ich falle und falle, als meine Welt kippt und entgleitet.

7

Colt

ES GIBT NUR wenige Dinge in meinem Leben, die ich bereue. Dinge, die sich wirklich tief in meine dämonisch angehauchte Seele eingraben und ihre Krallen in mich schlagen. Geworden zu sein, was ich bin, steht nicht auf dieser Liste. So zu leben, wie ich es tue, hat es auch nicht auf die Liste geschafft. Eine Rolle dabei zu spielen, unschuldige Menschen für Blut und Geld zu verhökern, ist fast ein Kriterium.

Selene zu vertrauen, dass sie sich genug unter Kontrolle hat, prangt derzeit in Neonfarben auf der Spitze der *Verdammt, das hätte ich wirklich nicht tun sollen*-Liste meines Bedauerns.

Ich sollte es ihr nicht vorwerfen. Tatsächlich gebe ich ihr nicht die Schuld, nicht wirklich.

Sie war auf die berauschende Wirkung von Viennas Blut nicht vorbereitet. Und sie ist ein junger Vampir. Neulinge neigen dazu, ihre Reaktionen nicht vollständig unter Kontrolle zu haben, bis sie mindestens ein Jahrhundert alt

153

sind, und manchmal nicht einmal dann. Selbst der gewissenhafteste Vampir macht hin und wieder einen Fehler, wenn der Blutrausch alles außer seinen Instinkt überlagert.

Es braucht sowohl Lucius als auch mich, um sie von Vienna loszureißen.

In dem Moment, als sie den ersten Schluck roten Blutes trank, wusste ich, dass wir es vermasselt hatten. Nun, Lucius hat es vermasselt. Er war derjenige, der nachgab und Selene erlaubte, die Kontrolle über die Situation an sich zu reißen – eine Situation, die dazu bestimmt war, mich ins Abseits zu drängen und in meine Schranken zu weisen.

Sobald wir es geschafft haben, Selenes Reißzähne aus Viennas Handgelenk zu lösen – nachdem sie ihren Gefährten gebissen hat –, überlasse ich es Lucius, die bösartige Kreatur, zu der seine Unterwürfige geworden ist, zu bändigen. Und ich schnappe mir meine eigene.

Als sich die Tür öffnet und Maximus in voller Alarmbereitschaft dort steht, bleibt mir nichts anderes übrig, als aus dem Raum zu verschwimmen, während Selenes rasendes Schnappen und Knurren in meinen Ohren widerhallt. Ich halte für nichts und niemanden an und schleppe meine bewusstlose Vienna durch das volle Verlies zu den privaten Spielzimmern im hinteren Bereich.

Als ich vor dem hintersten Raum zum Stehen komme, höre ich, wie interessiertes Gemurmel einsetzt. Vampire nehmen den Geruch von frischem Blut wahr … und das Aroma einer Legende. Einige meiner Artgenossen glauben, dass Rh-Nulls ein Mythos sind. Eine Delikatesse, die es nicht mehr gibt.

Jetzt sind sie Gläubige.

Verdammt, ich kann Vienna nicht nach oben bringen. Lucius würde mich köpfen lassen, wenn ich mit einer bewusstlosen Frau im Arm durch den Club verschwimme. Es wäre schwierig, das Ausmaß der Enttarnung einzudämmen, und mehreren Menschen das Gedächtnis zu löschen, wäre eine Qual. Und so schnell ich auch bin, ich bin mir nicht sicher, ob ich einer Horde Vampire entkommen könnte, die für einen Schluck von ihr töten würden.

Es gibt immer jemanden, der schneller ist.

Ich stoße die Tür mit der Schulter auf und bin froh, dass der Raum leer ist, bevor ich Vienna auf das Bett fallen lasse. Ich trete die Tür zu, schiebe die schwere Prügelbank quer durch den Raum – verdammt sei das Gewicht hochwertiger Ausrüstung – und klemme sie unter den Griff. Sie passt gerade so. Die gepolsterte Lederoberfläche wird zweifellos beschädigt werden, aber das ist mir scheißegal, solange es hält.

Wir sind so sicher, wie ich es möglich machen kann, bis Lucius und seine Gefolgsleute diesen Scheiß in Ordnung bringen. Das heißt, wenn Maximus, Tiberius und Augustus nicht auch in den Fresswahn verwickelt werden. Verdammt, wenn diese drei hier hineinwollten, gäbe es keine Tür oder Blockade, die stark genug ist, um sie aufzuhalten.

Bei Gott, was für ein Chaos.

Auf der anderen Seite der Tür tönt ein Aufruhr von Stimmen. Ich ignoriere sie und bete zu Gott, der noch nie eins meiner Gebete erhört hat, setze mich neben Vienna und prüfe ihren Puls.

Ich bin mir ziemlich sicher, dass Selene nicht mehr als ein paar kräftige Schlucke zu sich genommen hat, bevor wir sie von ihr losgerissen haben. Aber aus den Einstichwunden ist noch mehr Blut geflossen, sodass ich mir nicht ganz sicher bin, wie viel Vienna verloren hat.

Ihr Puls pocht unter meinen Fingerspitzen.

Die einzige Erleichterung, die ich in diesem Desaster finden kann, ist, dass Vienna ohnmächtig geworden ist, bevor sie Selenes wahre Natur erkannte. Nicht wegen des Blutverlustes, dessen bin ich mir sicher, sondern wegen der schieren Überdosis an Lust, die Selene ihr verschaffte, bevor ihr vampirischer Fressinstinkt eingesetzt hat.

Ich hebe Viennas verletzten Arm und untersuche die Einstichwunden. Tief, roh. Ein paar raue Ränder, wo die Spitzen von Selenes Reißzähnen das weiche Gewebe aufgerissen haben. Blut tropft in langsamen Strömen aus den Löchern; Viennas Arm ist von Schlieren und Blutspuren überzogen.

Ich beiße mir fest in den Handballen und reibe die Einstiche ein, bis die Wunden sich schließen. Wenn sie aufwacht, wird sie sich ziemlich groggy fühlen, eine Kombination aus Bezirzungskater und Blutverlust, aber sie ist am Leben.

Mit unendlicher Sorgfalt lecke ich das Blut von ihrem Arm. Ich will nicht, dass sie aufwacht und aussieht wie ein Statist aus *Der weiße Hai*. Vielleicht ist es übertrieben, aber ich habe schon viele Sterbliche erlebt, die beim Anblick ihres eigenen Blutes durchdrehen – sei es ein Papierschnitt oder ein schweres Trauma.

Der göttliche Geschmack liegt mir auf der Zunge und weckt die Bestie in mir.

Nein, ich kann Selene ihr Handeln nicht vorwerfen.

Nicht, wenn ich Vienna mit Leichtigkeit selbst leer trinken könnte, bevor sie weiß, was passiert. Eine verschlagene Stimme in meinem Kopf sagt mir, dass es das Beste wäre, was ich tun könnte. Ihr Herz würde aufhören, zu schlagen, bevor sie die Augen öffnen kann, und sie würde einfach vom Schlaf in den Tod gleiten, ohne Schmerzen oder Angst zu spüren.

Und ich könnte jeden köstlichen Tropfen aus ihren saftigen Adern trinken.

Alles für mich behalten.

Knurrend bringe ich die Stimme zum Schweigen. Ich brauche und will die Meinung des Dämons nicht hören, weder jetzt noch jemals. Nicht, wenn es um Vienna geht. Ich werde immer nur das Beste für sie wollen und der Dämon … nun, Vampire sind egoistische Drecksäcke.

Der Tumult vor der Tür wird lauter, aber über den Lärm der mordlustigen Vampire hinweg dröhnt Tiberius' Stimme und befiehlt ihnen, sich zu verziehen und den Bereich zu räumen.

Etwas knallt gegen die Tür. Der Griff lässt sich nicht bewegen, weil er zu fest unter der Bank eingeklemmt ist. Aber wenn sich genug Leute zusammentun, haben sie eine gute Chance, das Holz zu zerschlagen. Wenn ich wirklich Pech habe, könnten sie die Bank wegschieben.

Ich streichle Vienna über das Haar und überlege einen Moment lang, ob ich das richtige getan habe. Mit einer blutenden Rh-Null durch den Club zu rennen, ist definitiv nicht der Höhepunkt der besten Entscheidungen meines Lebens, aber in dem Raum zu bleiben, wo Selene nach mehr lechzt, hätte nur in einer Katastrophe geendet.

Wenn dann noch Maximus dazugekommen wäre, würde ich jetzt eine tote Vienna in den Armen halten.

Unsere derzeitige Situation ist nicht berauschend, aber sie hat auch ihre Vorteile, denke ich. Vienna ist am Leben und weiß nichts von dem Chaos, das wir gerade im Verlies verursacht haben. Wir sind Selene entkommen, also wird sie ihren Blutrausch mithilfe von Lucius' harter Hand hoffentlich überwinden können.

Aber.

Es läuft alles auf dieses kleine Vier-Buchstaben-Wort hinaus, nicht wahr?

Vienna wird in der Gesellschaft von Vampiren niemals sicher sein. Einfacher kann man es nicht sagen. Ein Nasenbluten würde diese Reaktion von meinesgleichen hervorrufen, wo auch immer sie hingeht. Sie wird gejagt, verfolgt und terrorisiert werden, was ihr ohnehin schon göttliches Blut noch süßer und reichhaltiger machen wird.

Wir Vampire lieben ein Süßblut. Angst, Adrenalin, Orgasmen … Die Methoden, die wir entdeckt haben, um unsere Nahrung zu aromatisieren und zu verbessern, sind zahlreich, und nicht alle von ihnen sind freundlich. Schmerz ist besonders beliebt – wenn das Blut durch die Adern schreit und mit Endorphinen gesättigt ist, hat man mit minimalem Aufwand ein Gourmetfestmahl.

Das ist Viennas Zukunft.

Es reißt mir das verdammte Herz aus der Brust.

Ich seufze und lausche auf die Geräusche des Kampfes im Gang. Den Schreien und dem Ausmaß der Feindseligkeiten nach zu urteilen, die mein scharfes Gehör wahrnimmt, gehen Lucius' Leute entschlossen gegen den Pöbel vor. Es besteht vielleicht doch noch Hoffnung, dass wir diesem Schlamassel entkommen, ohne dass Vienna in ein Massaker verwickelt wird.

Und dann?

Ich weiß es ehrlich gesagt nicht. Ich lehne mich hier aus dem Fenster, aber ich nehme an, dass Lucius nicht begeistert sein wird, dass eine Sterbliche die geistigen Fähigkeiten besitzt, sich seinem Bann zu entziehen. Schnaufend schüttle ich den Kopf und streiche mit dem Fingerrücken über ihre Wange.

Sich entziehen? Sie hat seine Bezirzungsversuche in Stücke gerissen.

Ich habe noch nie gesehen, wie irgendjemand – egal, ob Sterblicher, Gestaltwandler oder Vampir – Lucius' Bahn entkommen konnte, wenn er die Person einmal bezirzt hat. Er ist ein Meister dieser Kunst; er bringt sie mit kaum mehr als einem Blick in seine Gewalt, hält sie so lange unter Kontrolle, wie er es braucht, und lässt sie wieder los, ohne dass sie auch nur einen einzigen Gedanken daran verschwenden, was sie getan haben.

Die Tatsache, dass Vienna sich seinem Zwang mit einem schlichten Blinzeln entziehen kann, in Verbindung mit der Potenz ihres Blutes und den Unruhen, die sie auslösen kann, bedeutet, dass Lucius sie als Bedrohung ansehen könnte.

Und Lucius löscht Bedrohungen aus.

Vienna bewegt den Kopf und er rollt leicht zur Seite. Meine Erleichterung ist groß, besonders als ein Muskel in ihrer Wange zuckt. Sie öffnet die schläfrigen Augen für einen kurzen Moment zu schmalen Schlitzen, bevor sie sie wieder schließt.

„Dornröschen wacht auf", murmle ich und streichle ihr über die Wange. „Du kannst genauso gut ganz aufwachen, Füchsin. Ich hab dich. So ist es brav." Ich ermutige sie und warte, bis sie die Augen weiter öffnet und mich dieses Mal ansieht. „Bist du wieder bei mir?"

Sie stößt ein kehliges, schläfriges Schnaufen aus.

„Wie fühlst du dich?"

Sie hebt die Hand, um sich die Augen zu reiben, und ihre Bewegungen sind etwas unkoordiniert. Sie zieht eine Grimasse und stöhnt vor Unmut. „Verdammt. Habe ich mich betrunken und bin umgefallen?"

Nun, das wäre eine bessere Erklärung als die Realität dessen, was passiert ist. Ich bin versucht, es zu bestätigen, aber wenn sie die Wahrheit herausfindet, wird sie mich wahrscheinlich skalpieren und mit meinem Haar in der Faust herumtanzen. „Nein, du bist völlig nüchtern. Nimm dir einfach ein paar Minuten Zeit, um aufzuwachen."

Ihre Augen weiten sich, als Augustus' tiefer Bariton durch die Tür dringt, dann kracht etwas Schweres hart gegen das Holz. Hart genug, stelle ich besorgt fest, dass die Tür wackelt und ein Riss durch die obere Hälfte läuft. „Was zum Teufel ist denn los?" Sie schaut sich im Zimmer um und schluckt schwer. „Hatten wir Sex? Ich kann mich nicht erinnern, Sex gehabt zu haben."

Ich beiße die Zähne zusammen. Mein Schwanz hört das Wort Sex und hebt interessiert den Kopf, obwohl es nicht der richtige Zeitpunkt ist oder ... nun, ja, es ist eigentlich tatsächlich der richtige Ort. Die Fantasie von einem Blowjob und Analverkehr wird vorübergehend auf Eis gelegt, bis wir hier herauskommen und ich weiß, dass Vienna sicher ist.

„Kein Sex, Füchsin. Ich mag zwar tot sein, aber ich bevorzuge es, wenn meine Frauen lebendig und bei klarem Verstand sind, wenn ich sie ficke." Der Geräuschpegel draußen nimmt ab und die Anspannung in meinen Schultern lässt ein wenig nach. Vielleicht hat Lucius' Dreigespann mehr Willenskraft, als ich ihnen zugetraut habe. „Es gab einen Zwischenfall. Die Dinge wurden etwas brenzlig, aber Lucius kümmert sich darum."

„Zwischenfall?" Vienna funkelt mich vom Bett aus an. „Welche *Art* von Zwischenfall?"

„Sagen wir einfach, du bist definitiv eine Rh-Null, und Lucius weiß es. Wir wollen uns nicht mit den Details aufhalten."

Ihr funkelnder Blick wird intensiver, bis ihre Augen wild glühen. Sie starrt auf die Stelle an ihrem Handgelenk, wo, obwohl ich ihre Wunden geheilt habe, die schwachen Narben von Selenes Reißzähnen zurückgeblieben sind, ebenso wie die an ihrer Kehle von meinen. Ihr Mund bleibt offenstehen und sie sieht mich entsetzt an. „Oh mein Gott. Sie ... sie ..." Sie schlägt sich mit der Hand an den Hals und sucht mit den Fingerspitzen nach ihrem Puls. „Sie hat es übertrieben, nicht wahr? Bin ich tot? Hast du zugelassen, dass sie mich umbringt, du Arschloch?"

Oh Mann, Vienna ist *stinksauer*. Nun, es wird Zeit, dass sie lernt, dass die Unterwürfigen hier nicht die Oberhand haben.

Ich ziehe ihre Hand von ihrem Hals weg. „Du bist nicht tot. Selene hat ein bisschen mehr getrunken als versprochen, aber bei Weitem nicht genug, um dir zu schaden. Es unterstreicht nur, wie verlockend du für Vampire bist, und warum ich dich in Sicherheit bringen muss. Und was die Bemerkung mit dem Arschloch angeht", fahre ich mit einem raubtierhaften Grinsen fort, „solltest du vielleicht daran denken, dass mein Schwanz bereits eine Verabredung mit deinem Mund und deinem Arsch hat, Füchsin. Du willst doch nicht wirklich auch noch ausgepeitscht werden, bevor ich sündhaft schlimme Dinge mit deinem Körper mache, oder?"

Ihre Augen werden so rund wie der Mond, als sie mich anglotzt. „Wovon zum Teufel redest du?"

Nun, das hat sie immerhin vom Thema Selene abgelenkt. Ziel erreicht. Ich reibe mir lässig das Kinn, verliere das Grinsen und werfe ihr meinen besten strengen Blick zu. „Du hast die Regeln gebrochen, Vi. Du hast dich ohne Erlaubnis zum Orgasmus gebracht, nachdem ich dich gebeten hatte, dich nicht wie ein sexbesessenes Tier an meinem Rücken zu reiben. Du hast mir, meinem König und seiner Königin gegenüber einen Mangel an Respekt gezeigt. Das muss Konsequenzen haben."

Ich sollte ihr jämmerliches Aufblitzen der Zähne nicht amüsant finden, aber ich tue es. Selbst wenn sie in die Enge getrieben wird, ist sie mit ihrer Frechheit und Tapferkeit gewappnet. Zu schade, dass beides nichts an ihrem Verhalten ändern wird.

Blitzschnell, und viel schneller als erwartet, rollt Vienna sich über das Bett und landet auf der anderen Seite auf den Beinen. Gerade so, wohl gemerkt. Ihre Beine knicken in dem Moment ein, in dem sie versucht, aufzustehen, und sie klammert sich an den Rand der Matratze, um sich abzustützen. „Mein Arsch ist tabu. Dort wird *nichts* reingesteckt, schon gar nicht das da!" Sie zeigt mit einem Finger auf meinen Schritt.

Ich bin wirklich versucht, sie ans Bett zu fesseln, und ihr zu beweisen, wie falsch sie liegt, aber ich stehe langsam auf. „Die Sache steht nicht zur Diskussion. Als ich sagte, dass du mir gehörst, habe ich keine Witze gemacht. Wenn die Zeit gekommen ist, wirst du deine Strafe wie ein braves Mädchen hinnehmen, und alles wird dir verziehen werden. Hoffentlich lernst du dann, dass du meine Regeln nicht brechen solltest."

„Du hast keine Ahnung, wie sehr ich dich gerade hasse."

„Oh, ich bin mir ziemlich sicher, dass ich es weiß. Setzt dich, bevor du hinfällst, Vienna."

Jemand hämmert gegen die Tür. Vienna flitzt durch den Raum und fällt dabei fast auf ihr gottverdammtes Gesicht. Dann drückt sie sich mit dem Rücken in die Ecke und hält die Zeigefinger überkreuzt hoch.

Ich verdrehe die Augen und schüttle den Kopf.

Sicherlich sollte sie inzwischen wissen, dass solche Dinge keine Wirkung haben.

„Colt, du solltest besser dort drin sein", brüllt Augustus. „Wenn du da bist und mir nicht antwortest, bist du besser tot."

„Das ist doch klar", murmle ich sarkastisch. Neunzig Prozent der Leute im Toxic sind tot, technisch gesehen. „Gib mir eine Sekunde, Augustus."

„Und ich hoffe wirklich, dass du nicht gerade dabei bist, diese kleine Unruhestifterin zu ficken, während wir hier draußen deinen Arsch retten", brummt er zurück.

„Schön wär's", sage ich und schiebe die Prügelbank aus dem Weg.

„Davon träumt er nur!", ruft Vienna zur gleichen Zeit.

Perfektes Timing wie immer, denke ich säuerlich, reiße die Tür auf und stehe Augustus gegenüber. Makellos gekleidet in seinem dunkelgrauen Anzug, einem knackig weißen Hemd und einer schwarzen Krawatte, ist der Vampir der Inbegriff von *todschick*. Den Blutspritzern auf seinem Jackett nach zu urteilen, hat Augustus heute Abend schon ein paar Nasen gebrochen.

Scharfe, grüne Augen bleiben an meinem Gesicht haften und seine Lippen zucken. „Macht die Unruhestifterin ihrem Namen alle Ehre, Colt? Ich hätte nicht gedacht, dass ich den Tag erlebe, an dem dich eine Unterwürfige so aufwühlt." Seine Nasenlöcher beben und ich bin kurz davor, selbst eine Nase zu brechen. „Ich muss zugeben, dass ich mich von ihr aufwühlen lassen würde, um einmal zu schmecken, was durch ihre Adern fließt."

Viennas entsetztes Keuchen lässt meine Beschützerinstinkte aufflammen. Sie ist stärker als jede andere Frau, die ich kenne, aber sie hat heute Abend schon genug Qualen durchlebt. Ich rede mir ein, dass ich selbst nicht mitzähle – sie kennt mich jetzt gut genug, sie fühlt sich in meiner Gesellschaft wohl, vertraut mit vielleicht sogar ein wenig – und überzeuge die Stimme des Zweifels in meinem Kopf, dass sie mir gehört und dass ich sie nach Belieben necken kann.

„Ich bin nicht unterwürfig und du wirst mich *nicht* fressen!", speit sie mit allem Mut und feuert aus allen Zylindern. „Es ist mir egal, wie verdammt groß du bist. Ich werde ..."

Ich brauche nur den Bruchteil einer Sekunde, um durch den Raum zu verschwimmen und meine Hand auf ihren Mund zu drücken. Auf ihren sexy, lautstarken Mund, der uns beide in mehr Schwierigkeiten bringen wird, als wir ertragen können, wenn sie nicht die Klappe hält.

Augustus ist nicht dafür bekannt, dass er unhöfliche Unterwürfige toleriert. Wenn sie es mit ihm übertreibt, wird er direkt durch mich hindurchpflügen und ihr eine Strafe verpassen, die meine wie einen verdammten Strandspaziergang wirken lässt. Er hat die Augenbraue bereits fragend gewölbt. „Ich hätte gedacht, du würdest ihr Respekt beibringen, bevor du sie in Lucius' Domäne mitbringst, Colt. Etwas nachlässig von dir?"

Ich antworte in hartem Tonfall, um dem stählernen Ausdruck seiner Stimme zu entsprechen, und drücke Vienna warnend die Wange. Ein Schwall wütender, gedämpfter Schimpfwörter entlädt sich hinter meiner Handfläche. „Du wirst sie entschuldigen müssen, Augustus. Sie hat eine lange Nacht hinter sich und steht unter großem Stress. Ich werde ihre Manieren korrigieren, wenn ich sie nach Hause bringe."

„Tu das", antwortet er barsch. „Lucius will dich sehen. Euch beide. Der Club ist gesichert, also müsst ihr euch keine Sorgen machen, dass ihr angepöbelt werdet." Er deutet mit dem Kopf in die Richtung des Verlieses. „Kommt mit."

Vienna drückt ihren Rücken an meine Brust und ich spüre, wie sich ihre Muskeln versteifen. Sie erinnert sich nicht daran, was passiert ist, nachdem sie ohnmächtig wurde, aber irgendein Teil in ihr weiß es. Ich schlinge einen Arm um ihre nackte Taille und sie zieht den Bauch bei der Berührung ein, als ich sie hochhebe. Nur für ihre Ohren murmle ich: „Benimm dich, Vi. Lucius wird dir nichts tun." Ich werfe Augustus einen Blick zu. „Selene?"

„Bei Lucius. Unter Kontrolle, im Gegensatz zu manch anderen." Mit dieser spitzen Bemerkung schlendert er den Flur hinunter.

Ich lasse Viennas Mund los, hebe sie hoch und schiebe meinen freien Arm unter ihre Knie. Den anderen Arm rücke ich an ihrer Taille zurecht, damit sie sich sicher fühlt. Sie hat nicht die Kraft, irgendwohin zu laufen – ich muss wirklich etwas zu essen und etwas Süßes zu trinken für sie besorgen – und ich werde nicht riskieren, dass sie einen zweiten Fluchtversuch unternimmt.

„Du verdammter…"

„Soll ich einen Knebel besorgen, bevor wir den Raum verlassen?", unterbreche ich sie, bevor die volle Wucht des Wirbelsturms namens Vienna auf mich herniederprasselt. Sie ist eine Kategorie vier und steigert sich schnell zu einer fünf. „Wenn du deine Zunge nicht im Zaum halten kannst, sollte die korrekte Antwort, *Ja, Sir* sein."

Sie knurrt. Sie hat die verdammte *Frechheit*, mich anzuknurren. In Anbetracht der Umstände des heutigen Abends wollte ich ihr eigentlich einen Aufschub mit der Bestrafung gewähren, aber so angriffslustig wie sie jetzt ist, wird sie jeden gottverdammten Zentimeter meiner Züchtigung hinnehmen, und zwar *hart*.

Sie reißt die Hand hoch und zeigt mir den Mittelfinger.

Mit einer schnellen Bewegung werfe ich sie über meine Schulter. Keuchend stößt sie einen Atemzug aus, als ihr Bauch auf meine Schulter trifft, dann trommelt sie mit ihren winzigen Fäusten auf meinen Rücken. Grinsend schlage ich meine Handfläche auf ihren nach oben gestreckten Hintern, als wäre eine große, rote Zielscheibe darauf gemalt.

„Böse Mädchen werden nicht wie Prinzessinnen behandelt", schnauze ich und benutze meine Dom-Stimme. Der strenge, tiefe Ton setzt ihrem Wutanfall ein schnelles Ende, aber ich lasse nicht locker. Wahrscheinlich überlegt sie gerade, wie sie sich auflehnen und mir das Ohr abreißen kann. „Sie werden wie widerspenstige Kinder behandelt, bis sie sich besser benehmen."

„Ich werde mich nicht entschuldigen", speit sie.

„Wahrscheinlich nicht, aber wenn ich damit fertig bin, meinen Anspruch auf das zu erheben, was mir gehört, wirst du die Entschuldigung schreien."

Sie wippt leicht in ihrer Position, als ich hinter Augustus her aus dem Zimmer stapfe. Ich bin etwas erstaunt, dass es nur wenig Gemetzel gibt – Tiberius und seine Leute scheinen die gefräßige Menge zerstreut zu haben, ohne zu viel Blut zu vergießen.

Wie versprochen, ist der Hauptraum leer, abgesehen von Tiberius, der herumschleicht und dem menschlichen Barpersonal beim Aufräumen hilft. Das steht ganz sicher nicht in seiner Stellenbeschreibung, aber ich wette, dass er sich lieber beschäftigt, während er weiterhin Wache hält. Vampire sind hartnäckig und es gibt keine Garantie dafür, dass die vertriebenen Clubmitglieder nicht vom anhaltenden Geruch von Viennas Blut befallen werden und beschließen, zurückzukommen, um einen weiteren Versuch zu starten, zu ihr zu gelangen.

Als er uns entdeckt, wirft er uns einen finsteren Blick zu. Seine dunklen Augenbrauen berühren sich grimmig auf seinem Gesicht. „Kannst du nirgendwo hingehen, ohne Chaos zu verursachen, Colt?“, ruft er. „Ich sollte dir verbieten, noch einmal einen Fuß hier hineinzusetzen.“

„Du würdest mein hübsches Gesicht und meine geistreiche Schlagfertigkeit vermissen“, erwidere ich, ohne mein Tempo zu drosseln. „Könntest du mir einen Gefallen tun und schauen, ob du etwas Essbares und eine Limonade für meine Unterwürfige auftreiben kannst? Ich wüsste es sehr zu schätzen“, füge ich geschmeidig hinzu, um ihn nicht noch mehr zu nerven, als er es ohnehin schon ist, „und Vienna auch.“

Tiberius starrt mich mit einem tödlichen Blick an. „Sehe ich für dich wie ein Diener aus?“

Jetzt halte ich inne, was Vienna Zeit gibt, zu bocken und zu treten, während sie auf meiner Schulter balanciert. Schmunzelnd lasse ich sie über meine Schulter gleiten und nach unten fallen. Sie stürzt mit dem Kopf voran in Richtung Boden, bevor ich ihre Beine fester umklammere und sie auffange, nachdem sie nur ein paar Zentimeter weit gefallen ist.

Ich hoffe doch sehr, dass sie genauso quietschen und sich

winden wird, wenn ich sie auf Händen und Knien gefesselt habe, bereit, ihre Strafe zu empfangen.

„Überhaupt nicht", versichere ich ihm und greife mit der Hand in Viennas Shorts, um sie mühelos zurück in die Position zu heben, in die sie gehört. Ihr Herz rast und ihr Atem kommt in kleinen, weichen Zügen der schockierten Erleichterung. „Wie ich schon sagte, ein Gefallen, Tiberius."

Er schnaubt laut, was Vienna nervös zusammenzucken lässt. „Gut, ich werde sehen, was ich finden kann. Aber du schuldest mir etwas, Colt. Und irre dich nicht, ich werde es einfordern."

Der selbstgefällige Drecksack wird mich höchstwahrscheinlich auffordern, die verdammten Toiletten zu schrubben. Er ist etwas durchtrieben, hat einen scharfen Verstand und ein hitziges Temperament, aber wenn Lucius ihn bei sich behält, ist er vertrauenswürdig.

Und im Moment brauche ich jeden, dem ich vertrauen kann, um Vienna aus diesem Schlamassel zu holen.

„Vielen Dank." Ich richte meine Aufmerksamkeit auf Augustus, der mit dem Daumen in die Richtung des kleinen Zimmers zeigt, in dem das Unglück heute Abend bereits seinen Lauf genommen hat. „Du weißt, wo wir zu finden sind."

Ein weiteres Schnauben. „Es wird auf der Bar stehen, wenn ihr rauskommt … falls ihr rauskommt. Ich bin kein verdammter Kellner, Colt." Er dreht sich um und ich rolle mit den Augen. Launisches Arschloch.

Vienna zittert, als ich auf Augustus zugehe. Durch die offene Tür hinter ihm sehe ich Lucius dort sitzen, wo er bereits vorhin saß, aber Selene sitzt nicht an seiner Seite. Ich quetsche mich an dem Türsteher vorbei und trage meine unheimlich stille Unterwürfige zurück in die Hölle.

Sie wimmerte, als die Tür sich schließt und Augustus draußen Wache steht.

Selene kniet neben ihrem Gefährten. Sie scheint nicht glücklich zu sein, aber sie ist still und viel ruhiger als beim letzten Mal, als ich sie gesehen habe. Vielleicht hat es etwas mit den gepolsterten Handschellen zu tun, die ihre Handgelenke eng aneinanderfesseln, oder mit dem Ballknebel, der ihr in den Mund gestopft wurde.

Sie hebt den Blick, als ich zur Couch hinübergehe, und ich sehe den schwarzen Schimmer von Blutlust aufblitzen. Lucius schiebt seine Hand in ihr glattes, strahlend weißes Haar, greift nach dem Lederhalsband an ihrem Hals und zieht es schnell, aber sanft zurück.

„Hinsetzen", befiehlt Lucius.

Ich lasse Vienna von meiner Schulter gleiten und setze sie vorsichtig auf die Couch. Sie sitzt steif da, die Muskeln bereit zur Flucht, wenn sie es für nötig hält. Ich lasse mich neben ihr nieder, lege meinen Arm um ihre Schultern, um sie daran zu erinnern, dass ich da bin ... und dass sie nirgendwo hingehen wird.

„Ich denke, man kann mit Sicherheit sagen, dass Vienna gefährlich ist", beginnt er ohne Vorrede. „Sie stellt eine Gefahr für uns und für sich selbst dar. Allein der Geruch ihres Blutes hat ausgereicht, um die Vampire hier im Club in einen Blutrausch zu versetzen – zum Glück ist das Personal relativ unverletzt geblieben. Und was die Auswirkungen des Verzehrs ihres Blutes angeht ..." Er streichelt mit seiner aristokratischen Hand zärtlich über Selenes Kopf und gleitet mit den Fingern durch ihr Haar. „Vienna ist die süßeste Versuchung."

Das Zittern meiner Gefangenen nimmt zu.

Sie presst die Lippen fest zusammen.

Kluges Mädchen. Bleib dabei.

„Das ist sie", stimme ich leicht zu und ein mulmiges Gefühl lässt meine Eingeweide schmerzen. „Aber das ist bei jedem Süßblut so. Lucius, Ihr wisst, ich würde Euch nicht um Hilfe bitten, wenn ich Euch nicht bräuchte. Verdammt, ich bräuchte keine Hilfe, wenn ich meinen gottverdammten Kopf nicht riskieren würde, damit Ihr Vadim zur Strecke bringen könnt. Die letzten fünfzig Jahre wurden diesem Zweck gewidmet."

Vienna reißt den Kopf zu mir herum, aber ich ignoriere sie.

„Wenn ich diese Scheiße nicht zu Ende bringen müsste, wäre ich längst weg. Tausend verdammte Kilometer weit weg von hier und von allem, was ihr schaden könnte. Denn …" Ich beiße die Zähne zusammen. Was ich jetzt sage, wird sowohl mein Schicksal als auch das von Vienna besiegeln. „Denn Vienna bedeutet mir genauso viel, wie Selene Euch bedeutet."

Es fühlt sich nicht gut an, wie ein Käfer zwischen zwei Glasscheiben gepresst studiert zu werden. Lucius' Augen werden dunkler, fast unheimlich, als er in die Rolle des Entomologen schlüpft. „Du bist also bereit, das ewige Leben für die Sterbliche zu opfern?"

Verdammt noch mal, woher wusste ich, dass es darauf hinauslaufen würde?

„Soll ich auf die Knie sinken und meinen Hals anbieten?"

Ich sollte meinen König wirklich nicht provozieren, aber er fängt an, mir auf die Nerven zu gehen. Als er aufsteht, tue ich es ebenfalls. Es scheint, als wäre das Blutvergießen der Nacht noch nicht vorbei. Wenn er kämpfen will, werde ich verlieren. Er ist älter, stärker und schneller. Lucius hat ein Trio von Assen im Ärmel, während meine Karten etwas weniger beeindruckend sind.

„Nein!" Meine tapfere, wilde, völlig dumme Unterwürfige springt auf und stellt sich zwischen uns. Ihr Kopf reicht nicht einmal bis zu meinem Kinn, aber sie scheint nicht zu bemerken, dass sie nur halb so groß ist wie Lucius und dem König überhaupt nicht gewachsen ist. „Bestraft ihn nicht dafür, dass er mich beschützt hat!"

Schwere Stille bricht über uns herein.

Ich packe sie fest bei den Schultern und wirble sie herum, damit mein Körper den Schlag abbekommt, wenn Lucius ausholt. Wütend auf sie presse ich meinen Mund an ihr Ohr. „Warte nur, bis wir zu Hause sind, du kleine Füchsin. Stell dich *nie* wieder zwischen zwei Vampire."

Die kleine Füchsin tritt mir gegen das Schienbein. „Du wirst dich nicht für mich opfern. Was soll ich denn machen, wenn du vom Boden gewischt werden musst?"

Ah, Selbsterhaltungstrieb in seiner reinsten Form. „Deine Sorge um mein Wohlergehen bringt mein Herz zum Schmelzen, Vi. Bring dich noch einmal in Gefahr und das Sodomisieren deines engen kleinen Arsches wird für dich verglichen mit dem, was ich vorher damit mache, der Himmel sein. Und jetzt setz dich und sei still."

Eine Reihe von Schimpfwörtern kommt über ihre Lippen, als ich ihr warnend auf den Hintern schlage und mich dann Lucius zuwende. Ich zucke überrascht zusammen, als ich sehe, dass er nicht mehr steht, sondern sich lässig auf seinem Sofa zurücklehnt. Er schnippt mit dem Handgelenk in einer *Hinsetzen*-Geste und ich gehorche und ziehe Vienna auf meinen Schoß.

Sie funkelt mich böse an.

Ich ignoriere sie und konzentriere mich auf das tödliche Raubtier uns gegenüber. Der Drecksack hat den Mut, bei unserem Wortwechsel amüsiert auszusehen. Wenigstens macht er sich nicht mehr bereit, mir den Kopf vom Hals zu reißen.

„Sie verteidigt dich", sinniert er und jedes Wort klingt langsam und bedächtig. „Es wird immer faszinierender. Willst du sie denn behalten? Möchte sie behalten werden?"

„Wir haben noch nicht über die Zukunft gesprochen,

Lucius." Das haben wir nicht, aber ich bin mir hundertprozentig sicher, dass ich sie in meinem Leben haben will. Sie bringt Sonnenschein in meine dunkle Existenz. „Aber ja, ich will sie behalten. Sie gehört mir."

„Und du Vienna? Was ist dein Wunsch?"

Wenn ich die Luft anhalten könnte, würde ich es tun.

* * *

VIENNA

Während ich auf Colts Knie sitze, blinzle ich den Vampirkönig an. Unruhe macht sich in mir breit, als würde ein böser Schatten über meiner Schulter hängen. Ein Teil davon hat damit zu tun, dass Selene neben ihrem König kniet, gefesselt und geknebelt, und ich weiß aus einem Bauchgefühl heraus, dass hier irgendetwas passiert ist, während ich mich im Rausch eines Orgasmus gewunden habe.

„Jetzt ist meine Meinung plötzlich etwas wert?", schnauze ich verbittert.

Lucius hat den beeindruckendsten züchtigenden Gesichtsausdruck. Er ist so wirkungsvoll, dass er kein Wort sagen muss, um seinen Unmut auszudrücken. Wahrscheinlich ist er es nicht gewöhnt, dass ihm unverschämte Frauen die Meinung geigen.

Mein Blick fällt auf Selene und die animalische Bestie in ihr starrt mich an.

Nun, vielleicht ist er doch daran gewöhnt.

Sie reden davon, mich zu behalten, als wäre ich ein räudiger, streunender Hund, den sie von der Straße aufgelesen haben. Und während ein Teil von mir ernsthaft verärgert ist, dass sie mich als solchen ansehen, ist ein anderer Teil von mir begeistert von der Vorstellung, dass Colt mich um sich haben will.

Nur als Zwischenmahlzeit vielleicht, aber immerhin, es ist schön, begehrt zu werden.

„Was genau beinhaltet es, *behalten* zu werden?" Ja, ich ziehe es in Erwägung, die idiotischste Frau der Welt zu werden, wenn ich meinen Hormonen die Möglichkeit gebe, überhaupt darüber nachzudenken. „Ich meine, es ist eine Entscheidung über Leben und Tod, nicht wahr? Ich will nicht als Haustier gehalten werden."

„Ein Haustier hat immer noch seine Krallen", sagt Lucius grinsend und greift mit seiner Hand in Selenes Haar.

„Dich als menschliches Haustier zu halten, wäre nicht viel anders als das, wie wir jetzt sind. Die Entscheidungen, die ich treffe, dienen deinem Schutz und dein Wohlergehen wäre mein Hauptanliegen. Ich würde dafür sorgen, dass du am Leben bleibst." Colt seufzt an meiner Schulter, aber es strömt kein Atem über meine Haut. „Unsere beste Option ist es, dich zu verwandeln, Vi. Du bist eine wandelnde Versuchung für alles, was Reißzähne hat."

Ich kichere dümmlich, dann schlage ich mir die Hand vor den Mund, um das lächerliche Geräusch zu unterdrücken. Jetzt ist nicht der richtige Zeitpunkt, die Nerven zu verlieren. Vampire können Angst riechen, oder? Selbst ein Blutsauger mit Riechstörung könnte den Aufruhr in mir erschnüffeln. Verdammt, ich kann es selbst riechen.

Alles, woran ich in dieser Sekunde denken kann, ist …

Wenn ich diese verdammten Arschlöcher, die mein Auto geklaut haben, jemals erwische, werde ich sie verprügeln, bis sie blutig sind und wimmern, nur um sie dann den Vampiren im Club Toxic als Mitternachtssnack vorzuwerfen.

Meine Eltern werden mich nicht vermissen … nicht zu sehr. Ich schätze, das ist ein Segen. Solange ich ihnen alle paar Monate eine Postkarte schicke oder eine E-Mail schreibe, kann ich sie hinhalten. Mein Treuhandfonds wird mich über Wasser halten; und vielleicht finde ich einen Weg, das Geld zu vermehren, sodass ich als Untote bequem davon leben kann.

Meine Karriere als Künstlerin … nun, ich schätze, ich werde reichlich Zeit haben, um meine Technik zu perfektionieren, nicht wahr? Jahrhunderte von Zeit, um alle Medien auszuprobieren, die ich verwenden möchte, und die Fähigkeiten zu verfeinern, die ich bereits habe.

Ich schnaube und stelle fest, dass die Zeit, so wie ich sie kenne, bald quietschend zum Stillstand kommen und durch Konzepte ersetzt werden wird, die mir bis jetzt unvorstellbar erschienen. Jahrzehnte werden wie Minuten sein, Jahrhunderte verwandeln sich in Tage und Wochen. Die Millennien werden schneller vergehen als die Jahreszeiten.

Zu welchem Preis?

Ich presse meine Hand auf mein Herz. Es schlägt schnell in meiner Brust, das Blut pulsiert durch meine Adern und wärmt mein Fleisch. Ich frage mich, wie es ist, in der Stille zu leben, so wie Colt es tut. Jede Nacht ohne dieses eine Lebenszeichen aufzuwachen. Nie zu spüren, wie es sich vor Freude, Trauer oder Angst regt.

Unser Herz macht uns zu Menschen.

Wenn dieses Herz aufhört zu schlagen, was wird dann aus uns?

Die, die ich bisher getroffen habe – Lucius, Selene und Colt sind die besten Beispiele –, scheinen noch ein kleines Stückchen Menschlichkeit in sich zu tragen. Ja, sie haben eine gewisse Schärfe – diese raubtierhafte Aura, die mein Gehirn sofort in den Beutemodus versetzt –, aber sie waren nicht wirklich grausam oder feindselig zu mir.

Nicht so, wie ich es von seelenlosen Dämonen erwartet hätte.

Aber kann *ich* freiwillig so werden wie sie? Das ist eine schwierige Frage. Ich meine, in den meisten Büchern, die ich gelesen habe, wurden Vampire entweder durch eine List gegen ihren Willen verwandelt oder sie haben ihren Schöpfer angefleht, die Tat zu vollbringen, um sie in die Elite aufzunehmen.

Ich glaube nicht, dass Colt mich täuschen würde, um seinen Willen zu bekommen. Das glaube ich wirklich nicht. Ich kann mir nicht vorstellen, dass er von mir trinkt und es in einem *Hoppla*-Moment übertreibt, nur um mich dann zu verwandeln, um seinen Fehler zu bereinigen. Ich kenne ihn nicht so gut, wie ich sollte, aber ich setze hier meine Seele aufs Spiel und behaupte, dass das nicht sein Stil ist. Und was das Flehen angeht … Ich stehe nicht darüber, ganz und gar nicht. Einer der großartigsten sexuellen Momente meines Lebens war es, ganz dramatisch um härteres, schnelleres, *tieferes* Ficken zu betteln und es mit Begeisterung zu erhalten.

Es gibt nur eine Sache, die mich dazu bringen könnte, um den Tod zu betteln, und das wären Schmerzen, die so groß sind, dass mein Körper es physisch nicht aushalten kann. Das ist das einzige Szenario, das ich mir vorstellen kann, in dem ich aktiv darum betteln würde, dass jemand mein Leben beendet.

Ich drücke mir selbst die Daumen, dass es nie dazu kommt.

Und ich drücke mir vielleicht die Daumen, aber so wie mein Leben im Moment verläuft, könnte alles passieren.

„Bring sie nach Hause, Colt. Sie ist nicht in der Lage, heute Abend eine Entscheidung zu treffen. Ich werde jedoch eine Antwort erwarten, wenn du mir nach deinem Treffen mit Antoine am Freitag Bericht erstattest. Wenn dies unsere Chance ist, Vadim und Antoine auszulöschen, kann ich nicht zulassen, dass eine ungeklärte sterbliche Angelegenheit unsere Erfolgsaussichten gefährdet."

Colt versteift sich vor Unmut und ich lehne mich instinktiv zurück, um ihn zu unterstützen. Mein Kopf ruht an seiner Schulter. Irgendwie habe ich das Gefühl, dass er dorthin gehört, sowie der Rest von mir auf seinem Schoß zu Hause ist. „Ich verstehe, was hier auf dem Spiel steht, Lucius."

„Gut. Es war mir ein Vergnügen, deine Bekanntschaft zu machen, Vienna. Wenn du das Gefühl hast, dass du in Gefahr schwebst, bist du bei uns willkommen." Lucius lässt seinen harten Blick über mich schweifen. „Wir müssen wirklich herausfinden, wie du meinen Bann gebrochen hast, aber im Moment ist es spät. Ihr findet den Weg hinaus selbst. Bis Freitag, Colt."

Oh, wir wurden entlassen. Höflich, aber bestimmt drückt der König seinen Fuß sprichwörtlich auf unsere Ärsche und wirft uns aus seinem Geschäft. Ich glaube, so nett wurde ich noch nie aus einem Nachtclub geworfen, schon gar nicht völlig nüchtern.

Seine Abschiedsbemerkung darüber, dass ich *seinen Bann gebrochen* habe, klingt für mich wie eine Drohung und ich glaube, Colt hat es genauso verstanden, denn wir sind plötzlich nicht länger in diesem kleinen Raum, sondern in einer ganz anderen Welt.

Mein Körper und mein Gehirn fühlen sich nicht ganz richtig an. Meine Sinne nehmen den Gestank von Alkohol, Schweiß und Verlangen wahr, als ich die Neonlichter und das Treiben der betrunkenen Menschenmassen überschaue, aber mein Körper ist überzeugt, dass er immer noch bei Lucius und Selene ist.

Mein Magen droht zu rebellieren.

„Die Übelkeit wird vergehen", beruhigt Colt mich, als er über die Tanzfläche schreitet und eine *Verpisst euch alle*-Aura ausstrahlt, während Hände nach uns greifen und versuchen, uns in die Fröhlichkeit zu reißen. „Sich mit Geschwindigkeit zu bewegen, ist beunruhigend, bis man sich daran gewöhnt hat."

Sich mit Geschwindigkeit zu bewegen? Macht er verdammte

Witze? Es gibt Geschwindigkeit und dann gibt es eine Art Verschwimmen, bei der man so schnell von einem Gebäudeteil zum nächsten springt, dass das Gehirn es nicht registriert. „Vielleicht könntest du es das nächste Mal etwas langsamer angehen? Meine inneren Organe humpeln immer noch die Treppe hoch."

„Es tut mir leid, kleine Füchsin. Über so etwas mache ich mir keine Gedanken mehr." Lichter blitzen auf und tanzen in einem verstörten Farbspiel über Colts attraktives Gesicht.

Ich möchte wirklich gern an seinem markanten Kiefer knabbern. Vielleicht meine Zunge über die Muskeln an seinem Hals gleiten lassen …

Wir zucken zusammen, als jemand gegen uns stößt und wie ein Verrückter lacht. Ich spüre, wie ein Knurren in der Brust meines Retters aufsteigt, als der betrunkene Idiot johlt und brüllt, bevor er weiter torkelt.

„Ich könnte ein wenig von dem gebrauchen, was er genommen hat", sage ich beiläufig. Eine Flasche Jack Daniels würde nach der Nacht, die ich hinter mir habe, sicher gut schmecken. Etwas geistige Besinnungslosigkeit mit alkoholischer Hilfe wäre eine willkommene Abwechslung.

Irgendwann in den letzten Stunden wurde mein Todesurteil unterschrieben.

Ich kann nur nicht genau sagen, wann das war.

„Weißt du, wenn du mich fressen willst, wäre ich dankbar, wenn du mich vorher warnen würdest. Es gibt ein paar sterbliche Dinge, die ich gern tun würde, bevor der Vampirismus sie mir wegnimmt."

„Was zum Beispiel?" Colts Ton klingt geistesabwesend und ich kann es ihm nicht verdenken. Sich durch das Gedränge von Feiernden zu kämpfen, ist wie ein Tanz über Landminen. Es ist ein bisschen so, als wäre man ein Boot auf einer stürmischen See, in der ein Orkan um uns herumwirbelt – egal, in welche Richtung wir uns drehen und wenden, wir werden immer wieder von Wellen umgerissen und zerschlagen.

Ich winke mit der Hand durch die Luft. „Oh, ich weiß nicht. Mich betrinken, einen Sonnenaufgang genießen. Eine letzte Mahlzeit genießen – ich möchte wirklich, wirklich verdammt gern eine Peperoni-Pizza essen. Ich möchte ein letztes Mal mit normalen Menschen interagieren, bevor ich anfange, sie als Snacks anzusehen. Ich möchte mich lebendig fühlen, bevor ich sterbe."

„Dies ist der falsche Ort, um das zu besprechen", murmelt er.

„Ich glaube, es ist genau der richtige Ort", argumentiere ich leise und senke meine Stimme, bis sie von der dröhnenden Musik übertönt wird. Colt wird mich hören können, sein Gehör ist einfach zu gut. „Wenn man bedenkt, dass ich hier wahrscheinlich ins Gras beißen werde."

Er seufzt. „Du musst nicht sterben, Vi. Es ist eine Option, das ist alles."

„Die anderen beiden Optionen sind nicht so verlockend. Wie eine Gefangene zu leben und für den Rest meiner Tage an dich gekettet, damit ich nicht entführt und geschwängert werde, bis meine Eierstöcke zu Staub verfallen", schnauze ich mit dem kleinsten Anflug von Bitterkeit. „Oder Jahre damit zu verbringen, stets über meine Schulter zu schauen, gejagt zu werden und darauf zu warten, dass mir jemand einen schwarzen Sack über den Kopf stülpt und mich in einen Transporter mit Schiebetür stößt. Wäre das nicht das schlimmste Klischee?"

„Ein Vam– … anders zu sein, so wie ich es bin, ist kein schlechtes Leben, Vienna. Ja, es hat seine Tücken, und manchmal ist es scheiße. Aber zeig mir einen Sterblichen, der das nicht von sich behaupten kann. Natürlich gibt es ernährungstechnische Einschränkungen, aber es hat auch Vorteile." Colt weicht einem Pärchen aus, das herummacht –

Glückspilze – und biegt seitlich ab, um uns durch eine kleine Lücke zwischen den Tänzern zu quetschen.

Ein paar Schritte später schlägt uns die trockene, überhitzte Luft von Tucson wie eine heiße Handfläche ins Gesicht. Die Hitze und die Luftfeuchtigkeit sind ganz anders als im Club und saugen mir sofort den Atem aus der Lunge.

Habe ich schon gesagt, wie sehr ich die verdammte Hitze hier hasse?

„Spürst du die Hitze? Wird dir kalt?" Dumme, unsinnige Fragen sind plötzlich die wichtigsten, die mir einfallen.

„Nun, mein Schwanz genießt die Wärme deiner Muschi. Zählt das?"

Ich erröte. Wir sind draußen und jeder mit funktionstüchtigen Ohren kann ihn hören. Ich zapple in diesen lächerlichen Klamotten und bin mir durchaus bewusst, dass ich kaum etwas anhabe. Aber Colt wird mir diese winzige Jungen-Shorts herunterreißen müssen, um Zugang zu all meinen warmen, feuchten Stellen zu erhalten. „Ich stelle dir eine ernsthafte Frage und du musst alles auf Sex reduzieren."

Er grinst auf mich herab. „Sex ist eine ernsthafte Sache, wenn mein Schwanz im Spiel es, Vi."

8

Colt

SCHEIẞE, das war abgedroschen.

Sex ist eine ernsthafte Sache, wenn mein Schwanz im Spiel ist, Vi.

Wären meine Hände nicht mit üppigem Frauenfleisch gefüllt, würde ich mich selbst ohrfeigen. Das war nicht mein bester Spruch in sechshundertachtunddreißig Jahren, so viel ist sicher. Aber sie hat auf jeden Fall ein paar meiner lüsternen Triebe von früher an diesem Abend wiedererweckt, bevor Selene Vienna zu einem menschlichen Smoothie gemacht hat und alles um uns herum zur Hölle fuhr.

Ein kurzer Blick zum Himmel bestätigt meinen Verdacht – Club Toxic hat einmal wieder mit seinen magischen Fingern an der Zeit gedreht und die Nacht ist schon fast vorbei. Damit bleiben uns zwei Möglichkeiten – zurück zum Lagerhaus zu verschwimmen und ein Wettrennen gegen die Sonne einzugehen oder wieder hineinzugehen und Lucius um Unterschlupf für den Tag zu bitten.

Irgendwie bezweifle ich, dass ich mich nach dem Massenaufstand, den wir unten angezettelt haben, hier sicher genug fühlen würde, um zu schlafen. Obwohl der Club für den Tag verschlossen und gesichert sein wird, ist meine eigene Sicherheit so viel besser als die von Lucius.

Meine Pläne für Sex und Dominanz wurden heute Nacht zwar komplett zerschlagen – obwohl ich meine hübsche kleine Gefangene so gern gefickt hätte –, aber das bedeutet nicht, dass sie ohne Strafe davonkommt. Ich denke, sie kann heute mit einer Erziehungshilfe schlafen. Da mein Freitagtermin in ein paar Tagen ansteht, werde ich keine Zeit mit ihr verschwenden.

Vadims Lieferung wird am Freitagabend eintreffen. Sobald ich die vielversprechendsten Exemplare ausgewählt habe, werde ich sie persönlich bei Antoine abliefern und mich ein weiteres Mal mit dem falschen französischen Drecksack treffen – dieses Mal mit konkreten Fragen im Gepäck.

Es ist riskant, das weiß ich, und Lucius weiß es ebenfalls. Aber um dieses verdammte Desaster zu kontrollieren, bevor es seine Krallen so tief in uns gräbt, dass wir die Auswirkungen noch jahrhundertelang spüren werden, müssen einige Opfer gebracht werden.

Vienna wird nicht dazugehören.

Es ist selten, dass ein Vampir zugibt, dass er verliebt ist. Wir machen dumme Fehler, wenn wir an Gefühlen festhalten, die uns menschlich machen. Wir sind keine Menschen. Wir sehen aus wie sie, reden wie sie, ficken wie sie, aber wir sind keiner von ihnen. Die Liebe erinnert uns daran, was wir einmal waren.

Dennoch hält es einige von uns nicht davon ab, ewige Idioten zu sein und Sterbliche in unsere Welt zu ziehen. Sie in Gefahr zu bringen, ihre Lust zu genießen und uns dabei einzureden, dass unser Leben das verdammte Klischee von zweieinhalb Kindern, einem Familienhund, Eheringen und dem typisch weißen Lattenzaun sein könnte.

Ha. Das ist wie in einer Seifenoper. Wahrscheinlich würde ich hungrig werden, die Kinder vernaschen, den Hund aus Langeweile fressen und dann würde dieser ungebrochene goldene Kreis Sonnenlicht aufblitzen, wenn Vienna mich in den helllichten Hof hinauswerfen würde. Ich würde entweder in der Sonne verbrennen oder taumeln und auf die Zacken des Zaunes fallen, wobei mir einer der frisch gestrichenen Holzspieße durch den Rücken fahren und das Herz aufspießen würde.

Das alles ist ein verdammter Scherz. Ich kann keine Kinder zeugen, Hunde hassen mich mit einer Leidenschaft, die nur von ihrer Abneigung gegen Dämonen herrühren kann, und ich bin mir sicher, dass Vienna sich lieber erschießen würde, als mich zu heiraten.

Zwei schlanke Finger erscheinen in meinem Blickfeld und schnippen laut. Ich blinzle und senke meinen Blick auf besorgte blaugraue Augen. „Bist du da, Colt, oder hat dein Schwanz einen Kurzschluss in deinem Gehirn verursacht?"

„Du magst meinen Schwanz", erinnere ich sie und gehe in die Richtung meines Wagens. Das subtile Summen der Elektrizität, das die Morgendämmerung ankündigt, beginnt bereits durch die Luft zu zischen.

In meinem Kopf rechne ich die Minuten aus, während ich schneller als sonst voranschreite. Wäre es nicht so kurz vor der Morgendämmerung, würde ich es in Erwägung ziehen, zu verschwimmen. Aber es gibt keine Möglichkeit, zu wissen, wer um diese Uhrzeit auf der Straße unterwegs ist. Es gibt zu viele Schichtarbeiter, die auf dem Weg nach Hause oder zu ihrer Arbeit sind.

„Wir sind ziemlich knapp dran, meinst du nicht?" In

ihrem Ton liegt kein Urteil, nur diese unbehagliche Besorgnis, als hätte sie erkannt, dass wir in eine missliche Lage geraten könnten.

„Ich habe Zeit, Schätzchen. Wir müssen uns nur beeilen."

„Na dann mach doch dein Zisch-Ding", sagt sie verärgert. „Vergiss das Auto und renne einfach den ganzen Weg nach Hause."

Sie ist einfach phänomenal, nicht wahr? Obwohl ich sie in meiner Eile, sie von meinem König wegzubringen, fast zum Übergeben gebracht habe, ist sie bereit, mich das Ganze noch einmal machen zu lassen, nur um meinen Arsch davor zu bewahren, wie ein Brathähnchen geröstet zu werden.

Man könnte meinen, meine Füchsin liebt mich.

Schlechte Wahl, Vienna. Man soll nie den Bösewicht lieben.

„Irgendwie glaube ich, dass Lucius noch wütender auf mich sein wird, wenn ich das tue und uns jemand sieht." Ich stapfe schnellen Schrittes in einem Rhythmus, der Viennas Herzschlag ähnelt, über den Bürgersteig. Es ist erfreulich, zu wissen, dass sie um meine Sicherheit besorgt ist. Denn wenn ich hier und jetzt zu Asche verfalle, ist sie frei. „Fünf Minuten bis zum Auto und dann kann ich Gas geben und uns nach Hause bringen. Scheiß auf die Strafzettel und Bußgelder."

„Du hast einen Führerschein?"

Ich lache und beschleunige mein Tempo, als sich die Härchen auf meinen Armen aufstellen. „Mach dich nicht lächerlich. Dieses hübsche Gesicht in den Akten der Regierung? Ich bitte dich. Wenn ich ein Treffen mit einem Polizisten habe – was an sich schon eine Seltenheit ist, denn sie müssten mich erst einmal erwischen –, dann erinnern sie sich danach an nichts mehr."

Ihr hübsches Gesicht erschlafft vor Schreck. „Oh mein Gott. Du isst die Polizei?"

Sie bringt wirklich Licht in mein Leben. Nach so langer Zeit in der Dunkelheit genieße ich die Abwechslung, die sie mir bietet. „Igitt, nein. Wir essen keine Gesetzeshüter, Vi. Uniformen schmecken eklig."

Ihr Mund ist so verführerisch mit diesem süßen und köstlichen O des Unglaubens. Ich habe alle möglichen verdorbenen Ideen für sie im Kopf. „Wie schmecken Uniformen denn?"

Mit unbewegter Miene antworte ich: „Wie verkochter Rosenkohl."

Vienna gibt einen würgenden Laut von sich. „Igitt."

Ich küsse sie auf den Scheitel. „So eine leichtgläubige Sterbliche, meine kleine Füchsin. Klamotten verändern den Geschmack des Blutes nicht. Hormone, Pheromone, natürliche Chemikalien und die DNA tragen alle zum Geschmack eines Menschen bei. Was sie essen, trinken, rauchen … all das wird ihr Blut."

„Wie beim Grillen?"

„Das gleiche Prinzip, denke ich. Wenn eine Substanz in ausreichender Menge in einem Körper vorhanden ist, ist es ähnlich wie das Marinieren eines Stücks Rindfleisch. Der Geschmack kommt beim Essen durch."

„Eigentlich sollte mich diese Vorstellung total anwidern, aber ich liebe es, zu grillen." Vienna strampelt fröhlich mit den Beinen, während ich so schnell weiterlaufe, wie ich mich traue. Die Sache mit dem Verschwimmen ist die, dass es so leicht ist, die Grenze zwischen einem glaubwürdigen menschlichen Gang und der Bloßstellung meiner Art vor der gesamten Menschheit zu überschreiten.

Eine kleine, aber sehr tödliche Grenze.

Bevor ich antworten kann, sehe ich meinen Wagen endlich weniger als fünfzig Meter entfernt. Ich bin entweder schneller gelaufen, als ich dachte, oder er steht nicht dort, wo ich ihn vor ein paar Stunden abgestellt habe. Ich schnuppere an der Luft. Mein Geruchssinn ist nicht so scharf wie der eines Wolfs, aber meine Nase hat mich noch nie im Stich gelassen.

Oberon war hier. Ich rieche die Potenz seines Schweißes und das widerliche Rasierwasser, das immer noch in der heißen Nacht hängt. Der Geruch ist schon etwas verblasst, also ist er bereits vor einer Weile gegangen, aber das hier hat etwas mit ihm zu tun. Es gibt noch einen anderen Geruch … nein, zwei. Beide tragen den kleinsten Hauch von Tod, das verräterische Zeichen meiner Art.

Hin und hergerissen, ob ich Vienna absetzen und mein Fahrzeug untersuchen oder sie mit Handschellen an mich ketten soll, nähere ich mich vorsichtig. Ich will nicht, dass wir in eine Situation geraten, in der man sie mir entreißen könnte. Ich will nicht, dass sie in Gefahr schwebt.

Das warnende Kribbeln meines Sonnenradars schreit und fängt an, auf meiner Haut zu brennen. Die Ränder des Horizonts werden heller und der Schleier der Dunkelheit lichtet sich langsam. Die Morgendämmerung naht und mir könnte die Zeit davonlaufen.

„Colt? Haben wir hier geparkt?"

„Nein", sage ich knapp, ohne sie anzusehen. Nein, das haben wir ganz sicher nicht, und ich habe keine Ahnung, warum Oberon mein Auto wegfahren und dann so etwas damit anstellen würde.

Das Fenster auf der Fahrerseite ist zerbrochen. Glas glitzert auf der Straße, aber der größte Teil wird im Inneren des Autos sein. Die Windschutzscheibe ist mit riesigen Rissen zersplittert. Jemand hat den Kofferraum aufgehebelt und alle Türen sind eingedrückt. Alle vier Reifen wurden aufgeschlitzt.

Ich bin überrascht, dass der Motor nicht in Einzelteilen auf der Straße liegt.

Aus welchem Grund auch immer, mein Fahrzeug wurde stillgelegt.

Scheiße.

„Halt dich gut fest, Vienna. Schließ die Augen und dreh dein Gesicht zu mir." In meiner Stimme schwingt Wut mit. Das Auto ist mir scheißegal, aber die Folgen sind katastrophal. „Öffne sie erst wieder, wenn ich es dir sage."

Meiner Meinung nach hat Oberon eines von zwei Dingen herausgefunden. Entweder weiß er über Vienna Bescheid, oder er hat meine Treue zu Lucius aufgedeckt. Beides hat schlimme Konsequenzen; leider habe ich das Gefühl, dass ich weiß, welches Geheimnis er gelüftet hat. Fünf Jahrzehnte verdeckte Arbeit zu verlieren, wäre katastrophal, aber ich war so lange vorsichtig. Ich vermute, der kleine Scheißer hat Vienna an mir gerochen.

Ich mustere die Gegend noch einmal. Es ist riskant, dass ich hier draußen bin, während die Minuten vergehen. Aber wenn mir ein Hinterhalt bevorsteht, bin ich nicht der Einzige, der mit hoher Wahrscheinlichkeit seinem Schöpfer entgegentreten wird. So gern ich sie herausfordern und mit den Arschlöchern, die meinen Wagen zerstört haben, ein Hühnchen rupfen würde, Vienna sitzt in der Mitte fest. Wenn Oberon sie entführen und Vadim wie eine große Trophäe übergeben will, braucht er das Überraschungsmoment.

Er kennt mich gut genug, um zu wissen, dass ich ihn töten werde, wenn er mir in den Rücken fällt.

„Planänderung, Vi." Ich stelle sie auf die Füße und drehe ihr dann den Rücken zu. „Spring auf, halte dich fest und bete."

Es dauert eine Sekunde, bevor sie auf meinen Rücken springt, ihre Arme um meinen Hals legt und ihre Beine um meine Hüfte geschlungen hat. Wie eine Klette klammert sie sich an mich, ohne auch nur ein Wort der Beschwerde oder eine Frage zu äußern. Vielleicht vertraut sie mir mehr, als ich ursprünglich dachte. Oder sie versteht einfach, dass ich sie unbedingt so schnell wie möglich von hier wegbringen muss.

„Lass auf gar keinen Fall los", warne ich sie und rase los. Lucius' Zorn soll verdammt sein.

Der Weg zurück zum Lagerhaus ist ziemlich einfach, aber ich weiß nicht, ob Oberon meinen Unterschlupf gefunden hat. Wenn ja, und wenn er es so geplant hat, dass ich den direkten Weg zu meinem sicheren Zufluchtsort nehme, dann wird er unterwegs Fallen gestellt haben.

Einen Umweg zu nehmen, könnte mich mehrere Hautschichten kosten oder noch mehr. Der kurze Weg könnte Vienna ihre Freiheit und ihr Leben kosten. Man kann es nicht vergleichen – ein Leben ist lebendig, ein Leben ist es nicht.

Ich verschwimme die Straße hinunter und spüre eine Bewegung hinter mir. Jemand kommt aus einem Versteck gesprungen, zweifellos mit der Absicht, mich frontal in eine Falle zu locken. Nun, wenn sie denken, sie könnten mich dazu bringen, kopflos in eine Falle zu stürzen, dann versteht Obe nicht, wie ich denke. Ohne Vorwarnung biege ich nach rechts ab und höre Viennas Quietschen an meinem Ohr. Ich rase eine Gasse hinunter auf einen drei Meter hohen Maschendrahtzaun zu, der mir den Weg versperrt.

Ein Sprung, und ich greife mit den Fingern nach dem oberen Ende des Zauns. Meine Stiefel finden den geringsten Halt in den Gliedern. Viennas Gewicht ist kaum spürbar und beeinträchtigt mich nicht im Geringsten, aber ihr Körper, der sich an meinen Rücken klammert, lässt mich bewusster darauf achten, wie ich mich bewege. Ich weiß genau, dass eine falsche Bewegung sie abschütteln könnte. „Bist du noch bei mir, Füchsin?"

Ich erwarte ein kränkliches Wimmern, eine schmerzverzerrte Antwort, aber ich sollte inzwischen gelernt haben, meine kleine Sterbliche nicht zu unterschätzen. Gefährliche Situationen machen ihr nicht so viel aus, wie sie es sollten, ganz im Gegenteil. Sie wippt auf mir herum, wie Bälle bei einem Tischtennisturnier. „Kannst du nicht schneller oder muss ich die Sporen rausholen?"

Was für ein Knaller. Ich lache ungläubig, als meine Stiefel auf der anderen Seite des Zauns auf den Boden knallen und bin über ihre Sorglosigkeit erstaunt. Sie ist nicht dumm und weiß, was sie erwartet, wenn sie in andere Hände als meine fällt. Sie lässt sich einfach nicht beirren, bis die Dinge in die Tat umgesetzt sind. Dies ist eine verdammt gute Art zu leben, wenn ich ehrlich bin. „Sorge nur dafür, dass deine Arme genau da bleiben, wo sie sind, Vi."

Ich schaue nicht zurück. Ich habe keine Zeit dafür. Vorwärtszugehen ist der einzige Weg, und wenn uns jemand durch die Straßen von Tucson jagt, sollte er besser eine Armee mitbringen.

Darüber sollte ich wahrscheinlich keine Witze machen, nehme ich an, als ich am Ende der Gasse um die Ecke biege und nach links schwenke. Nicht, wenn die zwei Männer, die ich mir gerade zu Feinden mache, tatsächlich über Armeen verfügen.

Kein Grund, das Schicksal herauszufordern, nicht wahr?

Der Himmel wird viel zu schnell heller und wir haben es erst zwei Drittel des Weges zurückgeschafft, während ich mich durch die Gassen schlängle, um nicht von Menschen entdeckt zu werden. Ich glaube, ich habe meine Verfolger abgehängt, aber mein Geruchssinn ist durch den Gestank des Mülls beeinträchtigt. Die heiße Luftfeuchtigkeit verstärkt den Geruch um das Tausendfache, was meine Nase ernsthaft beleidigt. Es ist derselbe ranzige Gestank in jeder einzelnen Gasse, die wir durchqueren – flüchtig, aber anhaltend.

„Colt, du musst mich absetzen und in einen Unterschlupf

gelangen. Die Sonne geht gleich auf." Viennas Stimme klingt angespannt an meinem Ohr.

Sie braucht mir nicht zu sagen, was mein Körper bereits schreit. Mein innerer Sonnenalarm blökt wie eine erdrosselte Ziege, meine Haut kribbelt und spannt. Es wird nur noch schlimmer, je länger ich der Sonne ausgesetzt bin, und nicht einmal die Schatten bieten angemessenen Schutz.

Ich sitze wie eine Ratte in der Falle, aus der es keinen Ausweg gibt.

Ich biege in eine weitere Gasse ein, ignoriere Viennas Flehen und stürme wie ein Baseballspieler auf das Kissen der Homebase zu. Mit letzter Kraft reiße ich mir buchstäblich die Fußsohlen auf und quetsche jedes Fünkchen Geschwindigkeit aus meinem Körper. Ich schalte die Gedanken ab und renne einfach weiter.

So nah war ich der Sonne seit Jahrhunderten nicht mehr. Die Morgendämmerung küsst bereits die Spitzen der höchsten Gebäude, glitzert auf dem Glas und legt sich wie eine Decke des Todes über die Stadt.

Irgendwie schaffe ich es, mein Mädchen nach Hause zu bringen. Es ist ein gottverdammtes Wunder, aber es könnte von kurzer Dauer sein. Ich weiß, dass mir nur noch Sekunden bleiben, als ich über den Parkplatz rase und unter dem Gewicht von Vienna auf meinem Rücken fast stolpere. Meine Kraft ist aufgebraucht. Ich habe kaum noch die Energie, meine eigenen Sicherheitstüren zu entriegeln und durch den Türrahmen zu fallen.

Und das Fallen durch die Tür meine ich wörtlich.

„Colt!" Vienna klingt besorgt, was schön ist, wenn ich darüber nachdenke. Wie viele Gefangene würden sich ernsthaft Sorgen um das Wohlergehen ihres Entführers machen, wenn sie in der gleichen Lage wären? Ob phänomenal gefickt oder nicht, ich garantiere, dass die Antwort Null ist. „Colt, du musst aufstehen, du musst nach unten."

Mein Gesicht schmerzt durch den Kontakt mit dem Betonboden. Ich rieche mein eigenes Blut und zucke zusammen. Ich mache mir mehr Sorgen um den Rest von mir, um ehrlich zu sein. Mit verschwommener Sicht beobachte ich, wie Rauch um meine Hände aufsteigt und verstehe, dass die verhärtete Hülle, zu der mein Körper geworden ist, nur noch wenige Augenblicke davon entfernt ist, zu verbrennen. Noch ein paar Sekunden hier draußen und …"

„Mach die Tür zu", krächze ich und spüre, wie sie ihren Griff um meinen Hals lockert. Wenigstens habe ich ihren Sturz abgefangen – Beton wäre nicht gut für ihre Haut gewesen. Ihre Anwesenheit verschwindet und eine Sekunde später fällt das schwere Metall krachend zu. „Gib den Code ein … um die Tür zu verriegeln. Einundzwanzig … null zwei … fünfundsechzig."

Die Zahlen piepen, als sie den Code eingibt, dann antwortet das System mit einem scharfen Summen. Alle Sicherheitsvorkehrungen sind wieder in Alarmbereitschaft, und ich habe das ungute Bauchgefühl, dass wir sie brauchen werden. Mein Auto zu demontieren, die prekäre Lage, in die sie mich gebracht haben, nicht auszunutzen … ich glaube, Oberon hat gerade versucht, meinen Unterschlupf zu finden.

Ich liege ausgestreckt auf dem kalten Boden und hoffe, dass ich genug getan habe, um den Verfolger abzuhängen, der uns gefolgt ist. Es muss sich um einen Menschen oder einen Wolf handeln, aber Obe hat keine menschlichen Gefolgsleute, von denen ich weiß. Er hat jedoch auch nicht angedeutet, dass er irgendwelche Verbindungen zu den Gestaltwandler-Clans pflegt. Die Clans, mit denen ich befreundet bin, haben nie angedeutet, dass sie mit Leuten wie ihm reden. Wahrscheinlich, weil sie zu verdammt wählerisch sind, mit wem sie sich abgeben. Ich habe sechzig Jahre gebraucht, um eine offizielle Arbeitsbeziehung zu ihnen aufzubauen, also weiß ich aus erster Hand, was nötig ist, um ihr Vertrauen zu gewinnen.

Oberon ist zu schreckhaft und zu ängstlich, um Gestaltwandlern vorzugaukeln, er sei ihrer Aufmerksamkeit würdig.

In Anbetracht dessen, was wir heute Abend erfahren haben, und der Verschwörungen, die wir in Betracht ziehen müssen, frage ich mich, für welchen der beiden großen Bösewichte mein Partner arbeitet. Soweit ich weiß, hat Oberon eine Scheißangst vor Antoine und Vadim gleichermaßen, und das aus gutem Grund. Keiner von beiden duldet Rückgratlosigkeit in seinen Reihen – ein Vampir ohne Rückgrat ist ein Schwachpunkt in der Hierarchie, der die ganze verdammte Operation zu Fall bringen kann – und sie beide belohnen Feigheit auf die gleiche Weise wie Verrat.

Quälend vollständige Auslöschung.

Das ist mein Schicksal, wenn Lucius mich nicht rechtzeitig aus meinen verdeckten Aufgaben herausholen kann. Es wird kein Loch geben, in dem ich mich verstecken kann, ohne dass die Russen eine Rauchbombe werfen und mich aufscheuchen oder der falsche Franzose die Jagdhunde losschicken wird. Ich vertraue natürlich auf die Fähigkeiten meines Königs, aber wenn es darauf ankommt, wenn es darum geht, unsere Spezies als Ganzes zu retten oder mein Leben zu retten, hat Lucius bereits unmissverständlich klargestellt, dass mein Leben trotz aller Heldentaten zweitrangig ist.

„Colt, bitte, du musst aufstehen. Ich kann dich nicht nach unten tragen und wenn du vorhast, dich bis zur Dämmerung tot zu stellen, bist du verwundbar."

Ich könnte schwören, dass Vienna mich mit ihrem Stiefel in die Rippen stößt.

„Ich hasse es, wenn du dich tot stellst. Schwing deinen Arsch hoch und schleif dich ins Bett."

„Anspruchsvolle kleine Füchsin, nicht wahr?" Ich stöhne und knurre keuchend gegen den Schmerz an. Die Sonne hat mir übel mitgespielt und meine Muskeln ausgehöhlt. Ich werde mich nirgendwohin schleppen können, weder ins Bett noch sonst wohin. „Geh nach unten zur Küchenzeile ... Blutkonserven im Kühlschrank. Bring mir zwei."

„Du willst trinken? *Jetzt?*"

„Ich muss es unbedingt." Die Rauchschwaden lassen langsam nach und werden zu sanften Schlieren, je länger ich hier liege. Ich denke, solange ich mich für eine Weile aus dem schädlichen Licht fernhalte, besteht keine Gefahr, dass ich Feuer fange und wie ein Bildnis in der Guy Fawkes-Nacht aufflamme. „Ich muss heilen, Frau. Ich muss trinken, um zu heilen."

„Oh, um Himmels willen, natürlich musst du das." Verzweiflung schwingt in ihrem Ton mit, dann hält sie mir ihr schlankes Handgelenk vor die Nase. Ihr Puls schießt durch die herrlich pralle Vene, die direkt unter ihrem Handballen sitzt. „Keine Widerrede", weist sie mich an und presst ihr entblößtes Fleisch gegen meine Lippen. Es ist nicht die feste Rundung ihrer Brüste, von der ich geträumt habe, aber es besteht kein Zweifel, dass sie durch und durch lecker ist. „Mach einfach das Zahnding und bring es hinter dich. Ich mag es nicht, hier oben zu sein, wenn es jemand auf uns abgesehen hat."

Uns. Eins der kleinsten Wörter in jeder Sprache und doch so bezeichnend. Sie hat ihren Platz hier akzeptiert, was überraschend, aber auf jeden Fall erfrischend ist. Einige Gefangene können sich nie damit abfinden, dass sie als Geiseln unserer Art gefangen gehalten werden. Sie haben zu viel Angst und sind zu eingeschüchtert, um sich der Unausweichlichkeit ihres Untergangs zu stellen. Selbst das Stockholm-Syndrom kann ihnen nicht helfen.

Vienna steht nicht unter dem Einfluss meines bezirzenden Zwangs oder irgendeines Syndroms und sie hat sich mit unserer Solidarität abgefunden. Sie und ich, wir stürzen uns kopfüber in eine Hetzjagd, die Oberon für uns anzettelt. Ich sehe keinen opferlosen Sieg in unserer Zukunft, aber ich kann hoffen, nicht wahr?

„Colt, hör auf, so ein Trottel zu sein und beiß mich." Der köstliche Arm drückt hart auf meine Lippen, bis ihre duftende Haut über meine Zähne reibt. Sie zischt, als sich meine Reißzähne schnell herabsenken und die scharfen Spitzen über die Oberfläche kratzen. Die ersten blutroten Tropfen treffen auf meine Zunge und wecken ein Verlangen zu trinken, das mich umhaut.

Ich weiß, dass ich in einem erbärmlichen Zustand bin. Meine Energie und mein Körper sind durch das Licht der Morgendämmerung erschöpft. In den meisten Fällen, so schäme ich mich zu sagen, würde ein Vampir ein oder zwei Menschen vollständig austrinken, um das durch UV-Licht verursachte Ungleichgewicht zu korrigieren. Während unser Blut für Menschen ein Wundermittel ist und Wunden bis hin zu den schwersten Verletzungen heilen kann, hat das Blut der Sterblichen für uns nicht die gleichen sofortigen Eigenschaften. Um zu heilen, braucht man eine große Menge Blut ... je nachdem, wie verletzt der Vampir ist.

Ich lecke mit der Zunge über die winzige Wunde und lockere die Vene auf. Vienna weiß, was auf sie zukommt, das merke ich an der plötzlichen Erhöhung ihres Herzschlags und am Rasen ihres Pulses. Ihre Angst schmeckt köstlich in jedem einzelnen Tropfen, den ich von ihrer Haut lecke, bevor ich meine Reißzähne in ihr Fleisch bohre. Ich höre kaum ihren Schmerzensschrei, als das goldene Blut meinen Mund durchflutet, aber ich kann es schmecken. Die säuerliche Schärfe von Schmerz und Schock ist so köstlich für meinen Gaumen.

Ich trinke tiefe Schlucke und genieße ihr Blut, bis es den

säuerlichen Hauch verliert und sich zum sanften Geschmack der Erregung wandelt.

So eine kleine Masochistin, meine Füchsin.

Die Wärme ihrer Gabe füllt meinen Bauch und breitet sich wie die beste Art von Gift in meinen eigenen Adern aus. Die Verlockung des Rh-Nulls ist unverkennbar. Sollte die allgemeine Vampirbevölkerung jemals von Vienna kosten oder eine Probe ihrer Artgenossen schmecken, wird es zu einem Krieg kommen. Es gibt zu viele Vampire und nicht genug Rh-Nulls, um sie alle bei Laune zu halten. Und die Mehrheit meiner Rasse ist dumm genug, alles abzuschlachten, um mehr davon zu bekommen.

Ich fühle mich gestärkt. Lebendig. Ich ziehe meine Reißzähne aus ihrer Haut, lecke die kostbaren Blutstropfen ab, die an ihrem Handgelenk hinunterlaufen, und lecke mir dann mit einem anerkennenden Schmatzen über die Lippen. Im Nu bin ich auf den Beinen und ziehe Vienna auf ihre Füße. Sie schwankt ein wenig, scheint von der Menge Blut, die ich von ihr getrunken habe, aber ansonsten unbeeindruckt zu sein. Ich streife mit dem Mund über ihren, als ich flüstere: „Ich danke dir, kleine Füchsin.“

Sie winkt meine Dankbarkeit ab und ihre weichen Wangen erröten hübsch. „Meinst du, wir können uns jetzt von der Tür entfernen? Wenn du wie ein gefällter Mammutbaum zu Boden gehst, wäre es mir lieber, du befändest dich bereits in der Horizontalen, damit ich mir nicht den Rücken verrenke, um es dir bequem zu machen.“

„Horizontal klingt nach einer verdammt guten Idee.“ Ich schüttle mein Haar aus den Augen und nehme mir vor, es das nächste Mal kürzer schneiden zu lassen. Dann lasse ich meinen Blick über das Sicherheitssystem schweifen. Das Licht leuchtet rot und zeigt an, dass das System aktiv und in Alarmbereitschaft ist. Alle Ausgänge und Eingänge sind korrekt gesichert. „Du musst mir diese Vorstellung vom mich tot stellen erklären, Vienna. Es hat mich neugierig gemacht."

Ihr Arm zittert in meinem Griff, als ich sie zum versteckten Eingang des Kellergeschosses führe. Die Heftigkeit ihrer Reaktion erinnert mich daran, dass sie die Verpflegung, die Tiberius für sie im Club arrangiert hat, nie bekommen hat. Es bedeutet, dass ich sie füttern und ihr etwas zu trinken geben muss, bevor sie zusammenbricht. „Wenn es dämmert, fällst du in diesen katatonischen Zustand, als wärst du tot. Es ist irgendwie unheimlich. Die Sonne geht auf und du ... nun, du bist wie erstarrt."

Wenn ich vorher neugierig war, bin ich jetzt fasziniert. „Wie kommst du denn darauf?"

„Vielleicht die Tatsache, dass du buchstäblich wie ein Toter aussiehst?", fragt sie mich, als wäre ich dumm.

Ich denke über meine Antwort nach, während ich Türen öffne und sie in das Untergeschoss des Lagerhauses leite. Unsere Schritte klingen laut und schwerfällig auf den Metallstufen, die in mein Schlafzimmer hinunterführen. Die Tür schließt sich hinter uns, die Schlösser rasten ein und sowohl Vienna als auch ich entspannen uns in dem Wissen, dass wir so sicher sind, wie wir es irgend sein können.

„Ich bin nicht komatös, wenn ich schlafe, kleine Füchsin. Wenn du mich brauchst, weck mich einfach. Ich habe schon immer sehr tief geschlafen, aber es ist nicht so katatonisch wie du es denkst." Ich schalte das Licht an, damit Vienna die Treppe hinuntergehen kann, ohne zu fallen und sich das Genick zu brechen. An Schlaf ist nicht zu denken, wenn ich sehe, wie sie vor mir mit dem Hintern wackelt. „Wenn die Sonne aufgeht, ist es, als würde sie die ganze Energie aus der Luft saugen. Ich kann dagegen ankämpfen, wenn es sein muss ..." So wie jetzt zum Beispiel, wenn ich mich um ihre Strafe kümmern muss. „Aber wenn es keinen Grund gibt, es zu tun, tue ich es auch nicht."

„Du schaltest also nicht einfach ab, egal, wo du bist? Nein", antwortet sie sich selbst mit einem Seufzer, als sie merkt, dass ich immer noch wie eine Statue oben schlafen würde, wenn das der Fall wäre, „tust du nicht. Was man nicht alles lernt, schätze ich."

Ich greife in den hinteren Teil ihrer Shorts, bevor sie sich dem langen Arm meines Gesetzes entziehen kann. Ich zerre sie nach oben und zurück und ziehe den Stoff wohl in die empfindliche Spalte ihrer Muschi, wenn ihr Aufschrei an Hinweis ist. „Was man nicht alles lernt. Hast du den Orgasmus genossen, den du dir vorhin gestohlen hast, kleine Füchsin? Ich weiß, dass Lucius und Selene es durchaus genossen haben, dich an meinem Rücken kommen zu sehen."

„Ich war berauscht!", heult sie.

„Ist das eine Entschuldigung dafür, mir nicht zu gehorchen?", frage ich rhetorisch und spitze die Lippen, als sie versucht, sich wegzudrehen. „Ich glaube nicht." Ich lege meinen Arm um ihre Taille und kann gerade noch ausweichen, als sie ihren Kopf als Waffe einsetzt. Ich grinse und bereite mich schon auf einen Kampf vor, von dem wir beide wissen, dass sie ihn nicht gewinnen kann. „Das ist doch keine Art, sich zu entschuldigen, oder, Füchsin?" Ich lasse den Bund ihrer Hose los und schiebe meine Hand in die Shorts, wo ich spüre, wie sie ihre Pobacken fest zusammenkneift, um mich fernzuhalten.

Sie zuckt und stöhnt leise, als ich stattdessen zwischen ihre Schenkel gleite und zwei Finger in sie schiebe. Das Geräusch einer feuchten Möse, die sich meiner Penetration unterwirft, ist fast so befriedigend wie das Gefühl, als sich die Hitze um meine Finger schmiegt. Eng und heiß, genauso, wie ich es mag. Ich spiele mit ihr, streiche über die Furchen ihrer inneren Wand, bis sie um mich herum zuckt und meine Hand mit flüssigem Sex bespritzt.

„Man hat dir die Regeln doch erklärt", murmle ich in ihr

Ohr und füge meinem Tonfall eine Oktave dunkler Warnung hinzu. „Du hattest ausreichend Gelegenheit, dich daran zu halten, nicht wahr?"

Ihr Atem keucht unregelmäßig, schwer und holprig, und ihr Magen bebt unter dem Halt meines Arms. „Ich. War. Berauscht", knirscht sie die Worte in kleinen abgehackten Zügen heraus. „Du weißt, was dein Blut bei mir bewirkt, Colt. Ich kann nicht dafür verantwortlich gemacht werden, was der Konsum deines Blutes anrichtet, vor allem, wenn ich es nicht einmal freiwillig getrunken habe."

Damit hat sie nicht ganz unrecht. Nachdenklich trommle ich mit den Fingern auf ihre Muschi, während ich erwäge, was sie sagt. Ihr Geschlecht reagiert erfreut und zieht sich zusammen, als ich ihre Lieblingsstelle berühre. „Also gut, wir können uns darauf einigen, dass nicht *alle* deine Handlungen heute Abend deine eigene Schuld waren. Weil ich ein wirklich netter Kerl bin, werde ich deine Strafe von zwei auf eine halbieren."

Vienna schnaubt. „Von wegen nett."

Ich kratze mit den Reißzähnen sanft über ihre Schulter und lecke dann mit der Zunge darüber. Sie wehrt sich immer noch und verlässt sich auf ihre Tapferkeit. Ich bin mir ziemlich sicher, dass ihre bissigen Bemerkungen und ihr Sarkasmus bald nur noch Schreie und Geräusche sein werden, die sowohl der Lust als auch dem Schmerz entspringen.

Ich weiß nicht, wer uns nachstellt, oder wann sie wiederkommen werden. Es könnte heute Abend passieren. Ich schätze, dass es heute Abend sein wird, wenn Oberon die verdeckten Truppen, die er hinter meinem Rücken zusammengetrommelt hat, zu einem gezielten und strategisch geplanten Angriff koordinieren kann. Anders als den halbherzigen, den er heute Morgen angezettelt hat. Ich muss um eine Audienz bei Antoine bitten und ihn aus dem Weg räumen, aber das könnte schwieriger werden, als ich dachte. Oberon hat vielleicht schon seine verlogenen Finger im Spiel oder schlimmer noch, er könnte von diesem Frosch befehligt werden.

Wenn der heutige Tag alles ist, was uns noch bleibt … sollten wir aufs Ganze gehen.

Ich ziehe meine Finger aus ihren geschwollenen Schamlippen, brumme kehlig und spiele mit ihrem prallen Fleisch. Meine Füchsin ist klug genug, um zu wissen, welche ihrer Bestrafungen sie *nicht* ertragen wird, doch sie fleht mich nicht an, meine Meinung zu ändern. Hofft sie, dass die Verlockung ihrer Muschi ausreicht, um mich davon abzulenken, das einzufordern, was ich wirklich will?

„Zieh dein Oberteil aus", befehle ich und knabbere an ihrem Hals, um ihr die Schauer zu entlocken, die sie so freizügig gibt. Sie ist dort so empfindlich und es ist herrlich. „Dann schiebe deine Shorts von deiner Hüfte und schüttle sie ab. Ich will dich nackt sehen, Füchsin."

Sie murmelt etwas vor sich hin und formt die Worte wohlweislich nicht deutlich genug, dass ich irgendetwas verstehen kann, was ihre Bestrafung noch schlimmer machen könnte, als sie es ohnehin schon ist. Der dünne Stoff, der ihre Brüste vor ungebetenen Blicken schützt, wandert über ihren Kopf und zur Seite. Sie wackelt verführerisch mit dem Hintern, als sie pflichtbewusst meinem Befehl gehorcht.

So ein braves Mädchen.

Sie ist jetzt nackt und mein Schwanz ist eine verdammte Wünschelrute in meiner Hose. Sie benutzt ihren Fuß, um die kurze Hose quer durch den Raum zu schleudern, dann steht sie mit geradem Rücken und fest zusammengepressten Schenkeln da, zwischen denen meine Hand eingeklemmt ist. Cleveres, kleine Füchsin.

Sanft schiebe ich meinen Stiefel zwischen ihre Füße und schiebe sie so weit auseinander, wie sie es zulässt. Sie wehrt sich subtil gegen mich, aber es macht keinen Unterschied. Ich necke sie weiter mit den Fingern, umkreise den Eingang ihrer Muschi und lasse die Nässe aus ihr fließen. Schnell wie eine Peitsche ziehe ich meine Hand zurück und benutze den Handballen, um ihre Pobacken aufzuspreizen, bevor sie sie fest zusammenkneifen kann.

„Scheiße", zischt sie.

„Aber, aber, Vienna. Zittere nicht so. Hat sich denn noch niemand je dein kleines Loch vorgenommen?" Ich kenne die Antwort. Analjungfrauen zu quälen, macht einfach so viel Spaß und sie hat von Anfang an verraten, wie unschuldig ihr Arschloch ist. Wenn man auf Ärsche steht, als Kenner des hinteren Lochs, dann ist eine unberührte Poritze der Heilige Gral des Sexes.

Sie versucht, sich aus meinem Griff zu befreien. „Tu endlich, was du tun willst, Colt."

„Wenn es dich stört", sage ich leise und ziehe sie näher an mich, „dann sag es." Ich finde die leichte Vertiefung ihres Lochs und drücke meine feuchte Fingerspitze dagegen. Sie versteift sich und knurrt bedrohlich, als würde es etwas an meinen Absichten ändern. Temperamentvolle Füchsin. „Wenn dir etwas wehtut, sag es mir."

„Ich hoffe", knirscht sie, „dass du nicht vorhast, in nächster Zeit zu schlafen, Colt. Ich werde dich so oft pfählen, dass du dir wünschen wirst ..."

Ihre Drohung wird abrupt unterbrochen und ihre Worte verschwimmen zu einem kehligen Grunzen, als ich in ihr enges Loch eindringe und meinen Finger tief hineinschiebe. Sie lässt den Kopf auf meine Schulter zurückfallen, ihr Körper zittert und sie umklammert meinen Arm an ihrer Taille mit den Händen. Meine Stimme ist tief, beruhigend und so verdammt dominant, als ich flüstere: „Pass auf, was du sagst, Füchsin. Ich habe nicht vor, dir wehzutun, aber ich schlage vor, du überlegst dir zweimal, ob du diesen Satz beendest."

Keiner von uns beiden ist bereit, einen Rückzieher zu machen … zumindest glaube ich das, bis Vienna das Undenkbare tut und still und leise kapituliert. Ihr Körper lockert sich und ihre Muskeln verlieren die Anspannung. Sie atmet schwer durch die Nase und ihr Herz schlägt heftig hinter ihren Rippen. Die kleinen Zuckungen ihres Arsches um meinen Finger, während sie sich an mein Eindringen gewöhnt, sind wunderbar erotisch.

Ich schlinge meinen Arm fester um sie, hebe sie hoch und trage sie mühelos zum Fußende des Bettes. Ich setze sie dort ab und ermutige sie, sich über das abgerundete Ende des Fußteils zu beugen. Das Kirschbaumholz ist glatt und kühl, was ihr helfen könnte, ihren feurigen Geist für ein oder zwei Momente zu beruhigen. Ihr Temperament muss nur etwas gedämpft werden, um ihr die Schärfe zu nehmen, ich will es nicht ganz auslöschen. „Vertraust du mir Vienna?"

„Ich würde dir viel mehr vertrauen, wenn dein Finger nicht in meinem Hintern steckte." Sie hat ihr Gesicht auf die Bettdecke gepresst, um sich dort zu verstecken, deshalb klingt ihre Antwort gedämpft und verzerrt. Aber oh, ihre Frechheit. Ich liebe diese Frechheit.

Vorsichtig ziehe ich meinen Finger heraus und streiche mit meinen Handflächen sanft über ihren nach oben gestreckten Po. Ich lasse sie noch einen Moment so liegen und ziehe mich aus, bevor ich zum Nachttisch gehe. Als ich nackt und mit Gleitgel in der Hand zurückkehre, hat meine Füchsin die Bettdecke mit den Fingern umklammert. Ihre Fingerknöchel sind weiß. Kein einziges Wort der Angst oder des Flehens ist über ihre Lippen gekommen.

Ich beuge mich über sie und streiche mit den Fingern vom Nacken bis zum Hintern an ihrer Wirbelsäule hinunter, um die Kurve ihrer Gestalt nachzuzeichnen. Ihre Haut bebt unter meiner Berührung. „Eine Strafe muss nicht unbedingt Schmerzen bedeuten, Vienna. Buße bedeutet, etwas zu tun, was man vielleicht nicht mag oder genießt." Ich lasse die kleine Flasche aufschnippen und gieße eine Lache der klaren Flüssigkeit in meine Handfläche. „Du fürchtest dich davor, aus welchem Grund auch immer, also wird dies deine Buße sein." Ein Stöhnen entspringt meiner Kehle, als ich meine Länge befeuchte, um sicherzugehen, dass jeder Zentimeter mit Gleitgel bedeckt ist. „Soll ich dir ein Versprechen geben, Vienna?"

Sie schluckt hörbar, das arme Ding.

„Oh, hast du dir die Zunge verschluckt. Völlig verständlich." Der Klappverschluss der Flasche schnappt zu, sie zuckt zusammen und ich werfe das Gleitgel auf das Bett. Ich kehre mit den Fingern zu ihrer zierlichen Rosenknospe zurück und zeichne einen Kreis um ihren Anus, bevor ich zwei Finger in sie stoße und sie mit einem spitzen Schrei auf die Zehenspitzen treibe. „Ich verspreche dir, dass es nicht so wehtun wird, wie du es befürchtest, Füchsin. Vielleicht findest du sogar Gefallen daran."

Sie schnauft zweifelnd; ich drehe und spreize meine Finger langsam, um den scheuen Muskelring, der meine Finger umschließt, zu lockern.

„Mein Rat ist, dich zu entspannen." Ich verspüre ein wahnsinniges Verlangen, in ihr zu sein, uns in dem zu vereinigen, was in den vergangenen Jahrhunderten schon immer als Tabu galt. Ein sündiger Gebrauch des menschlichen Körpers, der so viele Jahre verboten war. Für viele ist es nach wie vor ein heikles Thema, aber für mich ... nun, sagen wir einfach, dass der weibliche Hintern etwas Wunderschönes ist, für das sich Frauen nicht schämen sollten.

Ich verstehe, warum sie zögern, dies zu tun. Schmerz ist eine große Abschreckung, aber auch ein großartiger Motivator. Lange Zeit habe ich Schmerzen ausgeteilt. Schmerz,

Blut, Tod. In meinen Anfängen, als der Blutrausch alles andere außer mein Bedürfnis nach Zerstörung überwältigte, spürten Männer und Frauen gleichermaßen die Qualen meines Bisses, während ich sie fickte. Ich war ein wütendes, wütendes Wesen, angetrieben von meinem Dämon, und lebte nach den Regeln meiner Zeit.

Die Neulinge in heutiger Zeit scheinen diese Wut, diesen Kontrollverlust nicht mehr zu haben. Vielleicht liegt es daran, dass sich die Zivilisation weiterentwickelt und vervielfacht hat und die Dämonen, die wir sind, sich nicht mehr so leicht exhibitionieren können, wie wir es einst taten. Es gibt immer noch solche, die unvorsichtig sind, wenn sie sich einen Liebhaber nehmen und ihren Partnern dabei schaden.

Es gibt immer noch Sadisten im Schafspelz.

Ich? Ich bin ein Arschloch, sicher, aber als Schaf werde ich mich nie verkleiden. Ich verstecke nicht, was ich bin.

Der Ring aus Muskeln, der meine Finger zusammenpresst, flattert und lockert sich ein wenig. Zur Belohnung streiche ich über ihre Pobacke und ziehe sie auf, bevor ich meinen Schwanz kurz hinter der Eichel packe. Ein vertrautes Kribbeln der Erregung läuft mir über den Rücken, als ich mich an sie drücke. Mit der freien Hand greife ich ihre Hüfte und drücke sie leicht zur Beruhigung. „Atme tief für mich ein, Vienna. So ist es gut, so ein braves Mädchen. Und wieder aus, schön langsam." Ich instruiere sie leise und freue mich, dass sie nicht zu stur ist, meine Hilfe zu ignorieren. „Ein … und wieder aus. Na also, so ist es doch schon viel besser. Noch einmal, Füchsin, tief einatmen … jetzt atme aus und drücke dich nach unten."

Gefangen im Rhythmus meiner Stimme gehorcht Vienna, bevor sie versteht, wonach ich verlange. Ein kleines Rollen meiner Hüfte und ein paar lange Sekunden konstanten Drucks, und die dunkle Rosette meiner Füchsin ergibt sich.

Diesen Moment liebe ich am meisten, diese wenigen Sekunden des Widerstands, bevor sich meine Geliebte mir anmutig unterwirft.

Aber Vienna? Nun, *anmutig* und *unterwerfen* sind zwei Worte, die bei ihr im Moment nicht Hand in Hand gehen.

Sie keucht leise und atmet schwer. „Jetzt mach schon, verdammt noch mal, ja?"

Wie immer die Kämpferin. Ich rolle mit den Augen und komme zu dem Schluss, dass ich wahrscheinlich kommen werde, bevor sie sich so weit entspannt, dass ich tiefer in sie eindringen kann. Ich schüttle den Kopf über ihren Starrsinn und lege meine Hände oberhalb ihrer knackigen Pobacken auf beide Seiten ihrer Wirbelsäule und bewundere ihre Kurven. Ich streichle mit den Handballen zu ihren Schultern hinauf und ziehe sie wieder nach unten. Hoch, runter, hoch, runter. „Es gibt keinen Grund und macht keinen Sinn, dir wehzutun, Vi. Konzentriere dich auf deine Atmung und entspanne dich einfach."

Ihr Lachen ist bitter und bissig. „Fahr zur Hölle, Colt. Ich bin nicht in der Stimmung."

Hoch, runter, hoch, runter mein Schwanz pulsiert und das Bedürfnis zu ficken ist schrecklich, aber sie ist noch nicht bereit.

Ihr Körper wendet sich gegen ihren Verstand. Ich kann spüren, wie sie unter meinen Händen weicher wird und mich akzeptiert. Das Keuchen wird zu einem leisen Schnurren, ihre Hände entspannen sich auf der Bettdecke. Ich lasse meine Hände unter sie gleiten, schließe meine Finger um ihre schlanken Schultern und küsse ihre Schulterblätter. Mit den Lippen gleite ich über ihre warme, duftende Haut, bis das Wimmern zu einem eindringlichen Stöhnen wird.

Hab ich dich.

Ich schlage zu, als sie nachgibt, hebe sie hoch und lasse ihr Gewicht beenden, was ich begonnen habe. Das Gefühl, wie ihr Kanal an meinem Schwanz hinuntergleitet und die samtene Hitze, die mich wie eine feste Faust umschließt, ist der beste wahrgewordene Traum. Sie verschluckt sich an einem verzerrten Schrei und krallt sich an meinen Armen fest, aber sie ist bereits vollständig aufgespießt und nimmt meine Länge und meinen Umfang ohne allzu große Beschwerden hin.

Geduld ist der Schlüssel. Wenn Jagen und Töten das sind, wofür man geschaffen wurde, ist Geduld einem die zweite Natur.

Ihr Kopf fällt zurück und stößt leicht gegen meine Schulter. Sie zittert, weil sie endlich akzeptiert hat, wer in diesem Szenario der Boss ist. Ich verliebe mich ein wenig in ihre Unterwerfung. Ihr Arsch spannt sich um meinen Schwanz, presst ihn zusammen und lockert sich, presst und wird locker, bis ich keine andere Wahl habe, als sie zu ficken oder sie die ganze Arbeit machen zu lassen, was unsere gemeinsame Zeit für meinen Geschmack viel zu früh beenden wird. Ein Arsch wie dieser ist zum Ficken gemacht und ich habe nicht vor, sie zu enttäuschen.

„Wie geht es dir?", murmle ich und beiße vorsichtig in ihre Schulter. Meine Reißzähne durchbohren ihre Haut im Abstand von ein paar Zentimetern, als ich meinen Mund über die weiche Wölbung bewege und die Spitzen in den Muskel drücke, sodass sie nur die Haut durchbrechen und die winzigsten Abdrücke hinterlassen, wo winzige Tröpfchen Blut an die Oberfläche dringen.

„Du solltest besser mit offenen Augen schlafen, du Arsch…" Der Rest ihres Satzes verklingt in einem klagenden Stöhnen. Es ist schön und quälend zugleich, eine süße Symphonie aus Schmerz und Lust, die sich zu einer ehrlichen Melodie zusammenfügt. „Weihwasser in deinem Kaffee. Pfähle in deinem Bett und, oh, fuck."

Die Tirade der Drohungen kommt zum Stillstand, als ich

ihre Hüfte packe und sie nach vorn aufs Bett fallen lasse. Die Hündchenstellung ist eine meiner bevorzugten Stellungen, besonders für Analsex. Es gibt so viele verschiedene wunderbare Winkel, die man probieren kann, wenn eine Frau mit dem Gesicht nach unten auf dem Bett liegt, den Arsch nach oben streckt und bereit ist, ordentlich gefickt zu werden.

Und mein Glückspilz Vienna darf sie heute alle ausprobieren …

9

Vienna

DREIMAL HABE ICH VERSUCHT, aus dem Bett zu kriechen und mich Colts amourösen Ambitionen zu entziehen.

Ich denke über einen vierten Versuch nach, aber ich bin mir nicht sicher, ob meine Schleichkünste so gut entwickelt sind wie sein Durchhaltevermögen. Der verdammte Vampir hat mich zweimal bis zur Besinnungslosigkeit gevögelt und mich zum Orgasmus gebracht, bis meine Vagina die weiße Fahne der Kapitulation geschwenkt hat. Er hat offenbar vor, meinen erschöpften Körper noch einmal zu verführen.

„Nein", murmle ich in die Laken. „Colt, du wirst mich in ein frühes Grab ficken."

„Das würde ich nicht tun", protestiert er, als hätte ich ihn beleidigt, aber verdammt, er ist schwer zu durchschauen, wenn er so verspielt ist. Für einen Untoten hat er seine Emotionen wirklich fest im Griff. Verspielt wie ein kleines Kind, strenger als ein Richter am Obersten Gerichtshof. Was auch immer er gerade für richtighält, er zieht es aus seinem Zauberhut wie ein flauschiges, weiches Kaninchen. „Und du, mein lebhaftes, kleines Fuchsbaby, bist noch lange nicht tot."

Fuchsbaby. Füchsin. Man könnte meinen, Colt sei fasziniert von der Spezies. Soweit ich weiß, sehe ich nicht wie ein Fuchs aus, aber ich denke, es liegt im Auge des Betrachters. Wie Colt mich sieht, ist seine Sache, und ich werde mich da nicht einmischen. Was das Sterben angeht, so ist es näher, als er mich glauben lassen will.

Er und Lucius haben Pläne für mich, die sie mir nicht mitteilen wollen – dass mein Herz aufhört zu schlagen, ist Teil dieser Pläne.

Ich habe das Gefühl, dass die Entscheidung bereits gefallen ist, ob ich nun damit einverstanden bin oder nicht. Um ehrlich zu sein, wenn es so ist, dann will ich gar nicht so genau wissen, wann sie mein Ableben geplant haben – nicht den Tag, nicht die Uhrzeit, gar *nichts*. Im Ernst. Ich weiß, es klingt lächerlich und ich werde meine Liste wahrscheinlich nicht abarbeiten können, aber ich will es nicht kommen sehen. Dennoch gibt es zwei Bedingungen, die ich mit meinem notgeilen Liebhaber besprechen muss, was meinen Tod betrifft, und keine davon ist verhandelbar.

Erstens, der einzige Vampir, der meine Sterblichkeit wie eine Kerze auslöscht, ist Colt. Lucius mag der König der Vampire sein, aber er jagt mir eine Heidenangst ein. Und ich will keine Angst haben, wenn ich sterbe. Der Tod allein ist schon beängstigend genug, ohne dass seine Lordschaft hinzukommt. Colt ist mein Vollstrecker, keine Diskussion.

Zweitens, sie sagen mir nicht, wann es passieren wird. Ich will keine Andeutungen und keine subtilen kleinen Hinweise. Mitfühlende, mitleidige Blicke? Ich will sie nicht, ich brauche sie nicht. Colt kann mich in die Besinnungslosigkeit vögeln und mich dabei leer trinken, das ist mir recht. Warten, bis ich schlafe und mir das Blut aus den Venen abzapfen, bis ich verblasse, auch das wäre mir recht. Schmerzlos, schnell und sauber ist alles, was ich will.

Er legt seinen festen Finger auf meine Muschi und das geschwollene Fleisch löst in meinem Kopf einen Alarm aus, der Tornadosirenen gleicht. Mein Körper wurde verdreht, verformt, gerammt, gestoßen ... was auch immer es sein mag, Colt hat es in den letzten Stunden getan. Unersättlich. Er ist ein unaufhaltsamer, unersättlicher, unerschöpflicher Kraftprotz sexueller Fähigkeiten und er hat mich im Visier.

„Ich brauche eine Toilettenpause." Es ist das Erste, was mir einfällt, das mich retten kann. „Ich brauche Wasser und etwas zu essen, eine Dusche und ein paar Stunden Schlaf. Wenn du versuchst, noch einmal in die Heiligkeit meiner Muschi einzudringen, dann schwöre ich bei Gott, dass sie eine Festung mit einem verdammten Graben voller Alligatoren bauen wird. Zugang nur über die Zugbrücke, Colt, und diese verdammte Brücke wird um keinen Preis heruntergelassen."

Das selbstgefällige Arschloch hat die Frechheit zu lachen. Ich denke vage darüber nach, mich auf den Rücken zu rollen und ihm die Belustigung aus seinem teuflisch attraktiven Gesicht zu schlagen, aber ich habe nicht die Kraft dazu. Die letzten Reste meines Kampfes haben sich irgendwann aufgelöst, als meine Füße neben meinen Ohren lagen und Colt seinen Schwanz bis zu meiner Lunge stieß.

„Ich habe meine hübsche Füchsin wohl zu hart geritten, was?" Er streichelt meine Schamlippen mit den Fingerspitzen, als würde das alles wieder gutmachen. Colts Stimme ist warm und geschmeidig wie heiße Melasse. Sein Singsang klingt so sanft wie einer der Idioten im spätabendlichen Radio, der alle Fans auffordert, einzuschalten und ihm zuzuhören – nur dass ich es bin, die ihm zuhört, und mein Zuhören ist nicht hören im traditionellen Sinn.

„Untertreibung des Jahrhunderts", schnaufe ich. Ich sollte

sehen, ob ich seinen *Aus*-Schalter finden kann und ihm eine ordentliche Ohrfeige verpassen, bevor er beschließt, den Nachmittag damit zu verbringen, meinen Körper noch mehr bezahlen zu lassen. „Ich weiß nicht, was in dich gefahren ist, *Sir*, aber um Gottes willen und um meinetwillen, kühle deine Sexdüsen."

„Sexdüsen, was?" Colts Stimme haucht über meine blank liegenden Nerven und verführt mein System. Er hat eine wunderbare Stimme, wenn er sie für gute Zwecke einsetzt. Wenn er wütend ist, wirklich wütend, ist sein Ton scharf genug, um Skulpturen aus einem Eisblock zu schneiden, aber wenn er entspannt und liebenswürdig ist, lässt er alles zu warmen … nassen … Pfützen dahinschmelzen. „Ich schätze, ich könnte eine kurze Pause erlauben."

Als er mich loslässt, fällt mein Körper nach hinten und rollt auf den Rücken, sodass ich völlig nutzlos in den feuchten, schweißnassen Laken liege. Ich kann von Glück reden, dass ich noch Flüssigkeit in mir habe – die stundenlangen, körperlichen Aktivitäten haben mir so ziemlich alles entzogen. Ich meine, die Hälfte der Zeit habe ich keine Verwendung für meine Brüste, aber normalerweise kann ich wenigstens behaupten, dass sie prall und fest sind. Heute nicht. Jetzt scheinen sie sich damit zu begnügen, schlaff zu beiden Seiten zu hängen, genauso ausgelaugt wie der Rest von mir.

Colt fährt mit einer Fingerspitze von der Kehle zu meiner Klitoris über meine Mitte. „Geh dich duschen, Füchsin. Ich werde sehen, was ich an Essen für dich auftreiben kann, und dann denke ich, dass wir reden müssen."

Wir müssen reden. Möglicherweise die schlimmsten drei Wörter einer jeden Sprache, wenn sie in dieser Reihenfolge miteinander verbunden werden. Das warme, wohlige Gefühl von befriedigter Glückseligkeit entweicht aus meinen Füßen und wird durch Angst ersetzt. Stöhnend murmle ich: „Ist das mein Bekehrungsgespräch? Wobei du mir sagst, dass ich darüber nachdenken soll, was in den nächsten Tagen passieren und wie es sich auf mich auswirken wird."

„Das kommt meiner geplanten Rede verdammt nah, ja." Colt streicht sich eine dunkle Haarsträhne zurück, die über seine Augenbrauen hängt. Er ist nackt – meiner Meinung nach sollte er immer nackt sein – und sieht nicht schlechter aus, als bevor er mich den ganzen verdammten Morgen in die Matratze gefickt hat. Jetzt sieht er fast bedauerlich aus. „Etwas Schlimmes hat es auf uns abgesehen, Vi. Ich spüre es in meinem Inneren. Es gibt kein Zurück und keinen Weg, es von uns abzulenken. Was auch immer passieren mag, es kommt direkt auf uns zu."

Ich schätze, wir reden jetzt darüber. Nicht die beste Idee, wenn meine Augenlider schwer wie Bleigewichte sind und unbedingt zufallen wollen. Das ist wahrscheinlich die Zusammenfassung meines bisherigen Lebens – dies ist das wichtigste Gespräch *überhaupt* und ich verschlafe es fast. „Ich habe es verstanden. Das Leben, so wie wir es kennen, kommt zum Stillstand und wir werden den morgigen Abend vielleicht nicht überleben, *bla bla bla*." Ich gähne mich durch die *blas*. Ich registriere die Worte, die aus meinem Mund kommen, kaum. „Wenn du glaubst, dass es das Richtige ist, mich ins Vampirland zu bringen, dann tu es. Du hast meinen Segen, Colt, oder was auch immer du von mir brauchst."

„Ich ... was?" Oh, er sieht so verdammt süß aus, wenn er verwirrt ist. „Einfach so?"

Ich strecke mich und versuche, eine kühle Stelle im Bett zu finden, auf der ich mich winden kann. Meine Haut ist zu warm und strömt die Hitze nach unserem Beischlaf in Wellen aus. Ich zucke mit den Schultern und blinzle ihn durch die Schlitze meiner zusammengekniffenen Augen an. „Du hattest tagelang Zeit, mir wehzutun, Colt. Ich glaube, das Schlimmste, was du getan hast, ist mir Angst zu machen, obwohl ... Wenn du deinen Schwanz noch einmal in die Nähe meines Arschloch bringst, ist es vorbei, Kumpel." Der letzte Teil ist eine Warnung, weil ich nicht will, dass er meinen armen, missbrauchten Hintern als selbstverständlich ansieht. Analsex? Nicht gerade die abscheuliche, quälende Erfahrung, die ich erwartet hatte. „Also ja, einfach so. Solange du mir versprichst, dass du es bist, der mich verwandelt. Und dass du mir nicht sagst, wann, kannst du es machen. Wer sagt denn, dass Romantik tot ist?"

Colt setzt sich neben mich und legt seine Hand auf meinen Oberschenkel. „Dazu gehört ein wenig mehr als ..."

„Du beißt mich, saugst mir das ganze Blut aus dem Körper und gibst mir dann etwas von deinem. Vienna, die Sterbliche, verstirbt leise in den Armen ihres Vampirgeliebten und erwacht als Vienna, die Vampirin, neu. Diese Alliteration muss man einfach lieben", sage ich mit schnaufendem Gelächter und beende es mit einem leisen Schniefen. Das Gespräch soll verdammt sein, ich bin müde und will schlafen. „Vienna, die Vampirin. Superheldin ... oder Superschurkin?"

Das Letzte, was ich sehe, ist Colt, der immer noch ratlos schaut und den Kopf schüttelt, bevor ich endlich dem Schlaf erliege.

* * *

ALS ICH AUFWACHE, ist alles anders.

Buchstäblich.

Das Bettzeug? Sauber.

Ich? Sauber, und ich rieche ziemlich lecker.

Ich erkenne den Duft auf meiner Haut. Nicht länger Sex, Schweiß und Colt, sondern der süchtig machende Duft seines Duschgels. Ich hebe meine Hand, fahre mit den Fingern durch mein Haar und stelle fest, dass es leicht feucht und verfilzt ist. Der sentimentale Drecksack hat mich geduscht, während ich schlief, was mir sagt, dass der Vampir etwas für mich übrig hat – oder seine empfindliche Nase konnte meinen Geruch keinen Moment länger ertragen. Ich weiß nicht, wie ausgeprägt sein Geruchssinn ist, aber ich nehme an, dass er ziemlich scharf sein muss.

Ich fordere meine Beine auf, sich zu bewegen, und bin froh, dass sie noch funktionieren. Die Muskeln in meinen Oberschenkeln und meiner Hüfte schreien mich an. Sie sind offenbar über ihre Grenzen hinaus belastet worden, aber ich bin erleichtert, den Schmerz zu spüren. Colt meint es gut, wenn er mich mit seinem Blut füttert, das weiß ich. Ich will nur nicht zu einer Person werden, die sich für unbesiegbar hält, obwohl sie es nicht ist. Dieser Weg birgt Gefahren, vor allem, wenn Colt nicht da ist, um meine Behauptung zur Wahrheit zu machen.

Mein Kopf rollt zur Seite und ich verziehe die Lippen beim Anblick des *echten verdammten Essens,* das auf einem Teller neben mir auf dem Nachttisch steht. Nichts vom Feinschmecker, nur ein Käsebrot, ein paar Chips und eine Handvoll Schokoladenkekse. Kein Gourmetessen, nein, aber in meinen Augen ist es das Essen einer Königin. Mein Magen stimmt dem vollkommen zu.

Colts Schlafzimmer ist still und leer. Ich nutze die Ruhe, um mich aufzusetzen und gegen die weichen Kissen an meinem Rücken zu lehnen, dann balanciere ich den beladenen Teller auf meinen angewinkelten Knien. Mir läuft das Wasser im Mund zusammen, bevor das Brot in Bissnähe ist. Innerhalb weniger Minuten ist der Teller leer, mein Bauch ist voll und ich döse leise vor mich hin, während ich in der Flut der Zufriedenheit treibe.

Ich nehme an, dass Colt sich auf der anderen Seite der Kellerräume aufhält und sich um die Dinge kümmert, die er vor Einbruch der Dunkelheit erledigen muss. Daher bin ich schockiert, als ich höre, wie sich die Tür zum Lagerhaus öffnet und Füße mit selbstbewussten Schritten die Metallstufen hinunterlaufen. Sie sind zu sicher, um ein Eindringling zu sein. Es kann sich nur um Colt handeln, aber was zum Teufel hat er dort oben gemacht?

„Oh, gut, du bist wach. Gerade rechtzeitig."

„Rechtzeitig wofür … Was zum Teufel hast du getan?" Starren ist so unhöflich, aber ich kann nicht anders. Die Gestalt, die die letzte Stufe hinunterkommt, bewegt sich und klingt wie der Liebhaber, an den ich mich erinnere. Aber er sieht ganz sicher nicht wie er aus.

Sein Haar hat sich drastisch verändert, es reicht nicht länger bis an seine Schultern. Ich war noch nie ein Mädchen, das auf lange Haare bei Männern stand, aber Colt kann es wirklich tragen. *Konnte* es tragen, sollte ich sagen. In diesem Moment möchte ich meine Finger in all das kurze, stachlige Haar schieben und spüren, wie es meine Handflächen kitzelt.

Das schlanke Gesicht, das ich so sehr liebe, hat jetzt eine mörderische Schärfe, ohne von den längeren Strähnen gemildert zu werden. Seine Augen sind braun und gold, so gelbbraun und lebendig. Er ist ganz und gar zu einem Raubtier geworden und ich glaube, ich weiß auch warum. „Es ist schon dunkel, nicht wahr?"

Das letzte Mal, als er sich mit Antoine getroffen hat, einem der Verbrecher, die in den Rh-Null-Handel verwickelt sind, trug Colt einen Anzug. Heute Abend nicht. Wenn er plant, sich noch einmal mit ihm zu treffen, ist Colt für einen verdammten Krieg gerüstet. Würde sich mein Körper nicht so anfühlen, als hätte ich heute Morgen zehn Runden auf einem Rodeo-Bullen verbracht, wäre ich bereit, aufzusatteln und mit einem Schwert in der Hand auf diesem Bösewicht in die Schlacht zu reiten.

Er trägt schwere, schwarze Stiefel, die Art mit den dicken Sohlen und den Stahlkappen an den Zehen. Sicherheitsschuhe. Das ideale Schuhwerk für einen Krieger auf einer Mission. Darüber trägt er eine schwarze Jeans, die gerade eng genug ist, um jeden Muskel unterhalb seiner Taille zu betonen. Außerdem trägt er einen Militärgürtel und eine Lederjacke, die dem Ensemble eine gefährliche Aura verleihen. Vor allem, weil sein schwarzes Hemd bis zum Kragen zugeknöpft ist.

Schwarz steht diesem Biest gut.

„Gehen wir auf eine Aufklärungsmission?", frage ich leise und lecke mir über die Lippen. Die Welt mag kurz davorstehen, mir um die Ohren zu fliegen, aber ich werde dem Mann, der sein Bestes tut, um die Katastrophe abzuwenden, meine verdammte Wertschätzung zeigen.

Colt reibt sich mit der Hand über das Kinn. „Ich habe heute Abend ein Treffen mit Antoine angesetzt. Eigentlich hatte ich vor, ihn morgen zu konfrontieren, wenn die Lieferung eintrifft. Ich wollte die Lieferung als Tarnung nutzen, aber ich habe noch einmal mit Lucius gesprochen und wir haben den Plan überarbeitet. Ich kann ihn nicht töten und ungeschoren davonkommen, wenn ich mir Sorgen um Menschen machen muss. Es scheint, dass Selene wegen der Behandlung der Lieferung ein Machtwort gesprochen hat, und sie als Köder zu benutzen oder sie als Snacks dort zu lassen, gefällt ihr nicht."

„Da muss ich ihr recht geben. Immerhin bin ich eine von denen, die dazu bestimmt sind, ein Zuchtsnack zu werden."

„Dazu wird es nicht kommen. Ich bringe dich zu Lucius und Selene. Sie werden sich während der Verwandlung um dich kümmern, bis ich aus Phoenix zurückkomme."

„Die Verwandlung … ah." *Heute* Nacht ist es also so weit. Jetzt wünschte ich, ich hätte mir mit dem belegten Brot und den Keksen Zeit gelassen und die Chips mehr genossen. Das hätte ich auch getan, wenn ich gewusst hätte, dass es buchstäblich meine letzte Mahlzeit wäre. „Was …

passiert eigentlich genau während des … Verwandlungs-
prozesses?"

Colt seufzt und hockt sich auf die Bettkante. Seine Hand
ist kühl, als er nach meiner greift, und ich frage mich, ob er
sich warm anfühlen wird, wenn ich so bin wie er oder
weiterhin kalt. „Du hast den Nagel zuvor bereits auf den
Kopf getroffen, Vienna. Ausbluten, gefolgt von einem angemessenen Austausch meines Blutes. Du wirst das Bewusstsein verlieren, bevor das geschieht. Es kann Komplikationen
geben; manchmal funktioniert der Prozess nicht. Wenn es
klappt, bist du für die Dauer schmerzfrei und fühlst dich wie
neugeboren, wenn du aufwachst."

„Und wenn es nicht klappt?"

Sein Gesichtsausdruck wirkt so verloren, dass mir die
Tränen in die Augen steigen und es mir die Kehle zuschnürt.
Ob man es glaubt oder nicht, er macht sich tatsächlich
Sorgen. „Lucius wird dich bitten, ein Formular auszufüllen,
wenn wir im Club Toxic sind. Er und Selene werden dich
von dort zu ihm nach Hause bringen – wir können nicht
direkt von hier dorthin fahren, falls wir verfolgt werden.
Wenn deine Schöpfung fehlschlägt, wird er deinen Körper an
den Ort zurückbringen, den du auf dem Formular angegeben
hast. Das ist nichts, was wir normalerweise als Spezies tun,
vor allem, weil Lucius unautorisierte Verwandlungen miss-
billigt. Aber ich habe ihn gebeten, dies als Gefallen zu tun.
Ich nehme an, dass du nach Hause willst, falls etwas
schiefgeht."

Zu Hause ist der letzte Ort, an dem ich sein möchte. Ich
liebe meine Eltern und ich bin sicher, wenn sie jemals die
Köpfe von ihren Laptops und Tabellenkalkulationen heben,
denken sie liebevoll an mich. Sollte es schiefgehen, wie Colt
es so treffend formuliert, werden sie trauern. Sie werden
meine Leiche in der Familiengruft in Chicago begraben, ein
weiterer nutzloser Grabstein neben dem restlichen staubigen

Zeug, das im Laufe der Zeit in Vergessenheit gerät. Und dann werden sie wieder zur Tagesordnung übergehen.

Ich zupfe mit den Fingern an den Laken. „Ich will nicht zurück nach Chicago, Colt. Wenn es schiefgeht – und so wie mein Leben in letzter Zeit gelaufen ist, *wird* es schiefgehen – schick mich bitte nicht nach Hause. Dort gibt es nichts für mich, niemanden, der sich an mich erinnern würde. Ich würde lieber hier begraben oder verbrannt und in der Wüste verstreut werden.“

Es sollte sich morbid anfühlen, über meine Vorlieben zur Beseitigung meiner Leiche zu diskutieren. Es ist definitiv unwirklich, zu wissen, dass ich Notfallpläne für den Fall mache, dass mein Versuch, ein Schatten der dunklen Seite zu werden, scheitert. Als Kinder wird uns beigebracht, dass es in der Dunkelheit Monster gibt, und je älter wir werden, desto mehr werden wir zu dem Glauben erzogen, dass es sich bei diesen Monstern nicht um Überlieferungen und Legenden handelt, sondern um menschliche Raubtiere. Mörder, Pädophile, der Abschaum der Menschheit.

Trotz allem, was ich in den wenigen Tagen seit meiner Begegnung mit Colt gesehen habe, gibt es einen winzigen Hauch in mir, der an dem Vampir zweifelt. Vielleicht war das alles nur eine verrückte Halluzination, die von dem Grasrauch herrührt, den ich dank des kleinen Autodiebes eingeatmet habe. Vielleicht liege ich immer noch am Straßenrand und bin so high, dass ich aus meiner Umlaufbahn gestoßen wurde. Ich träume von heißen Vampiren, einem weltweiten Menschenhändlerring und davon, mich zu opfern, damit mein Körper nicht in die falschen Hände gerät.

„Meine kleine Füchsin, dein Wunsch ist mir Befehl. Was immer du von mir verlangst, ich werde es tun, aber wir werden es nicht vermasseln. Lucius ist der erfahrenste Vampir, den ich kenne, wenn es darum geht, neue Vampire zu schöpfen. Ich würde dich nicht in seine Hände geben, wenn ich nicht wüsste, dass er der Einzige ist, der dich heil durch diese Sache bringen kann."

Heil und tot. Nun ja, hoffentlich lebendig tot, sprechend und mich bewegend, ansonsten einfach nur tot. „Und du gehst auf eine Mordmission, während ich dahinvegetiere und mich von einem Allesfresser zu einem waschechten Fleischfresser verwandle? Was passiert, wenn du am Ende derjenige bist, der ermordet wird?" Der Gedanke an Colts Ableben schmerzt mehr, als ich es für möglich gehalten hätte.

„Darüber machen wir uns keine Gedanken. Es ist ein Job, der schnell erledigt ist. Ich bin wieder in Tucson, bevor du es merkst."

„Colt, behandle mich nicht wie eine Idiotin. Du hast einen Plan."

„Also gut. Wenn ich sterbe, wird Lucius dich aufziehen. Er und Selene werden deine Familie und dir alles beibringen, was du zum Überleben brauchst. Du bist nicht dumm. Ganz im Gegenteil. Die Welt wird dir zu Füßen liegen, aber mein König und seine Königin werden dich unter ihre Fittiche nehmen, solange du sie brauchst." Colt hebt meine Hand an seine Lippen und dann an seine Stirn. „Wenn der heutige Abend nicht nach Plan verläuft und ein Krieg droht, bleibe bei Lucius. Er steht in dieser Sache auf der richtigen Seite. Er ist derjenige, der versucht, Vadims Operation zu stoppen. Vielleicht ist er der Einzige, der es kann."

„Der Russe hat Angst vor ihm."

„Er tut so, als hätte er keine, aber ja, Lucius ist Vadim ein Dorn im Auge. Es gibt eine Menge Vampire auf der Welt, die Geld haben – man muss schon sehr dumm oder verdammt spielsüchtig sein, um es zu Lucius' Alter zu schaffen, ohne ein Vermögen anzuhäufen. Vadim hat sich eine Armee zugelegt, weil er weiß, dass er eine braucht, wenn er die USA übernehmen will. Was er nicht weiß, ist, dass Lucius zwar keine Verwendung für eine Armee hat, aber das bedeutet nicht, dass er nicht schneller eine aufstellen kann, als Vadim seine Soldaten auf amerikanischen Boden bringen könnte. Und nicht nur Vampire. Lucius hat seine Finger in vielen übernatürlichen Geschäften und es gibt eine ganze Reihe von Sektenführern, die im Namen des Königs ihren Hut in den Ring werfen würden. Wenn Vadim und Antoine Krieg wollen, werden sie bekommen, wonach sie verlangen, und zwar zehnfach."

Der Gedanke daran ist einfach zu beängstigend. Ein Krieg an sich macht den meisten Zivilisten Angst. Nicht nur die Tatsache, dass er das Leben, so wie wir es kennen, verändern kann, sondern auch der Verlust von Leben, die Bedrohung durch Bombenabwürfe und Soldaten, die mit Maschinengewehren durch die Straßen stürmen … nicht zu wissen, wen wir verlieren werden und wann … sich zu fragen, ob es besser ist, zu sterben, als das zu überleben, was kommt, wenn der Feind gewinnt.

Aber ein Krieg zwischen übernatürlichen Kräften? Zwischen Vampiren und Wandlern und was zum Teufel es dort draußen sonst noch so gibt, das sich in die Haare kommt? Es wäre nicht nur Asche, die am Tag des Jüngsten Gerichts die Straße bedeckt. Das Blut der Unschuldigen würde die Gossen verstopfen und in roten Strömen fließen. Ich habe keine Ahnung, was das *Übernatürliche* im Großen und Ganzen wirklich alles umfasst. Vampire sind offensichtlich real und es wurde von Wandlern gesprochen, also muss ich annehmen, dass auch sie auf der Liste der völlig realen Dinge stehen, aber es muss doch noch mehr geben, nicht wahr?

„Welche Art von Sekten?", frage ich zögerlich, da ich nicht so recht sicher bin, ob ich wissen will, was sonst noch neben einer ahnungslosen sterblichen Gesellschaft existiert. Wenn Colt verrückte Riesenspinnenmenschen oder irgendeine

Variante von überproportionalen, exoskelettartigen Wesen erwähnt, bin ich raus. Ich kann nicht weiter in dieser Welt existieren, wenn ich weiß, dass hier riesige Käferleute herumlaufen.

„Hmm. Ich habe keinen Zugang zu Lucius' Kontakten. Die meisten Sekten ziehen es vor, Stoff von Legenden und Überlieferungen zu bleiben, um einen Hauch von Geheimnis zu bewahren. Wenn ich mich recht erinnere …" Colt kneift gedankenversunken die Augen zusammen und sieht mit seiner kleinen Stirnfalte verdammt niedlich aus. „Die Djinns haben nicht wirklich eine Basis, es geht ihnen nur darum, mit dem Universum eins zu sein. Vampire und Gestaltwandler gibt es weltweit, wie du weißt. Ich bin mir nicht sicher, ob die Kobolde kämpfen werden; sie können widerspenstige kleine Scheißer sein, und verdammt stur. Lucius müsste sie erst einmal unter seine Gewalt bringen, damit sie in den Krieg ziehen."

„Kobolde sind irisch", erinnere ich ihn mit einer hochgezogenen Augenbraue. „Sie leben in Irland, wo alles grün und nass ist."

„Nicht alle von ihnen. Vor ein paar Jahrhunderten gab es einen großen Familienstreit. Eine Meinungsverschiedenheit darüber, wer den Goldtopf am Ende des Regenbogens verloren hat." Er zuckt bei ihrer Geschichte selbstverständlich mit den Schultern. „Lange Rede, kurzer Sinn, die Hälfte von ihnen wanderte nach New York aus, ins Land der irischen Bars und des Whiskys. Sie haben sich geschworen, nicht in die Heimat zurückzukehren, bis das Gold gefunden wurde. Soweit ich weiß, ist es immer noch nicht aufgetaucht."

Ich kann mir ein schnaubendes Lachen nicht verkneifen, auch wenn ich mich bemühe, es zu unterdrücken. „Die Kobolde waren sauer und sind abgehauen?"

„Ja. Wenn man sich an ihrem Gold vergreift, machen sie

sich anscheinend ins Höschen." Er grinst verrucht und wir amüsieren uns einen Moment. „Es gibt eine kleine Gemeinde von Seelensammlern in Ohio, die Lucius treu ergeben sind, und ich meine mich an eine kleine Feenkolonie in Florida zu erinnern, aber ich kann mich auch irren. Die Welt ist eine übernatürliche Auster, kleine Füchsin, und jede Perle ist anders. Schließe nichts aus, nur weil man dich nicht in diesem Glauben erzogen hat."

Ernsthaft? Wenn er mir nach den letzten Tagen erzählt, dass es in Montana Drachen gibt oder dass es eine plötzliche Vermehrung von Elfen gab, dann werde ich seine Behauptungen garantiert nicht abtun. Ich fühle mich verloren und kein bisschen allein, als er meine Hand loslässt und für meinen Geschmack viel zu ernst schaut, bevor er seine Uhr prüft.

„Alles wird gut", beruhigt er mich. „Wir müssen diese Sache nur durchstehen, du und ich."

Ich atme leise und schließe meine Augen. Er muss die Worte nicht aussprechen, aber ich tue es. „Das ist eine subtile Art, mir zu sagen, dass ich meinen Arsch aus dem Bett schwingen und mich bewegen soll, Colt. Ich will deine Seifenblase nicht platzen lassen, aber ich habe keine Klamotten und wir haben kein Auto. Ich werde mich nicht nackt vor vampirisches Königtum stellen, egal ob du zum Club mit mir verschwimmst oder nicht."

„Nacktheit stört Lucius nicht. Aber ich habe ein paar Telefonate geführt, während du Dornröschen gespielt hast. Es gibt ein paar neue Kleider im Schrank, saubere Unterwäsche in den Schubladen – obwohl es mir lieber wäre, wenn du keine tragen würdest – und uns steht ein altes, aber fahrbares Auto zur Verfügung." Mein Liebhaber streicht mir über die Stirn und schiebt mir mit einem Finger eine verirrte Haarsträhne aus den Augen. „Ich habe etwas Schlimmes getan, dich hier mit hineinzuziehen. Ich verstehe das, ich akzeptiere es, aber ich würde trotzdem alles wieder genauso tun, nur um dich hier zu haben."

„Ich bin mir ziemlich sicher, dass ich dich lassen würde." Ich habe mich damit abgefunden, aus meinem gemütlichen Nest zu kriechen, schlage die Decke zurück und schwinge meine Beine über die Bettkante. Selbst in der Tiefe des Lagerhauses macht sich die tödliche Hitzewelle bemerkbar. Ich spüre nichts Kühles an meiner Haut nur den überhitzten Kuss, der die höllischen Temperaturen widerspiegelt, die oben auf uns warten. „Ich bin keine Fashion Queen, Colt, aber bitte sag mir, dass ich heute Abend nicht in einem geblümten Kleid sterben werde oder …"

Er lacht verdrießlich. Nicht ganz der Ton, den ich mir von meinem Witz erwünscht hatte, aber immerhin etwas. „Ich hätte dich auch nicht für jemanden gehalten, der Blumen oder Rüschen mag. Ich persönlich finde, dass du total klasse aussehen wirst. Aber ich bin voreingenommen. Ich wäre selbst dann dazu geneigt, dich zu ficken, wenn du eine Kette von Büroklammern tragen würdest, die aneinandergesteckt wurden."

Nun, das macht mich neugierig. Diese Vorstellung spricht die Künstlerin in mir an, das muss ich zugeben. Ich nehme kaum Notiz von Colt, als er weggeht; weil ich zu sehr damit beschäftigt bin, die Büroklammerkette über meinen metaphorischen Körper zu ziehen. Vielleicht schiebe ich das Unvermeidliche vor mir her, indem ich meine letzten Minuten oder Stunden nur ein paar Sekunden länger hinauszögere. So wie der Zeitplan in meinem Kopf abläuft, denke ich, dass Colt kurz nach unserer Ankunft im Club anfangen wird.

Er hat eine lange Fahrt nach Phoenix vor sich und nur ein kleines Zeitfenster, um sein Ziel für den Abend zu erreichen, wenn er es vor Sonnenaufgang zurück nach Tucson schaffen will. Ich denke, einen Vampir zu ermorden, sollte nicht lange dauern – man braucht keine Leiche zu entsorgen oder einen Tatort zu säubern. Aber wie die letzte Nacht bewiesen hat, haben sich Leute und das Schicksal gegen uns verschworen.

Es ist beunruhigend zu wissen, dass ich tot sein werde, wenn Colt loszieht, um den Attentäter zu spielen. Tot und während meine körperliche Gestalt Veränderungen durchmacht, von denen ich keine andere Vorstellung habe als: *Grrr, ich habe Lust, dein Blut zu trinken.* Ich hoffe irgendwie, dass ich ein paar Zentimeter wachsen werde, aber das wird wohl nicht passieren. Ich bin mir ziemlich sicher, dass Vampirismus keine Art Voodoo-Dünger ist.

Ein sanftes Gewicht landet auf meinem nackten Schoß. Der kleine Kleiderhaufen erscheint lautlos genau wie Colt. Er streicht mit seinen Fingern über meinen Kopf und fragt: „Hast du Zweifel?"

Ich schüttle langsam den Kopf und denke über die Frage nach. Ist es das, was ich fühle? Ich, die auf dem Höhepunkt einer Hitzewelle kalte Füße bekommt? Es ist möglich, denke ich. Ich kenne den Grund dafür, warum ich mich von Colt wie einen Milchshake benutzen lasse und meine biologische Struktur unwiderruflich verändere, und ich bin mit den Schritten einverstanden, die wir unternehmen. Ich habe absolut keine Lust, mit den Füßen in Steigbügeln auf einer Zuchtbank festgeschnallt zu werden und darauf zu warten, dass mich ein Rh-Null-Bulle besteigt, mich schwängert und das Zuchtprogramm des Russen am Laufen hält.

Sosehr ich mir vorstelle, dass ich kämpfen und den Arschlöchern die Hölle heißmachen würde, wenn sie mich gefangen nähmen, am Ende würden sie mich doch brechen. Es könnte Monate oder Jahre dauern, aber sie würden es tun. Vergewaltigung, Schwangerschaft und Geburten in einem sich ständig wiederholenden Zyklus würden reichen, um die stärkste Seele zu zerbrechen, wenn sie oft genug damit konfrontiert wird. Ein Kind zu gebären und zuzusehen, wie es weggenommen wird, weil man weiß, dass es nur einem von zwei Zwecken dient? Der Gedanke reicht aus, um mich die Fäuste ballen und mein Temperament auflodern zu lassen.

Stellt euch nur einmal vor, wie ich wäre, wenn meine Gedanken Wirklichkeit würden.

„Ich denke nur nach", sage ich zu Colt und lege die Kleidung auf das Bett. Es gibt keinen BH und kein Höschen. Das Halterneck-Top ist verdammt cool. Es ist leuchtend rot und wird an der Rückseite im Nacken mit Bändern zusammengehalten, die sich leicht öffnen lassen – man kann schnell erraten, warum er gerade dieses Oberteil gewählt hat. Ich bin nicht sonderlich beeindruckt von der engen, schwarzen Jeans, die er ausgesucht hat, da sie nach wenigen Minuten schweißnass an meinen Beinen kleben wird, aber im Großen und Ganzen ist das nur ein kleines Problem. Zumindest werde ich auf meinem Sterbebett heiß aussehen. „Ich denke nur nach."

Er schiebt seine Finger in mein Haar und massiert meine Kopfhaut. „Niemand würde es dir vorwerfen, wenn du nicht sterben willst, Vi. Wir waren alle einst Menschen und wir wissen, was du aufgibst. Du kannst Nein sagen."

„Meine Möglichkeiten sind begrenzt. Als Mensch weiterzuleben und ständig geschwängert zu werden, gefoltert von untoten, russischen Männern, die nur mein Blut wollen, bis ich nutzlos werde – das ist nicht wirklich das, was ich mir für meine Zukunft vorgestellt habe, weißt du? Wenigstens habe ich auf diese Weise zu einem gewissen Grad die Kontrolle über das, was passiert. Nicht viele Menschen können sich aussuchen, wann sie sterben", erkläre ich mit einem nervösen Lachen, als ich die Jeans schüttle.

Er schließt seine Finger zu einer Faust in meinem Haar und reißt meinen Kopf in einer dominanten Bewegung zurück, die mir den Atem raubt. Nicht nur wegen des

Schmerzes. Er packt mein Haar entschlossen und doch fühlt es sich an, als würde er meinen Schädel zärtlich umschließen. Der Kontrast zwischen den beiden ist einfach perfekt. „Ich könnte dich aus dem Land schaffen. Ich habe Freunde in England, die dich aufnehmen und in Sicherheit bringen würden, bis wir hier alles geklärt haben. Kein Reisepass, kein Problem", fügt er schnell hinzu, als ich den Mund aufmache. „Wir können eine Frachtkiste ausstatten und es dir gemütlich machen, um dich nach England zu verschiffen."

„Das ist einfallsreich. Ich weiß den Gedanken sehr zu schätzen. Aber ich habe meine Wahl getroffen und bleibe dabei. Ich will nicht den ganzen Weg nach England in einer Umzugskiste fliegen, um bei irgendwelchen Fremden zu sein, während du für unsere Welt kämpfst. Ganz zu schweigen davon, dass es keine Lösung für das Problem ‚Ich habe goldenes Blut in meinen Adern' ist. Entweder ich ändere meine Blutgruppe oder ich sterbe, so einfach ist das."

„Ich verstehe schon. Ich habe nicht erwartet, dass du das Angebot annimmst." Sein Kuss ist wild; ich frage mich, ob er seine Zusage bereut, derjenige zu sein, der meine Tötung vollzieht. Ich wünschte, ich wäre mutig genug, stark genug, um auf diese Bedingung zu verzichten und ihn außen vor zu lassen. Lucius ist wahrscheinlich gut darin, potenzielle neue Vampire auszusaugen, aber ich will nicht, dass sein Blut in meinen untoten Körper fließt. Wenn ich wiedergeboren werde und zu etwas *Größerem* auferstehen soll, brauche ich Colt. Ich will, dass er diese Verbindung herstellt. Mein Blut ist in ihm, so wie seins in mir ist.

Nach den Gesetzen der Logik gehört unser Blut nicht mehr uns als Individuen.

Ich bin er und er ist ich.

Scheiße, jetzt will ich mir das aufs Handgelenk tätowieren.

„Ich verlasse dich nicht, Colt. Aber wenn ich mich nicht

anziehe, wird der ganze verdammte Schlamassel zu einem Riesenchaos anschwellen. Wir müssen Termine einhalten", erinnere ich ihn und drücke meine Fingerspitzen auf meine leicht geschwollenen Lippen. „Also lass mich die Dinge beschleunigen, bevor wir so weit in Verzug geraten, dass wir nichts mehr retten können."

Er geht davon und Unruhe schleicht sich in seine Bewegungen. Ich kenne seine Körpersprache inzwischen gut genug, um zu erkennen, was sie bedeutet. Er reibt sich den Kiefer, ballt die Fäuste. Sein kräftiger Körper scheint im schummrigen Licht zu beben, als ich aufstehe und mich in die enge Jeans presse.

Ist er nervös, weil er mich umbringen wird?

Gott, ich hoffe nicht. Ein kurzes Aufbäumen meiner eigenen Nervosität lässt mich meine Hand auf meinen Magen drücken. Ein nervöser Vampir macht Fehler; ich kann es mir nicht leisten, dass Colt auch nur einen Hauch unsicher ist, wenn er das hier tut. Mein Leben liegt buchstäblich in seinen Händen und ich muss darauf vertrauen, dass er es mir nehmen und wieder zurückgeben kann. Ich meine, wenn ich *sterbe*-sterbe, verliere ich nicht viel. Ich hatte wirklich ein paar gute Jahre. Ich kannte weder Hunger noch echten Schmerz. Ich kann mich nicht daran erinnern, schlecht behandelt oder nicht geliebt worden zu sein. Es war ein besseres Leben, als es manchen Menschen auf dieser Welt vergönnt ist.

Ich knöpfe die Jeans zu, schlüpfe in das Neckholder-Top und achte darauf, ordentliche Schleifen zu binden. Ich möchte mir keinen *faux pas* vor dem König leisten, indem ich meine Brüste zu einem unpassenden Zeitpunkt offenbare, nicht wahr? Ganz sicher nicht. Ich wühle meine Zehen in den Teppich und mir wird klar, dass Colt mir weder Socken noch Schuhe gegeben hat. „Soll ich heute Abend barfuß gehen, Sir?"

„Was?" Colt dreht sich um. Sein Gesichtsausdruck wirkt merkwürdig. Ich habe das Gefühl, als hätte ich ihn mitten in einem tiefen Gedankengang unterbrochen. Vielleicht bin es nicht ich, die Zweifel hat. „Füße, richtig. Du brauchst etwas an deinen Füßen." Er schaut immer noch ausdruckslos, als fühle er sich verloren. „Natürlich." Er geht ohne ein weiteres Wort davon und lässt mich verwirrt und etwas verblüfft allein.

Leistungsdruck? Es kann nicht leicht sein, jemanden vor seinem Boss zu töten. Vielleicht gibt es eine bestimmte Etikette, wenn man jemanden in eine blutleere Hülle verwandelt. Bekommen sie Extrapunkte, wenn sie kein Blut sichtbar vergießen? Gibt es Punktabzug, wenn der Mensch schreit? Ein Schulterklopfen für das Teilen der Beute?

Verdammt, böse Vienna. Nicht der beste Zeitpunkt, um mich über die Logistik des Sterbens in einem Vampirnest verrückt zu machen.

Mein Entführer kommt einen Moment später zurück. In der einen Hand hält er ein zusammengerolltes Paar Baumwollsocken und in der anderen ein Paar schwarzer, glänzender Stiefel wie seine. Zum Glück scheint er wieder er selbst zu sein. Dieser Colt hat in den wenigen Minuten seiner Abwesenheit sein Selbstvertrauen zurückgewonnen und ist wieder der dominante, eingebildete Drecksack, in den ich mich irgendwann auf diesem verrückten Trip verliebt habe. „Hier, bitte sehr. Nicht das ideale Schuhwerk für dieses Wetter, aber ich finde das schwere Gewicht an meinen Füßen beruhigend. Wenn wir in Schwierigkeiten geraten, weiß ich, dass du damit perfekten Schutz für deine Zehen hast. Ziel auf die Eier", rät er mit einem schiefen Grinsen. „Stahlkappen sind die ideale Waffe gegen Hodensäcke."

Es ist lächerlich, aber diese Vorstellung reicht aus, um mir ein schnaubendes Lachen zu entlocken. Ungefähr so elegant und damenhaft wie ein Nilpferd in Ballettschuhen, das

Kokain durch einen Strohhalm zieht, möchte ich hinzufügen. Seht ihr, wie stilvoll ich bin, wenn ich überrascht werde. Aber wer würde die Vorstellungen von Stahlkappen, die mit einem paar Hoden Pingpong spielen, nicht amüsant finden?

Ich fange die Socken auf, als er sie mir zuwirft, wickle sie aus und lasse die weiche, kühle Baumwolle durch meine Finger gleiten. Wenn ich das morgen wieder tue, werden sie sich dann noch genauso anfühlen? *Fühlt* sich Weiches weich an, wenn man untot ist? Riechen die Dinge immer noch gleich? Ich stelle mir immer wieder diese Fragen, ohne die gleichen Antworten zu bekommen. Ich halte mich davon ab, noch mehr zu fragen, als ich mir die Socken anziehe und die Stiefel aus Colts ausgestreckter Hand entgegennehme.

Ja, sie sind schwer, das stimmt. Gute, solide Stiefel. Viel angemessener als die beschissenen Flipflops, die ich trug, als ich ihn kennenlernte. Die waren dünn genug, um das Laufen zum Fluch zu machen. Hoffentlich leiden sie in den Höllen-schlunden … oder irgendwo auf einer Müllkippe, wo sie zum Nichts verrotten. Ich hätte diese sadistischen kleinen Freaks der Natur verbrennen sollen.

Aber die Stiefel passen an meine Füße, als wären sie für mich handgefertigt worden. Das Leder quietscht ein wenig, als ich meine Knöchel rolle und prüfe, wie gut sie sitzen. Die Schnürsenkel sind geschmeidig und haben eine gute Länge. Ich hasse Stiefel mit Schnürsenkeln, die zu kurz sind, sodass man die verdammten Dinger kaum zubinden kann. Ich richte mich auf und gehe ein paar Schritte, um mich daran zu gewöhnen, dass ich mich mehr anstrengen muss, um meine verdammten Füße zu heben.

Ich schätze, es ist an der Zeit. Ich bin beeindruckend zurechtgemacht. Meine Kutsche wartet und mein Kutscher beobachtet mich mit vor der Brust verschränkten Armen. Vor ein paar Tagen habe ich ihn noch gehasst. Ich habe ihn auch gefürchtet, fast so sehr, wie ich ihn gehasst habe, weil er mir die Augen dafür geöffnet hat, was es wirklich außerhalb der Grenzen des menschlichen Wissens gibt. Dass wir nicht die mächtigsten Raubtiere dieser Welt sind. Wir zittern beim Gedanken an Atombomben, Krieg, Krankheitsausbrüche und Naturphänomene wie dem Wetter und Erdbeben wie Espenlaub. Doch gibt es noch eine ganz andere Dimension in dieser Welt, nämlich die der Spitzen-Raubtiere – der *wahrhaften* Raubtiere –, die uns Menschen im Vergleich wie Ameisen aussehen lassen. Wesen, die uns verschlingen können, bevor wir uns ihrer Anwesenheit unter uns überhaupt bewusst werden.

Verdammt, ich habe Colt mit einem Radmutternschlüssel in die Eier *und* ins Gesicht geschlagen. Zum Teil, um mich selbst zu retten, zum Teil, um ihm etwas von dem zurückzugeben, was er mir sicher antun wollte. Und zum Teil, weil ich ihn unbedingt in Stücke reißen wollte, weil er mir meine schöne friedliche Welt um die Ohren gehauen hat.

„Nun, ich finde, ich sehe verdammt heiß aus", sage ich mit einem Augenzwinkern. Mein vampirischer Liebhaber lässt sich davon nicht beeindrucken, seine Mundwinkel zucken nicht einmal. Seine Düsternis lastet auf meinen Schultern, hart und unpersönlich, aber ich gebe nicht auf. Ich versuche, dies nicht als die Nacht anzusehen, in der ich in einem Sarg lande, der vom Feuer verschlungen wird, bis nichts mehr von mir übrig ist außer Asche. Ich betrachte es wie ein halb volles Glas mit einem optimistischen Blick auf mein Schicksal. Heute Nacht ist die Nacht, in der wir etwas Gutes tun. Die Nacht, in der ich mehr werde als das, was mein Blut an Geldwert bedeutet. „Zum Anbeißen, findest du nicht auch?"

„Geradezu zum Vernaschen", stimmt Colt zu, der seine Arme jetzt entspannt an der Seite hängenlässt. Oh gut, der düstere Mann taut etwas auf, Stück für Stück. „Bereit?"

Seltsamerweise bin ich es. Ich strecke ihm meine Hand entgegen, ohne ein Anzeichen von Nervosität zu zeigen.

Kein Zittern, kein Beben, keine Zweifel. Ich bin ziemlich stolz auf mich, dass ich mit durchgedrücktem Rücken hier stehen kann und ihm zeige, dass er der Mann ist, dem ich vertraue, mich durch den Schatten des Tals des Todes und zur anderen Seite zu bringen. „Wie weit liegen wir hinter unserem Zeitplan?"

Jetzt verzieht er den Mund zu einem reumütigen Lächeln. „Weit genug, dass Lucius es für nötig halten könnte, mich wegen meiner Unpünktlichkeit an den Zehen aufzuhängen. Es ist schon in Ordnung", versichert er mir, als ich empört die Stirn runzele. „Lucius ist kein Idiot und er ist nicht gefühllos. Er weiß, was hier auf dem Spiel steht, was du opferst. Er hat extra Zeit eingeplant für den Fall, dass es zu einer größeren Verzögerung kommt."

„Technisch betrachtet", erinnere ich ihn, als er meine Hand ergreift und drückt, „habe ich geschlafen. Ich habe es nicht *hinausgezögert*, sondern wohl eher geträumt."

Colt führt mich die Treppe hinauf, schaltet das Licht aus, als wir vom Keller ins Lagerhaus gehen und schlägt dann die versteckte Tür zu, um sie zu verriegeln. Er verbringt sein Leben im Verborgenen. Sein Heiligtum ist von neugierigen Blicken verschlossen. Den wenigen Hinweisen, die er hin und wieder von sich gibt, habe ich entnommen, dass er sich bedeckt und in sich gekehrt verhält, weil er es muss. Als Diener des Russen und als Verbündeter des Franzosen muss er schützen, was ihm gehört.

Lucius braucht sich nicht zu verstecken. Viele Vampire leben in der Öffentlichkeit, in Häusern und Wohnungen. Sie haben ihre sicheren Bereiche, ihre Schlafbereiche natürlich, aber ich denke, dass Colts Doppelleben es erfordert, dass er wie ein Geist lebt. Ich meine, schaut euch die Sicherheitsvorkehrungen an. Es gibt menschliche Einrichtungen, die nicht die Hälfte der Maßnahmen erfordern, die er zu seinem Schutz getroffen hat.

Ich habe Mitleid mit ihm. Er hat fünfzig Jahre allein verbracht. *Fünfzig Jahre.* Das ist mehr als die Hälfte der natürlichen Lebensspanne eines Menschen. Allein. Um vorzugeben, jemand zu sein, der er nicht ist, um das Vertrauen der Verbrecher zu erlangen. Er hat sich auf ihre Pläne eingelassen, ohne den Menschen, die in dem tödlichen Netzwerk gefangen sind, helfen zu können. Und er kämpft darum, seine eigene Moral aufrechtzuerhalten. Wie viel Anstrengung erfordert das? Gruppenzwang kann nicht nur auf Menschen beschränkt sein.

Er ist durch die Scheiße gegangen, steckte bis zum Hals im Tod und weiß Gott was, um dem Russen ein Ende zu setzen. Wer weiß, ob die Operation überhaupt zum Stillstand kommt, wenn Colt der verantwortlichen Schlange den Kopf abschlägt? Organisationen von globalem Ausmaß haben in der Regel Notfallpläne für den Fall von Katastrophen. Ich kann mir vorstellen, dass Lucius und Colt – und wer auch immer sonst noch in die Existenz von Vadims kriminellem Verband eingeweiht ist – einen Plan haben, wie sie das restliche Lebenswerk des Russen auslöschen können, wenn die Tötung des Arschlochs es nicht sofort zum Erliegen bringt.

Ich hoffe, Lucius hat vor, Colt danach gehen zu lassen. Um den Franzosen und den Russen zu ermorden, braucht man Eier – und ich kann bescheinigen, dass er die hat, denn seine Eier sind hart wie Stahl – und er hat sich eine Pause von seinem Verbrecherdasein verdient. Fünf Jahrzehnte sind sicher genug Bestrafung. Ich verstehe, dass er für einige ein Held sein wird. Ein großer Teil der Bewegung, die einen psychotischen, russischen Menschenhändler zu Fall bringt und so viele Menschen wie mich rettet. Aber er wird auch eine riesige Zielscheibe auf dem Rücken haben, die den Rest der bösen Verbrecher direkt in seine Richtung lenkt.

Ich bin bereit, umzuziehen. Sobald Köpfe gerollt sind und die Flüche unserer Existenz zu Staub verfallen, bin ich dafür, unsere Scheiße zusammenzupacken – okay, Colts Scheiße zusammenzupacken – und verdammt noch mal aus Arizona zu verschwinden. Raus aus dem Stadtleben und weg von Vampirkönigen, die um Gefallen bitten, die jahrzehntelang dauern. Zeit allein, nur ich und er, inmitten irgendeiner gottverdammten Wildnis, wo wir tun können, was Vampire eben so tun. Den ganzen Tag wie Kaninchen zu vögeln, klingt verlockend.

Unsere Stiefel klingen laut auf dem Betonboden, als wir zum Ausgang gehen. Ich überlege, wie ich Colt davon überzeugen kann, dass es für uns beide von Vorteil wäre, die Stadt für eine Weile zu verlassen, und beschließe, dass ein Striptease und ihn zu reiten sicher ausreichen würden, um ihn zu überzeugen. Ich verziehe die Mundwinkel, als ich spüre, wie ich feucht werde. Dann stoße ich plötzlich mit meinem Liebhaber zusammen. „Hoppla!"

Er ist an der Tür stehen geblieben und hat sich von mir abgewandt. In meinem schwindelerregenden Zustand der Lust habe ich es nicht bemerkt. Als ich ihn anrempele, zieht er eine Augenbraue hoch. „Wir haben keine Zeit für Sex, Vienna. Sehr zu meinem Bedauern. Sobald sich diese Tür öffnet, weiß ich nicht, was passieren wird. Wenn Oberon uns heute Morgen hierher verfolgt hat, könnte er dort draußen auf uns warten."

Ein Schauer des Unbehagens läuft mir über den Rücken, bevor ich die Schultern durchdrücke und sie kreisen lasse. „Nun, dann wird er sich auf einen Kampf gefasst machen müssen, nicht wahr? Weißt du, ich könnte deinen Radmutternschlüssel jetzt wirklich gut gebrauchen."

10

___

Colt

ICH FANGE AN, zu glauben, dass meine Füchsin keinen Selbsterhaltungstrieb hat. Hin und wieder strömt mir ein Hauch von Angst entgegen, sodass ich weiß, dass sie die Bedrohung, die wie eine blutige Guillotine über unseren Köpfen hängt, nicht völlig aus ihrem Bewusstsein verdrängt. Aber abgesehen von diesen kurzen Duftschwaden hat sie keine Angst. Nicht vor mir und dem, was ich in etwa dreißig Minuten mit ihr anstellen werde. Nicht davor, ihre Sterblichkeit zu verlieren und ein Monster wie ich zu werden. Nicht einmal Vadim und Antoine können ihre Angstreaktion übermäßig anheizen, was höchst beunruhigend ist. Trotz all ihrer Tapferkeit ist sie ein Mensch. Sie ist eine Frau und sie ist zerbrechlich. Ich bin mir nicht sicher, ob sie begreift, was diese beiden Vampire – oder die tausend anderen, die sich buchstäblich gegenseitig dezimieren würden, um ihre schmutzigen Krallen an mein Mädchen zu bekommen – ihrem zerbrechlichen, sterblichen Körper antun könnten.

Der Schmerz, den sie ihr zufügen könnten … Sie hatten Jahrhunderte Zeit, zu üben, Menschen auseinanderzunehmen, Körper und Geist. Jahrhunderte, um ihre Techniken zu perfektionieren.

Vienna will, dass ich über ihre kleine Erinnerung lache, als ich sie aus dem Kofferraum meines Autos befreite und als Dankeschön eine Eisenstange gegen meinen Schwanz gerammt bekam. Ich wünschte, ich könnte ihr geben, wonach sie sucht. Die Wahrheit ist, dass sie eine Waffe braucht. Wenn sie entführt wird, muss sie in der Lage sein, sich zu verteidigen – ich glaube nur einfach nicht, dass sie die Chance haben wird, sich zu wehren. „Lass meine Hand nicht los, Vi. Wenn etwas passiert, steigst du in das verdammte Auto und verriegelst alle Türen. Steck den Schlüssel ins Zündschloss und verpiss dich von hier. Halte für nichts und niemanden an." Ich ziehe den Schlüssel aus meiner Tasche und drücke ihn ihr in die freie Hand. „Ich werde dich hinterher finden."

Sie umschließt den Schlüssel mit ihrer Handfläche. „Und wenn ich nicht weglaufen will?"

„Dieses Mal ist es mir egal, was du willst. Deine Sicherheit ist mir wichtiger als die Zerschlagung des Menschenhändlerrings. Es klingt bescheuert, jahrelange Arbeit wegzuwerfen, um einen Menschen zu retten, aber *das ist mir egal*. Du bist mein Mensch, der schlagende Teil eines Herzens, das vor sechshundertdreißig Jahren starb. Du gibst mir das Gefühl, lebendig zu sein. Du gibst mir das Gefühl, ein gottverdammter Mann zu sein. Und ich liebe dich mehr als das Leben selbst, also nein, es ist mir scheißegal, ob du weglaufen willst oder nicht. Das ist es, was du tun wirst."

Sie kneift die blaugrauen Augen zusammen und versucht, mich mit tödlichen, kleinen Pfeilen der Sturheit im Blick zu töten. „Nein."

„Um Himmels willen, Weibsbild, es ist ja nicht so, als

würde ich dir sagen, dass du nach dem Essen kein Eis kriegst." Ich knirsche mit den Zähnen, als ich mich umdrehe und die Haustür entriegele. Das Auto steht etwa fünf Meter entfernt und ich weiß genau, dass es die Stelle ist, die ich angeordnet habe, wo es abgestellt werden soll: unter einer Straßenlaterne mit verschlossenen Türen und eingeschalteter Alarmanlage. Wenn irgendjemand auch nur versucht, eine Radkappe abzunehmen, wird dieser Wagen kreischen wie der lauteste und nervigste Kanarienvogel der Welt. „Wenn du mir nicht gehorchst, wird dein Arsch so was von wund sein, Vi."

Meine schlaue, kleine Füchsin hat die Frechheit, die Augen zu verdrehen. Schade, dass ich keine Zeit habe, ihr eine kurze Kostprobe davon zu geben, was passiert, wenn sie sich meinem Wort widersetzt – sie scheint einen Auffrischungskurs zu brauchen. „Ja, mächtiger Master über allem, das er überschaut. Die Morgendämmerung wird kommen, bevor wir hier raus sind, wenn du nicht aufhörst, mich zu belehren."

„Ich habe dich gewarnt." In der Versuchung, mich zu kreuzigen, halte ich ihre Hand fester und schiebe die Tür einen Spalt breit auf, um in die Dunkelheit zu spähen und die Schatten zu beobachten. Nichts bewegt sich und keine Vampire stürmen die Tür. Vielleicht mache ich mir auch zu viele Gedanken und traue Obe mehr Verstand zu, als er tatsächlich hat. Aber mein Bauchgefühl ist schon seit Stunden unruhig. Mein Magen zieht sich zusammen, als ich hinausgehe und Vienna mit mir zerre, die Tür hinter uns schließe und sie verriegele, während ich sie zwischen meinen Armen halte. Mein Rücken wird alles abhalten, was auf uns zukommt, aber sie muss um jeden Preis beschützt werden. „Bleib dicht bei mir."

Ich kann ihr Herz in der Stille klopfen hören. Der Verkehr in dieser Gegend ist nachts minimal, aber ich höre den fernen Lärm der Autos und das Flüstern der Stimmen in der Luft. Ihr Herz ist stark genug, um das alles zu übertönen. Ein gleichmäßiger, unkomplizierter Rhythmus. „Du hättest mir Handschellen anlegen sollen, Sir. Was?", sagt sie und streckt mir frech die Zunge heraus. „Ich habe gesehen, was du alles in deinem Arsenal hast."

„Jetzt ist nicht der richtige Zeitpunkt", murmle ich, als ich sie über den Parkplatz schleife und sich jedes einzelne Haar an meinem Körper in Alarmbereitschaft aufstellt. Es gefällt mir nicht, dass sich bisher noch niemand blicken gelassen hat. Das ganze Drama heute Morgen, die Zerstörung meines Wagens, die kurze Verfolgungsjagd ... vielleicht versucht Oberon, mich aus dem Konzept zu bringen. Ich gebe es nur ungern zu, aber das könnte ihm auch verdammt gut gelingen. „Fast da, Vi. Bleib wachsam."

Ich verliere wohl mein Gespür – oder meinen Verstand, denke ich, als wir es ohne Zwischenfall zu dem ramponierten Ford schaffen. Ich hasse es, so paranoid zu sein und darauf zu warten, dass die Bombe platzt und mein Hirn in alle Richtungen spritzt. Ich kann mir nicht einreden, dass ich töricht bin, wenn ich weiß, dass bereits etwas in Bewegung ist. Vienna und ich tappen in eine Falle – ich weiß nur nicht, wo, wann oder wie. Jeder Schritt, den ich mit ihr im Schlepptau mache, bringt sie weiter in Gefahr und doch kann ich nicht aufhören, mich vorwärtszubewegen. Stehenzubleiben bedeutet den Tod.

Ich bewache sie, als sie die Alarmanlage entschärft und den Schlüssel ins Schloss steckt. In dem Moment, in dem ich höre, wie das Schloss klickt, greife ich um sie herum, reiße die Tür auf und stoße sie in das alte Fahrzeug, das ekelhaft nach altem Zigarettenrauch und Schweiß stinkt. Mit der knappen Aufforderung, auf den Beifahrersitz zu klettern, behalte ich das verblichene rote Dach im Auge, bevor ich selbst auf den Fahrersitz rutsche.

Die Schatten sind vorerst ruhig und leer.

Vienna hält mir den Schlüssel hin und sagt nichts, als ich ihn ihr aus den Fingern reiße und ihn ins Zündschloss stecke. Der Motor dröhnt und würgt, zweimal, bevor er sich fängt und vor Anstrengung quietschend aufheult. Eine schwarze Rauchwolke quillt aus dem Auspuff und ich fluche. Mein Kontaktmann hat mir versichert, dass der Wagen reibungslos läuft und uns ohne Probleme ans Ziel bringen wird. Aber so wie dieses verdammte Ding ruckelt, können wir froh sein, wenn wir es die Hälfte des Weges zum Club Toxic schaffen, bevor irgendetwas an dieser maroden Schrottkiste auseinanderfällt.

„Schnall dich an", befehle ich, lege den Gang ein und drücke den Fuß auf das Gas. Das Auto antwortet mit einem hörbaren *Fick dich* in Form eines harten Heulens und bricht dann wie ein verrückter Rodeo-Bulle los. Ich fühle mich ein wenig besser, als ich höre, wie ihr Gurt einrastet, während wir vom Parkplatz auf die Straße biegen. „Tiberius und Augustus werden im Club auf uns warten. Wenn ich den Wagen anhalte, steigst du aus und gehst direkt zu ihnen. Ich werde gleich hinter dir sein. Kein Vampir, der bei funktionierendem Verstand ist, wird in Lucius' Club eindringen, nicht einmal für dich."

Ich fahre ohne Scheinwerfer und verlasse mich auf meinen scharfen Nachtsichtsinn, um die rasende, rostige Blechdose durch ein Labyrinth von Straßen zu lenken, die völlig von der üblichen Strecke abweichen. Es wird ein paar Minuten länger dauern, aber ich bin bereit, diese Zeit zu verlieren. Ich überschreite die Geschwindigkeitsbegrenzungen und meine Reifen quietschen an jeder Ecke. Wir hinterlassen eine dicke Spur schwarzer Abgase hinter uns. Ehrlich gesagt, ist mir alles egal. Ich muss Vienna in Sicherheit bringen.

„Was hast du mit Oberon vor?"

Gute Frage. Gut gestellt. „Oberon steckt mit den falschen Leuten unter einer Decke. Er wird sich in dieses Bett legen und darin sterben, sobald ich herausfinde, mit welchem der Arschlöcher er sich vergnügt. Er weiß Dinge und ich werde jedes letzte Fünkchen Information aus ihm quetschen, bevor ich ihm die Kehle herausreiße." Ich knurre und bin so wütend auf den Vampir, der seit Jahrzehnten an meiner Seite ist. Ich habe seinen Arsch davor gerettet, in Stücke gerissen zu werden, und so dankt er es mir? Nun, er wird herausfinden, wen er tatsächlich verärgert. „In etwa fünf Minuten wird er kein Thema mehr sein."

Ich schlängle das Auto um andere Verkehrsteilnehmer herum und das Lenkrad zittert unter meinen Händen, als wir einmal mehr zu schnell in eine Kurve biegen. Das unaufhörliche Nagen der Angst am Ansatz meiner Wirbelsäule vervielfacht sich schnell und zeigt seine scharfen Zähne. Nur noch ein paar Straßen, dann ist Vienna endlich aus Vadims Reichweite und Antoines gierigen Klauen. Zu sterben wird alles verändern.

Meine Seite des Wagens wird ohne Vorwarnung eingedrückt. Das Metall reißt und kreischt unter einer immensen Kraft. Wir geraten ins Schleudern und außer Kontrolle, während ich mit dem Lenkrad ringe und versuche, uns zum Stehen zu bringen. Aber es ist zu spät. Glas zersplittert, die Windschutzscheibe explodiert in einer Vielzahl von Rissen. Ein Tritt auf die Bremse bringt nichts, das Lenkrad ist nutzlos. Wir nehmen Fahrt auf und das verrostete alte Wrack fängt an auseinanderzufallen. Ich spüre, wie es zu kippen beginnt, die Schwerkraft und das Momentum zwingen uns zum Überschlagen.

Ich weiß nicht, was zum Teufel uns getroffen hat. Es gab keine Scheinwerfer und nichts, was auf ein anderes Fahrzeug auf der Straße hingedeutet hätte. Wir wurden gekonnt in einen Hinterhalt gelockt und ich weiß nicht, wie. Ich habe niemandem die Route verraten und abgesehen von Lucius und Selene kennen nur Vienna und ich den Plan für heute Nacht. Ich kann mir nicht vorstellen, dass einer von den beiden mein Vertrauen bricht.

Vienna stöhnt und stößt Flüche wie Granaten aus, als der Wagen seitlich schleudert, die Bodenhaftung verliert und wir in die Luft fliegen. Sie wird vom Knirschen und Kreischen des Metalls auf dem Asphalt übertönt und die restlichen Scheiben explodieren, als wir uns das erste Mal hart überschlagen.

Ich werde buchstäblich gegen das Dach geschleudert. Ich treffe es so hart, dass mein Schlüsselbein mit einem schussähnlichen Gefühl zerbricht. Kurz und heftig. Mein Körper taumelt mit dem Wagen, prallt ab und wird herumgeschleudert. Ein brennender Schmerz sticht knapp unterhalb meiner Rippen in meine Seite. Es ist die Art von Verletzung, die einen Sterblichen töten würde, bevor der Wagen anhält. *Glas*, denke ich. Eine Glasscherbe aus dem Fenster der Fahrerseite, die sich tief in mich bohrt. Um Himmels willen. Und ich habe keine Möglichkeit, sie herauszuziehen, während wir immer noch über die Straße hüpfen wie ein Stein auf einem stillen Teich. Ich höre Knochen brechen, aber in meinem Körper gibt es keine entsprechende Schmerzenswelle. Viennas Schmerzensschrei hängt in der Luft, als der Ford langsamer wird, auf halber Strecke kippt und wieder auf den Reifen ruht. Gott sei Dank.

Überall im Innenraum ist Blut – meins, denke ich. Ich hoffe es. Ich kann es für einen kurzen Moment riechen, bevor der Geruch von Gas es überdeckt. Ich habe Schmerzen, aber mein Schlüsselbein heilt bereits. Die Wunde in meinem Bauch wird es nicht tun, bis die Glasscherbe entfernt ist. Das wird ein Problem werden.

Stöhnend versuche ich, herauszufinden, in welcher Art Verrenkung ich gelandet bin, wo sich meine Gliedmaßen befinden und wo Vienna ist. Ich stelle fest, dass ich zerquetscht und verdreht wurde, aber sie ist immer noch sicher angeschnallt.

An ihrer Stirn klafft eine Wunde, aber es ist nichts Ernstes, es sei denn, die Verursacher dieses Unfalls sind Vampire. Ich kann sie nicht erreichen, um ihr mein Blut zu geben oder die Wunde zu reinigen. Ihr Arm ist in einem merkwürdigen, hässlichen Winkel über ihre Körpermitte gestreckt. Meine Füchsin ist bewusstlos.

Metall kreischt, als ihre Tür aus den Angeln gerissen wird. Ich erhasche einen Blick auf ein Messer, das wie Butter durch ihren Sicherheitsgurt gleitet. Dann greifen Hände hinein und ziehen sie heraus. Nicht menschlich. Kein Mensch könnte eine schwere Autotür so leicht abreißen und schon gar nicht, wenn das Auto selbst kaum mehr als ein platt gedrückter Pfannkuchen aus Altmetall ist.

Nein, das wird nicht passieren, solange ich hier bin. Sie werden sie nicht mitnehmen. Ich krieche über den Sitz der offenen Tür, schleppe mich mit einer Hand, während ich mit der anderen Hand versuche, das blutverschmierte Glas aus meiner Seite zu ziehen. „Vienna!"

„Die Hure hat einen Namen." Die Finger greifen in meine Jacke und zerren mich kurzerhand aus dem Wrack. Oberon hat schließlich sein Rattengesicht gezeigt. „Antoine wird es natürlich nicht interessieren und Vadim auch nicht. Sie wird nichts weiter als eine Nummer sein, wenn sie in eine Kiste gesteckt und in ein Flugzeug nach Russland verladen wird."

Alle beide. Der Scheißkerl arbeitet für alle beide. Ich stelle mich dumm und verleihe meiner Stimme so viel Verwirrung, wie ich aufbringen kann. „Wovon zum Teufel sprichst du, Oberon? Warum sollten Antoine oder Vadim an der mickrigen, kleinen Frau interessiert sein, die ich ficke?"

„Sie sind nicht zufrieden mit dir, Colt. Es ist nicht klug von dir, jetzt den Dummen zu spielen. Vadim weiß, dass er dir keine Rh-Null geschickt hat, und die Probe, die du Antoine gegeben hast, war rein. Man muss kein Genie sein, um zu erkennen, dass du Zugriff auf ein Goldblut hast; ich habe die Frau letzte Nacht an dir gerochen. Einer meiner Männer war bei Lucius im Club, als du mit deinem kleinen Fickstück dort durchgerannt bist und überall hin geblutet hast. Du hast einen Aufstand verursacht. Es war einfach, die Dinge von dort aus zu regeln, und das wird ein verdammter Trumpf für mich werden. Vadim will das Mädchen, Antoine will dich. Ich habe das Glück, dass ich beides liefern und die Belohnung einkassieren kann."

Er war schon immer ein redseliger Drecksack. Er sagt gern zu viele Worte, obwohl eine Handvoll ausreichen würde. Ich verziehe meine Lippen zu einem Knurren, als ich das Glas aus meinem Fleisch reiße und der Duft von noch mehr Blut aufsteigt. „Sie arbeiten also zusammen. Mit dir als ihrem Lakaien. Wofür zum Teufel habe ich die letzten fünfzig Jahre verschwendet?"

„Du warst ein Mittel zum Zweck, Colt. Es gab Pläne, dich tiefer in den Kreis zu bringen, ganz hinein, aber du hast es vermasselt, als du dich mit seiner Lordschaft, König Lucius, dem Holden und Allmächtigen, getroffen hast. Dachtest du, es würde unbemerkt bleiben, dass du vom königlichen Paar mit ihren Wachhunden ins Hinterzimmer gerufen wurdest? Es gibt überall Augen und Ohren. Vadim geht kein Risiko ein und wir wussten, dass es irgendwo eine Ratte gibt."

Ich springe auf die Füße, als Oberons Handlanger Viennas erschlafften Körper aus dem Wrack in die Richtung eines kleinen, schwarzen Lieferwagens mit getönten Scheiben schleppen. Die Chance, dass ich sie wiederfinde, wenn sie sie in diesem Fahrzeug wegbringen, ist gering bis null. „Schwachsinn, Obe. Du versuchst schon, mich zu untergraben, seit ich dein wertloses Leben gerettet habe und du diesem Arschloch verfallen bist! Willst du hier der große

Macker sein? Willst du Vadims rechte Hand werden, so wie ich es die letzten fünfzig Jahre gewesen bin? Nur zu, verdammt noch mal. Nimm meinen Platz ein und sieh, was ich für *dich* durchgemacht habe. Und hab ein schönes Leben. Gib mir einfach mein Mädchen zurück und ich schaue über diesen ganzen Schlamassel gern hinweg."

„Das habe ich nicht zu entscheiden. Antoine will mit dir reden. Vadim hat bereits einen Samenspender aufgetrieben, der deine hübsche, kleine Schlampe schwängern und die nächste Generation von Blutkonserven liefern soll. Also verabschiede dich von deiner Hure. Ich bin sicher, ihr seht euch bald in der Hölle wieder."

Ich höre, wie die Tür des Lieferwagens aufgeschoben wird, und treffe meine Wahl. Meine Handfläche knallt mit einem Krachen gegen Oberons Nase und Blut spritzt in scharlachroten Bögen heraus. Wenn die Knochensplitter nicht in sein Gehirn eingedrungen sind, wäre ich überrascht. Er taumelt zurück, geht zu Boden und ich haue ab, so gut ich kann. Der Blutverlust trifft uns genauso hart wie Menschen und ich habe bereits genug von dem guten Zeug verblutet, dass meine Beine schwach werden. Nur der Gedanke, dass Vienna in ein gruseliges Wissenschaftslabor geflogen, festgeschnallt und von einem Fremden für Vadims Profit vergewaltigt werden soll, hält mich aufrecht. Ich bewege mich auf die beiden Arschlöcher zu, die sie wie einen Müllsack behandeln.

Mein Körper prallt gegen den Größeren der beiden und drängt ihn mit voller Wucht in die Seite des Lieferwagens, sodass eine mannshohe Delle in der Metallwand entsteht. Schmerz durchzuckt meine heilende Seite und noch mehr Blut sickert durch die bereits durchweichte Kleidung. Er stöhnt überrascht auf, lässt Viennas Füße mit einem Aufprall fallen und dreht sich zu mir um, während ich ihm mit aller Kraft, die ich noch habe, in die Nieren trete.

In der Ferne sind Sirenen zu hören, was für uns alle ein schlechtes Omen ist. Offensichtlich hat jemand den Unfall gehört oder gesehen und sich zivilisiert genug verhalten, aber ich kann mir nicht erklären, wieso ich mit so viel Blut bedeckt bin, während sich die Wunde immer noch langsam wieder zusammenfügt. Dieser Entführungsversuch wird ein Ende finden, wenn die Polizei auftaucht, aber nur, wenn ich Oberon und seine Schläger aufhalten kann, bis sie hier eintreffen.

Der zweite Schläger zerrt Vienna in den Wagen, während ich mit seinem Partner ringe, dann springt er heraus und stürzt sich ins Gefecht. Fäuste fliegen und ich gebe alles, bis einer von ihnen seine Faust direkt in die sich schließende Wunde in meiner Seite rammt. Ich brülle laut, drehe mich um und kassiere einen Schlag gegen die Schulter. Mehr als wütend schwinge ich mich hoch und herum und grabe meine Finger in das weiche Fleisch um die Luftröhre des kleineren Mannes. Ich zerquetsche sie mit meiner Faust. Als er keucht und sich an meinem Handgelenk festkrallt, reiße ich das anstößige Stück Fleisch heraus, werfe es beiseite und stürze mich wieder auf den Größeren, um ihm das Gleiche anzutun.

Ein leises Surren ist meine einzige Warnung, bevor ich von einem Paar Elektroden in den Rücken getroffen werde, die so stark sind, dass sie einen verdammten Elefanten umhauen könnten. Fünfzigtausend Volt Strom durchströmen mich und lassen jeden Schaltkreis in meinem Gehirn in Sekundenbruchteilen durchbrennen. Mein Körper wird zu einer Marionette, deren Stränge von einem verdammten Taser kontrolliert werden, und tanzt wie verrückt, selbst als ich bereits flach auf dem Gesicht liege. Stöhnend versuche ich, mich aufzurichten, aber ein Fuß landet auf meinem Nacken und drückt mich zu Boden.

„Verschwinde, bevor die verdammten Bullen auftauchen",

schnauzt Oberon. „Ich habe Colt. Gib mir Bescheid, wenn du am Treffpunkt bist. Ich liefere die Ware bei Antoine ab und treffe dich vor Sonnenaufgang. Halte für niemanden an. Wir sind alle tot, wenn jemand anderes außer Vadim die Rh-Null in Besitz nimmt. Ruf mich sofort an, wenn es irgendwelche Probleme gibt. Es muss alles glattlaufen."

Verdammt noch mal, ich darf sie nicht verlieren.

Die Leiche des Mannes, dem ich soeben die Kehle herausgerissen habe, wird in den Transporter gehoben. Dem Geruch seines Blutes nach zu urteilen, war er einer von Oberons menschlichen Lakaien – er wird nicht wiederauferstehen. Die Tür des Lieferwagens knallt zu und die Fahrertür öffnet und schließt sich. Das Fahrzeug brummt, als Oberon mich an den Füßen in die entgegengesetzte Richtung zerrt. Mein Körper ist schlaff, mein Herz bricht in verdammte Stücke und ich kann nichts anderes tun, als hilflos zuzusehen, wie der Transporter mit auf dem Asphalt kreischenden Reifen davonrast und meine Vienna mitnimmt.

Jetzt bin ich nicht mehr nur mit meinem Blut befleckt. Ich trage die Essenz eines Sterblichen, der das Pech hatte, in Oberons Dummheit verwickelt zu werden. Und es macht mich wütend. Meine Kleidung schützt mich vor dem Großteil des Brennens, über die Straße geschleift zu werden, aber meine Hände und mein Gesicht bekommen die Abschürfungen zu spüren. Meine Gliedmaßen zucken und erwachen wieder zum Leben, als ich mich dazu zwinge, meinen Mann zu stehen und diesen Scheißkerl zu verprügeln, aber ich bin von dem Stromschlag immer noch erledigt. „Werde … dich … umbringen."

Oberon schnaubt laut, aber es ist kaum zu hören, weil die Sirenen näherkommen. Sie sind nur noch eine Minute entfernt. „Du hattest deine Chance und hast versagt, alter Mann. Phoenix ist deine letzte Station, Colt. Wir wissen beide, wie dein Leben dort enden wird. Es tut mir nur leid, dass ich nicht da sein werde, um dich sterben zu sehen. Antoine ist angeblich ein wahrer Künstler, wenn es um Folter geht. Was ich von einem Master wie ihm alles lernen könnte."

Igitt. Die Bewunderung in seiner Stimme ist ekelerregend. Wenn Antoine die Art von Vampir ist, die Oberon werden will, hoffe ich bei Gott, dass er in den nächsten Jahren einen stärkeren Magen bekommt. Der Junge kotzt, wenn er auch nur einen Blick auf innere Organe wirft. „Er wird dich bei … lebendigem Leib auffressen."

Ich werde am Gürtel und dem Kragen meines Hemdes gepackt und auf die Ladefläche eines Trucks geworfen. Ich treffe auf geriffeltes Metall, pralle ab und rolle weiter, bis ich mit den Schultern gegen eine Stahlwand stoße. Ich befinde mich in einem speziell angefertigten Transportkäfig auf der Ladefläche von Oberons ganzem Stolz. Keine Fenster, keine Stäbe, keine Gitter. Sobald sich die Tür schließt, wird es stockdunkel und brütend heiß. Zweifellos wird er wie ein Henker fahren und jedes Schlagloch mitnehmen, das er finden kann, um die Fahrt so unangenehm wie möglich zu machen.

Aber keine Sorge. Ich habe zwei Stunden Zeit, um zu heilen – ein langsamer Prozess, ohne Blut, um ihn zu beschleunigen, aber machbar – und wenn wir in Phoenix ankommen, wird sich Oberon wünschen, sein Schöpfer hätte ihn vor all den Jahren nie zu Gesicht bekommen.

Es wird eine anstrengende Nacht werden. Zwei Vampire müssen getötet werden, und viele weitere, wenn sie sich einmischen. Ich muss Informationen darüber sammeln, wohin Vienna gebracht wird. Und das alles noch vor Morgengrauen.

Meine Kleidung klebt voller Blut an meiner Haut … wenn die Morgendämmerung anbricht, werden die Straßen von Phoenix voll davon sein.

* * *

VIENNA

GRANATEN EXPLODIEREN IN MEINEM SCHÄDEL ... ja.

Körper fühlt sich an wie ein Steak unter einem Fleischklopfer ... ja.

Krankes Gefühl des Grauens ... ja.

Gebrochener Arm ...

Verdammte Doppelscheiße, das tut so weh. Obwohl ich ein fast außerkörperliches Gefühl habe und der Schmerz zu einem gewissen Grad gedämpft ist, möchte ich trotzdem noch schreien, bis meine Kehle blutet. Ich habe Qualen, die von meinen Fingerspitzen bis zu meinem Ellbogen reichen, und einen langsamen, ekelerregenden Puls, der meinen Herzschlag begleitet. Aber ich unterdrücke mein Erbrechen und die Schreie, bis ich herausgefunden habe, wo zum Teufel ich bin und was passiert ist.

Denn alles scheint ein wenig verschwommen zu sein und es gefällt mir nicht, nicht zu wissen, was vor sich geht.

Es gibt mehr als nur ein paar Fragen, die mir im Kopf herumschwirren, und ich will Antworten auf sie alle. Und zwar sofort. Fragen wie: Wo ist Colt? Ist er am Leben? Wie schwer ist er verletzt? Ist er hier? Wo bin ich? Wer ist in uns hineingefahren? So viele verdammte Fragen, dass ich sie nicht alle in meinem verschwommenen Gehirn behalten kann. Irgendwie muss ich es unbedingt versuchen. Wenn ich meinen Verstand verliere, ist die Wahrscheinlichkeit groß, dass mein Kopf folgen wird.

Ich liege flach auf dem Rücken und öffne die Augen zu knappen Schlitzen, als ich mich zwinge, so viel wie möglich von meiner Umgebung aufzunehmen. Es ist schummrig und gibt kaum Licht. Meine Augen gewöhnen sich an die

Dunkelheit, sodass ich eine schattenhafte Gestalt neben mir ausmachen kann. Sie riecht … falsch. Sie riecht überhaupt nicht wie Colt und je länger ich sie anstarre, desto klarer wird mir, dass er es nicht ist. Zu klein, zu rund. Und dann ist da noch die Tasche, dass er tot ist.

Ich sitze mit einem tatsächlich toten Kerl, der nicht wieder zum Leben erwachen wird, in einem schwarzen Loch fest.

Ich setze *Panikattacke* auf meine Checkliste.

Nicht den Kopf verlieren, Vienna. Verliere nicht den Verstand. Jetzt ist nicht der richtige Zeitpunkt!

Ehrlich gesagt, glaube ich, dass jetzt der perfekte Zeitpunkt ist, um durchzudrehen. Allein mit einer Leiche in einem kleinen, dunklen Raum. Mein Vampir ist nirgendwo in Sicht und niemand weiß, wo ich bin oder wie man mich retten kann. Ich habe eine ziemlich genaue Vorstellung davon, wer das alles in Bewegung gesetzt hat. Und es sieht nicht so aus, als wäre ich das Mädchen aus einem Liebesroman, das ihr verdammtes Happy End kriegt. Ich bin diejenige, die mit einem von Missbrauch verwahrlosten und erschöpften Körper endet, deren Geist in Trümmern liegt und deren Leben ausgelöscht werden wird, ohne jemals wieder Sonnenlicht zu sehen.

Ausgeblutet mit leergesaugten Venen als Leiche in einem verschneiten, russischen Graben entsorgt.

Ja, ich sehe Sonnenschein und Rosen in meiner Zukunft … Nein, ganz sicher nicht.

„Oberon, wo zum Teufel bist du? Ich sitze hier schon seit fast fünf Stunden. Der verdammte Transporter stinkt langsam wie ein Tatort. Geh an dein verdammtes Telefon." Die schroffe Männerstimme brummt in der Enge des metallenen Transporters. Er klingt wütend und frustriert. Höre ich da einen Hauch von Angst? „Wenn du dich nicht innerhalb der nächsten zwanzig Minuten meldest, werde ich die

Leiche entsorgen und das Mädchen selbst zu Vadim bringen. Ich kann ihr keine verdammten Medikamente mehr geben und ich werde keine Lieferung mit einer Überdosis übergeben. Zwanzig Minuten."

Der Schock, den ich verspüre, als ich höre, dass ich fünf Stunden bewusstlos war, ist schmerzhaft. Aber die Erkenntnis, dass dies nicht auf eine schwere Hirnverletzung zurückzuführen ist, erleichtert mich ein wenig. Wenigstens habe ich keine Hirnblutung oder graue Substanz, die mir aus den Ohren läuft. Beides wäre einfach nur unschön und im Moment, wo ein toter Kerl mein Gefängnis vollstinkt, kann ich mit unschön nicht umgehen.

Also muss ich vorausdenken. Zwanzig Minuten, bevor sich alles wieder bewegt und beben wird, und ich muss bereit sein. Der gebrochene Arm wird ein totales Hindernis sein, aber die Schmerzen kann ich aushalten. Ich habe keine andere Wahl. Schmerz oder Leben? Ganz klar, ich kämpfe wie der Teufel, egal wie weh es tut.

Abgesehen von meinem gebrochenen Arm und der brennenden Wunde an meiner Stirn, glaube ich nicht, dass ich sonst noch verletzt bin. Sicher, ich habe Prellungen und Schmerzen, aber ich kann mich genug selbst motivieren, um es aus dieser Situation heraus zu schaffen.

Ich beiße die Zähne zusammen und drehe mich auf die Seite und weg von meinem toten Begleiter. Komisch, jetzt da der unsichtbare Mann es erwähnt hat, kann ich den Tod riechen. Der kupferne Geruch von Blut, das in der Hitze kocht, reicht schon aus, um mir den Magen zu verderben. Aber wenn man dann noch den fast süßlichen Geruch eines verwesenden Körpers hinzufügt, zusammen mit dem Ausfluss all dieser Körperflüssigkeiten, die aus seinen Poren sickern ... scheiße, ich wusste, ich hätte diese Krimidoku nicht anschauen sollen. Wir befinden uns mitten in der größten Hitzewelle in der Geschichte Arizonas und ich bin mit einer Leiche eingeschlossen.

Mir geht langsam das Glück aus.

Alles wird weiß, als ich mich bewege. Ich schwöre, meine Augäpfel verwandeln sich in Supernovas. Ich muss mir eine Schiene für meinen Arm basteln, aber in dieser gottverlassenen Metallkiste gibt es nichts. Der Impuls, mich einfach hinzulegen und weitere fünf Stunden an mir vorbeiziehen zu lassen, ist so stark, dass ich versucht bin, einfach nachzugeben. Schmerz zermürbt einen Menschen und Gott weiß, ich habe Schmerzen.

Hoch. Rapple dich auf.

Meine Stiefel kratzen über den Metallboden, während ich mich abmühe, um sie als Hebel einzusetzen. Ich habe das schreckliche Gefühl, dass ich im Blut von Mister Leichnam herumrutsche. Igitt. Ich stütze meinen gebrochenen Körperteil gegen meinen Bauch und drücke mich mit der freien Hand gegen die Wand, um mich in eine stehende Position zu bringen, die mehr gebückt als menschlich ist. Mein Magen dreht sich noch einmal heftig um und ich speie seinen mageren Inhalt ohne Hemmungen auf den Boden.

Ich wische mir den Mund mit dem Handrücken ab und humple so leise wie möglich zur Seitentür, wo ich den Griff entdecke, der in die Freiheit führt. Ich kann das Fahrzeug sicher nicht verlassen, ohne vom Fahrer entdeckt zu werden, aber vielleicht kann ich ein Beweismittel zurücklassen oder zumindest versuchen, zu entkommen. Wer weiß, vielleicht schaffe ich es, ihn mit einem Stein zu erschlagen und mich in die Zivilisation zurückzukämpfen.

Colt wird mich nicht aufgeben. Ich gebe mich selbst auch nicht auf.

Behutsam trete ich über die Leiche und strecke mich nach dem Griff aus. Wenn der Mistkerl sich jetzt aufrichtet und nach meinem Bein greift, könnte die Luftdruckhupe eines Frachtschiffs der Lautstärke meiner Schreie nicht das Wasser reichen. Vampire, Werwölfe, was auch immer, ich habe mich mit dem Konzept ihrer Existenz abgefunden. Nach ein paar Tagen in dieser Welt sind sie zur Normalität geworden.

Verfluchte Zombies? Niemals. Auf keinen Fall. Damit komme ich nicht klar.

Meine Finger berühren warmes Metall und ich schließe sie um den Mechanismus, bevor sie wieder abrutschen. Meine Hand ist zu verdammt verschwitzt, um unauffällig zu bleiben. Der zweite Versuch ist erfolgreich, nachdem ich meine Handfläche an meiner Jeans abgewischt habe. Das Schloss klappert für meinen Geschmack viel zu laut und ich habe keine Möglichkeit, die Tür aufzudrücken, ohne dass sie ein verräterisches Geräusch von sich gibt. Sieht aus, als müsste ich erfinderisch werden.

Ich schiebe die Tür Zentimeter für Zentimeter zurück und lasse noch mehr Wärme in den ohnehin schon überhitzten Sarg strömen, in dem ich liege. Aber alles ist besser als dieser grässliche Gestank. Ich traue mich nicht, meinen Kopf aus dem Spalt hinauszustecken – wenn der Fahrer mich im Seitenspiegel sieht, bin ich erledigt. Ich stoße die Tür so sanft wie möglich auf, bis der Spalt groß genug ist, dass ich unbemerkt hinausschlüpfen kann.

Ich stelle meinen Stiefel auf die Kante, um die Tür offenzuhalten, und schaffe es, mich unbeholfen hinzusetzen, ohne hart auf dem Hintern zu landen. Dann strecke ich meine Füße auf festen Boden. Jetzt oder nie. Meine Beine sind sichtbar, was bedeutet, dass ich verwundbar bin. Gott, ich hasse dieses Wort.

Vorn im Wagen klingelt ein Handy. Ich werde hellhörig, als der Fahrer mit einem knappen „Reynolds" antwortet.

Ich halte inne, um sicherzugehen, dass das Telefonat länger als zwei Sekunden dauert.

„Oberon, wo zum Teufel bist du? Ich sitze auf dem gruseligsten Rastplatz, den die Menschheit kennt, und mein toter Kollege stinkt mir die ganze Bude voll. Das Mädchen? Ihr geht es gut, sie ist bewusstlos. Mit der letzten Dosis, die ich ihr verabreicht habe, sollte sie noch eine halbe Stunde oder so weiterschlafen. Nein, nein, sie atmet noch. Mein Leben hängt genauso davon ab, sie lebendig zu Vadim zu bringen wie deins. Du bist nicht mein Boss, kein Stück mehr als Ralph es war, – wir sind *alle* dem Russen unterstellt. Du solltest also besser in den nächsten zehn Minuten hier sein, sonst nehme ich das Mädchen mit und beanspruche die Lorbeeren für mich."

Das ist alles, was ich hören muss. Es klingt, als würde sich Reynolds auf einen Kampf mit dem Vampir vorbereiten, was mir ein paar Minuten mehr Zeit verschafft, um mich so weit wie möglich von dieser Todesfalle auf Rädern zu entfernen. Ich nehme mir keinen Moment Zeit, um mich zu fragen, was in diesem Moment mit Colt passiert, aber ich schicke ein kurzes Stoßgebet gen Himmel, dass es ihm gut geht und er einen Weg aus dem Schlamassel findet, in den Oberon ihn gebracht hat.

Ich greife nach hinten und packe die gummiartige Hand des toten Mannes. Ich ziehe ihn, so gut ich kann, zu mir herüber, um seine Finger unter die Tür zu klemmen und sie für mich offenzuhalten – ich darf nicht riskieren, dass sie zufällt und mich verrät. Die Entfernung, die ich ihn ziehe, beträgt nur ein paar Zentimeter, aber scheiße, mein Körper spürt jeden einzelnen. Meine Muskeln verkrampfen sich vor Schmerz, mein Arm sticht, als er zusammenzuckt. Aber es ist jeden Moment des Unbehagens wert, wenn es mir Zeit verschafft.

Tief einatmen, lang ausatmen.

Lauf. Colts Stimme zischt in mein Ohr, als ob er hinter mir hockt. Ich kann den Druck seiner großen Hände fast auf

meinen Schultern spüren, die mich halten, die mich abstüt-
zen, während ich langsam aufstehe. *Lauf, als wären dir die
verdammten Höllenhunde auf den Fersen, kleine Füchsin. Der
Teufel kommt und er will dich. Lauf!*

Ein Fuß vor den anderen in der Dunkelheit. Zuerst langsam, stolpernd und strauchelnd. Ich glaube, wir sind in der
Wüste an dem Ort, wo diese ganze Scheiße angefangen hat.
Der Boden fühlt sich körnig und staubig unter meinen Stie-
feln an. Ich kann die Umrisse von Felsbrocken und Kakteen
ausmachen. Ich hoffe inständig, dass ich mit keinem dieser
stacheligen Mistviecher zusammenstoße, sonst werde ich
Heulen wie eine verbrühte Katze. Nicht gut für meinen
Ninja-Fluchtplan.

Mein Körper hasst mich in diesem Moment so sehr und
ich kann es ihm nicht verdenken. Ich belaste ihn über meine
Grenzen hinaus, erschöpft und voller Schmerzen und ich bin
so verdammt durstig, dass ich ein Kamel unter den Tisch
trinken könnte. Ich erinnere mich streng daran, das Überleben bedeutet, über körperliche Grenzen hinauszugehen. Es
bedeutet Ausdauer, auch wenn der Körper sich umdrehen
und sterben möchte. Es bedeutet Beharrlichkeit, die Muskeln
bis zur völligen Erschöpfung weiterzubewegen. Mein unbe-
holfenes Stolpern verwandelt sich in ein hoppelndes Joggen
und mein Arm wird zu einem wimmernden, brennenden
Glied.

Ich möchte mich wirklich noch einmal übergeben.

Ich weiß nicht, wohin ich gehe, ich hoffe nur, dass ich in
einer geraden Linie laufe. Irgendwo hinter mir höre ich
einen gewaltigen Knall und einen Fluch, der laut genug ist,
um Kokosnüsse von Bäumen zu schütteln ... wenn es hier
draußen in dieser riesigen verdammten Wildnis überhaupt
Kokospalmen gäbe. Ich kichere vor mich hin und denke an
Affen, die sich von den Ästen schwingen und sich gegenseitig

mit den harten, braunen Schalen bewerfen. Mein Joggen wird zu einem unbeholfenen Schlurfen, aber ich darf nicht anhalten.

Irgendwie schaffe ich es zum glatten, schwarzen Asphalt einer Straße. Nach links oder rechts? Links oder rechts? Welcher Weg führt zur Erlösung und welcher wird mich wie ein argloses Lamm zur Schlachtbank führen? Wer weiß schon, welcher Weg der richtige ist? Ich nicht, so viel ist sicher. Mein Kopf ist zu verwirrt, um irgendeinen Sinn zu erkennen. Ich laufe wie durch Melasse und schleppe meinen fast jämmerlichen Hintern mit. Ich biege nach links ab und stapfe weiter. Jeder Schritt bringt mich weiter weg vom Wagen des Todes und seinem Sensenmann.

Ein Auto fliegt vorbei und wirbelt im Vorbeifahren Staub und eine Brise auf. Oh, das fühlt sich so gut an. Etwas, das die tote Luft bewegt, die mir das Leben aus der Lunge saugt. Ich habe nicht einmal die Kraft, die Hand zu heben, um zu trampen. Ich setze einfach weiter einen Fuß vor den anderen. Ich muss es zu Lucius schaffen. Ich muss ihm … etwas … sagen. Muss Colt finden und ihn nach Hause holen.

Mehrere Autos fahren vorbei, ohne mich zu beachten.

Ich werde von Scheinwerfern geblendet und bleibe stehen, als ein rumpelnder Truck ein Stück von der Straße abweicht und mich im grellen Licht seiner Fernscheinwerfer anvisiert. Schwach und auf der Stelle schwankend hebe ich die Hand, um mein Gesicht zu schützen, als sich die Tür des Wagens öffnet. Ich höre Schritte, die sich nähern, und nehme gerade noch den schwachen Schatten einer Gestalt hinter dem Lichtkegel wahr, aber wer auch immer es ist, sagt kein Wort.

Erst als er vor den Wagen tritt und einen der lähmenden Strahlen verdeckt. „Alles in Ordnung, Miss? Keine gute Strecke für Sie, um so spät in der Nacht unterwegs zu sein.

Hatten Sie eine Panne oder so? Brauchen Sie Hilfe mit Ihrem Auto?"

„E-entführt", platze ich heraus. Mein Mund fühlt sich an, als hätte ich gerade einen Sandkasten voller Katzenstreu gegessen. „Muss … Lucius … finden."

„Oh, Schätzchen", sagt der Mann mitfühlend. Ich bin zu erschöpft, um die Härte in seiner Stimme zu bemerken, bis es zu spät ist. „Der gute König Lucius kann dir jetzt nicht helfen. Niemand kann es. Ich weiß, ich weiß. Du hast diese wilde Fantasie, dass Colt dir jeden Moment zur Hilfe kommen wird, nicht wahr? Ich werde diese süße, kleine Seifenblase zerplatzen lassen und dir sagen, dass er heute niemanden mehr retten wird. Ich habe Phoenix vor ein paar Stunden verlassen und er war wirklich … beschäftigt."

Es ist wie ein gezackter Widerhaken, der direkt unter mein Herz greift. „Unterschätze ihn nicht, du Trottel."

Ein leises Lachen jagt mir Eis über den Rücken. „Er ist definitiv ein hartnäckiges Arschloch, das muss ich ihm lassen. Aber ich bezweifle, dass selbst Colt Held genug ist, um den schweren Silberketten an seinen Knöcheln, Handgelenken und seinem Hals zu entkommen. Dazu kommt noch, dass ihm die Hälfte seiner Eingeweide aus dem Körper hängt, und Antoine mit großer Freude ein Loch in sein Gehirn gebohrt hat – nein, ich glaube nicht, dass Colt Phoenix in einem Stück verlassen wird."

Die schiere Freude in seinem Ton fast zusammen, mit welcher Art von Monster ich es zu tun habe; ich bete, dass dieser Wichser mich anlügt und das Schicksal meines Geliebten übertreibt, um mich zum Schwanken zu bringen. Colt mag ein Arschloch sein, er mag mich entführt und zu seiner Sexsklavin gemacht haben, aber der Mann, in den ich verliebt bin – der verdammte Vampir, dem ich mein Herz geschenkt habe – ist einzigartig, wie es scheint. Irgendwie hat er sich auf dem Weg seiner vielen Jahre auf dieser Erde seine Menschlichkeit bewahrt. Ein großes Stück von ihm klammert sich immer noch an das, was er war.

Dieser Spinner? Sein Zug der Vernunft ist schon vor langer Zeit abgefahren und er hat sich seinem Dämon hingegeben. Seine Menschlichkeit ist ausgelöscht, verzehrt von dem Bösen in ihm, und ich will verdammt sein, wenn ich mich von der Hässlichkeit, die er ausstrahlt, verderben lasse.

„Bitte, hör auf", flüstere ich und schlucke schwer, um meine Stimme auch nur ein wenig zu befeuchten. Als Oberon – es kann nur Oberon sein, das erkenne ich an seinem leisen Winseln – finster gluckst und offensichtlich glaubt, er habe mich mit seiner Anschaulichkeit eingeschüchtert, hebe ich den Kopf und lächle ihn an. „Ich liebe all diese Ideen, die du mir gibst, wie ich deinen Tod so schmerzhaft gestalten kann, dass du mich anflehen wirst, dich in Asche zu verwandeln. Sie machen mich geil und du wirst es nicht mögen, wenn ich wütend und erregt bin. Dann werde ich richtig kreativ."

Er weicht einen winzigen Schritt zurück. Ein Blinzeln, und ich hätte es übersehen. Es reicht, um mir zu sagen, dass er nicht genau weiß, womit er es zu tun hat. Das ist gut. Ich mag es nicht, unterschätzt zu werden. Ich mag angeschlagen und gebrochen sein, aber ich habe immer noch meinen Kampfgeist. Wenn er noch einmal versucht, mich zu entführen, werden wir beide in einer Welt des Schmerzes enden, wie er es noch nie erlebt hat.

„Nun, ich glaube, dass dir niemand wirklich etwas über mich erzählt hat, weil niemand wirklich weiß, wer ich bin." Abgesehen von Colt, der mich ein paar Tage lang mit voller Wucht abbekommen hat, aber diese Information gebe ich nicht Preis. „Niemand hat dir gesagt, wie sehr ich mich dagegen wehre, wie ein totes Tier durch die Gegend geschleudert zu werden, wenn man mir die Knochen bricht und mich aus einem Leben reißt, das ich langsam zu mögen begann. Niemand wird dir gesagt haben, dass ich die Art von Frau bin, die einem Kerl in den Schwanz tritt, wenn er mich verarscht, oder dass ich jemandem gern die Augen aussteche, wenn man mich nur schief ansieht." Ich trete einen Schritt vor und Oberon weicht einen halben Schritt zurück. Es ist eine Art perverser Tanz – ich darf nicht übermütig werden oder mir anmaßen, alle Schritte zu kennen. So bringen sich Leute selbst ins Stolpern. „Magst du deinen Schwanz, Oberon? Ich wette, du verbringst jede Menge Zeit mit ihm. Streichelst ihn, spielst mit ihm, wünschst dir, es gäbe eine Muschi im Universum, die dir erlauben würde, ihn hineinzu-stecken …"

Sein Gesicht verfinstert sich zu einem eher unattraktiven Farbton von Blutmord. „Verdammte Fotze."

„Aber, aber, das ist unhöflich." *Versuche, den bösen Mann nicht zu sehr zu reizen, Vienna,* sage ich mir, während er sich zu einer möglichst furchteinflößenden Figur aufbläht. Er schafft es, gerade so. Er thront über mir, drückt die Schul-tern durch und funkelt mich böse an. „Es ist eine einfache Frage. Wie sehr hängst du an deinem Schwanz? Nicht im wörtlichen Sinne, natürlich. Ich würde es nur gerne wissen, in Anbetracht der Umstände."

„Umstände?"

Ein langsames, bösartiges Lächeln huscht über meine Lippen, als ich meine Miene festigte. „Die Umstände, wie du als Eunuch enden wirst, wenn du mich nicht sofort zu Colt bringst. Denn, glaube mir, wenn du es nicht tust, werde ich dich mit deinem kostbaren Schwanz in der Hand in einem blutigen Häufchen am Boden liegen lassen." Das ist eine gewagte Behauptung. Ich habe keine Waffen und sehe zwei-felsohne scheiße aus. Ein Kleinkind könnte mich jetzt wahr-scheinlich zu Fall bringen, aber ich bleibe standhaft und zeige nicht mehr Schwäche als die, die er ohnehin sehen kann. „Du denkst, ich bluffe? Probiere es ruhig."

Oberon mustert mich schweigend. So wie die Lichter mich anstrahlen ist es schwer, seine Augen und seinen Gesichtsausdruck zu erkennen. Ich kann die Seite seines Gesichts sehen, die immer noch wütend errötet ist, aber seine Gesichtszüge sind in Dunkelheit gehüllt. Nach ein paar Sekunden ertönt sein Lachen und ich weiß, dass ich den Small Talk-Teil dieser Runde verloren habe. Er wird meinen Bluff durchschauen und jetzt wird es uns beiden wehtun. Verdammter Drecksack.

„Du bist wirklich überaus reizend. Ich verstehe, warum Colt so geheimnisvoll getan hat und dich vor dem Rest von uns verstecken wollte. Zu deinem Pech hast du eine Verabredung, die du einhalten musst. Ich kann dir etwas für deinen gebrochenen Arm anbieten, wenn du willst." *Oh, sieh an, wie nett und freundlich er ist.* „Ich weiß noch vage, wie sich ein gebrochener Knochen anfühlt." Er reibt sich die Nase. „Es ist nicht angenehm. Vadim wird verärgert sein, wenn du nicht in tadellosem Zustand ankommst."

Ich spotte laut. „Nach allem, was ich gehört habe, will er, dass ich den Rest meines Lebens in nicht-tadellosem Zustand verbringe. Irgendwie bezweifle ich, dass ihm mein körperliches Wohlergehen so wichtig ist." Ich ziehe meinen Arm enger an mich heran und zucke zusammen, als ich einen Schmerzensschrei unterdrücke. „Außerdem, wenn du mich zu ihm bringst, wirst du mich vorher töten müssen. Ich werde nicht die nächsten dreißig Jahre als Zuchtstute verbringen."

„Dann haben wir beide ein Problem. Wenn ich rohe Gewalt anwenden muss, werde ich es tun."

Oberon stürzt sich auf mich, noch bevor ich etwas erwidern kann. Er schnellt nach vorn und packt meinen Arm. Er reißt ihn von der Stütze meines Körpers weg und verdreht den gebrochenen Knochen. Meine Sicht wird rot und schwarze Punkte tanzen vor meinen Augen, während ich einen Mordschrei ausstoße und im Dreck auf die Knie falle. Der Schmerz ist überwältigend, ein körperliches Wesen, das mich von Kopf bis Fuß erwürgt. Ich erbreche mich unkontrolliert und das wenige, das noch in meinem Magen ist, schießt hoch und spritzt über seine Schuhe und Hose.

Mit einem angewiderten Grunzen lässt er mich los und knurrt. „Dreckiger Scheißmensch." Er krallt seine Hand in mein Haar, zerrt mich auf die Beine, aber sie funktionieren nicht. Wollen nicht funktionieren. Der Schmerz hat mir die Fähigkeit genommen, wie ein normaler Mensch zu agieren. Er schleift mich einfach über den Boden zum Heck seines Trucks. „Ich kann den Tag nicht erwarten, an dem Vadim die Kontrolle über eure erbärmliche Spezies übernimmt. Ihr werdet alle gefesselt und angekettet und an eurem rechtmäßigen Platz unter der Herrschaft der Vampire gehalten."

Wie bitte, was? Meine Kopfhaut brennt und die Haare reißen an ihren Wurzeln heraus, während Oberon seinen Übergriff fortsetzt. So ein großer Mann, der eine kleine Frau so grob anpackt. Ich schreie immer noch, als mein verletzter Arm bei dem unwegsamen Gelände wippt und zuckt, und ich bin mir ziemlich sicher, dass ich alle paar Schritte für eine kurze Sekunde das Bewusstsein verliere. Es ist zu viel, die Qualen zerreißen mich und trennen meinen Geist und Körper.

„Reynolds. Ich bin auf dem Highway. Verbrenne den verdammten Transporter mit der Leiche darin. Ich habe das Mädchen. Wenn du nicht hier bist, bis ich sie verladen habe, nehme ich an, dass du dich unter einem Felsen versteckst und hoffst, dass Vadim dich nicht aufspürt." Oberon gluckst dunkel, als er mich zu einem Häufchen fallen lässt. „Ausreden, Ausreden. Betäubt, sagtest du, an der Grenze zur Überdosis. Nicht zu zugedröhnt, dass sie sich unter deiner dummen Aufsicht davon und aus dem Staub machen konnte. Was zum Teufel hast du dir dabei gedacht?"

Während er auf die Antwort wartet, stößt mich Oberon auf den Rücken und hockt sich hin. Er beißt sich tief in sein Handgelenk und drückt es mir auf den Mund. Ich schmecke Schweiß – *eklig* – und presse meine Lippen fest zusammen, aber er klemmt sich das Telefon zwischen Ohr und Schulter und zwingt meine Lippen mit den Fingern auseinander. Auf meinen Zähnen sammelt sich Blut. Etwas davon sickert in meinen Mund, während der Rest an meinen Wangen hinunterläuft. Oberon schnauft und drückt seinen Daumen gegen meine Luftröhre, bis ich nach Luft schnappe und mich an seinem Blut verschlucke.

„Du bist so oder so ein toter Mann, Reynolds. Der Russe ist nicht dafür bekannt, Fehler zu tolerieren. Du kannst einen schnellen, sauberen Tod erleiden, wenn du mit mir zurückkommst, oder ein drastisch qualvolles Ende, wenn du wegläufst. Ich überlasse dir die Entscheidung selbst." Oberon hält inne und starrt mich an, als ich versuche, ihm sein Blut zurück ins Gesicht zu spucken. Niemand außer Colt hat das Recht, mich mit Blut zu füttern. Das Gewicht des Blutes in meinem Bauch ist der Inbegriff des Verrats. „Nun, ich wünsche dir viel Glück. Wir sehen uns sicher irgendwann so oder so. Bevor ich dich finde, würde ich an deiner Stelle meine Angelegenheiten in Ordnung bringen, Reynolds."

Der Blutfluss in meinem Mund versiegt sehr zu meiner Erleichterung. Als Oberon sein Handgelenk hebt, spucke ich aus, was ich kann. Aber ich habe bereits genug getrunken, um zu spüren, wie die Wirkung durch meinen Körper rauscht. Ich stöhne, als er mich hochhebt und auf der Ladefläche seines Wagens in eine kleine, luftleere Kiste drückt, die um ein Vielfaches kleiner ist als die Ladefläche seines Transporters. Das wird mich um den Verstand bringen und die Tore zur Hölle der Klaustrophobie öffnen.

„Mach es dir bequem“, rät er mir. „Das wird für eine ganze Weile deine letzte Gelegenheit sein, dich auszuruhen.“

Die Tür knallt zu und lässt mich mit Schmerzen im Dunkeln allein.

Scheiße.

Colt

So SOLLTE dieser Abend nicht verlaufen.

Wäre alles nach Plan gegangen, würde Vienna jetzt ihre Sterblichkeit wegschlafen, während ich Oberon und Antoine ausschalte. Aber nein. Nichts läuft je nach Plan, nicht wahr? Wenn es so wäre, würde ich nicht an meinen Handgelenken und dem Hals in Antoines Mord/Folter/Spielzimmer von der Decke hängen. Es ist verdammt unangenehm. Die silbernen Ketten graben sich tief in mein Fleisch, Blut rinnt an meiner Kehle hinunter und ich stelle mir vor, wie diese morbide Horrorhalskette mit den passenden Armbändern an meinen Handgelenken aussieht.

Mein Bauch, meine Brust, meine Arme und meine Oberschenkel sind mit tiefen Wunden übersät, die von den fast spielerischen Hieben der schärfsten Messer des französischen Frosches herrühren.

Anscheinend wollte Antoine mich schon länger *unbedingt*

auf diese Weise aufhängen und Oberon hat ihm mit seiner Geschichte von Verrat und Untreue die perfekte Ausrede geliefert. Um ehrlich zu sein, sind neunzig Prozent der Geschichte, die er Antoine erzählt hat, wahr. Das kann ich nicht leugnen, aber die anderen zehn Prozent? Reiner Schwachsinn, um das falsche französische Arschloch in einen sadistischen Rausch zu versetzen, damit er mich in Stücke reißt und meine Überreste wie Konfetti auf seinem Anwesen verstreut.

Oberon und ich werden ein ernsthaftes Wörtchen miteinander zu reden haben, sobald ich mich aus dieser misslichen Lage befreit habe.

„Sag mir noch einmal, mein Freund, was du glaubst, das ich hören will. Oberon liefert eine interessante Sichtweise auf die Ereignisse, aber ich bin neugierig. Vadim würde dir die Welt anbieten, sobald das Geschäft abgeschlossen ist. Jede Frau, die du begehrst, würde dir zu Füßen gelegt und so lange an dich gebunden werden, wie du es wünschst. Und doch fällst du ihm in den Rücken – und mir auch – und stellst dich an die Seite desjenigen, der sich *König* nennt." Die Spitze von Antoines neuester Waffe gräbt sich in meine Kehle und zieht eine Linie nach unten, die meine Haut wie Seide zerreißt. Blutbefleckte Seide. „Du hast geschwiegen und dich nicht ein einziges Mal gegen Oberons Anschuldigungen gewehrt. Wenn du nicht sprichst, muss ich annehmen, dass du schuldig bist."

Alles in allem ist die Wunde nur oberflächlich. Sie brennt zwar höllisch, sicher, aber selbst nach so vielen Stunden, in denen ich wie ein Hund in diesem Höllenloch angekettet war, hat Antoine noch nichts getan, was ich als gesundheitsschädlich bezeichnen würde. Er wartet auf etwas, sei es, dass ich meine Unschuld beteuere oder gestehe, aber ich weiß genau, dass er sich zurückhält. Die meisten seiner geplanten

Opfer sterben hier drin, bevor auch nur zwanzig Minuten vergehen, wenn sie Glück haben.

„Ihr habt Euch doch bereits entschieden, nicht wahr? Ihr wart bereit, die Jahre unserer Beziehung für das Wort eines Vampirs wegzuwerfen, der einmal mein Freund war. Wenn Ihr ihm nicht glauben würdet, hinge ich nicht hier in Ketten. Wir würden oben sitzen und wie zivilisierte Leute über diesen Schwachsinn diskutieren", schreie ich.

„Oberon hat ein sehr überzeugendes Argument geliefert." Antoine verlagert sein Gewicht von einem Fuß auf den anderen. Sein blöder Morgenmantel aus Samt ist von einem durchsichtigen Regenmantel bedeckt. Er möchte den Samt nicht mit Blut beflecken. Die Kante des Skalpells folgt der schwachen Mittellinie meiner Bauchmuskeln bis hin zu meinem Bauchnabel. „Komm schon, Colt, mein Junge. Du musst zugeben, dass es verdächtig aussieht. Wir wissen beide, dass Vadim nichts von dem guten Zeug an seine Käufer verschickt. Die Lieferungen bestehen aus den nutzlosen Halbblutausrangierten, für die er keine Verwendung hat."

„Und doch wolltet Ihr für zehn davon bezahlen."

„Ganz und gar nicht. Die zehn, die morgen Abend in meinen Besitz kommen, sind Teil der zwischen Vadim und mir vereinbarten Zahlung. Wie nennt ihr Amerikaner das noch mal? Ach ja. *Freebies*. Sie haben in dieser Welt nur einen sehr geringen Geldwert, also hat Vadim sie mir für meinen Teil an dieser kleinen Geschichte geschenkt. Ich sollte schwierig sein, ja? Dir ein paar Schwierigkeiten bereiten und sehen, wie hart du für den Verkauf arbeitest. Das hast du mit Bravour bestanden. Ich war von deiner Hartnäckigkeit beeindruckt." Das Skalpell sticht kreisförmig um meinen Bauchnabel herum, was mich durch zusammengebissene Zähne knurren lässt. „Sie werden mich für eine kurze Zeit unterhalten und dann noch eine Weile meine Hunde und meine Männer amüsieren. Das ist alles, wozu sie gut sind."

Das ist alles, wofür sie gut sind. Er spricht über Menschen – lebende, atmende Menschen –, als wären sie nichts weiter als braune Papiertüten, die zusammengeknüllt und in den Müll geworfen werden. Das ist die Denkweise vieler meiner Artgenossen und sie ist den Menschen gegenüber unfair. Ohne die Sterblichen wären wir gezwungen, uns vom Blut von Schweinen zu ernähren. Und glaubt mir, wenn ich sage, dass das Trinken von einem lebendigen Schwein eine Erfahrung ist, die man nicht mehr als einmal machen möchte. Mein erster und einziger Versuch ereignete sich, als ich gerade frisch verwandelt wurde und am Verhungern war.

Das fette Ding ritt mit mir über drei Felder, durch einen Bach und durch einen halben Wald, bevor ich genug getrunken hatte, um es zu bremsen.

„Wann habt Ihr Euch in die Organisation eingekauft?", frage ich mit knirschenden Zähnen. Es ist zwar nur ein Verdacht, aber die Gelegenheit, einen Einblick in ihre Geschäfte zu erlangen, ist gut. Antoine ist zu jeder Zeit eine Plaudertasche und wenn er glaubt, dass er mich heute Nacht umbringen wird, sollte jetzt keine Ausnahme sein. „Ich nehme an, Vadim hat Euch das Geschäft auch dabei versüßt?"

„Kluger Junge. Ein sehr kluger Junge. Ich hoffe wirklich, dass sich das alles als Missverständnis erweist, Colt. Dein scharfer Verstand würde mir so nützlich sein. Ja, ich bin jetzt ein kleiner Partner in Vadims Rh-Null-Produktion und das schon seit etwa sechs Monaten. Ich habe meine Hausaufgaben gemacht und sah das Potenzial, mein Bankkonto zu erweitern und gleichzeitig Zugang zur seltensten aller verfügbaren Blutgruppen zu bekommen." Gedankenversunken ritzt Antoine ein wahlloses, wirbelndes Muster in mein Fleisch, während er spricht. Meine Reißzähne schießen heraus, als ich mich dem Schmerz widersetze. Wenn dieser

Scheiß einem erst einmal unter die Haut geht, ist es viel zu leicht, sich davon zerstören zu lassen. „Ich bekomme einen ordentlichen Teil des finanziellen Gewinns, mit dem sich die Einstiegsgebühr bereits verrechnet hat, und ich nutze meine Kontakte in der ganzen Welt, um mehr Kunden für Vadim zu gewinnen. Ganz zu schweigen von einer unbegrenzten monatlichen Lieferung ausgemusterter Rh-Nulls, mit denen ich spielen kann."

„Ich bin enttäuscht von Euch, Antoine. Ein Mann Eures Formats, der sich Vadim verpflichtet? Der Mann ist der Avtoritet. Er ist die russische Mafia. Warum hängt Ihr Euch an seine Fersen, anstatt selbst etwas Ähnliches aufzubauen?" Ich probiere verschiedene Tricks und hoffe, etwas zu finden, das funktioniert. Ich habe Vienna nicht vergessen, ganz im Gegenteil, aber ich muss mich zuerst auf mich selbst konzentrieren, damit ich meine Arbeit hier beenden und sie danach finden kann. „Ihr habt die finanziellen Mittel, um Grundstücke zu kaufen, die groß genug für Forschungslabors und Verwahrungszellen sind. Ihr habt doch sicherlich die Arbeitskräfte, um Eure eigenen Goldblüter zu jagen. Baut Euch Euer eigenes Imperium auf, das auf Eurem eigenen Fundament steht."

Es ist gut, dass ich nicht zu atmen brauche. Die Glieder der Kette graben sich tief genug in meine Kehle, um meinen Tonfall zu verändern und mich gewürgt klingen zu lassen. Wenn ich Sauerstoff bräuchte, hätte ich die Grenze zwischen Leben und Tod schon vor Stunden überschritten. Ich stoße einen scharfen, bitteren Fluch aus, als Antoine das Skalpell durch Haut und Muskeln stößt und die böse Klinge gekonnt zwischen meine Rippen schiebt. Offensichtlich habe ich etwas gesagt, was ihm nicht gefällt.

„Und wo könnte ich wohl eine dieser magischen Kreaturen finden, Colt? Vadim hat den Planeten durchforstet und die meisten von ihnen gefunden. Er hat nichts unversucht gelassen und keine Mühen gescheut. Bietest du deine vielleicht freiwillig an? Willst du sie für wissenschaftliche Zwecke spenden?" Die Klinge schneidet in den Muskel zwischen meinen Rippen und zwingt ein Knurren auf meine Lippen. „Das war eine schlimme Sache, die du da getan hast, Colt. Diese süße Versuchung vor mir zu verstecken und mich mit nur einem Fläschchen des himmlischen Elixiers zu verhöhnen."

Antoines Augenlider flattern verzückt, als er sich an Viennas Geschmack erinnert. Ich möchte ihm die Reißzähne aus dem Mund und sein Gesicht zu blutigem Brei schlagen, bevor ich ihn in Stücke reiße. Wenn er mich nicht vorher abschlachtet, meine ich natürlich.

„Wie ich Euch damals schon gewarnt habe, Antoine, das Mädchen gehört mir."

„Nein, tut sie nicht mehr. Vadim erwartet ihre Ankunft in Russland. Oberon wurde beauftragt, sie zu holen und nach Phoenix zu bringen, wo sie bis morgen Abend sicher verwahrt wird", fährt er gelassen fort, reißt das Skalpell heraus und sticht mir leicht in den Magen. „Dann wird sie zum Phoenix Sky Harbor International Airport gebracht, wo sie in eine Kiste gepackt und nach Russland verfrachtet wird. Vadim hat mir versprochen, dass sie ihre letzten Momente mit mir verleben wird, wenn es so weit ist."

Nicht wütend werden. Er will nur, dass du auf seinen Köder anspringst. Negative Reaktionen sind gleichbedeutend mit Verrat. Beweise ihm, dass du loyal bist.

Ich würde dem älteren Vampir schon jetzt gern den Kopf von den Schultern reißen. Niemand rührt Vienna an, schon gar nicht dieser sadistische Mistkerl. Ihr Leben wird nicht durch seine Hand enden. Das werde ich nicht zulassen. Sie wird nicht wie ein Hund in eine Kiste gepackt und durch den Zoll geschmuggelt. „Das ist eine Sache zwischen Euch und Vadim, Antoine. Ich habe fünf Jahrzehnte lang für den

Russen gearbeitet. Ich weiß, wie er ist, und kenne seine Geschäftspraktiken. Er wird Euch übers Ohr hauen und ich mag Euch zu sehr, um zuzusehen, wie er Euch untergehen lässt." Die Lüge liegt mir so verdammt bitter auf der Zunge.

„Das ist nicht, was Oberon mir erzählt, Colt. Er sagt mir, dass du deine Freundschaft zu mir nur vortäuschst." Das Skalpell klappert auf den gefliesten Boden, als es hinunterfällt und in den gefilterten Abfluss unter mir rutscht. „Offenbar ist deine Meinung über mich nicht gerade liebenswert."

Ich rolle unübersehbar mit den Augen. „Was, Ihr meint, so wie Obe seine Freundschaft mit mir vorgetäuscht hat? Ich habe ihm das Leben gerettet, nachdem er verschissen hatte, und büße seitdem bei Vadim für Oberons Sünden. Und er revanchiert sich, indem er mein Leben so unwiderruflich versaut, dass ich froh sein kann, wenn ich noch eine Nacht erlebe? Ich war Euch treu, Antoine, und Vadim auch. Ich war am Aufbau eines der kompliziertesten Menschenhändlerringe der Welt beteiligt. Und doch bin *ich* derjenige, der auf das Wort eines Serienlügners hin an seinem Hals hängt und in Stücke geschnitten wird?"

Antoine schreitet majestätisch durch das Spielzimmer. Ich nenne es einfach Spielzimmer – dieser Raum wurde nur für eine Sache entworfen und gebaut: um Dinge auf widerlichste Art und Weise zu töten, ohne dass man hinterher viel putzen muss. Achtzig Prozent des Raumes sind gefliest, einschließlich des Bodens, auf dem sich mehrere praktische Abflüsse befinden. Es gibt Schränke und Schubladen voller Folterwerkzeuge und an den dunklen Wänden hängen unzählige Fesseln.

In diesem Raum gibt es Geister, Hunderte von ihnen, die um mich herumkriechen. Ich kann sie spüren – zur Hölle, ich kann ihre Qualen riechen. Gefangene Seelen, die in einem Raum aus Blut und Schmerz eingesperrt wurden. Ich werde ihn bis auf die Grundmauern niederbrennen, bevor ich fertig bin.

„Das stellt mich vor ein Dilemma, nicht wahr? Soll ich dir glauben, meinem vertrauten Freund, oder den Geschichten, die mir ein besorgtes Mitglied von Vadims Crew erzählt?" Er hebt etwas auf und macht sich auf den Weg zurück zu mir. Als ich den Bohrer in seiner Hand sehe, rutscht mir der Magen in die gefühllosen Kniekehlen.

„Ich nehme an, Oberon wurde kürzlich befördert?", versuche ich, zu meiner Rettung zu argumentieren.

„Das wurde er, ja. Vadim versprach ihm deine Position innerhalb der Organisation als Gegenleistung für seine gute Arbeit bei der Ergreifung des Maulwurfs. Ich verstehe, worauf du hinauswillst, ja, das tue ich." Antoine tippt sich nachdenklich mit einem dicken Finger gegen die Lippen. „Wenn der Junge lügt, Colt, warum bestätigen meine Quellen deine Anwesenheit gestern Abend in dem Club, der diesem Vampir in Tucson gehört?"

Ich lüge jetzt um mein Leben. Das muss glaubhaft sein, sonst ist alles vorbei und das Spiel ist aus. Wenn der Bohrer zum Einsatz kommt, gibt es für Antoine kein Zurück mehr. Dieses besondere Folterinstrument entfesselt seine kreative Seite. „Club Toxic? Ich bin sicher, Ihr habt bereits davon gehört, was sich unter dem Nachtclub befindet?"

Der Bohrer kreischt laut. „Kläre mich auf, Colt."

„Fleischliches Vergnügen. Lucius betreibt unter der belebten Tanzfläche einen BDSM-Club ausschließlich für unsere Art. Ein Paradies für Vampire, dominante und unterwürfige gleichermaßen. Das Mädchen ist unterwürfig; ich habe sie dorthin mitgenommen, um mit ihr zu experimentieren. Ich habe selbst nicht die Ausrüstung, die Lucius dort hat, um eine richtige Session zu machen. Außerdem hatte ich Gerüchte gehört, dass der König von dem Menschenhändlerring und einigen wichtigen Mitgliedern wusste. Ich wollte mich dort unter dem Vorwand, mit meiner Unterwürfigen zu spielen, umschauen, um zu sehen, ob ich irgendwelche neuen Informationen sammeln kann."

„Hmm. Plausibel. Zu welchem Schluss bist du gekommen?"

„Bevor oder nachdem ich von diesen Idioten, die er Sicherheitsleute nennt, ins Hinterzimmer eskortiert wurde? Er weiß nichts über die Operation. Es gab keinen Funken irgendwelchen Erkennens. Wenn er gewusst hätte, dass ich in den Handel verwickelt war, wäre ich dort nicht lebend rausgekommen." Ich gebe mein Bestes, um nicht zusammenzuzucken, als er mit dem Bohrer über meinen Wangenknochen streicht und direkt unter meinem rechten Auge innehält. „Vadim und Ihr seid vor den Tucson-Vampiren sicher, Antoine. Ihr habt mein Wort."

„Keinerlei Erkennen, sagst du. Warum wurdest du dann überhaupt ins Hinterzimmer und in seine Gesellschaft gebeten?"

Ich gluckse derb und hebe meinen Blick, um in seine blassen Augen zu sehen. „Lucius' Schlampe hat Gefallen an meiner Unterwürfigen gefunden. Sie hat sie quer durch das Verlies zu sich gerufen und ins Hinterzimmer zu einer ... informellen Vorstellung gebeten." Ich lasse die Andeutung, was diese Vorstellung beinhalten könnte, in der Luft hängen. „Es gab einen Zwischenfall. Selene trank von meiner Unterwürfigen und ließ sich, wie alle Neulinge, hinreißen. Ich habe das Mädchen aus dem Raum entfernt und dabei fast einen Aufstand ausgelöst. Dann bin ich ins Hinterzimmer zurückgekehrt, als die Dinge wieder unter Kontrolle waren, wo sich Lucius und seine Gefährtin entschuldigt haben. Als wir kurz vor Sonnenaufgang zu meinem Fahrzeug zurückkehrten, stellte ich fest, dass Oberon mein Auto zerstört hatte und mich in der prekären Lage zurückließ, vom Tageslicht überrascht zu werden."

„Ach wirklich? Eine hinterhältige Taktik", murmelt Antoine und lässt den Bohrer mit einem enttäuschten Seufzer von meinem Gesicht sinken. „Warum nennst du diese Frau nicht beim Namen? Die Rh-Null?"

„Eine Spielerei braucht keinen Namen", sage ich, ohne zu zögern. Ich hasse mich dafür, dass ich mich auf diese Weise von Vienna distanziere, aber ich kann Antoine nicht erlauben, die Zuneigung in meiner Stimme zu hören, wenn ich ihren Namen ausspreche. „Was auch immer Oberon Euch für Lügen aufgetischt hat, sie entspringen seiner eigenen Fantasie und seinem Wunsch, meinen Platz einzunehmen. Obwohl er genauso alt ist wie ich, ist der Junge in vielerlei Hinsicht so unreif. Er wird jeden übers Ohr hauen, wie er es braucht, um in eine höhere Position zu gelangen, Antoine. Er hat Ehrgeiz, bewundernswerten Ehrgeiz, aber er geht es auf die falsche Weise an und bricht Brücken hinter sich ab, die er nicht abbrechen sollte."

„Ja, es sieht ganz danach aus." Antoine murmelt vor sich hin und geht wieder weg, bevor er mit einem Ruck an einem geflochtenen Goldseil eine Glocke läutet. Er wirft den Bohrer auf die Arbeitsplatte und ist offensichtlich verärgert darüber, dass er keine Gelegenheit bekommen wird, Löcher in mehrere unangenehme Stellen meiner Person zu bohren. Er winkt mit der Hand, als zwei der Sicherheitsmänner, die mich hierhergeschleppt haben, in den Raum gestürmt kommen. „Nehmt Mr. Dockery die Fesseln ab und sorgt dafür, dass er sich säubern und ankleiden kann. Bringt ihn in das Sonnenzimmer, wenn er fertig ist. Dort wird eine Mahlzeit auf uns warten."

In Wahrheit bin ich fassungslos, als Antoine ohne einen Blick zurück aus dem Zimmer geht, als hätte die letzte Stunde der Folter nie stattgefunden. Es gibt frische Narben an meinem Körper, wo ich bereits geheilt bin, und die neuesten Wunden fügen sich mit Mühe wieder zusammen, aber ich habe immer noch meinen Kopf.

Das ist mehr, als man von den meisten behaupten kann, die einen Fuß hier hineinsetzen.

Ich höre das langsame, metallische Klacken einer Winde und juble fast, als die Kette sich von meinem Hals löst. Vielleicht werde ich für den Rest der Ewigkeit einen bleibenden Abdruck der Kettenglieder in meiner Haut haben; diese Silberketten haben auf jeden Fall eine blutige Spur hinterlassen. Ich schlucke schwer und zucke zusammen, als sich das Metall von meinem Fleisch löst und am Blut kleben bleibt. Einen Moment später folgen meine Handgelenke, als einer der Wächter seinen Arm um meine Beine schlingt und mich sicher auf die kühlen Fliesen führt.

„Du musst ihm ein verdammt gutes Argument geliefert haben, Colt", murmelt er leise, als ich mich endlich entspanne. Meine Muskeln sind verkrampft und angespannt, weil ich zu lange in einer Position verharrt habe und vom Silber vergiftet wurde. „Du bist meines Wissens die einzige Person, die diese Schwelle jemals in beide Richtungen überschritt."

Ich stöhne lang und aus tiefstem Herzen. „Es hing in der Schwebe, Alex. Ich dachte, er wollte Hackfleisch aus mir machen." Der andere Wachmann, Ryan, eilt herüber und fängt an, die Ketten zu lösen. „Wie ist es so, jeden Tag für ihn zu arbeiten? Mögen ihn alle?"

„Wieso, hat er dir einen Job angeboten?" Ryan gluckst.

„So etwas in der Art." Meine Hand zittert, als ich über die Spuren an meinen Handgelenken reibe. Sie sind vor Blutergüssen fast schwarz und mit getrocknetem Blut verkrustet. „Die beste Art, einen potenziellen Arbeitgeber einzuschätzen, ist es, seine Mitarbeiter zu fragen."

„Lauf und schau nicht zurück", lautet Ryans zügiger Rat.

Alex seufzt schwer und wischt sich mit der Hand über

das Gesicht. „Colt braucht frische Kleidung, Ryan, seine alten Klamotten sind kaputt. Warum schaust du nicht nach, ob wir irgendwo eine Ersatzuniform haben? Wir können den armen Kerl doch nicht nackt herumlaufen lassen." Er schlingt seinen Arm um meine Taille, als Ryan losläuft, und zieht mich zu einem Zuschauersessel in der Ecke des Raums. „Ich bin überrascht, dass er deinen Schwanz unversehrt gelassen hat; normalerweise ist das das erste Anhängsel, auf das er losgeht. Hast du ein vierblättriges Kleeblatt auf deinem Arsch, Colt? Das Glück ist heute Abend auf deiner Seite."

„Das kannst du laut sagen", stimme ich zu und lasse mich mit einer Grimasse auf den Stuhl sinken. Ich fühle mich so verdammt alt. Ich kenne Alex jetzt schon eine ganze Weile. Ich betrachte ihn eher als Freund als als einen Bekannten; ich werde seiner Meinung vertrauen, was auch immer er mir sagen wird. „Arbeitest du gern hier?"

„Wenn du eine Wahl hast, nimm dir Ryans Worte zu Herzen und lauf. Wenn du erst einmal in Antoines Diensten stehst, kommst du nur noch durch den wahren Tod von hier weg." Er spricht leise und behält den Blick auf die Tür gerichtet. „Oberon war vorhin hier, dieses selbstgefällige kleine Arschloch. Hat er etwas, dass dir gehört?"

„Ja, hat er. Ich habe vor, es mir zurückzuholen."

Alex nickt langsam. „Hier ist in letzter Zeit jede Menge Scheiße passiert. Scheiße, mit der ich nichts zu tun haben will. Der alte Mann ist wahnsinnig, Colt; dieser Wahnsinn verbreitet sich unter den Angestellten wie ein Fieber. Die Phoenix-Vampire halten sich nicht mehr an die Regeln des Überlebens. Sie stellen ihre Anwesenheit in der Stadt zur Schau, töten rücksichtslos und unnötig. Ich weiß von … deinen Verbindungen in Tucson. Haben sie vor, sich in nächster Zeit mit diesem Desaster hier zu befassen?"

Meine Lippen zucken. „Schneller, als du denkst."

„Wenn das hier vorbei ist, würdest du ein gutes Wort bei

Lucius für mich einlegen, sollte ich dann noch leben? Ich will hier raus, solange ich noch kann. Tucson scheint für Vampire empfänglich zu sein, wenn Lucius sein Einverständnis gibt. Wenn die Welt wirklich vor die Hunde geht, möchte ich lieber im Siegerteam sein, bevor sich die Höllentore öffnen."

Ich sehe kein Problem darin, eine Empfehlung auszusprechen. „Sicher, ich werde ihn fragen. Die endgültige Entscheidung liegt bei ihm und wenn er Nein sagt, kann ich dir nicht helfen. Aber ich bin bereit, mich für dich zu engagieren."

„Danke, das weiß ich zu schätzen. Hör zu, Oberon hat einem der Wächter gegenüber mit der heißen Braut geprahlt, die er dem Russen bringt. Er hat vor, sie heute Abend aus Tucson wegzuschaffen und hierher nach Phoenix zu bringen, damit sie morgen Abend abfliegen kann." Alex beißt sich auf die Lippe, dann rasselt er die Adresse eines zwielichtigen Hotels hinunter, von dem ich aus Erfahrung weiß, dass dort viele unserer Kollegen Drogensüchtige und Prostituierte aufsuchen, um von ihnen zu trinken. „Dort wird sie sein."

Triumph durchströmt meine Adern und überwältigt Schmerz und Erschöpfung. Sosehr ich den Gedanken hasse, von einem von Antoines angeschlagenen Sklaven zu trinken, ich habe keine andere Wahl. Mein Körper versagt und kämpft mit den Verletzungen, die ich mir in den letzten zwölf Stunden zugezogen habe. Ich brauche Blut, um den Verlust auszugleichen, damit ich heilen kann. Sobald ich getrunken habe und wieder kampfbereit bin, wird Antoine sterben und jeder andere, der möchte, dass heute Nacht seine letzte Nacht ist.

Dann wird Oberon eine böse Überraschung in seinem Hotelzimmer erleben.

„Warum hat er sie nicht mitgebracht, als er meinen jämmerlichen Arsch den ganzen Weg hierhergefahren hat? Es ergibt keinen Sinn, zweimal an denselben Ort zu fahren. Es muss einen Grund geben", murmle ich vor mich hin.

„Soll ich raten? Wenn sie etwas Besonderes ist und Antoine sie haben will, würde Oberon es nicht riskieren, sie auf das Grundstück mitzubringen, während er dich ausliefert. Antoine hätte keine Skrupel, sie aus dem Besitz eines anderen Vampirs zu entreißen, vor allem, wenn dieser Vampir in der Hierarchie unter ihm steht."

Ja, das ergibt Sinn. Es ist besser, zweimal zu fahren, als dem Franzosen die Chance zu geben, Obe Vienna vor der Nase wegzuschnappen. Ein Fehler wie dieser würde Vadim den perfekten Grund geben, Oberon zu beseitigen … dauerhaft.

Ryan marschiert mit einem Arm voller schwarzer Kleidungsstücke wieder herein. Ich glaube, ich wäre lieber nackt, als diese beschissene Uniform zu tragen. Er mustert mich und starrt Alex an. „Du hättest ihn wenigstens waschen können. Antoine wird ungeduldig werden; du weißt, wie er ist, wenn er mit dem … oooh, das Skalpell war heute Nacht die Waffe seiner Wahl, was? Autsch."

„Ja, nicht meine Lieblingsmethode", murmle ich. „Hör zu, sag mir einfach, wo ich mich duschen kann. Ich werde mich waschen, anziehen und in zehn Minuten bei Antoine sein. Es macht keinen Sinn, ihn warten zu lassen."

Überhaupt keinen Sinn. Er hat heute Abend eine Verabredung mit dem Sensenmann; ich würde es hassen, seine Abreise aus dieser Welt zu verzögern.

* * *

VIENNA

Die Dunkelheit erdrückt mich. Ich stelle mir immer wieder vor, wie lange Tentakel dieses verdammten Zeugs an meiner Kehle hinunterkriechen und sich in meine Lungen winden, bis ich nicht mehr atmen kann. Ich denke ständig, dass ich Colt in diesem kleinen Raum riechen kann, nur einen Hauch seiner Anwesenheit. Irgendwie hält mich das davon ab, völlig durchzudrehen.

Die kleine Kiste ist gesichert. Es gibt keine Waffen und keinen Radmutternschlüssel, der in einem Geheimfach unter dem Boden versteckt ist. Verdammt, der beschissene Boden besteht aus nichts als einer einzigen vernieteten Metallplatte. Der ganze Raum ist ein Ofen, der mich langsam von innen nach außen kocht und mir den letzten Schweißtropfen aus dem Körper presst. Rinnsale strömen aus meinen Poren und brennen in meinen Augen.

Ich weiß nicht, wie viel Zeit verging, bis ich einschlief – zusammengerollt zu einem unbeholfenen Ball und geblendet vom Schmerz –, aber als ich aufwachte, war mein Arm fast wieder normal. Jetzt fühlt er sich nur noch schwach an, trotz des Biegens und Drehens, mit dem ich versucht habe, die Extremität zu stärken. Vampirblut heilt alles, wie es scheint, sogar gebrochene Knochen. Ich bin einfach nur erleichtert, dass der verdammte Schmerz weg ist und ich wieder klar denken kann.

Ich denke darüber nach, wie ich von diesem Verrückten verschwinden und Colt finden kann. Wie ich die Hölle überlebe, die wie eine Lawine aus Tod und Chaos auf mich zurollt. Ich denke, ich kann es mit Oberon aufnehmen. Es war ein Fehler von ihm, mich zu heilen.

Reynolds hat ihn nicht am verabredeten Ort getroffen und ich vermute, dass jetzt ein Todesurteil über seinem Kopf schwebt. Nicht, dass es mich etwas angehen würde. Was mich betrifft, verdient er alles, was auf ihn zukommt. Aber durch seine Abwesenheit ist Oberon ganz allein. Sobald er die verdammte Tür öffnet, gehört der Drecksack mir.

Ich wünschte, ich hätte Colt gebeten, mich schon früher zu verwandeln. Zu Hause, im Lagerhaus, anstatt zu warten, bis wir im Club sind. Ich hätte darauf drängen können. Das alles hätte so leicht vermieden werden können, wären wir anders vorgegangen. Jetzt ist es, wie es ist. Der Weg ist vorgezeichnet und meine Füße werden ihm folgen, bis ich an eine Weggabelung komme.

Geduldig sitze ich in der Dunkelheit und warte. Ich schließe meine Augen und hülle mich in eine Decke aus meinen eigenen Schatten. Meine Dunkelheit ist anders als die, die mich umgibt. Ich kann sie kontrollieren und die klaustrophobische Panik so in Schach halten. Ich denke an Colt und unsere Zukunft und daran, wie die nächsten fünfzig, hundert, tausend Jahre des Lebens mit ihm aussehen werden.

In Tagträumen versunken, bemerke ich die plötzliche Stille fast nicht.

Der Motor ist aus.

Mit gespitzten Ohren warte ich darauf, dass sich die Fahrertür schließt. Ich krieche näher an die Rückwand, stütze mich mit den Händen ab und ziehe die Knie an die Brust. Ich habe zwar keinen Radmutternschlüssel, aber Colt hat mich nicht ohne Grund mit einem Paar Stahlkappenstiefeln ausgestattet.

Sobald sich die Tür öffnet und Oberons Gestalt die Lücke ausfüllt, ramme ich ihm die beiden dicken Stiefelsohlen mit aller Kraft, die ich aufbringen kann, ins Gesicht. Sein Blut hat mir zwar nicht die Illusion von Superheldentum verliehen wie das von Colt, aber ich fühle mich stark und fit. Umso mehr, als ich spüre, wie seine Nase unter dem Druck zerspringt. Der Kick der Gewalt nährt mein Selbstvertrauen.

Der Vampir taumelt mit einem Heulen zurück; ich gehe in die Hocke, halte mich an den Seiten der Tür fest und stürze hinter ihm her. Meine Stiefel schlagen auf dem Asphalt auf und ich stürme mit der Schulter voran auf ihn zu. Ich treffe seinen Bauch und erwische ihn unvorbereitet, sodass er auf den Rücken fällt.

Aber Arme umschlingen mich wie Stahlbänder und

reißen mich von den Füßen. Wütend und schockiert werfe ich meinen Kopf zurück und schlage mit dem Schädel gegen eine stählerne Brust. Benommen hämmere ich mit aller Kraft, die ich habe, mit den Versen gegen die Beine meines Fängers und versuche verzweifelt, mich zu befreien.

„Na, jemand hat Kampfgeist. Ich freue mich schon darauf, zu sehen, wie viel Energie sie am Samstag in ihre Schwängerung steckt." Der russische Akzent lässt mir das Blut in den Adern gefrieren. „Ivan, geh mit Boris. Begleite unser neues Weibchen in ihr Zimmer und stelle sicher, dass sie nirgendwohin geht. Wir kommen gleich nach."

Verdammte, verfluchte, beschissene Scheiße. Der russische Schleimer ist in seiner ganzen schmierigen Pracht hier. Das stand nicht auf meiner Liste von Dingen, die ich erwartet hatte, und es hat meine Fluchtpläne gründlich über den Haufen geworfen. Ich höre jetzt schon, wie die Zahnräder anfangen zu schleifen und die Dichtungen platzen. Plan A braucht dringend eine schnelle Überholung.

Die Arme um mich herum lockern sich nicht, als ich buchstäblich von der Straße getragen werde und durch ein paar doppelte Glastüren, die mit einem Spinnennetz von Rissen im schmutzigen, sprühlackierten Glas zu explodieren drohen. Der Flur stinkt nach Zigaretten, Sex und Urin, aber mein Träger scheint sich an dem Gestank nicht zu stören.

Sie plaudern auf Russisch miteinander, sodass ich sie nicht verstehen kann. Unhöfliche Drecksäcke. Ivan und Boris, ja, da war jemand sehr kreativ, als es um die Namensgebung für seine Kinder ging. Wenn das nicht *typisch* russisch ist, dann weiß ich auch nicht.

Ich versuche alle möglichen Tricks, um den riesigen Vampir dazu zu bringen, mich loszulassen. Ich drehe mich, wende mich, zapple, beiße, trete, kratze. Der untote Mann ist aus Teflon, glaube ich. Völlig antihaftbeschichtet. Ich weiß nicht einmal, welcher von den beiden mich festhält, aber der andere verlangt nach einem Tritt in die Fresse, so wie er grinst und mit der Zunge auf höchst laszive Weise über seine Lippen leckt.

Wir steigen zwei Treppen hinauf, um zu unserem Ziel zu gelangen, und es scheint, je höher wir kommen, desto schlimmer werden das Graffiti und der Vandalismus. Es gibt Kunstwerke und obszöne Grafiken an den Wänden, sexuelle Einladungen und Telefonnummern, die in den schimmligen Putz geritzt wurden. Die Wände sind so dünn, dass ich die Geräusche von rauem, unattraktiven Sex hören kann, der in einer eigentlich privaten Umgebung stattfinden sollte.

Niemand will eine Frau hören, die darum bettelt, härter und härter und härter gefickt zu werden. Wenn er es beim ersten Mal nicht hart genug macht, wird er sich auch beim zweiten und dritten Mal nicht mehr Mühe geben.

Colt hat dieses Problem nicht. Er dringt hart, schnell und tief ein und macht weiter, bis ich ein knochenloses, lebloses Häufchen in der Mitte der Matratze bin. Er ist ein großzügiger Liebhaber und ich habe die feste Absicht, ihm mehrfach das Hirn herauszuficken, wenn wir das alles überleben. Ich will verdammt sein, wenn ich sterbe, ohne diesen Körper noch einmal in meinem zu spüren.

Der erste Russe vergleicht eine Türnummer mit einem Schlüssel in seiner Hand, schließt sie auf und tritt dagegen. Ich knurre und fluche, als mich der zweite Russe hineinzerrt und auf das Doppelbett in der Mitte des Raumes wirft. Meine Haut kribbelt bei dem Gedanken, welche Krabbeltiere bereits von den Laken auf meinen Körper kriechen und ich rutsche von der anderen Seite des Bettes und drücke mich mit dem Rücken gegen die Wand.

Die Vampire machen keine Anstalten, mich aufzuhalten. Das Zimmer ist ein Drecksloch. Bett, Kommode, Nachttische. An den Wänden nichts als Schimmel und Dreck. Der Teppich hatte vielleicht einmal einen Hauch von Farbe, aber jetzt ist er schmuddelig braun und fast schwarz von den vielen Füßen, die darauf gelaufen sind. Es gibt nicht einmal ein verdammtes Fenster, aus dem ich hinausklettern könnte, um Himmels willen. Das ist ein Zimmer, das zum Ficken gedacht ist. Stundenweise Bezahlung, kein Zimmermädchen, keine Hygienestandards.

Ich nehme an, das Badezimmer ist … nein, darüber will ich gar nicht nachdenken.

Wie willst du hier in einem Stück herauskommen, Vienna?

Ich habe keinen blassen Schimmer.

Die Russen sind beide große Männer. Der, der mich hinaufgetragen hat, ist wesentlich größer als der andere. Rasierte Köpfe, struppige Bärte, kalte Augen. Mit diesen beiden kann man nicht verhandeln – und ich vermute, auch nicht mit dem Mann, der mit einem blutverschmierten Oberon an seiner Seite durch die Tür kommt.

Drei Russen und eine Heulsuse.

Nicht gerade die besten Ausgangsbedingungen.

„Wir sind uns noch nicht richtig vorgestellt worden. Mein Name ist Vadim Chernov. Ich bin der Avtoritet der russischen Mafia und dein neuer Master. Du wurdest für mein Zuchtprogramm ausgewählt, weil du etwas Besonderes bist, ja? Dein Blut ist golden."

Gott, er liebt es, seinen Akzent als Einschüchterungstaktik zu verstärken, nicht wahr? Das ist mir egal. Wenn er denken will, dass er ein großer, starker Mann ist, der die Situation im Griff hat, soll er an diesem Gedanken gut festhalten. Von mir aus kann er damit schlafen wie mit einem verdammten Teddybären. An seinem Daumen lutschen und sich im Bett an seinen Machoscheiß kuscheln. Was auch immer sein Ding ist; es ist ganz egal in Bezug darauf, wie das hier enden wird.

„Mein Blut ist rot", korrigiere ich spöttisch. „Genau wie seins", füge ich mit einem Nicken in Oberons Richtung hinzu. „Wenn du willst, kann ich dir zeigen, wie rot deins ist, wenn ich dieses Scheißzimmer hier damit umdekoriere. Und wenn du glaubst, dass ich euch nicht alle vier fertigmachen kann, dann nur zu, Kumpel." Ich hebe meine Fäuste in eine Boxposition. „Was du bist, macht mir keine Angst, *Vadim*." Ich achte darauf, dass ich seinen Namen mit einer großen Portion Verachtung ausspreche.

„Das sollte es", knurrt er zurück und zeigt mir seine mörderischen Schneidezähne. „Ich bin kein gewöhnlicher Vampir. Ich kann dich bis zum letzten Tropfen aussaugen und dann warten, bis du dich wieder regenerierst. Immer wieder und wieder auf alle möglichen schmerzhaften Weisen. Du solltest Respekt vor deinem Master lernen, bevor du nach Russland kommst. In Russland gibt es niemanden, der sich mir in den Weg stellt, wenn ich beschließe, dich auf offener Straße zu töten. Ich kann mit dir machen, was ich will, wo ich will, und niemand wird einen Finger krümmen, um dir zu helfen."

„Bla bla. Bla bla. Bla bla." Ich verdrehe die Augen über seine Prahlerei und spanne die Muskeln in meinen Schultern an. Die beiden Vampire, die Vadim begleiten, bewegen sich unmerklich. Ihre Körpersprache wechselt von entspannt zu wachsam. Sie warten auf Befehle. „Du hast mehrere schreckliche Fehler gemacht, Vadim. Erstens bist du in den Menschenhandel eingestiegen. Schlechte Idee. Zweitens hast du dein Geschäft nicht nur nach Amerika gebracht, sondern den ganzen Schlamassel auch noch in Lucius' Gebiet geschleppt. Drittens, du und deine Handlanger haben sich die falsche Frau zum Entführen ausgesucht. Viertens, du hast mich noch nicht getötet. Ich könnte weitermachen", sage ich lässig, „aber die Quintessenz ist, dass der Preis für den größten Schwachkopf an dich geht."

Vielleicht sollte ich mich fragen, ob es zu diesem Zeitpunkt eine gute Idee ist, bei einem Vampir ein Feuer der puren Wut zu entfachen. Nach Vadims Drohungen würde ich sagen, dass die Antwort *Nein* lautet, aber ich kann mir ehrlich gesagt nicht helfen. Ich habe keine Ahnung, ob oder wann Colt mich finden und retten kann oder ob er überhaupt noch auf dieser wunderschönen Welt wandelt. Meine Zukunft hängt davon ab, was heute Abend in diesem Zimmer passiert – ich spüre es genauso sicher wie mein Herz, das unregelmäßig in meiner Brust schlägt.

Während ich den kleinen russischen Avtoritet mit prüfenden Augen studiere, gebe ich mir keine hohe Überlebenschance. Er hat den Körperbau eines Mannes, der andere die harte Arbeit für sich machen lässt. Er hebt eine Hand und sie springen zur Tat. Man sieht es an der korpulenten Wampe und den dicklichen Wangen. Unter dem perfekt sitzenden Anzug befinden sich keine Muskeln, sondern nur Fett. Wenn ich meine Finger in seine Taille drücke, wette ich, dass er wabert wie ein Wackelpudding.

Ich muss zugeben, er ist tadellos gekleidet. Nicht eine Falte im Stoff seines dunkelgrauen Anzugs, keine Flecken oder Abdrücke auf seinem makellos weißen Hemd. Sein Haar ist schwarz, genauso kurz geschnitten wie das von Colt und nach hinten gekämmt. Er ist ein grau melierter Vampir, mit silbernen Akzenten in den kurzen, dunklen Strähnen. Er ist glattrasiert – ich stelle mir vor, wie er mit einem Handtuch um den Hals auf dem Stuhl sitzt und einer seiner Lakaien eine altmodische Rasierklinge in die Hand nimmt, bevor er mühsam alle verirrten Stoppeln aus dem Gesicht des Russen schabt, die es gewagt haben, dort zu wachsen.

Aber es sind seine Augen, die die ganze Macht zeigen.

Eisblau und so blass, dass sie fast durchsichtig sind. Sie sprühen mit einer Fülle von Feindseligkeit und Gewalt sowie einer Verachtung für Sterbliche – für *mich* –, selbst wenn er meinen Wert als Rh-Null dagegen abwiegt, mir hier und jetzt das Genick zu brechen. Für den Oberboss der russischen

Mafia hat er ein unglaublich leicht zu lesendes Gesicht und ich will dieses Buch weglegen und es verbrennen.

Er will mich wirklich umbringen.

„Fesselt sie", befiehlt er leise und mit einem mörderischen Ton in der Stimme. „Seid nicht sanft. Normalerweise würde ich nicht wollen, dass die Ware vor dem Transport verletzt wird, aber ein paar blaue Flecke könnten ihr die Augen für die Realität dessen öffnen, was sie erwartet. Knebelt sie, wenn sie zu viel Lärm macht. Ich bezweifle, dass Schreie hier Beachtung finden, aber wir wollen kein Risiko eingehen. Wenn sie sich benimmt, darf sie gefüttert und getränkt werden. Wenn nicht … lasst sie hungern."

Auf geht's, denke ich mir und wippe auf den Zehenspitzen.

Ich setze darauf, dass Oberon nicht eingreifen wird, wenn er es nicht muss. Der kleine Wichser hat mein Können bereits zu spüren bekommen und ist nicht scharf darauf, in eine zweite Runde zu gehen. Es bleiben also noch Boris und Ivan. Sie sind beide gewaltig, beide viel größer als ich und beide darauf trainiert, Befehle zu befolgen.

Sie schätzen mich genauso schnell ein wie ich sie. Sie suchen nach Schwachstellen, Verwundbarkeit. Ich kenne meine. Weiblich, eher klein und leicht. Sterblich, was besonders unfair auf die Waagschale drückt.

Obwohl die Situation schlimm ist, finde ich es amüsant, dass sich noch keiner von uns bewegt hat. Sie warten darauf, dass ich versuche, die Flucht zu ergreifen, und durch den Raum stürme. Sie brauchen eine Beutereaktion, um die Jagd auszulösen. Ich? Ich bin niemandes verdammtes Kaninchen.

„Also, bevor ich euch beide vermöble, wer ist wer? Du bist Boris, richtig?" Ich wende mich zuerst an den größeren Glatzkopf. „Du siehst aus wie ein Boris. Taub, dumm und voll von …"

Er knurrt auf eine Art und Weise, wie ich es noch nie gehört habe: tief, kehlig, als ob sein Dämon den Ton aus den

Abgründen der Hölle heraufbeschwört. *Das* nenne ich Einschüchterung. Das Geräusch dringt in meine Lunge und entzieht mir mit einem heftigen Griff den letzten Hauch von Luft. Offenbar ist Boris nicht so dumm, wie er scheint. Er schnappt nach mir wie ein verdammter Deutscher Schäferhund. „Ich Ivan", sagt er mit dem wohl stärksten russischen Akzent, den ich je gehört habe. „Du tot."

„Dann komm schon, Trottel. Ich habe es satt, dass mir alle drohen, mich zu töten."

Sie bewegen sich als Einheit, lösen sich voneinander und kommen aus zwei Richtungen auf mich zu. Als sie sich bewegen, tue ich es auch. Ich rutsche zurück in die Ecke und untergrabe ihre Strategie, bevor sie mich berühren können. Ich brauche mir keine Sorgen zu machen, dass mich einer von hinten packt, während ich den anderen abwehre. Ich schränke damit meine eigenen Bewegungen ein, aber das ist es wert, zwei solide Wände am Rücken zu haben.

Überraschenderweise ist es Boris, der zuerst auf mich zukommt. Er will mich töten und greift nach meiner Kehle. Ihre Befehle lauten nicht, mich zu töten, und ich weiß, dass sie beide nicht so weit gehen würden. Nicht gegen das Wort ihres Bosses. Ich bin zu wertvoll. Aber, wie Vadim sagte, blaue Flecken sind erlaubt und sie wollen ihren Spaß mit mir haben, daran habe ich keinen Zweifel.

Ich schlage seine Hände zur Seite, erst links, dann rechts, und trete mit dem Fuß. Die Stahlkappe meines Stiefel trifft ihr Ziel perfekt und ich zucke fast zusammen, als ich spüre, wie etwas Weiches beim Aufprall zerquetscht wird. Ich kann wie ein gottverdammter Maulesel treten, wenn ich wütend bin, und ich halte mein Temperament jetzt nicht zurück. Ich bin sicher, Vampire können sich von einem Hodenbruch erholen.

Boris stößt ein unglaublich quietschendes Geräusch aus, seine Augen weiten sich und er greift sich in den Schritt. Er fällt in Zeitlupe auf die Knie, sinkt in sich zusammen wie ein geplatzter Ballon und hat keine Abwehr gegen die Faust, die ich ihm in die Nase ramme. Blut spritzt, dann wird es verschmiert, als ich ihm erneut gegen den Kiefer schlage. Normalerweise bin ich nicht so stark, aber dank Oberons Blutspende habe ich einen zusätzlichen Vorteil.

Ich stoße ihn mit dem Fuß an, um ihn auf den Boden zu werfen, und schaue Ivan mit hochgezogener Augenbraue an. „Bobo fühlt sich nicht so gut. Vielleicht solltet ihr euch ein anderes Zimmer nehmen und du kannst ihn besser fühlen lassen." Ich wackle anzüglich mit den Augenbrauen. „Ich wette, es wäre nicht das erste Mal, dass du seinen Schwanz lutschst, oder? Ihr zwei seid ein wirklich süßes Paar."

Es ist wie bei diesem ‚wissenschaftlichen' Experiment in der Schule, bei dem jemand Minzbonbons in eine Colaflasche wirft und sie schüttelt. Es dauert ein paar Sekunden, bis die Elemente miteinander reagieren und dann: *Bumm*! Eine gewaltige Explosion von Minzschaum der etwa zwei Meter hochschießt.

Ivans Temperament ist diese Fontäne aus Schaum.

Er wirft den Kopf zurück und *brüllt*. Ich bin mir ziemlich sicher, dass die Teilnehmer jeder fleischlichen Sünde, die in diesem Höllenloch von einem Gebäude passiert, gleichzeitig innehalten, um dem absolut animalischen Klang der Wut zu lauschen. Er bückt sich und packt seinen Kameraden an der Vorderseite seiner Jacke. Dann wirft er die schlaffe, stöhnende Gestalt auf das Bett neben uns, ohne seine Glupschaugen von mir abzuwenden.

Scheiße. Dieser Bestie bin ich nicht gewachsen.

Ivan schließt die Hand um meine Kehle und drückt so fest zu, dass er mir sofort die Luft abschneidet. Ich habe keine Chance, schnell noch einmal einzuatmen. Noch einmal versuche ich es mit einem Tritt in die Nüsse, aber er weiß Bescheid und blockiert mit seinem dicken Oberschenkel zuerst meinen Fuß und dann mein Knie. Gegen seine Brust zu hämmern ist wirkungslos und meine Fäuste prallen an so muskulösen Brustmuskeln ab, dass man stundenlang darauf herumtrommeln könnte. Dieser Kerl ist in Bezug auf seine körperliche Fitness ganz anders als sein Boss.

Mein Brustkorb will implodieren und meine Lunge schreit nach Luft. Benommen und schwebend höre ich, wie Oberon Ivan anfeuert. Ich höre, wie Vadim sein braves, kleines Schoßhündchen ermutigt, den Job zu erledigen. Ich habe kaum noch die Kraft, meine Arme zu heben, aber ich zwinge mich, sie zu heben und zu heben, bis meine Hände sein Gesicht erreichen. Es scheint so weit weg zu sein, rutscht ganz nah heran und verschwindet dann wieder aus meinem Blickfeld.

Er wird dich nicht umbringen, aber du wirst dir wünschen, er hätte es getan, wenn du gefesselt und geknebelt aufwachst. Du musst dich aus seinem Griff befreien. Du musst dich befreien, bevor du ohnmächtig wirst. Colt kann dich nicht retten. Tu etwas!

Ich hoffe, ich bin nicht so lila, wie ich mich fühle. Ich fühle mich lila. Mein Kopf fühlt sich schwer und doppelt so groß an. So schwer, dass ich ihn nicht länger aufrecht halten kann. Unter meinen Fingern spüre ich Haut. Kalte Haut. Wangenknochen. Ich grabe meine Fingerspitzen in die festen Wangen, kratze mit den Nägeln über sein Fleisch, bis sie sich festbeißen und halten. Mit meinen Daumen taste ich nach den weichen Rundungen von Ivans Augäpfeln und stoße fest hinein, ohne zu bereuen, wie eklig das ist, was ich gerade tue.

Ich halte mich mit aller Kraft fest, während der Vampir versucht, mich wegzuschlagen. Er riskiert, zu viel Schaden davonzutragen, und die einzige Möglichkeit, mich abzuwehren, ist, mich loszulassen. Ich werde von Sekunde zu Sekunde schwächer und setze alles daran, ihm meine Daumen in die Augen zu bohren.

Ein Schrei ertönt, schmerzhaft und verzweifelt, als etwas

unter meinem rechten Daumen aufplatzt und Flüssigkeit über meine Hand an meinem Handgelenk hinunterläuft. Ich bin halb weggetreten, schwebe, losgelöst von meinem Körper, als meine Lunge sich aufbläht und ich den Sauerstoffschub in meinem Gehirn registriere.

Gerade noch rechtzeitig, um einen schweren Schlag gegen meine Schläfe zu spüren, der mir das Licht ausknipst.

12

Colt

KEIN WUNDER, dass Antoines Wachen immer so verdrießlich aussehen, wenn ich sie sehe. Diese Uniform ist zum Kotzen. Das Material ist steif und unnachgiebig und ich bin nur wenige Sekunden davon entfernt, mir die oberste Hautschicht vom Körper zu kratzen. Bei all dem Geld, das Antoine zur Verfügung steht, könnte der Geizhals wenigstens sein Sicherheitsteam mit bequemer Kleidung ausstatten.

Ich sitze im Sonnenzimmer auf meinem üblichen Sessel und versuche, nicht zu sehr zu zappeln. Meine Wunden brauchen zu lange, um zu heilen, und jede Bewegung, die ich mache, reißt sie wieder auf. Die Uhr in meinem Kopf tickt auf den Sonnenaufgang zu. Ich habe nicht mehr als eine Stunde Zeit, um diesen Job hier zu erledigen und mich auf den Weg zu den Slums zu machen, wo Oberon meine Vienna hinbringen will. Ich muss vor Sonnenaufgang dort ankommen, in den stinkenden Mauern Schutz suchen und mein Mädchen finden.

Antoine hingegen ist lächerlich wählerisch bei der Auswahl seines Essens.

Mit Auswahl meine ich die Reihe von verwahrlosten Menschen, die vor unseren Sesseln aufgereiht stehen. Sechs Individuen, die so aussehen, als wäre zu einer Mahlzeit zu werden das Beste, was ihnen das ganze Jahr lang passiert ist. Drei weiblich, drei männlich. Keiner von ihnen ist älter als Anfang zwanzig. Alle sind an den Handgelenken gefesselt und die Ketten führen zu Eisenringen, die im Boden eingelassen wurden.

Zwei Frauen und einer der Männer sind blond und blauäugig. Antoine scheint die helle Farbe zu mögen. Die andere Frau hat schwarzes Haar und haselnussbraune Augen. Ihr Ausdruck ist trotzig und erinnert mich so sehr an meine Füchsin, dass es wehtut. Die letzten beiden Männer haben braunes Haar. Ich weiß nicht, welche Farbe ihre Augen haben; sie heben ihren Blick nicht von den Ringen, an denen sie festgekettet sind.

Keiner der sechs hat auch nur einen Hauch von Kampfgeist.

Die beiden brünetten Jungen tragen ein Stück Stoff über ihren Lenden, aber die anderen vier in der Reihe haben die knappe Kleidung an, die Antoine von seinen Hausangestellten verlangt. Seine Sklaven. Ihm müssen die Menschen ausgehen, wenn er seine Sklaven jetzt als Nahrungsquelle benutzt. Entweder das, oder diese armen Kreaturen haben ihren Nutzen für ihn endgültig verloren.

„Menschen sind eine solche Enttäuschung", sinniert Antoine und reibt sich mit seinem dicken Finger über die Lippen, während er seine Auswahl betrachtet. „Im Vergleich zu unsereiner sind sie so schnell ausgebrannt. Diese hier sind erst seit ein paar Monaten bei mir und schon sind sie reif für die Schlachtbank. Sie vernachlässigen ihre Pflichten, in meinem Haus und mir gegenüber."

Vernachlässigen ihre Pflichten. Was für ein Schwachsinn. Ich kann auf allen sechs gebrechlichen Körpern Spuren von brutalen Schlägen sehen. Sie wurden weder gefüttert noch richtig gepflegt. Sie tragen den Geruch von Armut und riechen wie die Bettler, die ich in meinen jungen Jahren einen nach dem anderen in schmutzigen Gassen aufgegabelt habe. Ich erinnere mich noch gut daran und es macht mich krank, wenn ich daran denke, dass Menschen nach so vielen Jahrhunderten immer noch unter diesen Bedingungen gehalten werden.

Dazu kommt der starke Gestank von Sperma. Menschlich und hündisch. Mehr als einer von ihnen hat eine gewisse Zeit in den Zwingern verbracht. Benutzt und missbraucht, geschlagen und gebrochen. Sie wurden zu nichts weiter als Fleischhüllen reduziert, gehalten zu Antoines Vergnügen und Unterhaltung.

Ich schlucke die Galle hinunter und stelle mir vor, wie ich ihn für seine Verbrechen gegen die Menschheit leiden lassen könnte. Mehr kann ich nicht tun. Die Minuten vergehen und ich habe keine Kraft, meiner Kreativität freien Lauf zu lassen und das fette, falsche französische Schwein so schmerzhaft zu zerlegen, wie ich es gern tun würde. Ihm seine eigenen Eingeweide zu füttern, wäre meiner Meinung nach ein absolut vernünftiger Anfang.

Antoine schnippt mit den Fingern und zeigt auf eine kleine Blondine, die kaum mehr als einen Stringtanga und einen BH trägt. Sie hat blaue Flecken in Form von Fingern an den Innenseiten ihrer Oberschenkel und gelblich grüne Flecken auf der Wange und am Nacken. Getrocknetes Sperma klebt an ihren Beinen und ihre Augen ... ihre hübschen blauen Augen, die zweifellos einst vor Lachen und Leben sprühten, sind bis in die Tiefe ihrer Seele tot. „Die da wird genügen. Sie ist nutzlos, kann nicht einmal das Silber polieren."

Garçon tritt aus dem Schatten hinter den sechs hervor und hält die Schlüssel in der Hand. Er umrundet das Ende der Reihe, schlendert zu dem unglücklichen Mädchen, löst ihre Handschellen schnell und reißt sie von den anderen weg. Sie zuckt zusammen, macht sich klein und hält den Kopf gesenkt. „Ausgezeichnete Wahl, Monsieur", kommentiert er und leckt dem falschen Franzosen den Arsch.

„Colt? Hast du gewählt?" Antoine deutet mit einem Winken zu den übrigen Sklaven, als wollte er sagen: *Sieh doch nur, was ich dir zur Verfügung stelle.*

Meine erste Wahl ist das schwarzhaarige Mädchen. Diejenige, die Vienna ähnelt. Aber sobald Antoine nicht mehr da ist, werden die Dinge hier aus den Fugen geraten. Ich hoffe, dass Alex und Ryan in der Lage sein werden, so viele Menschen wie möglich in Sicherheit zu bringen, bevor Antoines Reich zusammenbricht. Vielleicht muss ich darauf bestehen, ein Gefallen für einen Gefallen.

Sie hat eine Chance. Wenn sie es schaffen, sie in die freie Welt zu bringen, kann sie bezirzt und die Erinnerungen an ihre Zeit hier unterdrückt werden. Ich sehe keinen Sinn darin, das, was von ihrem Funken übrig ist, zu ersticken, wenn ich dieser Hölle in weniger als einer Stunde ein Ende bereiten werde.

Ich zeige auf das andere blonde Mädchen und mein Gewissen kämpft gegen die Entscheidung, die ich treffe. Es fühlt sich auf so vielen Ebenen falsch an, aber es ist eine Notwendigkeit. Wenn ich meine Mission bis zum Ende durchziehen will, muss ich trinken. „Die sieht appetitlich aus."

Pflichtbewusst nimmt Garçon ihr die Handschellen ab und schiebt sie nach vorn, damit sie neben ihrer Freundin steht. Ohne ein weiteres Wort löst er die Ketten der vier nicht Gewählten von den Ringen, hält sie in der Hand und schleppt sie aus dem Raum zu unbekannten Schrecken, sodass wir in Ruhe trinken können.

„Komm her, Mädchen." Ich höre das unmissverständliche Bezirzen in Antoines Befehl und beobachte, wie seine Mahlzeit zögerlich nach vorn tritt und sich vor ihn hinstellt. Als er sie an sich zieht und mit der Hand zwischen ihre Schenkel gleitet, schaue ich angewidert weg, aber es reicht nicht aus, um ihre verzweifelten Schreie zu unterdrücken.

Schon bald werden ihre kläglichen Schmerzensschreie vom lauten Schlürfen eines Tieres übertönt, das sich an seiner Beute labt.

Die Blondine, die ich gewählt habe, scheint Todesangst zu haben. Kein Wunder, wenn man bedenkt, was sie sehen kann. Ich schnippe mit den Fingern und lenke ihre Aufmerksamkeit von dem Monster auf mich. Ich locke sie mit dem Finger zu mir und befehle ihr leise, hinüberzukommen. Sie geht auf mich zu, zittert dabei wie Espenlaub und hält ihre Hände fest umschlungen. Als sie nah genug ist, bringe ich sie dazu, sich auf meinen Schoß zu setzen. Ich ziehe sie sanft an mich. „Ist schon gut, Kleines. Ich verspreche dir, dass ich dir nicht wehtun werde. Ich weiß, dass du eine schwierige Zeit hinter dir hast; ich werde es besser machen, in Ordnung?"

An ihr ist nichts dran. Die Knochen ihres Hinterns graben sich in meinen Oberschenkel und ihr fast skelettartiger Körper ist starr vor Angst. Ich streiche mit der Hand an ihrem Rücken auf und ab und spüre die Wirbel ihrer Wirbelsäule unter meiner Handfläche. Das ist wahrscheinlich die erste freundliche Berührung, die sie seit viel zu langer Zeit gespürt hat. Leider wird es auch die Letzte sein.

„Wie heißt du, Kleines?", murmle ich.

Ihr schmales Gesicht wirkt angespannt und ihr Ausdruck ist versteinert. „Erica."

„Braves Mädchen. Das ist ein hübscher Name, Erica. Ich

möchte, dass du deine Augen schließt und für mich atmest, okay? Es wird nichts Schlimmes passieren, ich möchte nur, dass du dich entspannst. Du brauchst keine Angst vor mir zu haben."

„Wirst du … wirst du mich umbringen?"

„Nein, Kleines." Die Lüge ist sanft und nahtlos. „Tu einfach, was ich dir sage, und alles wird gut."

Gott sei Dank gehorcht sie mit einem kleinen Schauder. Körper und Geist sind bereit für die Erlösung. Es ist eine Gnade, die ich ihr gewähren kann. Obwohl ich Blickkontakt bevorzuge, wenn ich in den Geist einer Sterblichen eindringe, kann ich es nicht ertragen, in ihre jämmerlich gequälten Augen zu schauen. Stattdessen murmle ich ihr etwas zu und halte sie sanft im Arm, während ich in ihre Gedanken gleite und einen Blick auf ihr Leben hier bei Antoine werfe.

Brutalität und Horror an jeder Ecke. Schläge, Vergewaltigungen, kranke Psychospielchen und Bestrafungen.

Ich verachte meinen Gastgeber mit jeder Faser meines Wesens und lösche jede Erinnerung an ihre Zeit hier, bis ich zu den guten Erinnerungen gelange, die sie aus ihrem früheren Leben versteckt. Ich wühle mich durch sie hindurch, bis ich eine glückliche Erinnerung finde. Eine, die mit dem gefüllt ist, was ich für ihre Familie halte. Mutter, Vater, Schwester. Sie hat ihren Arm um die Taille eines großen, schlaksigen Mannes mit grünen Augen gelegt, der sie so liebevoll ansieht, dass ich spüre, wie meine eigene Liebe zu Vienna in mir aufsteigt.

Auf meinem Schoß entspannt sich Ericas Körper in der Erinnerung. Sie lässt sich fallen und fliegt in der Schönheit der Erinnerung davon. Mit ausgefahrenen Reißzähnen rücke ich sie auf meinem Schoß zurecht, sodass sie mit dem Rücken zu mir liegt. Ich neige ihren Kopf zur Seite. Mein Biss ist sanft, aber fest und trifft beim ersten Versuch die

Halsschlagader. Blut spritzt in meinen Mund, ein heißer Strahl, der mich stöhnen lässt, dann sauge ich kräftig an der Wunde und trinke im Takt ihres Herzschlags.

Bis dieser Schlag stottert und verblasst ... und erstirbt.

Als ich den Kopf hebe, kann ich den Unterschied bereits spüren. Die frische Blutzufuhr hat mein System wieder in Gang gebracht und die Verletzungen, die Antoine mir zugefügt hat, schließen sich schneller als zuvor. Ericas Geschmack liegt mir noch immer auf der Zunge, bitter und beißend von den monatelangen Misshandlungen, aber ich bin ihr dankbar. Ohne sie wäre das, was jetzt kommt, nicht möglich.

Antoine hat sich seiner Mahlzeit bereits entledigt und sie wie Abfall weggeworfen. Ich erschaudere beim Anblick des armen Mädchens, das auf dem Boden ausgestreckt liegt. Ihre Glieder sind verdreht und verbogen, wo sie unglücklich gelandet ist. Es spielt keine Rolle, dass sie tot ist – ihr Körper sollte wenigstens mit Respekt behandelt werden. „Garçon wird gleich herkommen, um die Sauerei wegzuräumen. Wirf sie einfach beiseite", sagt er und winkt mit der Hand in die Richtung von Ericas Leiche. „Du brauchst sie nicht festzuhalten."

Irgendwie schaffe ich es nicht, den Schein zu wahren. Schuldgefühle plagen mich. Es ist noch gar nicht so lange her, dass ich einem Sterblichen das Leben genommen habe, aber es trifft mich jedes Mal. Eine Erinnerung daran, welch ein Monster ich einmal war und wieder sein könnte, wenn ich die Kontrolle verliere. Ich stehe auf, halte die Leiche vorsichtig in meinen Armen, gehe zur Tür und lege sie sanft und ehrfürchtig ab. Ich berühre ihre Stirn mit den Fingerspitzen und hoffe, dass sie den Weg an einen Ort gefunden hat, an dem sie jetzt Frieden finden kann.

Es ist jetzt oder nie.

Ich lasse mir Zeit, zu meinem Platz zurückzukehren und

benutze eine der Leinenservietten, um mir den Mund abzu-
wischen. Ich setze mich nicht.

„Für eine Bestie mit deinem Ruf zu töten, zeigst du
deinen Mahlzeiten viel Zuneigung, Colt", bemerkt Antoine,
der sich mit der Sorglosigkeit eines gesättigten Mannes auf
seinem Sessel rekelt. Er faltet seine dicken Hände über
seinem Bauch und tätschelt ihn. „In den Reihen der Neulinge
kursieren immer noch die Geschichten von Colt, dem Barba-
ren, der auf den Straßen haufenweise menschliche Leichen
hinterließ. Wie die Zeit uns verändert, nicht wahr?"

„Ja, das kann man wohl sagen." Ich wandere durch den
Raum und tue so, als würde ich die Kunstwerke und die
Einrichtung bewundern. Alles unehrenhaft durch Töten und
Stehlen erlangt. Selbst die, die mit Geld gekauft wurden, sind
mit Blut befleckt. „Die Arbeit mit Vadim hat mich viel
darüber gelehrt, wer ich sein will und wie ich es erreichen
kann." Ich gehe weiter und bleibe hinter Antoine stehen. „Die
Arbeit mit Lucius hat mir gezeigt, dass ich, egal welch eine
Bestie ich einst war, nie wieder eine sein muss."

„Ich … was?" Antoine müht sich, aufzustehen.

Ich stürze nach vorn und drücke meine Hände auf seine
Schultern, um ihn festzuhalten. „Ich hoffe, Ihr habt Eure
letzte Mahlzeit genossen, Antoine. Ich habe Euch gewarnt:
Vienna gehört mir. Ihr und Vadim habt Euch verschworen,
sie mir wegzunehmen, und Ihr werdet dafür bezahlen.
Genau wie Vadim und Oberon. Der Menschenhändlerring
wird zerschlagen. Ich habe fünfzig Jahre damit verbracht,
Lucius dabei zu helfen, dafür zu sorgen. Ich wollte, dass Euer
Tod hart und grausam wird, so wie jedes Eurer Opfer
gestorben ist, aber dafür habe ich keine Zeit. Ich habe Dinge
zu tun und Leute zu töten. Ihr versteht schon."

Seine Fingernägel krallen sich in meine Hände, als er
versucht, aufzustehen. Er ist zu dick und schwerfällig, um es
zu schaffen. „Verräter! Wachen! *Wachen!*"

„Aber, aber, leise." Ich schlage mit der rechten Hand stark gegen seinen Schädel, hart genug, um ihn zu betäuben. Ich packe seinen Kopf mit beiden Händen und drehe ihn, als die Tür sich öffnet und Alex hereinkommt. Garçon ist ihm dicht auf den Fersen. „Alex, mach die Tür zu. Bring den Butler zum Schweigen."

Aber zu meiner Überraschung wirkt Garçon ruhig und beherrscht. Er schlendert zu Antoine hinüber, sein Blick ist auf das Gesicht seines Masters gerichtet. Seine Stimme ist flach und kalt. „Der Butler würde gern sehen, wie der Tyrann sein Ende findet. Dafür könnte ich Eintrittskarten verkaufen."

Alex schließt die Tür. „Es bahnt sich schon lange an. Bist du bereit, zu rennen?"

Mit brachialer Gewalt verdrehe ich Antoines Kopf, bis sein Genick bricht. Das scharfe Knacken ist sehr befriedigend, aber ich mache weiter und zwinge das Rückenmark zu unnatürlichen Dingen. Muskeln und Knorpel reißen und ich starre in untote Augen, die ich schon so lange zur Hölle wünsche, dass ich nicht mehr genau weiß, wann mein Hass auf ihn eigentlich begann. Eine weitere Drehung, ein scharfes Ziehen und Blut spritzt. Ich halte Antoines Kopf nur für einen kurzen Moment in den Händen, bevor er zu Asche zerfällt und sein Körper ihm folgt.

„Ding Dong, der Wichser ist tot", verkündet Garçon vergnügt. So glücklich habe ich ihn nicht gesehen, seit ich ihn kenne. „Gott, es fühlt sich an, als könnte ich wieder atmen."

Ich klopfe die Überreste von Antoines Staub von meiner Kleidung und nicke Alex zu. „Ich muss los; mir läuft die Zeit davon. Im Namen von Lucius erhebe ich Anspruch auf dieses Anwesen. Tötet jeden Vampir, der Antoine oder Vadim treu ergeben ist. Alle Menschen müssen in Sicherheit gebracht werden. Gebt ihnen zu essen und zu trinken, kleidet sie ein.

Sie sind jetzt Gäste in Lucius' Haus, verstanden? Diese Leichen müssen irgendwo abgeladen werden, wo sie jemand findet. Sie müssen zu ihren Familien zurückgebracht werden. Ich komme zurück und kümmere mich um alles – wenn ich den Rest erledigt habe."

„Ja, Sir." Alex salutiert regelrecht, dann wirft er mir einen Schlüsselbund zu. „Vor der Haustür parkt ein BMW mit getönten Scheiben. Sonnengeschützt. Darin bist du sicher, falls du von der Dämmerung erwischt wirst."

Ich schnappe mir die Schlüssel aus der Luft und renne aus dem Zimmer. Das einzig Gute an dieser Uniform ist, dass sie keine passenden Stiefel für mich hatten. Also hat Alex mir meine eigenen zurückgegeben. Sie stampfen über die Fliesen, als ich zur Vorderseite des Hauses stürme. Hinaus durch die Tür, die Treppe hinunter und mit dem Kribbeln der nahenden Morgendämmerung in die schwüle Hitze hinaus.

Das Auto steht genau da, wo Alex es versprochen hat. Ein Drücken auf den Schlüssel in meiner Hand und die Lichter blinken auf, was bedeutet, dass die Schlösser entriegelt sind. Ich reiße die Tür auf und lasse mich auf einen butterweichen, hellbraunen Ledersitz gleiten. Mit einer Drehung des Schlüssels erwacht der Motor zum Leben und ich vergesse nicht, die Tür zu schließen, während ich den Gang einlege und den Wagen die opulente Auffahrt hinunterjage. Der blöde Schotter prasselt in zwei Bögen unter den Reifen hinter mir hoch und prallt vom Lack und der Unterseite des Fahrzeugs ab.

Mein einziger Gedanke ist jetzt Vienna.

Ich muss Lucius anrufen, ihn um Verstärkung bitten und ihn über die Situation hier informieren. Er mag nicht erfreut sein, dass er gerade eine Villa in Phoenix erworben hat – und all den Ärger, den dies mit sich bringen wird –, aber jetzt ist es zu spät, um die Dinge zu ändern. Phoenix braucht einen kompetenten Anführer, um die Stadt wieder auf Vordermann zu bringen, und ich kann mir keinen besseren Vampir vorstellen, der das Kommando übernehmen könnte.

Ich bremse, bevor ich das Sicherheitstor erreiche, und die Stoßstange berührt fast das Metall. Ein Wachmann tritt heraus, sieht, dass ich es bin, und drückt den Knopf, um die Tore zu öffnen. Ich lasse das Fenster hinunter. „Hey, ich habe hier einen Notfall. Hast du ein Handy, das ich mir leihen kann?"

Er schaut zu seinem Kollegen hinüber und dann wieder zu mir. „Sicher, ich schätze schon." Er greift in seine Tasche, zieht es heraus und hält es mir hin. „Ich …"

Ich gebe ihm keine Gelegenheit, noch etwas anderes zu sagen. Als sich die Tore weit genug öffnen, dass ich den BMW hindurchquetschen kann, gebe ich wieder Gas und fahre los, ohne seinen Schrei der Empörung zu beachten. Er kann sich ein neues Telefon besorgen. Aus dem Gedächtnis wähle ich Lucius' Nummer und blinzle, als das Armaturenbrett anbietet, den Anruf über das Lautsprechersystem des Autos zu verbinden. Ich werfe das Handy auf den Sitz neben mir und konzentriere mich aufs Fahren, während der Anruf durch das Lautsprechersystem dröhnt.

„Wer zum Teufel ist da?", fragt Lucius ohne Umschweife.

„Colt", knurre ich zurück und verlangsame kaum mein Tempo, als der Wagen von der kurzen Auffahrt zwischen der Hauptstraße und den Sicherheitstoren abkommt. Der BMW rutscht zur Seite, die Reifen quietschen, als sie auf den Asphalt aufschlagen, drehen durch, bevor sie wieder greifen und mich in meinen Sitz zurückschleudern. „Oberon hat Vienna. Er hat uns gestern Abend ein paar Straßen vom Club entfernt überfallen und ist seitlich in uns hineingerast."

„Scheiße, das wart ihr? Wir haben gehört, dass es einen Zusammenstoß gab; der Spähtrupp, den ich losgeschickt habe, um euch zu suchen, als ihr nicht aufgetaucht seid, hat uns berichtet, dass das Auto, das darin verwickelt wurde, ein Totalschaden war. Jede Menge Blut – menschlich und vampirisch – am Unfallort, aber keine Leichen. Die Bullen suchen nach den Insassen beider Fahrzeuge."

„Nun, sie werden keinen von uns finden. Oberon hat mich zu Antoine gebracht und Vienna einem seiner Schläger übergeben, der sie zu Vadim bringen soll. Er prahlte vor Antoines Leuten damit, dass er sie dem Russen ausliefern will. Er bringt sie von Tucson in ein billiges Hotel in Phoenix und will sie heute Abend nach Russland fliegen. Ich bin jetzt auf dem Weg zu diesem Hotel."

„Du bist immer noch in Phoenix?"

Ich schalte einen Gang zurück und drücke für zusätzliche Geschwindigkeit aufs Gas. „Ich komme erst zurück, wenn Vienna an meiner Seite ist, Lucius. Antoine ist tot. Sein Sicherheitsteam und der Butler haben sich nicht widersetzt, aber ich werde Euch auf den neuesten Stand bringen, wenn ich Zeit habe. Die Basis des Franzosen wurde für Euch beansprucht, also viel Glück damit. Ihr müsst heute Abend jemanden dorthin schicken, bevor die Hölle losbricht." Ich drücke das Gaspedal bis zum Boden durch. „Antoine hat sich in den Schmugglerring eingekauft. Er ist seit etwa sechs Monaten Partner. Diese Lieferung war ein Test für meine Loyalität zu Vadim. Die ich übrigens mit Bravour bestanden habe", füge ich schmunzelnd hinzu, „bis Oberon mich verpfiffen hat."

„Ist Vadim in Phoenix?"

„Niemand hat es erwähnt. Ich kann die Möglichkeit nicht ausschließen, denn wir wissen beide, dass er gern überall seine Finger im Spiel hat. Er ist ein schlüpfriges Arschloch."

Lucius brummt nachdenklich. „Ich möchte, dass du dich zurückhältst, Colt. Eine Solomission im Morgengrauen ist zu riskant. Wenn sich Oberon den Tag über in einem Hotel versteckt, ist Vienna bis zum Abend sicher. Ich kann nicht zulassen, dass du dich für das Mädchen in Gefahr begibst, ohne zu wissen, mit wie vielen Leuten du es zu tun hast. Ich habe ein paar Verbindungen in Phoenix, die vor Sonnenuntergang am Flughafen sein können. Und ich werde ein Team aus Tucson mobilisieren, das im Laufe des Tages dorthin fahren wird. Halte dich den Tag über bedeckt, ruhe dich aus und bereite dich auf einen Kampf vor. Ich bin sicher, Antoine war wie immer sehr freundlich."

Ich schlage mit der Hand gegen das Lenkrad. „Das könnt Ihr nicht von mir verlangen, Lucius. Ihr würdet Euch nicht zurücklehnen und Selene sich selbst überlassen. Vienna ist immer noch sterblich. Sie ist kein Gegner für Oberon und seine Handlanger."

„Das würde ich, wenn ich sicher wäre, dass ihr kein wirklicher Schaden zugefügt wird. Ich bitte dich nicht, dass du dich zurückhältst, Colt, ich befehle es dir, verdammt noch mal. Vienna wird zurechtkommen. Sie ist eine starke, einfallsreiche junge Frau mit mehr Mut als jeder andere Sterbliche, den ich kenne. Gib mir die Adresse des Hotels und ich werde ein paar Freunde bitten, dort Wache zu stehen."

Ich knurre. Wenn ich mich weigere, seinem Befehl zu gehorchen, könnte Lucius sich einfach entscheiden, keine Verstärkung zu schicken. Dann bin ich wirklich am Arsch und Vienna auf einem One-Way-Flug nach Russland. Nicht, dass ich Russland nicht dem Erdboden gleichmachen würde, um sie zu finden, denn das werde ich tun. Aber ich mache mir Sorgen darüber, was ihr in der Zeit, die ich brauche, um in Vadims Komplex einzudringen, angetan werden würde. Widerwillig gebe ich den Standort des Hotels an und bestätige den Flughafen, von dem Oberon sie aus dem Land bringen will.

„Du hast alles getan, was du im Moment tun kannst. Bring dich in Sicherheit, Colt. Fünfzig Jahre harte Arbeit und deine persönlichen Opfer neigen sich dem Ende entgegen. Heute Abend holen wir Vienna zurück und machen einen großen Schritt, um Vadim das Handwerk zu legen." Die Leitung ist tot.

Als ich in Phoenix ankomme, muss ich das Gas gerade so weit zurücknehmen, dass ich mich an die Geschwindigkeitsbegrenzungen halte – bei Tageslicht von der Polizei angehalten zu werden, ist so gut wie Selbstmord – und als ich mich in Richtung Hotel bewege, weiß ich, dass ich mich nicht irgendwo in einem Zimmer einkuscheln und darauf warten kann, dass die Sonne untergeht. Wenn Alex recht hat und dieses Auto sonnensicher ist, sodass die UV-Strahlen mich nicht erreichen können, parke ich dieses Ding direkt vor der Haustür und beobachte den Ausgang wie ein verdammter Falke.

Ich kann es kaum erwarten, Oberon in die Finger zu kriegen.

Zu meinem Glück habe ich alle Zeit der Welt, um ihn loszuwerden, sobald Vienna wieder da ist, wo sie hingehört.

Ich Glückspilz!

* * *

VIENNA

Mir wurde nichts zu essen und auch nichts zu trinken gegeben.

Als ich wieder zu mir komme, dröhnt mein Kopf und meine Kehle brennt. Mein Körper liegt ausgestreckt auf der verseuchten Bettdecke – doppelt eklig – und meine Gliedmaßen sind an alle vier Ecken gefesselt. Fabelhaft. Und als wäre das nicht schon schlimm genug, bin ich auch noch komplett nackt. Ich trage keinen einzigen Fetzen Kleidung mehr.

Oberon sitzt schmollend auf einem Stuhl zu meiner

Linken und scrollt durch sein Telefon wie ein bockiger Teenager. Ich hoffe, er weiß, dass Colt ihn in kürzester Zeit umbringen wird. Mein Vampir ist sehr beschützend und dieses Szenario ist der Katalysator für den Ausbruch des fünften Weltkriegs. Ein Teil in mir *brennt* darauf, zu sehen, wie mein Mann den kleinen Scheißer auseinandernimmt, Stück für Stück.

Blutrünstig, nicht wahr? Ich stehe auf den Rausch.

Boris ist nirgends zu sehen. Vielleicht hat er sich in der Badewanne zusammengerollt und weicht seinen zerquetschen Hoden in kaltem Wasser ein. Ich wette, die Dinger sind geschwollen und geprellt. Geschieht ihm recht. Ich weiß, dass Vampire sich nicht fortpflanzen können, weil sie tot sind und so, aber wäre er ein Mensch … Ich bin stolz darauf, dass seine dummen Gene nicht mal mehr für die Vermehrung von Idioten taugen würden.

Ivan starrt mich jedoch mit purem Hass in den Augen an – aus einem Auge, meine ich. Sein linkes Auge ist mit einer provisorischen Augenklappe bedeckt. Ich nehme an, dass er es verloren hat, wenn ich mich an das Knacken erinnere, das ich gespürt habe, und an die Menge der zähen Flüssigkeit, die folgte. Die Art, wie er mich ansieht, verrät mir, dass er nur auf eine Gelegenheit wartet, um es mir heimzuzahlen.

Der Russe wird ihm eine geben, dessen bin ich mir sicher. Auge um Auge, und so ein Quatsch. Ich bin überrascht, dass ich nicht ohne Augenlicht und Zunge aufgewacht bin, wenn ich ehrlich bin. Ich bin sicher, Augäpfel und Zungen sind keine Voraussetzung für die Fortpflanzung, jedenfalls nicht in Vadims verdrehten, kleinen Gehirn.

Und dann ist da noch der Teufel selbst, der am Fußende des Bettes steht und seine neueste Akquisition studiert wie ein Vollblutzüchter auf einer Pferdeauktion. Ich frage mich, ob mein Körperbau seinen Ansprüchen genügt, und komme dann zu dem Schluss, dass meine körperlichen Attribute für sein Vorhaben nicht entscheidend sind. Ich könnte ohne Gliedmaßen, hirntot und blauer als der verdammte Himmel hier liegen, und es würde ihm nichts ausmachen. Es geht nicht um die Verpackung, sondern um den Inhalt und meine Adern platzen vor reichlich rhesusnegativem Blut.

Diese leblosen Augen begegnen meinen und der Wichser grinst wie ein Hai. Nur Zähne, keine Gefühle. „Ah, Kriegerin wacht endlich auf. Es vielleicht angenehmer, wenn du weitergeschlafen, während wir dich ins Flugzeug verfrachten, aber was soll's. Das keinen Spaß machen." Er streift sich nachdenklich über das Kinn, zuckt dann mit den Schultern und schaut auf seine Uhr. „Morgen diese Zeit du dich in deinem neuen Zuhause eingerichtet und geduldig warten, dass Hengst, ich für deine Paarung ausgesucht habe, zum Ficken kommt. Das doch aufregend, nicht wahr?"

„Wow", grinse ich. Meine Stimme bricht, als ich meine Muskeln anspanne, „du könntest einem Mädchen wirklich wenigstens die Gelegenheit geben, sich erst einmal einzuleben."

„So geistreich. Solch ein Feuer. Eine Schande, diese beiden Qualitäten werden ausgelöscht." Vadim drückt seine Hände zu beiden Seiten meiner Hüfte auf das Bett. Er ist offensichtlich unbeeindruckt von den Keimen, die in diesem Stoff lauern. Andererseits was haben Untote schon von Keimen und Bakterien zu befürchten? „Du vom Flugzeug zu meiner Testanlage gebracht. Dort du medizinisch Tests unterzogen, Fruchtbarkeitstests absolvieren und bekommst einen Peilsender injiziert. Nur für Fall, du beschließt, dass Flucht Option ist. Ist es nicht", warnt er düster.

„Ist es nicht", äffe ich ihn nach und rolle mit den Augen. Ich strecke ihm mein Kinn entgegen, als er sich weiter über mich beugt. „Schon einmal etwas von persönlichem Freiraum gehört? Denn du dringst gerade in meinen ein, und es gefällt mir nicht."

Er sieht mich mit zusammengekniffenen Augen an. „Dreist, du bist dreist, ja? Und so unklug im Umgang mit Zunge."

Ich fletsche herausfordernd meine Zähne vor ihm. „Ich beiße auch, Arschloch. Willst du es sehen?"

Lachend stützt sich Vadim mit einer Hand ab und schiebt die andere zwischen meine Beine, um meine Schamlippen und meinen Kitzler zu befummeln. Seine Berührung ist kalt und unpersönlich; sie bewirkt nichts bei mir. Colt ist der Einzige, der meinen Körper auf diese Weise aufwühlen kann. Wenn er mit der Fingerspitze auch nur über mein Ohrläppchen streicht, kann ich kommen wie ein Geysir, heiß und feucht. Verglichen mit ihm ist Vadim kaum mehr als ein lästiges Ärgernis, das seinen Finger auf meinen Schlampenschalter drückt. „Dazu du keine Gelegenheit bekommen."

„Es gibt immer eine Gelegenheit", säusle ich süß und beiße die Zähne so fest zusammen, dass ich schwöre, ich höre ein Knacken. Jetzt wird er noch handgreiflicher und diese schrecklichen Finger spielen mit meiner Muschi, als hätte er jedes Recht sie zu berühren. „Nimm deine fetten Hände weg, du blutsaugender Wichser, bevor ich sie dir zum Fraß vorwerfe."

Ivan tritt mit geballten Fäusten vor. Oh ja, er ist auf Rache aus. „Soll ich ihr Lektion erteilen, Boss?"

„Beruhige dich, Ivan. Kleines Kätzchen hat Krallen, ja? Aber sie so nutzlos." Vadim hebt seine Hand zum Mund und befeuchtet seine Finger. „Sie hält sich für furchtlos, sie ein starkes und mächtiges Weibchen." Sein Ton ist spöttisch; ich möchte ihm die Zunge herausreißen und sie ihm wie eine Fliege um den Hals wickeln. „Aber was ist es, alle Frauen fürchten? Nicht Sterben, nein. Diese Kreaturen würden sterben, um zu verteidigen, die sie lieben. Also nein, es nicht die

Angst, ums Leben zu kommen." Scheiße, sein Akzent wird von Wort zu Wort immer stärker. „Sie fürchten unwillkommene Berührung. Sie fürchten, reduziert zu werden, auf was sie sind – nichts weiter als wertlose Fotzen, die so benutzt, wie benutzt werden sollten, als Hülle für Schwänze."

Meine Lage ist prekär und ich wandle auf einem sehr schmalen Grat zwischen Leben und Tod. Alles, was ich sage oder tue, könnte dazu führen, dass ich nicht lebenswichtige Teile meiner Anatomie verliere. Was also befiehlt mein verrücktes Gehirn meinem Mund zu tun? Sagt es ihm, dass er sich benehmen soll, dass er die *Klappe* halten soll? Nein, tut es nicht. Es feuert die Lachkanonen mit voller Wucht ab. Ich kann kaum atmen, so verdammt laut lache ich. „In welchem Jahrhundert wurdest du denn verwandelt? *Hüllen für Schwänze*", wiederhole ich mit einem Heulen der Heiterkeit. „Gott, ich bin ein Mensch, du Idiot, keine verfluchte Taschenmuschi."

Sein Gesicht sieht wie ein Gewitter aus. „Du kein *Mensch* mehr", knurrt Vadim. Der Ton in seiner Kehle vibriert, als wäre er ein tollwütiger Hund. Ich schätze, genau das ist er auch, ein tollwütiger Rottweiler, der seine Kette durchbeißt und ein Blutbad anrichtet. „Du nicht länger *Frau*. Du namenlos, eine gesichtslose *Nummer*." Er dringt mit dem Finger in die Trockenheit in mir ein und verursacht Schmerzen, wie ich sie noch nie zuvor gespürt habe. Es ist schlimmer als jeder gebrochene Knochen oder eine offene Wunde in meiner Haut. „Diese Fotze gehört mir. Ich entscheide, was reingeht. Was rauskommt, gehört mir."

„Colt wird dich umbringen, wenn ich es nicht tue", würge ich die Worte mit einem keuchenden Schluchzen hervor. Zum ersten Mal gerät meine Furchtlosigkeit ins Wanken. Ich schwanke zwischen einem Zusammenbruch zu einem geschundenen Häufchen und dem Sammeln meiner Kräfte für eine Abrechnung, bei der Vadim keine Chance hat, sie zu überleben. Irgendwie war ich nicht *hierauf* vorbereitet und jetzt zahle ich den Preis für meine Naivität.

Doch auch wenn ich mich gegen den uralten Schrecken wehre, den der Gedanke an Vergewaltigung in mir auslöst, weigere ich mich, um Gnade zu betteln. Ich werde bei diesem Vampir um gar nichts betteln, nicht einmal um mein Leben. Es gibt nichts, was ich nicht überleben könnte, wenn ich stark genug bin. Das muss ich mir immer wieder und wieder sagen, während seine kalten, toten Finger mein Inneres angreifen. Ich atme scharf durch die Zähne und sage: „Falls du es noch nicht wusstest, *Fotze* ist ein schreckliches und erniedrigendes Wort. Es ist sehr beleidigend, weißt du?"

Er kratzt mit den Fingernägeln über das empfindliche Gewebe meiner Muschi und benutzt Sex als Strafe. Ich winde mich und versuche, meine Hüfte zu verdrehen, um zu entkommen. „Deine Meinung bedeutet wenig. Und was deinen Geliebten angeht, du kannst vergessen, jemals wiederzusehen. Verräter in meiner Mitte mit Gewalt entfernt. Ich hoffe, du etwas hast, dich an ihn erinnert, ja? Jetzt, da nur noch seine Asche von ihm übrig."

Es ist das zweite Mal, dass einer dieser Affen andeutet, Colt sei tot. Und der zweite Pfeil trifft mein Herz genauso schnell wie der erste. Widerhaken graben sich tief darin ein. Ein Teil von mir glaubt, was sie sagen; ich kann nicht anders. Colt ist schon so lange weg, wie es scheint, ohne ein Wort, ohne ein Lebenszeichen. Ich hasse es, wie leicht dieser Teil von mir ihnen glaubt. Doch die andere Hälfte in mir, die größere und unbeständigere Seite in mir, bäumt sich auf, schlägt sich mit den Fäusten auf die Brust und schreit aus Protest gegen die Lügen, die sie mir füttern wollen.

Ich schließe die Augen und verbanne alles aus meinem Kopf.

Das hier wird bald vorbei sein. Nichts währt für immer, egal wie lange es sich hinzieht. Sei stark, bleib standhaft, weiche nicht von deinen Überzeugungen ab. Colt wird kommen, früher oder später, und er wird dieses rückhaltlose Arschloch ausweiden, wenn du keine Gelegenheit bekommst, es selbst zu tun, bevor er auftaucht. Komm schon, Vienna, wir schaffen das. Du hast bereits einem Vampir die Nase gebrochen, einen erblinden lassen und einen anderen so hart in die Eier getreten, dass er sie die nächste Woche lang bei jedem Schlucken spüren wird.

Sie mussten mich fesseln, um mich zu kontrollieren. Fesseln, damit ich mich nicht wehren kann, denn sie wissen, dass ich ihnen genauso wehtun kann wie sie mir. Vier Vampire gegen eine sterbliche Frau und die Untoten haben Angst. Oh, sie können behaupten, dass sie die überlegene Rasse sind, das unvergleichbare Geschlecht, aber ich habe bewiesen, dass ich einstecken kann, was sie mir geben, und ich kann zurückschlagen.

Meine Augen springen auf.

Ich bin kein Opfer. Ich bin keine Fertignahrung. Ich bin ganz sicher kein Zuchtvieh, das von Vadim nach Belieben benutzt werden kann.

Die Fesseln an meinen Handgelenken bestehen aus dünnen Lederbändern, die mit glatten Silberketten mit dem Bett verbunden sind. Ich glaube nicht, dass ich die Ketten zerstören kann, dazu sind die Glieder zu gut verarbeitet und zeigen keinerlei Anzeichen von Schwäche. Aber die Lederbänder ... sie könnten mir eine Fluchtmöglichkeit verschaffen, mit der ich nicht gerechnet habe.

Ich ignoriere das Feuer, das in mir brennt – nicht die gute Art –, und konzentriere mich auf die Rindslederstreifen und darauf, was ich tun werde, wenn ich die Hände freibekomme. Ich lasse der Wut in mir, die mich erdrosselt, freien Lauf, und reiße an den Fesseln, wobei ich den gesamten Bewegungsspielraum nutze, den mir die kurze Kettenlänge bietet. Noch mehr Schmerz, dieses Mal füge ich ihn mir selbst zu, als sich die Bänder in meine Haut graben und mich zerreißen. Ich gebe mein Bestes, um das Leder zu sprengen und meine Hände zu befreien.

Wie von den panischen Bewegungen meiner Hände gesteuert, machen meine Füße mit, treten und schlagen aus. Mein ganzer Körper ist lebendig und tanzt im Griff der Ketten auf dem Bett. Vadim weiß nicht, was zum Teufel er mit mir machen soll. Ich befreie meine Stimme und stoße einen Schrei aus, der sich mit säuerlichen Krallen in meine Kehle bohrt und jeden im Raum taub werden lässt.

Oh ja, ich bin einfach so gut.

Es ist ein wahnsinniges Gefühl der Erleichterung, als ich spüre, wie Vadim sich aus meiner wunden Muschi zurückzieht, auch wenn sich der Abdruck seiner gottverdammten Finger in meine Vagina eingebrannt hat. Ich verdränge es für den Moment und hole tief Luft, um meinen ohrenbetäubenden Auftritt zu wiederholen. Dann versenke ich meine Zähne bösartig in der fleischigen Hand, die über meinen Mund gestülpt wird.

Sie schmeckt nach Salz und etwas ekelhaft Scharfem. Als der Geschmack auf meine Zunge trifft, möchte ich mich übergeben. Anstatt zu würgen, zerfleische ich die Hand gnadenlos, beiße mehrfach kurz hintereinander hinein und schüttle sie wie ein Terrier eine Ratte. Die Wunden, die ich ihr zufüge, füllen meinen Mund mit Blut, aber ich weigere mich, loszulassen.

Ivan heult auf.

Oh, jetzt stehe ich auf seiner Abschussliste, so viel ist verdammt sicher.

„Das reicht!", brüllt Vadim. Sein Gesicht färbt sich rötlich violett, während er vor Wut fast von einem Fuß auf den anderen springt. Er sieht aus wie ein sehr wütender, überaus rachsüchtiger russischer Gnom. Ihm fehlen nur noch der lange Bart und der dumme, spitze Hut, um die Illusion zu vervollständigen. „Ivan, mach sie zum Transport bereit.

Sonne geht unter und es an der Zeit zu gehen. Wenn sie Ärger macht, schlag sie k.o.. Ich kümmere mich um sie, wenn wir in Moskau ankommen."

Ivan zieht seine Hand von meinem Mund weg und zischt, als meine Zähne ihm einen Abschiedskuss geben. „War mir ein Vergnügen."

Oberon steht auf, als der Russe mit den Fingern nach ihm schnippt. Er hat die Augen weit und unsicher aufgerissen. Wahrscheinlich fragt er sich, ob es eine so gute Idee war, mich zu Vadim zu bringen, nach all dem Ärger, den ich verursache. Ich will, dass er stirbt, weil er ein Arschloch ist und Colt verraten hat. Weil er mich dieser Inszenierung von Grausamkeit ausgesetzt hat. Aber ich will nicht, dass Vadim oder Ivan die Genugtuung bekommen, seine elende Existenz zu beenden.

Das will ich selbst tun und ich habe bereits Ideen, wie ich es richtig schön blutig machen kann.

„Oberon, bring Boris zum Wagen. Ruf Flughafen an und sicherstelle, dass Flugzeug bei unserer Ankunft abflugbereit ist. Sobald sie im Laderaum gesichert, wir fliegen los." Vadim ballt seine Hand zu einer Faust und steckt sie dann in seine Tasche. „Halte Augen nach Tucson-Vampire offen. Sie nicht sollten von Plänen wissen, aber ich kein Risiko will. Tötet jeden, den ihr erkennt."

„Ja, Sir." Ohne zu widersprechen, huscht das feige kleine Wiesel in Richtung Badezimmer, verschwindet darin und kommt mit einem benommenen russischen Lakaien im Schlepptau wieder heraus. Verdammt, ich muss seine Eier wirklich erwischt haben, wenn er sich immer noch nicht von dem Tritt erholt hat. Die Vampirheilung sollte seine Wunden schon längst gekittet haben. „Zeit, nach Hause zu fliegen, Boris."

Sie verlassen den Raum und lassen mich mit Ivan und Vadim allein, den beiden Vampiren, die ich auf der ganzen

Welt am wenigsten mag. Ich starre die beiden an und fletsche meine blutigen Zähne. „Ihr solltet mich vielleicht lieber jetzt töten. Ich mache wirklich mehr Ärger, als ich wert bin. Das hier? Das war nur ein Vorgeschmack auf das, wozu ich fähig bin, Vadim. Ich habe noch nicht einmal die besten Waffen aus meinem Arsenal gezogen."

Ivan stürzt los.

13

Colt

WENN ICH MICH RICHTIG ERINNERE, verehren die Menschen Freitage. Freitag ist der Tag in der Woche, von dem sich alle wünschen, dass er früher kommt als alle anderen. Er ist das Tor zum Wochenende, zu den zwei Abenden voller Alkohol und Ausschweifungen, ohne dass man sich Sorgen machen muss, am nächsten Tag mit einem Kater der Größe von Texas zur Arbeit zu gehen. Es ist der Tag der kürzeren Arbeitszeiten, der Feierabenddrinks und des Ausgehens mit einem Gehaltsscheck in der Tasche.

Für mich war dieser Freitag der längste Tag in meinem verfluchten Leben.

Ich saß in dem verdammten BMW fest, während die Sonne höher an den Himmel stieg und die Hitze auf ein Niveau kletterte, dass selbst ich als unangenehm empfand. Inbrünstig betend, dass das Präparat, mit dem das Auto behandelt wurde, sich nicht plötzlich auflöst und mich als Aschehäufchen auf dem Fahrersitz zurücklässt. Ich möchte so gern über die Straße rennen und jede Tür eintreten, bis ich Vienna finde.

Ich weiß, dass sie in der Nähe ist, ich kann sie spüren. Ein Kribbeln in meiner Wirbelsäule, ein kleines Zittern der Bestätigung, das mir sagt, dass sie fast zum Greifen nah ist. Ich ertappe mich mehrmals dabei, wie ich im Laufe dieses unerträglich langen Tages den Türgriff fest umklammere.

Die Langeweile wurde durch eine Flut von Telefonaten zwischen mir und Lucius unterbrochen. Er hat sein Wort gehalten und Hilfe von seinen Kontakten herbeigerufen, die er in der Stadt kennt. Ich habe noch vor acht Uhr morgens drei nicht-vampirische Individuen vor dem Gebäude gesehen. Ich glaube, sie sind Gestaltwandler; sie bewegen sich mit der angeborenen Anmut und Athletik, die ich gedanklich immer mit Katzen verbinde.

Wer oder was auch immer sie sind, sie haben sich seit ihrer Ankunft nicht von der Stelle gerührt.

Lucius und Selene sind bereits in der Stadt. Sie kamen kurz nach der Mittagszeit mit einem kleinen Kontingent von Vampiren aus Lucius' Territorium hier an. Gott weiß, welche Beziehungen er spielen lassen musste, damit sie sich ins Tageslicht hinauswagen – selbst mit dem Schutz von UV-beständigen, getönten Scheiben in ihren Fahrzeugen, so wie sie der BMW besitzt. Aber alles, was zählt, ist, dass sie hier sind und sich bereits in der Nähe des Flughafens positioniert haben. Aus Sicherheitsgründen und um zu vermeiden, dass sie von jemandem von Vadims Trupp entdeckt werden, sind sie in der Nähe der Ein- und Ausgänge stationiert und bereit, einzugreifen, sobald wir das Fahrzeug identifiziert haben, mit dem Oberon mein Mädchen herumfährt.

Dank meines scharfen Blicks und meiner Langeweile habe ich bereits einen Lastwagen ausgemacht, der auf dem Parkplatz an der Seite des Hotels geparkt ist. Von meiner Position an der Vorderseite des heruntergekommenen

Gebäudes kann ich gerade noch das Heck des Wagens erkennen. Ich würde Geld darauf wetten, dass es dasselbe verdammte Fahrzeug ist, mit dem ich hierhergebracht wurde.

Das Telefon klingelt erneut, als die Sonne hinter den Gebäuden untergeht. Es ist fast so weit und ich bin mehr als bereit, anzufangen. Ich antworte knapp und behalte die gesprungenen Glastüren im Auge. „Ist alles bereit?"

„Bist du startklar, Colt?"

„Ich hätte das schon vor Stunden hinter mich bringen können", sage ich und beschränke meine Wut auf ein Minimum. Es gibt keinen Grund, Lucius anzugreifen, wenn er sich heute regelrecht ein Bein ausgerissen hat, um mich nicht nur zu unterstützen, sondern sogar selbst nach Phoenix zu fahren, um die Sache durchzuziehen. „Ich habe es satt zu warten, auf heißen Kohlen zu sitzen und mich nutzlos zu fühlen."

„Ich weiß. Wir sind bereit, sobald du uns das Signal gibst. Ich habe dem Team befohlen, Oberon wenn möglich gefangen zu nehmen. Ich brauche mehr Informationen und er ist vielleicht in genügend Ärsche gekrochen, um ein paar Details herauszufinden, die du nicht bekommen konntest. Danach gehört er ganz dir. Ich habe einen Gefallen bei meinem Kontakt eingefordert. Er hat seine eigenen Verbindungen zum Flughafen. Das Flugzeug nach Russland sollte um einundzwanzig Uhr abheben. Es wurde unerwartet um dreißig, maximal vierzig Minuten verzögert, wenn er es so weit schaffen kann. Wenn etwas schiefgeht, sind wir auf uns allein gestellt."

Er meint damit, wenn sie an uns vorbeikommen und Vienna nach Ablauf der Verzögerung in das Flugzeug laden, sind wir aufgeschmissen. Das Flugzeug wird ohne weitere Störung abheben können. Wir müssten den Kampf nach Russland bringen, in Vadims Revier, wo Lucius nicht die

Kontakte hat, die wir brauchen. „Es wird nichts schiefgehen. Ich werde Oberon und jeden seiner Lakaien töten, wenn es sein muss. Vienna wird nicht in dieses Flugzeug gebracht."

Eine Bewegung erregt meine Aufmerksamkeit – die Glastür schwingt auf, als die letzten Sonnenstrahlen verblassen. Ein vertrautes und unwillkommenes Gesicht schaut hinter der Tür hervor und mustert die Umgebung. Oberons Blick gleitet über den BMW; ich bewege mich nicht. Die getönten Scheiben sollten mich vor seinen Blicken schützen, aber ich gehe kein Risiko ein. Nicht in so einer Situation. „Lucius, ich habe Sichtkontakt zu Oberon."

„Bist du sicher, dass er es ist?"

„Positiv identifiziert", bestätige ich und kneife die Augen zusammen, als mein ehemaliger Freund auf den Bürgersteig hinaustritt und eine kleinere Gestalt hinter sich herzieht. Männlich, schätzungsweise Mitte vierzig. Glatze. Ich gebe die Information an Lucius weiter, während Oberon den Mann zum Parkplatz führt. „Sie gehen auf das Fahrzeug zu. Die unbekannte Person scheint verletzt zu sein. Sieht aus, als hätte jemand seine Genitalien für Fußballübungen benutzt."

„Ich würde annehmen, dein Mädchen hat sich gut geschlagen", kommentiert Lucius.

Ja, das gequälte Watscheln schreit nach Viennas Markenzeichen. Ich lasse die beiden nicht aus den Augen, als sie um die Ecke des Gebäudes gehen. Lucius spricht gerade mit jemandem auf seiner Seite der Leitung, also ignoriere ich ihn für den Moment. Jetzt fängt alles an.

Oberon fährt den Lastwagen vom Parkplatz und hält vor dem Hotel. Ich kann ihn jetzt besser sehen als gestern Abend. „Lucius, Oberon fährt einen schwarzen Dodge-Pick-up mit Doppelkabine und einer Pritsche. Volles Verdeck, keine Fenster. Auf der Ladefläche befindet sich ein Stahlkäfig. Keine Spur von dem Begleiter, mit dem er eben rauskam, vielleicht sitzt er auf dem Rücksitz."

Ich rutsche auf meinem Sitz herum, als Oberon aus dem Truck steigt und zurück in das schäbige Hotel geht. Ich bin versucht, hineinzustürmen und dem kleinen Scheißer den Schock seines Lebens zu verpassen. Minuten vergehen, in denen Lucius dem Rest des Tucson-Teams Befehle gibt. Ein kurzer Blick zeigt mir, dass die Phoenix-Unterstützung verschwunden ist. Ich weiß nicht, ob sie ihre Position gewechselt haben oder ob sie bei Einbruch der Dunkelheit komplett abberufen wurden. Ich vermute Letzteres.

Meine Reißzähne schießen erwartungsvoll heraus, als Oberon wieder aus dem Haus kommt und die Tür aufhält. Mein Herz rutscht mir in die Kniekehlen, als Vadim hinter ihm hervorkommt, lässig zum Wagen schlendert und unbekümmert auf dem Beifahrersitz Platz nimmt. „Scheiße. Der gottverdammte Russe ist hier, Lucius. Er ist schon den ganzen verdammten Tag hier." Die Vorstellung, was er mit meiner Vienna angestellt hat, während ich hier draußen Däumchen gedreht habe, zerreißt mich.

„Reiß dich zusammen, Colt. Was auch immer er getan hat, wir wissen, dass er ihr nicht zu viel antun würde. Sie ist zu wertvoll für ihn, um sie zu töten. Hast du sie schon gesehen?" Der König klingt erbarmungslos ruhig.

„Nein, ich – da ist sie." Ich balle meine Hände zu Fäusten, als ein Mann von der Größe eines kleinen Berges das Gebäude verlässt. Eine kleine Gestalt hängt über seiner breiten Schulter. Vienna bewegt sich nicht. Ihre Beine sind unter dem riesigen Arm des Mannes eingeklemmt, aber als er zum hinteren Teil des Lastwagens geht, sehe ich, dass ihre Arme schlaff über seinen Rücken baumeln. „Sie ist bewusstlos. Es scheint sie nicht zu kümmern, dass sie mit einer bewusstlosen Frau in der Öffentlichkeit gesehen werden. Sie trägt dieselbe Kleidung, in der ich sie zuletzt gesehen habe."

„Tu nichts Unüberlegtes. Sie wird innerhalb einer Stunde wieder in deiner sicheren Obhut sein, aber du musst einen kühlen Kopf bewahren und darfst keine Dummheiten machen. Gib ihnen einen kleinen Vorsprung und folge ihnen in einem sicheren Abstand. Wenn sie am Flughafen ankommen, haben wir sie umzingelt. Zeige einfach etwas von der berühmten Geduld, für die du bekannt bist."

Der riesige Glatzkopf wirft mein Mädchen in den Käfig und knallt die Tür zu. Ich kämpfe gegen den Drang an, seinen Kopf gegen den Bürgersteig zu schlagen. Er hat es nicht eilig, als er zur hinteren Tür auf der Beifahrerseite schlendert, einsteigt und sich in die Kabine quetscht. Kaum hat er die Tür geschlossen, setzt Oberon sich auf den Fahrersitz und der Lkw fährt sanft los.

Der BMW dröhnt auf und ich wende rechtswidrig. Dabei schneide ich ein paar Autos den Weg ab, die mit einem kurzen Hupkonzert und mit einem oder zwei Mittelfingern aus dem Fenster protestieren. Was soll's, mir doch egal. Mein einziges Ziel ist es jetzt, diesem Truck auf den Fersen zu bleiben. „Macht Euch bereit, Lucius. Voraussichtliche Ankunft in zwanzig Minuten. Ich rufe Euch an, wenn sie die Richtung ändern."

„Wir warten", antwortet er. „Es wird bald vorbei sein, Colt."

Es kann nicht bald genug sein, denke ich, als ich den Anruf beende. Es ist schwierig, sich an die Verkehrsregeln zu halten, wenn ich den ganzen Weg zum Flughafen Gas geben und mich an Oberon kletten will. Auf diese Weise Aufmerksamkeit auf mich zu lenken, würde alles versauen, ebenso wie von den Bullen angehalten zu werden oder etwas Dummes zu tun, wie einen Fußgänger zu überfahren oder einen Unfall zu verursachen.

Also fahre ich langsamer weiter und behalte ein Dutzend Autos zwischen dem BMW und dem Transporter, als wir uns in den dichteren Verkehr einreihen. Ich schlängle mich zwischen Autos und den Menschen, die ihrem täglichen

Leben nachgehen und nicht bemerken, dass sich in ihrer Mitte mit Blut handelnde Vampire befinden, hindurch.

Ich verkrampfe die Hände am Lenkrad und fühle mich, als würde ich gleich explodieren. Alles, woran ich denken kann, ist Vienna in dieser verdammten Kiste, die von Pontius zu Pilatus transportiert wird, ganz allein. Hat Vadim sie berührt? Ist sie verletzt, hat sie Schmerzen, hat sie Angst? Es spielt keine Rolle, dass ich sie bewusstlos gesehen habe. Sie könnte inzwischen zu sich gekommen sein, sie könnte wach und verwirrt sein und sich fragen, wo sie ist und warum ich immer noch nicht zu ihr gekommen bin.

Schlimmer noch, sie könnte trauern. Wer weiß, was dieser arrogante kleine Scheißer ihr erzählt hat. Oberon nutzt alles, was ihm zur Verfügung steht, um die Dinge zu seinen Gunsten zu wenden. Dass er Vienna anlügt, um ihre Welt zu zerstören, ist nicht abwegig. Er würde ihr mit Vergnügen erzählen, ich sei tot. Verdammt, wahrscheinlich glaubt er das auch. Er hat mich in der Absicht und dem Wissen, dass der Franzose es auf mein Leben abgesehen hat, in Antoines Villa abgesetzt.

Ich bin fast außer mir, als der Lastwagen die Abzweigung zum Flughafenparkplatz umgeht und sich zu der privaten Start- und Landebahn im hinteren Bereich schlängelt, die für die Heiligen der Flugreisenden reserviert ist. Das bedeutet, dass Vadim die üblichen Frustrationen beim Zoll umgehen und Vienna direkt ins Flugzeug laden kann. Für dieses Privileg zahlt er den Leuten, mit denen er sich verbündet hat, eine Menge Geld. Und er hat auf diese Weise schon viele Leute in die USA hinein- und herausgeschmuggelt. Es würde mich nicht überraschen, wenn er die Brieftaschen einiger Senatoren und rangniederer Politiker füllt, um diese Phase seiner Operation geheim zu halten.

Ich bleibe einen Moment zurück, um Oberon Zeit zu geben, vorauszufahren und neben dem auf der Rollbahn wartenden Flugzeug anzuhalten. Als die Insassen des Transporters aussteigen, gebe ich Gas und rase mit quietschenden Reifen und dem Geruch von verbranntem Gummi auf die Startbahn. Ich stelle mit Erleichterung fest, dass mir zwei bullige SUVs folgen. Ich trete auf die Bremse, komme zehn Meter vor der Nase des Flugzeugs zum Stehen und springe aus dem Auto.

„Was zum Teufel machst *du* hier?", brüllt Oberon. Seine blasse Gesichtsfarbe wird fast durchsichtig, als er erkennt, wer genau seinen Zeitplan stört. Er weicht ein paar Schritte zurück und versucht, sich vor dem riesigen Glatzkopf zu schützen, der sich an meiner Frau vergriffen hat. „Ich habe dich Antoine überlassen! Du solltest verdammt noch mal tot sein!"

Ich neige den Kopf. „Sollte ich. Bin ich aber offensichtlich nicht."

Lucius und Selene steigen aus dem ersten Geländewagen flankiert von vier weiteren Vampiren. Tiberius und Augustus sind zwei der Gesichter, die ich am besten kenne. Die anderen, darunter fünf weitere, die aus dem zweiten SUV steigen, sind mir nur vage bekannt. Damit ist die Gesamtzahl der Guten beträchtlich: zwölf gegenüber Vadims vier.

Dieses Verhältnis gefällt mir.

Der Russe steht hinter der Mauer, die Oberon und die beiden anderen bilden. Sein Gesichtsausdruck verheißt nichts Gutes für Obe. „Ivan, hole das Mädchen. Du weißt, wo sie hingehört."

Ich erschaudere und trete mit Mordlust in den Augen vor. Der watschelnde Trottel, der nicht mehr ganz so unfähig ist, wie ich ihn das letzte Mal gesehen habe, stolziert mit der Überheblichkeit auf mich zu, die ich von Vadims Wahl der Mitarbeiter gewohnt bin. Er mag sie dumm und fähig, Befehle entgegenzunehmen. Aber er stellt nie einen Vampir ein, der schlauer ist als er selbst. Es sei denn, er hat etwas, womit er ihn erpressen kann, um ihn zu kontrollieren.

„Verräter. Jahrelang Training ich dich für nichts." Oh, er verliert die Beherrschung. Er verwechselt Worte und sein Akzent wird stärker, wenn seine Gefühle ihn überwältigen. Es muss eine russische Eigenart sein. „Boris, kümmere dich um Verärgerung. Wir müssen Flug erwischen."

Auffordernd knurre ich Boris an. Ich bin bereit, Blut zu vergießen und er ist gerade an die Spitze meiner Liste gerückt. Ich überlasse ihm den ersten Schlag, einen verblüffenden Aufwärtshaken unter meinen Kiefer, der mich einen Schritt zurückwirft, knirsche mit den Zähnen und nicke anerkennend über die Kraft, die er in den Schlag gesteckt hat. Dann grinse ich ihn an. „Ich bin dran, Boris."

Keiner der Vampire hinter mir macht Anstalten, sich einzumischen. Lucius wird Vadim und Oberon in die Finger kriegen wollen, aber diesen kleinen Scheißer und die größere Version von ihm, die sich am Heck des Trucks herumdrückt, halte ich für entbehrlich.

Ich schlage meine Faust gegen seinen weichen Kiefer und wirble Boris im Halbkreis herum. Wie ein Tier springe ich hoch und lande auf seinem Rücken. Ich schlinge meinen Arm um seinen Hals und würge ihn, zwinge ihn in die Knie und greife herum. Er gerät aus dem Gleichgewicht und kämpft darum, wieder auf die Beine zu kommen, um die Oberhand zu gewinnen. Mit zwei schnellen Zügen breche ich ihm das Genick und freue mich über das scharfe Knacken der Wirbel. Ich spanne die Muskeln an, als ich meinen zweiten Vampir an diesem Tag enthaupte.

„Vienna wird uns übergeben und du wirst dich Lucius ergeben. Du bist Schnee von gestern, Vadim. Ihr seid in der Unterzahl. Dein kleiner Wolkenstürmer wird nicht in den Himmel düsen, also gib mir mein Mädchen."

Vadim hebt seine Hand in die Luft. „In der Unterzahl? Ich

glaube nicht, Junge. Meine Männer auf US-Boden mir treu ergeben. Schau dich um, ja? Viele Vampire, die Colts Blut für verräterische Taten kosten wollen."

Scheiße. Das habe ich nicht vorausgesehen. Am Hangar hinter uns zähle ich acht weitere Vampire. Das gleicht die Anzahl ein wenig aus. Die Hälfte unseres Teams hat sich bereits auf den Weg gemacht, um die Neuankömmlinge abzufangen. „Acht oder achtzig, ihr nehmt Vienna nicht mit." Ich greife nach Oberons Hemd und schleudere ihn hinter mich, sodass er vor Lucius' Füßen landet.

Das ist das Zeichen, auf das wir gewartet haben.

Tiberius stürzt sich auf den Lastwagen und ich greife Vadim an. Als Körper aufeinanderprallen, pirsche ich mich wie ein Wolf an den Russen heran. Er stürmt ins Flugzeug und verschwimmt die Treppe hinauf. Ich verfolge ihn, entschlossen, ihn gefangen zu nehmen und zur Rechenschaft zu ziehen. Ich hasse es, Vienna in der Obhut eines anderen Vampirs zu lassen, aber wenn sie nicht im Flugzeug ist und dort in eine winzige Kiste gestopft wird, ist sie in Sicherheit.

Der Jet ist opulent und spiegelt Vadims protzigen Geschmack wider.

Er versucht, sich in der Kabine einzuschließen. Hat er einen Pilotenschein? In all der Zeit, die ich ihn kenne, ist er noch nie selbst gefahren oder geflogen. Dafür sind Leute wie ich da, um ihm jede Laune zu erfüllen. Leute, die ihn fahren, fliegen, segeln, wohin er will. Mädchen, die seine Schuhe küssen und seinen Schwanz lutschen. Männer, die sich in Gefahr begeben, um den russischen Avtoritet zu schützen.

Vadim lebt, damit andere ihn bedienen können, zumindest glaubt er das.

Aufgeputscht durch den Nervenkitzel der Jagd werfe ich meinen Kopf zurück und brülle. Es ist teils Warnung, teils Begeisterung und soll dem Russen zeigen, dass ich nicht in der Stimmung bin, herumzueiern. Es wird mir das größte

Vergnügen bereiten, ihn zu verprügeln, bis er gebrochen, geprellt und blutig ist, selbst wenn ich Lucius danach nur seinen wertlosen Kadaver zum Verhör ausliefern kann. Ich hoffe irgendwie, dass ich meine Loyalität gegenüber meinem König genug bewiesen habe, dass er mir die Ehre erweist, den Drecksack zu Staub verarbeiten zu dürfen.

Aber zuerst muss ich ihn aus diesem Cockpit holen.

Ich lehne mich zurück und stoße mit meinem Stiefel gegen die Tür, um sie zu testen. Anständig dick, starkes Schloss. Sie rüttelt und klappert unter dem Druck, aber sie hält. *Nicht mehr lange,* denke ich grimmig und fletsche die Zähne. Wenn Vadim glaubt, ein Stück Holz würde mich aufhalten, hat er meine tiefe Abscheu für ihn unterschätzt. Ich trete noch einmal zu und höre das Holz knacken. Wieder und wieder, bis mein Fuß einen Riss von fast oben bis unten hineinreißt.

„Ich wusste schon immer, dass du ein Feigling bist, Vadim. Diesmal hast du dich selbst in die Enge getrieben. Du hättest über das Rollfeld rennen sollen, dann hättest du bessere Chancen gehabt, zu entkommen." Ich spreche im Plauderton, als ich die zerbrochene Tür durchbreche und die Schwelle zum Cockpit überschreite. Dann lache ich und ziehe eine Augenbraue hoch. „Nur zu, erschieß mich. Es wird verdammt wehtun, aber es wird nicht aufhalten, was bereits im Gange ist."

„Du! Du machst *alles* kaputt", speit er und zielt mit einem glänzenden Revolver auf meine Brust. Manchmal frage ich mich, ob er vergisst, dass die Leute, mit denen er arbeitet, die er foltert und die er tötet, nicht alle Menschen sind. Eine Kugel in der Brust würde in der Tat verdammt wehtun, aber selbst wenn die Kugeln aus Silber wären, würden sie mich nicht töten. „Jahre der Forschung und Energie in dieses Geschäft geflossen und du … du Verräter mit deinen Lügen, du bringst alles zum Einsturz."

„Noch nicht, aber das werde ich. Sag mir, Vadim, wie viele Menschen hältst du gefangen? Wie viele unschuldige Kreaturen werden gequält und an ihnen experimentiert, um sie wie Tiere zu züchten, damit du deine Millionen machen kannst? Es hat keinen Sinn, der Frage auszuweichen", sage ich und ignoriere die Waffe, als existiere sie nicht. „Es ist verdammt noch mal an der Zeit, dass ich ein paar Antworten bekomme."

„Antworten!", schnauft er. „Verräter will Antworten. Na schön. Ich habe fünftausendachthundertsechsundsiebzig Menschen in meinem Zuchtprogramm. Fünf echte Rh-Nulls. Ein Weibchen und vier Männchen. Zwei Weibchen, jetzt wo ich die habe, die du Vienna nennst."

„Wie viele hast du entführt, weil du geglaubt hast, dass sie Rh-Nulls sind?"

Er zuckt mit den Schultern. „Wer weiß. Wir haben versucht, zu züchten, aber Schwangerschaften nicht lebensfähig. Wir versuchen, zu klonen, aber sie sterben. Es ist profitabler, nutzlose Köter als Rh-Nulls zu vermarkten und an Vampire wie Antoine zu verkaufen. Viele kennen Unterschied zwischen goldenem Blut und, was wir bieten, sowieso nicht. Andere so verzweifelt, zu glauben, sie nur das Beste trinken, sie keine Fragen wagen. Und noch mehr viel zu viel Angst, um überhaupt etwas infrage zu stellen."

Mein Gott, das ist wie aus einem Science-Fiction-Film. Klonen, züchten, und die ganze Zeit über ist es der größte Schwindel der Vampirwelt. Fünf Rh-Nulls – sechs mit Vienna – und der Rest sind ganz normale Sterbliche. Verkauft in einer geballten Faust der Angst, die mehr Geld einbringt als die Volkswirtschaften mehrerer Länder zusammen. Und dabei ist die ganze verdammte Sache eine Lüge. „Du wirst Lucius alles erzählen. Wir werden deine Organisation systematisch bei den Wurzeln herausreißen und den ganzen Dreck niederbrennen, Vadim."

Er grinst mich an. „Glaubst du das, du harter Kerl?"

Ich höre das Quietschen der sich schließenden Flugzeugtür und erstarre. Außerhalb der Wände des Flugzeugs tobt ein Kampf zwischen Vampiren und ich habe keine Ahnung, wer ihn gewinnt. Ich tippe auf Lucius und die Tucson-Vampire. Schließlich haben sie eine Geheimwaffe in Form von Selene. Sie liebt es, zu kämpfen und Gefangene zu nehmen, ist nicht ihr *Modus Operandi*. Also, wer zum Teufel ist mit uns im Flugzeug?

Ich wage es nicht, einen Blick zu riskieren. Eine falsche Bewegung und Vadim wird unsere Positionen schneller vertauschen, als ich blinzeln kann.

„Ivan, guter Junge. Ist sie schon aufgewacht?"

Das Blut gefriert in meinen Adern. Das ist nicht möglich. Ist es nicht. Tiberius ist eine verdammte Bestie. Es kann nicht sein, dass er von diesem großen, glatzköpfigen Trottel mit der dilettantischen Augenklappe fertiggemacht wurde. Ich bin schon in Bewegung und drehe mich auf der Stelle, um festzustellen, dass es tatsächlich möglich ist. Was zum Teufel soll ich jetzt tun? Mit einer zwei-zu-eins Situation komme ich klar, aber nicht, wenn Vienna zum Kollateralschaden des größten Schlamassels wird, den ich je erlebt habe.

Sie ist am Leben. Ich kann sehen, wie sich ihr Brustkorb hebt und senkt, während Ivan sie in den Armen hält. Sie hat blaue Flecken und Strangulationsmale auf ihrer blassen Haut, aber keine Spur von dem gebrochenen Arm, den sie hatte, als ich sie das letzte Mal sah. Oberon hat ihr sein Blut gegeben. Das ist die einzige Erklärung. Noch ein Grund mehr, ihm den Kopf abzureißen.

„Nein, Boss. Ohnmächtig."

Nicht ganz. Meine kleine Füchsin ist nicht so bewusstlos, wie sie es ihm weismachen will. Es gibt das subtile Zucken ihres Fingers, eine leichte Bewegung ihres Augenlids. Verdammt, sie ist gut. „Was hast du mit Tiberius gemacht?"

Sein eines untotes Auge fixiert mich und der Vampir grinst. „Überhaupt nichts. Weichei ist abgehauen."

Ich knurre und verkrampfe die Hände an meinen Seiten. An der Geschichte muss mehr dran sein und dieses Arschloch will mich nur verarschen, aber ich schwöre bei allem, was mir heilig ist, wenn Tiberius sie unverteidigt gelassen und mich in diese Lage gebracht hat, werden er und ich ein paar Runden drehen. Ich habe sie ihm anvertraut, damit er sie aus diesem Schlamassel herausholt, und stattdessen ist sie jetzt hier bei mir.

Vadim lacht. „Gut durchdacht Plan geht schief, Colt? Schande."

„Verdammt noch mal, Mann, du bist Russe und beherrschst die englische Sprache hervorragend", schnauze ich und drehe mich zu ihm um. Ich bin kurz davor, zu explodieren, und klammere mich an die letzten Fünkchen meiner Kontrolle. Ich will nur, dass Vienna aus dem Weg springt, damit sie nicht ins Blutvergießen hineingezogen wird. „Entweder du redest wie ein gebildeter Vampir oder du hältst die Fresse."

Mein ehemaliger Boss stolziert auf mich zu. Er ist jetzt mutiger, da er seinen Lakaien zur Hand hat. Mit einem schnellen Schlag rammt er mir den Kolben des Revolvers ins Gesicht und bricht mir den Wangenknochen. Blut füllt meinen Mund, als die Innenseite meiner Wange aufplatzt. „Du mir nie Befehle gegeben, Colt. Fang jetzt nicht damit an."

Ich gluckse und spucke einen Bogen in leuchtendem Rot auf den makellosen, cremefarbenen Teppich seines Flugzeugs. „Ich musste dir fünfzig Jahre lang den Arsch küssen, Vadim. Jetzt nicht mehr. Ich weiß genau, wozu du fähig bist, aber du hast keine Ahnung, was *ich* mit dir anstellen werde, bevor der heutige Abend vorbei ist." Ich schlucke noch einmal und fluche innerlich. „Du hattest den Schoßhund zu deinen Diensten; jetzt lerne den Wolf kennen."

Er weicht etwas zurück und mustert mich. „Eine Kugel, und Leben deiner Frau zu Ende, Colt. Ist das, was du willst? Keine Sorge, ich ihr kostbares Blut nicht auf diese Weise verschwenden", versichert er mir mit einem kalten Lächeln. „Aber ich jeden einzelnen Tropfen trinken, während du zuschaust."

Ich starre in seine emotionslosen Augen und verstehe, dass er glaubt, gewonnen zu haben. Also sage ich das Einzige, was ich sagen kann. Eine ehrliche Antwort. „Ich würde sie eher selbst töten, bevor ich sie dir überlasse, Vadim. Lieber sehe ich sie tot, als auch nur einen Tag in dem Wissen zu leben, dass sie mit dir und deinesgleichen gefangen ist."

Der Lauf der Waffe sticht scharf in das Fleisch unter meinem Kinn. „Das gut. Denn du keinen weiteren Tag mehr erleben. Ivan, schnalle Mädchen an und hebe ab, bevor Tucson-König versucht, an Bord gelangen. Ich kümmere mich um Mr. Dockery. Dreh dich um und geh hinteren Teil des Flugzeugs, Colt."

„Wenn du das Ding hier drin abfeuerst, schießt du ein Loch in das Flugzeug", warne ich ihn und hebe meine Hände, als er den Lauf tiefer in meinen Kiefer bohrt. Wenn er jetzt abdrückt, sterbe ich vielleicht nicht, aber ich werde ganz sicher für den Rest der Ewigkeit entstellt sein.

Mit den Händen hinter dem Kopf warte ich darauf, dass er die Waffe senkt. Vadim tut es, starrt mich an und bedeutet mir mit einer Geste, zu gehorchen. Ich befolge seinem Befehl, denn mehr kann ich im Moment nicht tun. Er würde Vienna anschießen, um mir eine Lektion zu erteilen. Keine tödliche Wunde, aber eine, die ihr Schmerzen bereitet und mich handlungsunfähig macht. Langsam drehe ich mich um und warte, bis der einäugige Glatzkopf Viennas Sicherheits-gurt festzieht.

Ivan brummt zufrieden, dann schiebt er sich an mir vorbei zum Cockpit. Unsere Schultern berühren sich und ich lasse mich absichtlich aus dem Gleichgewicht bringen, stolpere nach vorn und stützte mich mit den Händen ab, um nicht auf das Gesicht zu fallen. Ein Fuß gibt mir einen Tritt in den Hintern, eine Warnung, mich zu bewegen. Ich tue einen Moment lang so, als hätte ich mir den Kopf gestoßen und wäre benommen.

Die Waffe aus dem Spiel zu bringen, hat Priorität. Sie stellt eine zu große Gefahr für alle da und Vadim ist ein Risiko. Wenn ich ihn entwaffnen kann, kann ich ihn ausschalten und dann auf Ivan losgehen, aber ich muss schnell handeln. Sobald das Flugzeug vom Boden abgehoben ist, sind wir erledigt. Ich kann kein Flugzeug fliegen und ich bin mir ziemlich sicher, dass Vienna es auch nicht kann. Ich müsste Ivan mit der Pistole zwingen, uns sicher zu landen.

Die Motoren heulen auf und rumpeln, als ich das Klopfen an der Tür höre. Lucius kann uns jetzt nicht mehr helfen und ich habe nur wenige Minuten Zeit, bevor der Schläger das Flugzeug in Bewegung setzt. Der BMW ist direkt vor uns geparkt, aber ich bin mir sicher, dass er einen Weg drumherum finden wird.

Ich schlurfe den schmalen Gang entlang und halte inne, bevor ich den kleinen Bereich im hinteren Teil erreiche, wo sich die Toilette und ein kleines Schlafzimmer befinden.

Nachdenklich drehe ich mich wieder zu Vadim um und beobachte, wie er die Waffe hält und wie eifrig sein Finger auf dem Abzug liegt. „Wie willst du Vienna nach Russland schmuggeln, wenn sie im Flugzeug und nicht im Frachtraum versteckt ist? Ich bezweifle, dass sie dich mit einer Amerikanerin ohne Reisepass einfach nach Moskau einreisen lassen."

Er zuckt mit den Schultern. „Mit Geld kauft man Leute."

Ich nicke langsam. „Ja, ich fange an, das zu verstehen. Für dich läuft alles auf Geld hinaus, nicht wahr?"

„Warum Ewigkeit in der Gosse verbringen, wenn es viel besser, wie ein König zu leben?"

Es muss jetzt sein. Das Flugzeug vibriert und die Triebwerke werden immer lauter. Ich kann es nicht noch länger hinauszögern. Ich nicke langsam, als würde ich den Schwachsinn glauben, den Vadim immer wieder von sich gibt und reibe mir dann mit dem Handrücken unter die Nase. „Ich schätze, wir verbringen unsere Zeit damit, unsere Zukunft auf dem Schmerz von anderen aufzubauen. Ich frage mich, was ich auf deinem aufbauen kann."

Vadim reißt die Augen weit auf. Er hebt die Waffe und versucht, auf mein Gesicht zu zielen. Ich schlage sie beiseite, greife mit einer Hand nach der Pistole und versuche, sie ihm zu entreißen, während ich mit der anderen sein Hemd packe und ihn nach vorn reiße. Ich schlage ihm mit meiner Stirn ins Gesicht und ringe ihm die Waffe ab.

Aus dem vorderen Teil des Flugzeugs ertönt ein gellender Kampfschrei, weiblich und wütend. Ich habe nicht einmal gesehen, wie Vienna von ihrem Sitz aufgestanden ist, aber sie sorgt im Cockpit für Chaos. Es wird viel geschrien, sowohl sie als auch Ivan, aber ich muss mich um meinen eigenen wütenden Vampir kümmern.

Ich habe Vadim noch nie in einer Schlägerei gesehen. Er ist nicht der Typ für einen Kampf, zumindest dachte ich das. Zu fett, zu langsam, zu sehr in seiner eigenen Gier versunken, um sich fit zu halten. Offenbar hält ihn das jedoch nicht davon ab, mich von einem Ende des Flugzeugs zum anderen in den Hintern zu treten.

Wir tauschen eine Reihe von Schlägen aus, die uns beide bluten lassen. Ich habe den Vorteil, dass ich fit, stark und erfahren bin. Vadim verlässt sich auf seinen Überlebenswillen, ihn zum Sieger zu machen. Das Glück könnte auf seiner Seite sein – er landet drei Hiebe, die mich taumeln und geprellt zurückweichen lassen. Blut tropft an meinem Kinn hinunter, wo meine Reißzähne meine Lippe zerschnitten haben.

Unbeirrt stoße ich mit der Faust gegen sein Brustbein und schlage einen rechten Haken, der nur knapp danebengeht. In diesem verdammten Gang gibt es nicht genug Platz, um sich frei zu bewegen. Er taumelt zurück, fängt sich wieder und stürmt auf mich zu, wobei er seinen kompakten Körper wie einen Rammbock benutzt, um mich zurückzudrängen. Der Aufprall hebt mich für einen Moment von den Füßen und bringt mich ins Schleudern, aber ich bin in Sekundenschnelle wieder auf den Beinen und stürzte mich erneut ins Getümmel.

Wut kommt nicht annähernd an das heran, was ich fühle. Zorn schießt durch meine Adern, als ich in seine runden, blassen Augen schaue und mir erlaube, für einen kurzen Moment daran zu denken, was er Vienna in der kurzen Zeit, in der er sie in seiner Gewalt hatte, angetan hat. Ich weiß, wie er Gefangene behandelt und dass er sie als Sklaven ansieht, die sein Eigentum sind. Sie sind nichts für ihn und er denkt, er kann mit ihnen machen, was er will.

Ich weiß, dass er meiner Vi etwas angetan hat.

Blut spritzt auf meine Fingerknöchel, als ich ihm die Faust ins Gesicht ramme. Wieder und immer wieder. Rage trübt meine Sicht und verschmiert das Rot über seine Gesichtszüge, bis nichts mehr übrig ist außer Blut.

Vienna schreit.

* * *

VIENNA

SICH TOT ZU STELLEN, ist tatsächlich ganz schön anstrengend. Offenbar hat der menschliche Körper eine Art, auf Dinge zu reagieren. Es kostet viel Energie, diese natürlichen Triebe zu unterdrücken, damit man sich nicht vorzeitig verrät. Die Atmung, zum Beispiel. Die Lunge langsam und rhythmisch arbeiten zu lassen, ist wirklich verdammt schwierig, wenn man versucht, keine Panikattacke zu erleiden.

Ich weiß nicht, ob es die richtige Entscheidung war, so zu tun, als wäre ich immer noch bewusstlos, als mich der einäugige Trottel aus der kleinen, dunklen Kiste befreite, aber ich habe es trotzdem getan. Ich hätte mich schreiend und tretend von ihm herausziehen lassen können, aber dann hätte er mich wahrscheinlich nur wieder k.o. geschlagen und ich wäre noch eine Weile nutzlos geblieben.

Auf diese Weise habe ich das Überraschungsmoment.

Ich weiß, dass ich in einem Flugzeug sitze, als ich durch die Augen blinzle. Colts Anwesenheit legt sich wie eine große, flauschige Decke um meine Schultern und ich möchte ihn am liebsten umarmen, als ich spüre, wie er mit dem russischen Freak hinter sich an mir vorbeikommt. Der Drang, ihm zu helfen, ist stark, aber er kann auf sich selbst aufpassen. Ich will nicht, dass er sich Sorgen um mich macht, während er sich mit dem großen, bösen Boss herumschlägt.

Meine Sorge gilt der Tatsache, dass der Motor des Flugzeugs läuft und sich auf den Start vorbereitet. Irgendwie weiß ich, dass dieser Vogel nicht abheben darf. Und obwohl ich kein Flugzeug fliegen könnte, selbst wenn mein Leben auf dem Spiel stünde – haha, Wortspiel –, bin ich eine Expertin darin, Situationen in ein absolutes Blutbad zu verwandeln. Zeit zu gewinnen, ist wahrscheinlich das Einzige, was ich tun kann. Ich sollte die Türen öffnen und Lucius und seine Crew an Bord lassen, aber ich habe keine Zeit zu verschwenden, um herauszufinden, wie man sie öffnet. Ganz zu schweigen davon, dass es ein verräterisches Zeichen ist, dass ich nicht wie eine brave, kleine Geisel auf meinem Sitz angeschnallt bin.

Ich schleiche zum Cockpit und bemerke die zertrümmerte Tür. Ich bin froh, dass ich nicht nackt bin, auch wenn das bedeutet, dass Ivan und Co. noch einmal ihre fetten, schmutzigen Hände auf meinem Körper hatten. Wenn das hier vorbei ist, werde ich mindestens eine Woche lang duschen, um ihre Spuren von meiner Haut zu waschen. Meine Muschi muss vielleicht gebleicht und desinfiziert werden, um das quälende Gefühl von Vadims Fingern in mir loszuwerden.

Das ist ein Trauma für einen anderen Tag.

Ivan sitzt im Pilotensessel, legt Schalter um und tut, was immer nötig ist, um das Flugzeug in Bewegung zu setzen. Über Funk meldet sich eine wütende Stimme, die ihm mitteilt, dass er keine Starterlaubnis hat, dass es Verzögerungen gibt und dass er die Triebwerke abschalten soll.

Ich hole tief Luft und stürze mich mit einem Kampfschrei, der mir eine Rolle im nächsten großen Fantasy-Actionfilm einbringen sollte, auf das Arschloch, das ich aus tiefstem Herzen hasse. Mit meinen Händen voran krümme ich die Finger zu Krallen und greife sein Gesicht an, als wäre ich die titelgebende Figur aus *Edward mit den Scherenhänden*. Seine Haut reißt unter meinen Fingernägeln und Blut läuft über Ivans Gesicht, bevor er es schafft, seine großen Pranken um meine Handgelenke zu schlingen. Ich stürze mich auf ihn und versenke meine Zähne in seinem Hals.

Mal sehen, wie dir das gefällt, Blutsauger.

Er heult auf und schleudert mich gegen die Konsole. Knöpfe und Hebel knallen gegen meinen Rücken und immobilisieren mich fast, als meine Schmerzrezeptoren verrücktspielen. Alarme beginnen zu tönen; Ivan flucht. Hier drin ist nicht viel Platz zum Manövrieren. Mein Kopf schlägt hart gegen das Fenster gegenüber, als er mich von der Konsole zieht und zur Seite wirft.

Benommen beobachte ich, wie er versucht, zu reparieren,

was wir gerade kaputt gemacht haben, während ich nach Luft schnappte. Ich liege auf dem Sitz des Co-Piloten und sehe verschwommene Knöpfe und Bildschirme. Das kann ich ihm doch noch etwas schwerer machen, oder? Ich beuge mich vor und drücke auf alle Knöpfe, die ich erreichen kann, lege Schalter um und drehe an Reglern.

Ivan schreit etwas auf Russisch und schlägt mich mit der Rückhand.

Ich fliege zurück auf den Sitz. Das ganze verdammte Armaturenbrett leuchtet mit Warnlämpchen auf. Ich lehne mich zurück und hebe meinen Fuß, um Ivans winziges Gehirn aus dem Äther zu treten. Ich grinse, schmecke das Blut auf meiner Zunge und schlage mit dem Absatz auf das Kontrollzentrum vor mir. Ich zertrümmere die Bildschirme und lasse das Plastik zerspringen. Ich trete gegen die Lenksäule, das Knüppelding, wie auch immer es heißt, und verbiege es in einem seltsamen Winkel.

Irgendetwas zischt böse und aus dem Inneren der Schalttafel steigt Rauch auf.

Mission erfüllt.

Der Vampir steht auf, sein Gesicht kocht voller Wut. Unter seiner Haut windet sich etwas und verzerrt seine Gesichtszüge. Vielleicht bilde ich es mir nur ein, aber ich glaube es nicht. Er entblößt seine Reißzähne und knurrt schroff, während sein verbliebenes Auge rot glüht. Ich habe ihn wirklich wütend gemacht. Einen Moment lang frage ich mich, ob Colt auch so aussieht, wenn sein Dämon an die Oberfläche kommt, weil er so wütend ist, dass er sich nicht beherrschen kann. Dann packt Ivan mich an der Kehle.

Der Rauch steigt jetzt nicht nur langsam in die Luft. Er wogt und füllt das gesamte Cockpit und raubt mir den Sauerstoff zum Atmen. Was auch immer ich getan habe, ich habe es gründlich verbockt. Vielleicht habe ich etwas überladen, die Elektrik durchgebrannt, ich weiß es nicht. Ich bin kein verdammter Flugzeugelektriker.

Hustend und mit von seinen Fingern erstickter Stimme werfe ich Ivan einen Luftkuss zu. „Colt wird dich übrigens umbringen."

Glas zerspringt, als Ivan mich buchstäblich durch das Fenster stößt. Es ist ein großer *Was zum Teufel*-Moment, als ich spüre, wie Material und Fleisch aufgeschlitzt und von den scharfen Rändern der Glaskanten zerschnitten werden. Ich habe eine Sekunde, seine Stärke zu bewundern – diese Fenster sind so konstruiert, dass sie es aushalten, von Vögeln und allem Scheiß getroffen zu werden, während sie durch die Luft fliegen –, bevor der Schmerz mich übermannt.

Ich weiß nicht, ob ich schreie.

Ich weiß nur, dass ich falle.

Ich spüre es kaum, als ich auf dem Boden aufschlage.

Als ich sterbe, gilt mein letzter Gedanke Colt.

14

Colt

Ich lasse Vadim in einem blutigen Häufchen am Boden liegen, springe über seine liegende Gestalt und stürze zum Cockpit. Der Rauch füllt den kleinen Raum und zieht in die Hauptkabine, wo er den unangenehmen Geruch eines elektrischen Feuers verbreitet. Ich weiß nicht, was Vienna jetzt getan hat, aber sie hat das verdammte Flugzeug in Brand gesteckt.

Das Hämmern an der Tür hat aufgehört. Ich halte nicht einmal für die paar Sekunden inne, die es dauern würde, sie zu öffnen.

Dieser Schrei war anders als alles, was ich jemals von meiner Füchsin gehört habe. Er hallt in meinem Kopf nach, scharf und schrill, und ein krankes Gefühl des Grauens in meinem Bauch sagt mir, dass meine Welt gerade auf eine Art und Weise in die Brüche gegangen ist, wie ich sie mir nicht vorstellen kann.

Eine Gestalt taumelt aus dem Cockpit und teilt den

Rauch. Sie ist zu groß und zu breit, um Vienna zu sein. Ivan. Ich treffe ihn am Bauch und zögere nicht, den ersten Schritt zu machen. Er stöhnt erschrocken auf, als ich meine steifen Finger in die weiche Stelle unter seinem Brustbein ramme und alle Kraft hineinstecke. Ich stoße durch den Stoff, durch Haut und Muskeln, und dringe tief genug ein, um sein nichtschlagendes Herz zu finden.

Erbarmungslos schlinge ich meine Finger darum, reiße es heraus und halte es ihm vor die Nase. „Wo ist Vienna?"

Er blinzelt mich dümmlich an. Wir können ohne Herz überleben; schließlich brauchen wir es ja nicht, aber es muss ein Schock sein, sein eigenes Organ in meiner Hand zu sehen. Das Blut, das an meinem Arm hinuntertropft, ist nicht länger seins – seit Jahrhunderten trinken wir von Menschen und das Blut in unseren Adern ist alles andere als ursprünglich. Sein Blick ist geweitet, fassungslos und huscht von meinem Gesicht zu seinem Herzen und wieder zurück. „Was zum Teufel du getan?"

„Wo ist Vienna?", wiederhole ich, als ich den Rauch um uns herum wahrnehme, der immer dichter wird. Die Sirenen heulen auf; in wenigen Minuten wird ein Löschfahrzeug hier sein, um den Flugzeugbrand einzudämmen, bevor es komplett in Flammen aufgeht. „Letzte Chance, Fleischklops."

Er befeuchtet seine Lippen und stößt ein schmerzhaftes Grunzen aus, als er seine Hand auf die klaffende Wunde in seiner Brust drückt. „Miststück Kopfsprung aus Fenster gemacht."

Fenster? Welches Fenster? Oh Gott. Das Fenster im Cockpit?

Verzweifelt dränge ich mich an ihm vorbei, stürze mich in den dichten Rauch und schreie ihren Namen. Ein Teil des Rauchs entweicht durch die zerbrochene Glasscheibe zu meiner Linken; überall ist Blut. Ich kann es riechen, kann *sie* riechen, sogar durch den Gestank der brennenden Schaltkreise. Von unten höre ich Schreie, eine Kulisse von Lärm, die mich an den Rand des Erbrechens treibt. So viel Dringlichkeit in diesen Stimmen, bis sich eine Stimme über alle erhebt.

Stille folgt.

Ich ramme das Herz in meiner Hand auf einen scharfen Holzsplitter an der zerbrochenen Tür. Es zerbröselt zu Asche und ich stürme durch Ivan, als der Rest seines Körpers zu Staub zerfällt. Ich bin wie betäubt, vom Kopf abwärts, als ich taumle und gegen die Außentür falle, um mit dem Schließsystem zu hantieren. Sie stößt nach außen auf, schwingt zur Seite und lässt einen Schwall heißer Luft in die von Rauch erstickte Kabine strömen. Dann rase ich die Treppe hinunter und laufe auf die Menge am vorderen Teil des Flugzeugs zu.

Der Geruch ihres Blutes ist hier stärker. Knackig frisch und das sogar mit dem Gestank von Treibstoff und Abgasen in der Luft.

Ich schiebe mich durch die Wand der Vampire, bis jemand meinen Arm erwischt und mich aufhält. Ich knurre so laut, dass sich die Köpfe drehen, aber Lucius lässt nicht von seinem Griff ab. Er schüttelt langsam den Kopf, sein Blick ist düster. Traurig. „Colt."

„Geht mir aus dem Weg, Lucius."

Er seufzt schwer und hebt seine Hände. „Es tut mir leid, auch wenn das nicht viel hilft." Er tritt zur Seite und fängt an, Befehle zu erteilen.

Die Welt stirbt. Ich kann es nicht anders beschreiben. Jeder letzte Lichtstrahl wird von der Dunkelheit verschluckt. Die Farben verlieren ihren Glanz und werden zu Schatten. Mein Geist ist ein Kaninchenbau der Stille. Gedanken, Argumente, Verstehen … alles weg.

Meine Vi liegt auf dem Asphalt. Ihr Körper ist verdreht und blutig. Eine Blutlache umgibt sie, genau das, was wir mit diesem Kampf retten wollten. Tiefe Wunden klaffen an ihren

Beinen, ihrem Rücken und ihren Armen. Ich kann sie heilen, ich weiß, dass ich es kann. Ich werde ihr jeden letzten Tropfen des Blutes in meinen Adern geben, um es in Ordnung zu bringen.

Ich lasse mich neben ihr auf die Knie fallen und ziehe sie sanft in meine Arme. „Ich bin hier, Vi. Ich bin hier. Ich werde alles wiedergutmachen, versprochen. Bleib einfach bei mir, okay?" Ich streichle mit dem Daumen über ihre Wange. Ihre wunderschönen, frechen, blaugrauen Augen sind weit geöffnet und leer. Sie trüben sich bereits. „Ich kann es in Ordnung bringen.

„Colt, Schatz. Es tut mir so leid. Es tut mir so, so leid." Selenes winzige Hand ruht auf meinem Handgelenk und sie drückt es sanft. „Die Behörden werden kommen. Wir müssen hier weg. Lass mich sie tragen."

„Nein! Es ist immer noch Zeit." Aber das stimmt nicht und ich weiß es tief in meinem Inneren. Die Sirenen heulen und spiegeln wider, was in mir vorgeht, als ich merke, dass es für Vienna kein Zurück gibt. „Es ist noch Zeit, sie zu verwandeln."

Um mich herum ist alles in Bewegung. Fahrzeugtüren öffnen sich und knallen zu. Die verdammten Flugzeugtriebwerke rumpeln immer noch laut vor sich hin, jetzt mühsam und schleifend. Der Rauch ist dick und streng, aber das ist mir egal. Soll uns das verdammte Ding doch alle ins Jenseits befördern.

„Selene, steig in den Wagen. Tiberius, Augustus, bringt Colt mit. Keine Widerrede, Colt", weißt Lucius mich unerbittlich zurecht. „Wir müssen jetzt los, bevor wir alle verhaftet werden. Ich kann mein Bestes tun, um sie zu verwandeln, aber die Kopfwunde ist schwer. Sie wird vielleicht nicht als die Vienna zurückkommen, die du kennst und liebst, wenn überhaupt. Aber wir müssen es unterwegs tun."

Ich knurre, als er versucht, ihren Körper zu nehmen. „Sie gehört mir. Ich werde sie verwandeln."

Starke Arme fesseln und halten mich fest, als Lucius Vienna aus meinem Schoß reißt und mit ihr zu einem der riesigen Geländewagen geht. Ich gerate in blinde Wut und kämpfe mit allem, was ich habe, gegen zwei von Lucius' ältesten Schöpfungen, aber ich bin ihnen nicht gewachsen, nicht einmal in meiner Trauer. Sie zerren mich mühelos zum Geländewagen und schieben mich neben Lucius hinein.

Augustus nimmt auf dem Fahrersitz Platz, während Tiberius auf der Beifahrerseite einsteigt. Selene hockt hinter ihrem Gefährten und sieht am Boden zerstört aus. Der Motor springt an und wir rasen mit dem zweiten Geländewagen hinter uns von der Landebahn weg.

„Du hast nicht länger als etwa eine Minute Zeit. Ich kann dir sagen, dass die Erfolgschancen größer sind, wenn du mir erlaubst, es zu versuchen, aber es ist deine Entscheidung. Berücksichtige, welchen Schaden der Sturz an ihrem Gehirn angerichtet haben könnte, Colt. Die Verwandlung kann etwas so Komplexes wie das Gehirn nicht heilen, wenn es zu stark beschädigt ist." Lucius legt mir mein gebrochenes Mädchen wieder in die Arme und zum ersten Mal kann ich die Kopfverletzung sehen, als wir unter den vorbeiziehenden Laternen hindurchfahren. Ihr Schädel hat die volle Wucht des Sturzes abbekommen. „Gib ihr so viel Blut, wie du entbehren kannst. Sie wird es brauchen."

Ich streichle ihr Haar, als Erinnerungen in mein Gehirn zurückkehren. Ich kenne sie noch nicht einmal eine Woche und sie hat sich bereits so fest in die Fasern meines Lebens verwoben, dass mir nur noch eine Möglichkeit bleibt, wenn das hier nicht funktioniert. Ich habe sechshundert Jahre auf dieser Erde verbracht und eine lange Zeit davon versucht, mich davon reinzuwaschen, eine schlechte Person gewesen zu sein. Sechshundert Jahre und mehr, in denen ich allein war.

Bis Vienna kam. Ich will nicht für die Ewigkeit allein bleiben. Nicht jetzt, da ich weiß, was ich verpassen werde. Ich schaffe es nicht, jeden Tag an sie zu denken, sie zu vermissen, sie zu lieben, bis ich aus den Wunden in meinem Herzen blute.

Ich küsse ihre Stirn, ihre Nase, ihre Lippen. Ich hebe mein Handgelenk zu meinem Mund und versenke meine Reißzähne tief, um die Wunden bluten zu lassen. Mit meinem letzten Fünkchen Hoffnung drücke ich mein Handgelenk an ihren Mund und neige ihren Kopf zurück, damit mein Blut in ihre Kehle fließt. „Wenn es sie nicht zurückbringt oder wenn es sie falsch zurückbringt, dann bin ich durch, Lucius. Ich habe meine Aufgabe für Euch erledigt und der Menschenhändlerring kann mit den Informationen, die Vadim Euch gibt, ausgeschaltet werden. Wenn das hier schiefgeht, müsst Ihr mir versprechen, dass Ihr mich nicht aufhalten werdet.“

Mein Freund sieht mich mit harten Augen an. Ich kann sehen, wie er in Gedanken alle Möglichkeiten durchspielt und die Folgen seiner Zustimmung voraussieht. Dann wird sein Blick weicher und er nickt einmal knapp. „An deiner Stelle wüsste ich auch nicht, ob mein Leben noch lebenswert wäre. Ich gebe dir mein Wort, Colt.“

„Lucius!“ Selene protestiert heftig.

„Psst. Diese Entscheidung muss Colt selbst treffen, Selene. Ich werde sie respektieren, egal was passiert.“

Während Lucius in der nächsten Stunde telefoniert und mit leiser Stimme mit Selene streitet, beiße ich mir immer wieder ins Handgelenk und öffne die Wunden wieder und wieder. Ich füttere Vienna mit meinem Blut und wünsche mir, dass es durch ihre Adern fließt und sie wieder zum Leben erweckt. Immer wieder und wieder, bis meine Augenlider schwer werden und ich meinen Arm kaum noch heben kann.

Manche würden sagen, ich hätte ihr zu viel gegeben. Ich sage, ich habe ihr nicht genug gegeben. Wenn es sein muss, werde ich mich selbst ausbluten lassen, um ihr die beste Chance zu geben, gesund und heil zu mir zurückzukommen.

„Lucius?", murmle ich.

„Colt."

„Habt Ihr herausgefunden, wie sie Euren Bann gebrochen hat?"

Er brummt nachdenklich. „Nicht offiziell, nein. Ich vermute, dass sie eine Ausnahme der meisten Sterblichen ist. Ich habe die Theorie, dass ihre Blutgruppe etwas damit zu tun haben könnte. Ich habe mich mit rhesusnegativem Blut beschäftigt und es gibt einige Theorien, dass Rh-Nulls nicht von dieser Welt sind. Ich glaube nicht, dass sie eine Außerirdische ist, aber ich halte es für möglich, dass Menschen mit ihrem Blut nicht komplett menschlich sind. Was sie sind oder waren, ist etwas ausgesprochen Mächtiges. Ohne eine Studie von anderen ihrer Art kann ich mir nicht vorstellen, wie wir eine endgültige Antwort bekommen können."

Ich lache, aber es klingt wie ein Brummen oder Grunzen. „Ich habe doch gesagt, dass mein Mädchen etwas Besonderes ist." Ich muss mich auf jedes Wort konzentrieren, denn meine Zunge fühlt sich seltsam dick an. Vienna bewegt sich immer noch nicht, also zwinge ich mein Handgelenk erneut zu meinem Mund. Dann bin ich verblüfft, als es sanft weggezogen wird. „Was?"

„Genug ist genug, Colt. Du hast ihr mehr Blut zugeführt, als du dir leisten kannst zu verlieren. Jetzt können wir nur noch abwarten, ob Vienna überleben wird." Lucius legt meinen Arm ab und drapiert ihn über Viennas Körper. In seinen Augen liegt ein Schatten des Zweifels. „Es braucht Zeit, bis die Veränderungen beginnen. Es gibt viele Schäden zu heilen, zusätzlich zu der Verwandlung selbst. Realistisch betrachtet, weiß ich nicht, ob wir ihr die Chance geben können, die sie braucht."

Ich will nicht, dass er weiterredet. Seine Worte verletzen mich, wenn ich bereits am Tiefpunkt bin. Wenn er nicht spricht, wird meine größte Angst nicht lebendig werden. In der Stille des Geländewagens kann ich mir vorgaukeln, dass Vienna nur in meinen Armen schläft und den Aufstieg von einer Sterblichen zum Vampir beginnt. Sie legt ihre Menschlichkeit ab, um in ihrer Unsterblichkeit zu erblühen.

Sie wird zu dem, was ich bin, damit sie für immer mit mir zusammen sein kann.

Ich weiß, wie unwahrscheinlich es ist. Sosehr ich es auch leugne, weiß ich doch, dass es nur eine geringe Chance gibt, dass sie wieder aufwacht. Ihr Körper ist steif und kalt und ich kann nicht einmal eine Spur von dem spüren, was Vienna zu der Frau macht, die sie ist. Ihre Essenz ist weg, ihr Funke erloschen. Wenn mein Blut funktionieren würde, könnte ich sie doch sicher spüren ... einen Teil von ihr.

Was noch schlimmer ist, ich selbst habe ihre Chancen erheblich verringert. Ich fange an, dieses Wort zu hassen. *Chancen.* Wo es Chancen gibt, sollte es auch Gewinne geben. Ich zerstörte ihre Chance auf einen Gewinn, indem ich Lucius' Angebot ablehnte, indem ich den erfahrensten Schöpfer, den ich kenne, abwies. Ich weiß nicht, was ich mir dabei gedacht habe. Ich weiß es wirklich nicht.

Der Wagen ist für den Rest der Fahrt nach Tucson so still wie ein Leichenwagen. Ich habe die Augen geschlossen und mein Gehirn macht Pause. Mein Energielevel ist gleich null und mein Herz fühlt sich an, als wäre es in den aufgespießten Zähnen einer eisernen Jungfrau gefangen. Meine Arme weigern sich, ihren Griff um mein Mädchen auch nur eine Sekunde lang aufzugeben. Es ist, als würde sie es merken, wenn ich meine Hände nur einen Zentimeter bewege, und würde vielleicht denken, dass ich sie loslasse.

Ich habe heute Abend drei Vampire mit bloßen Händen getötet – zwei enthauptet und dem dritten das Herz aus der Brust gerissen. Meine Hände sind blutverschmiert, meine Kleidung davon durchtränkt. Nach dem heutigen Abend wird mein Ruf entweder in der Gosse landen oder auf ein Podest gehoben. Das ist jetzt unwichtig. Das Leben, das ich mir für die Zeit nach Vadims Ermordung vorgestellt hatte, entgleitet mir von Sekunde zu Sekunde.

Ich glaube, ich döse, als das Fahrzeug langsamer wird und im Leerlauf läuft. Lucius gibt leise Befehle, kaum mehr als ein Murmeln.

„Selene, meine Liebe, warum gehst du nicht mit Tiberius und siehst nach, ob Colts Zimmer fertig ist? Er muss trinken und sich dann ausruhen. Augustus und ich werden gleich nachkommen." Es ist keine Bitte, das ist bei Lucius kaum etwas, aber es erstaunt mich immer wieder, wie sanft er mit seiner Gefährtin umgeht. „Es war eine lange Nacht und sie ist noch längst nicht vorbei."

Ich schüttle den Kopf und stelle fest, dass mein Freund uns zu seinem Haus zurückgebracht hat. Nur wenige Leute kommen als Gäste hierher, also sollte ich mich wohl geehrt fühlen, aber ich muss Vienna *nach Hause* bringen. Sie muss in unserem Bett liegen, eingewickelt in unsere Decken, in denen wir uns so lange gewälzt haben, darauf und darunter. Wenn sie aufwacht, möchte ich, dass ihr unser Duft in die Nase steigt und die vertraute Umgebung vor ihren Augen liegt. „Bringt uns nach Hause, Lucius. Bitte."

„Nein. Wenn es Ärger gibt, möchte ich zur Stelle sein. Vienna hat ihr Leben durch unsere Fehler verloren. Sie hätte nie in diese Lage gebracht werden dürfen. Das schmälert ihre Tapferkeit oder ihr Opfer nicht. In ihrer Nähe zu bleiben, ist das Mindeste, was ich für sie tun kann." Lucius rutscht auf seinem Sitz herum und schaut mir direkt ins Gesicht, als Selene aus dem Fahrzeug steigt. Tiberius bleibt an ihrer Seite.

Ich knurre leicht. Sicher, der Wichser, kann am Absatz seiner Königin kleben, aber wenn ich ihn brauche, um meine Vienna zu beschützen, ist er nirgends zu sehen. Ich habe nicht vergessen, dass er ein Teil des Katalysators war, der uns dahin gebracht hat, wo wir jetzt sind. Hätte er getan, worum ich ihn gebeten hatte, und Vienna aus Oberons Wagen geholt, wäre sie nicht im Flugzeug gelandet. Ihr zerbrechlicher, menschlicher Körper wäre nicht durch zentimeterdickes Fenster geschleudert und sechs Meter tief auf die unbarmherzige Rollbahn gestürzt.

Nein, sie würde hier neben mir sitzen, mir von ihren Abenteuern erzählen und davon, wie sie es mit den Vampiren aufgenommen hat. Sie würde lachen und wäre lebendig.

„Tiberius hat *meinen* Befehl befolgt, Colt", sagt Lucius. „Bevor du ihm die Schuld dafür gibst, solltest du wissen, dass ihm die Entscheidung aus der Hand genommen wurde. Selene war von vier von Vadims Männern umzingelt. Nachdem du Vadim gefolgt und im Flugzeug verschwunden bist, kam noch mehr russischer Abschaum aus den Hangars und wir waren in der Unterzahl. Sie brachten Selene zu Boden und versuchten, sie wegzuschleifen. Ich war zu weit weg, um ihr zu helfen. Tiberius eilte ihr zu Hilfe, auch wenn er dafür Vienna zurücklassen musste. Es war nicht seine Schuld."

So eine Scheiße. Selene ist eine der beeindruckendsten Frauen, die mir je begegnet sind. In einem Kampf ist sie phänomenal. Selbst vier Vampire würden ihr kaum etwas anhaben können. Aber ich bin zu müde, um mich zu streiten. Die winzigen Flammen der Wut sind leicht zu erlöschen, fast erbärmlich. Die Wahrheit ist wohl, dass ich auf niemanden außer mich selbst wütend bin.

Ich habe das getan. Ich habe Vienna in diesen Schlamassel hineingezogen und sie in eine Welt entführt, in der sie kein Recht hatte, zu sein. Ich habe sie im Stich gelassen.

„Ich will nicht darüber reden, Lucius. Ich kann nicht einmal darüber nachdenken. Ihr habt Oberon, Ihr habt Vadim. Ich bin fertig mit dieser Scheiße. Mein Job ist erledigt. Vadim hat fünf echte Rh-Nulls und Tausende von gescheiterten Zuchtexperimenten, die rehabilitiert werden müssen. Es liegt jetzt an Euch." *Weil mir alles scheißegal ist.*

Dank Augustus öffnet sich meine Tür. Der ausdruckslose Vampir wartet geduldig auf weitere Befehle.

„Wir reden weiter, wenn du getrunken und dich ausgeruht hast. Lass Augustus Vienna tragen, Colt. Du bist nicht in der Lage, sie zu heben, und es tut nicht gut daran, sie fallenzulassen, nicht wahr? Er wird sich um sie kümmern, bis wir drinnen sind. Du kennst ihn", mahnt mich Lucius mit Nachdruck. „Keiner von uns hier ist dein Feind und niemand wird sie dir wegnehmen."

Ich schaue auf sie herab. Sie sieht nicht mehr wie Vienna aus, nicht mit der Blässe ihrer Haut und der fast gummiartigen Beschaffenheit ihres Gesichts. Der Tod mag schön sein, aber nur, wenn er frisch ist. In diesen ersten Minuten, in denen der Körper die Illusion vermittelt, noch immer mit der Welt verbunden zu sein, ist der Tod herrlich. Ich stelle mir diese Minuten gern als den Übergang vor. Als die Zeit, in der ein Mensch ins Licht geht oder seine besten Erinnerungen noch einmal erlebt.

Ich hoffe, dass ich zu Viennas letzten Erinnerungen gehört habe.

Augustus greift langsam hinein, schiebt seine Hände unter Viennas Körper und hält inne, als meine Reißzähne ihn anblitzen. Als ich ihm nicht ins Gesicht beiße, macht er weiter und hebt sie vorsichtiger hoch, als ich es von einem Vampir seiner Größe erwarten würde. Er behandelt sie, als wäre sie aus Glas. Eine lange Sekunde lang klebt Vienna an mir. Eine große Menge getrocknetes Blut klebt zwischen ihrer Kleidung und meiner.

„Sie sollte ein Bad nehmen." Es ist der unsinnigste Gedanke, aber plötzlich ist es das Wichtigste auf meiner zu erledigenden Aufgabenliste.

Niemand will mit dem Blut seines alten Lebens befleckt wiedergeboren werden.

„Natürlich. Ich kümmere mich darum. Meinst du, du kannst stehen, Colt?"

Ich schwinge meine Beine aus dem Wagen und setze die Füße auf den Boden. Ich habe mich nicht mehr so verdammt schwach gefühlt, seit ich in meiner Totenkleidung aus dem Grab gestiegen bin und Friedhofserde gespuckt habe. Zu stehen, fällt mir schwer und meine Knie geben so abrupt nach, dass ich mich an der Tür festhalten muss, um mich abzustützen.

Lucius ist sofort neben mir und schlingt seinen Arm um mein Kreuz. Ich bin so verdammt dankbar, dass er nicht beschließt, es wäre weniger lästig, mich zu tragen. Er führt mich zum Haus, langsamer als eine Schnecke. Ich brauche wirklich etwas zu trinken, bevor ich etwas Dummes tue, wie ohnmächtig zu werden. Ich habe alles gegeben, um Vienna zurückzubringen, und jetzt bezahle ich den Preis dafür.

Einen Fuß vor den anderen. Klingt einfach. Jeder Idiot könnte das schaffen.

Keine drei Schritte vom Geländewagen entfernt, falle ich wie eine Tonne Ziegelsteine ohnmächtig um.

* * *

ALS ICH DIE Augen wieder öffne, hat sich die Realität nicht verbessert.

Ich liege auf dem Rücken in einem Bett, meine Brust ist nackt und sauber. Jemand hat sich die Mühe gemacht, mich zu waschen und mich zu kleiden – das kann ich bestätigen, denn als ich unter die leichte Decke schaue, die mich von der Taille abwärts bedeckt, sehe ich eine seidene Pyjamahose. Offensichtlich Lucius. Ich kann mir keinen anderen vorstellen, der diese verdammten Dinger tragen würde.

Selene sitzt hübsch am Ende des Bettes. Ihr langes, weißes Haar ist zu einem Zopf geflochten. Der gefährlichste aller Wachhunde bei der Arbeit.

Als ich mich im Zimmer umsehe, erkenne ich, dass ich in einem der Gästezimmer untergebracht bin. Das Zimmer ist sorgfältig eingerichtet und heißt mich mit dieser nervtötenden britischen Art, die Lucius zu eigen ist, willkommen. Mahagonimöbel, Verdunkelungsrollos, Breitbildfernseher … Jeder Komfort, den ein Vampir braucht.

Aber keine Vienna.

Als Selene bemerkt, dass ich wach bin, sagt sie kein Wort. Sie steht einfach auf und geht zur Tür. Sie streckt ihren Kopf hinaus, murmelt etwas und setzt sich dann wieder neben mich. Dieses Mal weiter oben am Bett, näher an meiner Hüfte. Sie legt ihre Hand auf meine. „Wieder unter den Untoten", murmelt sie. „Was du getan hast, war töricht, Colt. So viel Blut herzugeben. Wir haben dich fast zwölf Stunden lang an einen Tropf gehängt, um das, was du Vienna gegeben hast, wieder aufzufüllen."

Mein Herz zerspringt bei der Erwähnung ihres Namens. „Zwölf Stunden?"

Sie nickt langsam. „Augustus bringt dir etwas zum Trinken. Du wirst alle paar Stunden etwas zu dir nehmen müssen, um wieder zu Kräften zu kommen, aber du wirst es überleben. Ich weiß, du hast wahrscheinlich gehofft, dass

Vienna jetzt hier wäre, aber ..." Sie räuspert sich. „Colt, sie hat sich nicht wieder erholt. Es gibt keine Anzeichen von Regeneration, ihre Wunden heilen nicht. Lucius ist nicht von ihrer Seite gewichen, seit wir zu Hause angekommen sind, bis jetzt. Er hat erwähnt, dass du es für nötig hieltst, Vienna zu waschen, also habe ich mich darum gekümmert. Ich habe sie selbst gebadet, damit sie ansehnlich aussieht. Ich bringe dich zu ihr, nachdem du getrunken hast."

Damit sie ansehnlich aussieht. Ich schüttle den Kopf, während die Worte in meinem Kopf wie in einem Flipperautomaten Alarmglocken schrillen lassen und in jeder Sekunde Punkte sammeln. Selene glaubt nicht, dass Vienna zu mir zurückkommen wird; sie will es nicht direkt sagen, aber ich weiß, dass sie die Hoffnung aufgegeben hat.

Ich stoße Selene vom Bett und werfe die Decke zurück. Ja, ich habe mich mit meiner übereifrigen Blutspende definitiv aus dem Gleichgewicht gebracht. Das war es auf jeden Fall wert, egal, wie es ausgeht. Wenn Vienna tot bleibt – die sterbliche Version von tot – kann ich dem Morgen zumindest mit dem Wissen begegnen, dass ich versucht habe, sie hier bei mir zu behalten. „Bringt mich jetzt zu ihr, Selene."

„Colt ..."

„Ob sie lebt oder stirbt, sie wird es nicht allein tun. Bringt mich zu ihr oder ich werde diesen Laden in Stücke reißen, bis ich sie finde." Eine mutige Aussage, wenn man bedenkt, dass ich kaum ohne Hilfe aufstehen kann. Es gibt zwei Dinge, die uns bis zum Tod der Zerstörung schwächen können – Sonnenlicht und starker Blutverlust. Letzteres bringt uns zwar nicht um, aber es kann uns langsam und dumm machen.

Selene stemmt die Hände an die Hüften, als ich schwanke. Sie sieht mich mit königlichem Blick an. Lucius hat mit ihr eine gute Entscheidung getroffen; ich kann mir nicht vorstellen, dass er die Ewigkeit mit einer anderen verbringen würde. Nach einem langen Moment streckt sie die Hand aus und stößt mir kräftig gegen die Brust. Sie nickt zufrieden, als ich zurück auf das Bett falle. „Sieh zu, dass du in der Lage bist, deine Drohungen wahr zu machen, Colt. Wenn du getrunken hast, begleite ich dich zu Vienna", wiederholt sie in bestimmtem Tonfall. „Seit wir sie nach Hause geholt haben, war sie nicht mehr allein – Lucius hat den ganzen Tag bei ihr gesessen."

„Ich hätte bei ihr sein sollen."

„Sie musste ruhig gehalten werden. Lucius schwört, dass eine chaotische Umgebung den Prozess stört und einen neuen Vampir mehr beeinträchtigt, als uns bewusst ist. Augustus und ich sind herumgewuselt, haben deine Blutbeutel getauscht und uns um dich gekümmert. Wir waren zwar nicht laut und unausstehlich, aber ruhig war es sicher auch nicht. Lucius wollte nicht, dass das alles so passiert", fährt sie fort. „Er fühlt sich schuldig und er ist kein Mann, der sich von seinen Gefühlen leiten lässt."

Das war ich vor langer Zeit auch nicht. Und seht mich jetzt einmal an. In die Knie gezwungen von einem brünetten, blauäugigen Engel mit dem Mundwerk eines Seemanns und einem Herzen, das größer ist als ganz Idaho.

„Lucius gab Tiberius den Befehl, die Liebe seines Lebens zu beschützen. Tiberius gehorchte seinem Schöpfer. Alles, was gestern Abend passiert ist, … es ist ein Klischee, aber es ist aus einem bestimmten Grund passiert. So wie ich es sehe, ist Vienna entweder bestimmt zu sterben … oder du warst bestimmt zu leben."

„Die Geheimnisse des Universums. Weißt du, es gibt unten eine Zelle mit Fesseln und einem sehr schönen Bett. Ich habe Lucius angefleht, sein Versprechen zu überdenken, wenn Vienna es nicht schafft. Er wird es nicht tun, aber das heißt nicht, dass ich dich nicht als Geisel nehme und dort unten festhalte, bis du dich von der idiotischen Idee gelöst hast, dich selbst umzubringen." Sie ruft ein leises „Herein", als jemand an die Tür klopft.

Augustus huscht in den Raum und bewegt sich für einen Mann seiner Statur sehr verstohlen. Er hat ein Glas in der Hand – ich kann das O-Positiv von hier aus riechen. Es hat keinerlei Reiz. Es gibt nichts auf dieser Welt, was dem Geschmack von Vienna Blut, frisch aus der Ader, gleichkommen kann. „Colt, schön, dich wieder auf den Beinen zu sehen."

Schnaubend lasse ich mich zurück in die Kissen sinken, schließe die Augen und sammle mich für einen weiteren vergeblichen Versuch, aufzustehen.

„Danke, Augustus. Könntest du Lucius sagen, dass wir in Kürze zu Vienna kommen?", murmelt Selene. Ich merke, dass sie unzufrieden mit mir ist, aber was soll sie machen?

„Wir gehen jetzt." Zähneknirschend zwinge ich mich wieder, aufzustehen. Etwas Scharfes kribbelt in meinen Eingeweiden und ich habe das Gefühl, dass ich dringend irgendwohin muss. „Ich muss jetzt gehen."

„Nicht bis du …"

Fluchend reiße ich Augustus das Glas aus der Hand und trinke es in einer Reihe großer Schlucke aus. Ich schmecke die dicke Flüssigkeit kaum, aber mein Körper beharrt darauf, dass ich sie brauche. Ich drücke dem Wachhund das leere Gefäß in die Hand und taumle auf meinen nackten Füßen zur Tür. Ich wünsche mir, das beruhigende Gewicht meiner Stiefel und meiner Jeans zu spüren. „Kommt Ihr, Selene?"

„Was ist es nur mit Männern und ihrem Starrsinn?", sagt sie seufzend.

Ich denke gern, dass der normale Colt nicht so dickköpfig ist wie die meisten meines Geschlechts, aber der trauernde Colt ist eine wandelnde Katastrophe. Er ist bereit, durch Wände zu gehen und Stahlstangen zu verbiegen, um zu Vienna zu gelangen. Ich fühle mich, als wäre ich mitgerissen worden und würde versuchen, die Verrücktheit zu zügeln und alle gestörten Teile von mir in dieselbe Richtung zu lenken.

Ich verlasse den Raum und gehe nach links. Ich kann nicht sagen, warum ich diesen Weg einschlage; ich weiß es nicht. Es fühlt sich an, als läge eine Hand an meinem Nacken, die mich in die Richtung eines unbekannten Ziels lenkt. Das Einzige, dessen ich mir sicher bin, ist, dass am Ende Vienna auf mich wartet.

Ich laufe den Gang hinunter und halte vor jeder Tür an, an der ich vorbeikomme. Ich lausche, bevor ich zur Nächsten weitergehe. Meine Welt verkleinert sich bis hin zur Position meiner Füße und bringt mich meiner kleinen Füchsin mit jedem Schritt näher. Fünf Türen weiter bleibe ich stehen und warte. Die Haare in meinem Nacken stellen sich auf. Ohne zu zögern, stürme ich, ohne anzuklopfen, in den Raum.

Mein König steht auf, als ich eintrete, und wir schauen uns an, als sähen wir uns zum aller ersten Mal. Gott weiß, wie ich aussehe, aber ich vermute, ähnlich wie Lucius. Der König sieht müde und nachdenklich aus. Einen Leichnam zu hüten und zu hoffen, dass er wieder zum Leben erwacht, fordert seinen Tribut. Darüber nachzudenken, was schiefgehen könnte, vorherzusagen, wie ein auferstandener Neuling in den ersten Momenten seiner Wiedergeburt reagieren wird … Das alles reicht, um eine Person in den Wahnsinn zu treiben, wenn man all die Variablen bedenkt.

Die Schöpfung eines Vampirs ist nicht so simpel und einfach, wie es in den Büchern und Filmen dargestellt wird. Soweit ich weiß, hat ein Neuling eine größere Chance, erfolgreich verwandelt zu werden, wenn der Blutaustausch zwischen dem Menschen und seinem potenziellen Schöpfer mehr als einmal stattfindet. Eine langsame, gründliche Infiltration des Vampirvirus in den Körper des Wirts vor dem Hauptereignis.

Darüber brauche ich mir keine Sorgen zu machen. Vienna trägt mehr von meinem Blut in sich als ich. Das Virus sollte ihr Nervensystem in Beschlag nehmen, aber es gibt Situationen – zum Beispiel diese –, in denen der menschliche Körper für das Virus nicht empfänglich ist und sich weigert, es anzunehmen. Manchmal ist der Schaden an der zarten Hülle zu groß, als dass das Virus ihn heilen könnte.

„Selene, Augustus, wartet draußen", murmelt Lucius und deutet auf den Stuhl neben dem Bett, von dem er soeben aufgestanden ist. „Setz dich, Colt. Ich lasse dich jetzt mit ihr allein. Es gibt keinerlei Besserung, keine Heilung. Es tut mir leid, aber ich glaube, es ist jetzt an der Zeit, sich zu verabschieden."

Ich setze mich nicht. Ich werde mich nicht einmal diesen halben Meter von ihr entfernen, nicht, wenn es ein Abschied ist. Ich gehe zum Bett und stoße den Stuhl so heftig aus dem Weg, dass er buchstäblich an der Wand zerschellt. „Ich wüsste es zu schätzen, wenn Ihr jetzt geht, Lucius."

Seine Hand schwebt über meiner Schulter, aber er lässt sie sinken, ohne mich zu berühren. Er sagt nichts weiter, bevor er den Raum verlässt, die Tür hinter sich schließt und mich mit Vienna allein lässt.

Meine wunderschöne Vi.

Sie ist so unnatürlich ruhig, nichts von ihrer üblichen Frechheit oder ihrem unverhohlenen Verhalten ist mehr zu spüren. Selene hat sie mehr als ansehnlich gemacht; sie hat sie zum Strahlen gebracht, sogar im Tod. Viennas blasse Haut ist rein, ich kann keine Spur von Blut an ihr sehen oder riechen. Sie sieht ruhig aus, ihre Augen sind geschlossen, ihr Blick ist entspannt. Die Decke ist bis über ihre Brüste hochgezogen, sodass ihre Schultern freiliegen. Plötzlich ist meine Kehle wie zugeschnürt und brennt mit unbewältigten Gefühlen.

Selene hat Viennas Haar gebürstet, sodass es weich und

glänzend wirkt – es fühlt sich zwischen meinen Fingern wie Seide an, als ich eine Strähne anhebe und sie sanft zwischen Daumen und Zeigefinger reibe.

Ich krieche unter die Decke und ziehe meine Füchsin fest an mich. Dabei ignoriere ich die Leblosigkeit der Gestalt, die ich halte. Ich suche intensiv nach Anzeichen dafür, dass sie irgendwie nur einen Winterschlaf hält und bereit ist, aufzuwachen. Um diesen Albtraum mit ihrem unverwechselbaren Lachen zu beenden, aber da ist nichts. Meine letzten Fünkchen Hoffnung flammen auf und verpuffen.

„Ich hatte so große Pläne für uns, Vi. Weniger als eine Woche mit dir an meiner Seite und du hast meine Welt auf den Kopf gestellt. Ich dachte, ich müsste Vadim für den Rest der Ewigkeit in den Arsch kriechen, ohne jemals Erfolg dabei zu haben, sein Imperium zu zerstören. Und dann kamst du, meine Füchsin aus den Schatten, die lauschte, wo niemand lauschen sollte. Du hast mir in den Arsch getreten, mich beschimpft und die Dunkelheit wie eine Supernova erhellt." Ich streichle ihren Kopf. Mit den Fingern gleite ich über den gebrochenen Bereich des Schädels, wo ihr Kopf auf die Startbahn traf. Er ist immer noch offen und roh. „Die tapferste Sterbliche, die ich kenne. Ich nehme an, du verstehst inzwischen, was passiert ist. Wahrscheinlich redest du gerade mit den Engeln am Himmelstor dort oben und verlangst Antworten. Ich habe dich verloren, Vi. Irgendwo habe ich etwas falschgemacht, ich habe es versaut, und du bist für meinen Fehler gestorben."

Sie werden sie bald holen kommen. Lucius und Augustus. Sie werden kommen und sie mir wegnehmen, um ihren Körper zu entsorgen, wie sie es für richtig halten. Ich kenne die Etikette nicht, wie man einen gescheiterten Versuch, ein unsterbliches Wesen zu schaffen, beerdigt. Vienna hat Familie, sie hat Menschen, die sie außerhalb dieses verrückten Daseins lieben. Menschen, die sie vermissen werden und ihren Körper haben wollen, aber sie will nicht zurück nach Chicago.

Ich werde Lucius bitten, seine Kontakte spielen zu lassen und herauszufinden, wo ihre Familie ist, um mich mit ihr in Verbindung zu setzen. Ich werde sie irgendwie wissen lassen, dass sie nicht nach Hause kommen wird. Dann werde ich mein wunderschönes Mädchen zur Ruhe legen, wo sie hingehört, und hoffen, dass wir uns auf einer Ebene der Realität wiederfinden, wo wir zusammen sein können. Nicht als Schatten in der Dunkelheit, nicht als Monster, die Angst haben, einen Fuß ins Tageslicht zu setzen, sondern als Mann und Frau.

„Von dem Moment an, als ich dich traf, wusste ich, dass du anders bist. Gott, du hattest die ganze Zeit über keine Angst vor mir. Weißt du, wie selten es ist, einen Sterblichen zu finden, der keine Angst vor dem Dämon hat? Das ist so, als würde man Hühnerzähne finden, Vi, das gibt es einfach nicht. Lucius hält dich für etwas ganz Besonderes. Offenbar glauben einige Leute, dass Rh-Nulls nicht von dieser Welt sind. Ich glaube nicht wirklich, dass es Außerirdische unter uns gibt, aber hey, ich bin ein Vampir. Also wer bin ich, zu sagen, was möglich ist oder nicht?" Ich runzle die Stirn, als mir ein anderer Gedanke in den Sinn kommt. „Was ist, wenn Lucius recht hat? Was ist, wenn Rh-Nulls *nicht* ganz menschlich sind? Nicht außerirdisch, sondern … eine Untergruppe der Menschen. Zum Teil Mensch, zum Teil … Fee, vielleicht? Das würde erklären, wie du seinen Bann gebrochen hast, nicht wahr? Und warum du so eine starke Reaktion auf mein Blut hast. Verdammt."

Ich klammere mich an Strohhalme, ohne Beweise zu haben, aber je mehr ich mit den Ideen in meinem Kopf spiele, desto mehr gefällt es mir, wie sie passen könnten. Sie sieht menschlich aus. Abgesehen von ihrem starken Blut und ihrer Fähigkeit, sich Lucius' Kontrolle zu entziehen, verhält sie sich menschlich. Der Tod hat sie nicht auf ihre schlichteste Form reduziert, wie es bei einigen Übernatürlichen der Fall ist, was mir sagt, dass sie im Grunde ihres Herzens tatsächlich menschlich ist. Sie hat nur einen Hauch von etwas anderem in ihrem Erbgut.

Ich setze mich schnell auf und denke angestrengt nach. Was, wenn sich alle irren? Wenn Vienna sterblich ist, dann haben wir recht, wenn wir annehmen, dass die Verwandlung fehlgeschlagen ist. Aber was ist, wenn dieses kleine zusätzliche genetische Element unsere Vorstellung vom *Üblichen* verändert, wenn es darum geht, einen Vampir zu verwandeln? Vielleicht braucht sie einfach mehr Zeit, sozusagen einen längeren Schlaf. Oder eine höhere Blutaufnahme.

Vielleicht ist es nur die Verzweiflung eines trauernden Mannes, aber ich bin bereit, noch ein paar Liter meines Blutes für eine Vermutung zu riskieren. Vielleicht braucht es eine lateinische Beschwörungsformel und den Kopf eines grünen Huhns, um die Sache ins Rollen zu bringen, aber ich kann kein Latein und habe nicht die geringste Ahnung, wo ich ein grünes Huhn finden würde. Ich kann nur mit dem arbeiten, was ich habe; Blut und Zeit stehen mir zur Verfügung.

Die Aufregung pulsiert in meinen Adern, als ich mich entschließe, dieses Mal nicht mein Handgelenk zur Spende zu benutzen. Ich muss das Blut aus der Nähe meines Herzens verwenden; ich bin versucht, es herauszureißen und auszuwringen. Stattdessen beiße ich die Zähne zusammen und grabe meine Fingernägel direkt über dem verstummten Organ in mein Fleisch. Blut sickert aus der Wunde, aber nicht so schnell, wie ich es gern hätte. Mit einem Stöhnen aus tiefster Kehle dringe ich tiefer ein, bis aus dem Rinnsal ein Strom wird.

Während ich meine Finger in der Wunde behalte, schiebe ich meinen anderen Arm unter Viennas steife Schultern und hebe sie hoch, um ihren Kopf mit der Hand zu stützen, während mein Arm ihren Oberkörper stützt. Es ist unbequem, aber es gelingt mir, ihr Gesicht an meine Brust zu drücken. Ich bewege meine Finger so, dass ihre Lippen die Wunde berühren. In der Hoffnung, dass diese lächerliche Position funktioniert, beuge ich mich über sie, damit mein Blut über ihre blassen Lippen in ihren Mund fließen kann.

„Das muss einfach klappen, Vi. Ich weiß nicht, was ich sonst tun soll, wenn das nicht funktioniert." Aus ihren Mundwinkeln tröpfelt Blut. Nicht viel, was bedeutet, dass jede Menge in ihren Körper gelangt. Was auch immer sie ist, sie hat genug von meinem Blut getrunken, um eine kleine Armee von Sterblichen zu verwandeln. „Es ist noch nicht zu spät, Vienna. Du kannst es schaffen, wenn du willst. Finde die Kraft, Baby. Meine kleine Vi, gib nicht auf."

„Oh Gott, verdammt noch mal, Colt! Bist du wahnsinnig?"

Auf frischer Tat ertappt, kann ich nichts darauf antworten. Macht mich meine Verzweiflung wahnsinnig? Wahrscheinlich. Ist es richtig, dass ich das tue, oder gehe ich zu weit? Nun, es liegt im Auge des Betrachters, nicht wahr? Meiner Meinung nach habe ich jedes Recht, alles zu tun, was ich kann, um Vienna zu mir zurückzuholen. Ein zweites Mal meine Lebensessenz in sie zu gießen. „Macht halblang, Selene. Ich erkläre es, wenn ich fertig bin."

„Du bist jetzt fertig. Wir haben nicht den ganzen Tag damit verbracht, dich wieder gesund zu pflegen, damit du deinen jämmerlichen Arsch wieder an den Rand des Todes schleifen kannst. Vienna ist tot. Es ist tragisch und es bricht einem das Herz, aber wir können nichts weiter tun." Sie stapft zum Bett hinüber und versucht, Vi von mir wegzuziehen. „Ich bin mir ziemlich sicher, dass das als Schändung ihres Körpers gilt. Warum legst du sie nicht sanft hin und wir überlegen uns, wie wir sie zur letzten Ruhe betten können.?"

Ich beiße warnend die Zähne zusammen und ziehe Vienna näher an mich heran, um sie zu beschützen, wie ein Löwe seine Beute bewacht. Ich ignoriere Selenes Bitte, stoße meine Finger erneut in meine Brust, öffne das Loch wieder und vertiefe es. Mehr Blut wird in einer neuen Welle freigesetzt. „Ich habe es jetzt begriffen. Wir haben ihr nicht genug Zeit oder genug Kraftstoff gegeben, damit ihr Körper die Verwandlung schafft. Ein Motor kann nicht ohne Benzin laufen, Selene."

Sie reibt sich mit den Händen über das Gesicht. „Du gehörst in eine Klapsmühle, Colt."

„Ich versichere Euch, ich bin völlig zurechnungsfähig."

„Ja, sicher bist du das. Lass sie los, Colt, oder ich muss die Jungs holen."

Eine Gestalt verdunkelt die Türöffnung. „Meine Liebste, würdest du Colt und mich kurz allein sprechen lassen? Es scheint, wir haben ein oder zwei Probleme zu klären." Der König gleitet mit besorgter Miene in den Raum. „Ich denke, ein weiteres Getränk würde nicht schaden." Er streicht ihr mit der Hand über den Arm, als sie schnaufend an ihm vorbeistapft und dabei die Tür fest zuzieht. Er sieht nicht glücklich aus, als er mich wieder ansieht. „Trauer macht schreckliche Dinge mit Sterblichen, Colt. Bei Vampiren ist es noch schlimmer. Ich denke, weil wir den Tod viel besser verstehen, trifft es uns härter. Dies ist eine Folge deiner Trauer. Verständlich, aber sinnlos."

„Es ist nicht sinnlos!"

„Ach nein? Erkläre es mir." Lucius schlendert zum Bett hinüber, setzt sich und stützt seinen Knöchel auf das gegenüberliegende Knie. „Ich würde gern die Gründe dafür hören. Du hast ihr bereits genug Blut gegeben, um fünfzig Vampire wieder auferstehen zu lassen. Wie soll es helfen, sich selbst auszubluten?"

Mit ruhiger, kontrollierter Stimme erkläre ich ihm meine

Theorie so präzise wie möglich. Mir ist klar, dass er denkt, ich hätte den Verstand verloren, aber ich gehe alles Schritt für Schritt durch. Bis jetzt macht er nicht den Eindruck, als wollte er Vienna mit Gewalt aus meinem Griff befreien. Als ich alles erklärt habe, was mir einfällt, ist meine Brustwunde fast verheilt, die Haut rosa und brandneu.

Lucius greift nach Viennas Hand und dreht sie um, sodass ihr Handgelenk freiliegt. Mit einem Fingernagel schneidet er eine Wunde in das gummiartige Fleisch. Es gibt keinerlei Reaktion von ihr, nichts, was darauf hindeutet, dass meine Theorie funktioniert. Es gibt kein Blut, keine Heilung.

Niedergeschlagen lasse ich die Schultern sinken.

„Ich bewundere deine Hartnäckigkeit, Colt. Eine Person zu lieben, besonders einen Menschen, ist eine der größten Prüfungen für unsere Art. Ich sehe unsere Spezies gern als eine fünfzig-fünfzig Mischung an. Die Hälfte von uns sind Monster, immun gegen die Verlockung, dass Menschen etwas anderes als Nahrung sind. Unfähig zu emotionalen Bindungen töten sie ohne Gnade. Die andere Hälfte ist wie du und ich. Wir sehen sie nicht als Nahrung, sondern als Menschen. Wir arbeiten mit ihnen, leben mit ihnen. Wir wissen zu schätzen, was sie zu bieten haben, auch wenn es nur von kurzer Dauer ist. Manche von ihnen packen uns, genau wie deine Vienna, und wir sind ihnen hilflos ausgeliefert. Sie geben uns das Gefühl, lebendig und selbst wieder menschlich zu sein. Sie lassen uns glauben, dass wir mehr haben können."

„Sie hat meine Welt erhellt, Lucius. Ich bin so lange im Dunkeln getappt. Jahrzehnte des Anbiederns zu Vadim und seinesgleichen haben ihren Tribut von mir gefordert. Ich habe mich auf eine Weise verändert, die ich hasse. Ich sehe keine Freude mehr in diesem Leben. Ich lebe in einem verdammten Lagerhauskeller, um Himmels willen. Es war alles für eine gute Sache, versteht mich nicht falsch, aber es hat mich innerlich verrotten lassen und leer gemacht." Ich seufze schwer und studiere Viennas Gesicht. „Sie hat das umgekehrt, indem sie einfach so war, wie sie ist. Bissig, frech, kämpferisch und so verdammt furchtlos. Jetzt tappe ich wieder im Dunkeln und das will ich einfach nicht."

Lucius presst seine Fingerspitzen an seine Lippen. „Ich habe einen Vorschlag für dich. Ich wollte jetzt eigentlich nicht darüber sprechen, aber vielleicht gibt dir das etwas Hoffnung auf eine bessere Zukunft. Ich kann Phoenix nicht an Antoines Stelle übernehmen. Ich habe im Moment einfach weder die Zeit noch die Arbeitskraft, um eine weitere Stadt in Ordnung zu bringen. Ich habe mit Maximus, Tiberius und Augustus gesprochen und keiner von ihnen will umziehen. Das bedeutet, dass ich entweder einen von ihnen zwingen muss, gegen seinen Willen zu gehen, oder ich verliere den Anspruch, den du in der Stadt für mich geltend gemacht hast. Ich würde sie jemand anderem wie Antoine oder Vadim überlassen, der die Kontrolle übernehmen wird. Beide Optionen hinterlassen einen schalen Nachgeschmack."

„Du willst, dass ich es mache."

„Das will ich. Ich glaube, es wäre gut für dich, Tucson zu verlassen und einen Neuanfang zu starten. Kein Leben in einem Lagerhaus mehr, und du kannst dich etwas unter die Leute mischen, um dich von dem zu entwöhnen, was du so sehr an dem hasst, was du glaubst, geworden zu sein." Er lächelt vorsichtig. Seine Mundwinkel zucken, aber sein Blick ist zurückhaltend. „Ich würde natürlich für die Renovierung dieses Schandflecks bezahlen, den Antoine als sein Zuhause aufgebaut hat. Verdammt, reiß den ganzen schäbigen Laden nieder, brenn ihn ab und baue von mir aus etwas Neues auf. Geh einfach und sei glücklich, Colt. Lerne, wieder glücklich zu sein."

Es ist so falsch, von Neuanfang und Glück zu reden, wenn die Frau, die ich liebe, tot in meinen Armen liegt.

Lucius bietet mir die Möglichkeit, die letzten fünfzig Jahre der Hölle hinter mir zu lassen und mein Leben neu zu gestalten. Das Problem ist nur, dass ich mich bereits entschieden habe, was die nächste Phase meiner Existenz sein wird. Und dazu gehört, ein letztes Mal ins helle Tageslicht zu treten.

Aber zu reden, zieht die Zeit in die Länge, also werde ich ihn weiter unterhalten. „Warum zum Teufel wollt Ihr, dass ich Phoenix übernehme? Ich habe zu lange damit verbracht, Befehle entgegenzunehmen, um mich daran zu erinnern, wie man sie erteilt. Ich bin unbekannt, ich werde mir nicht den Respekt verschaffen können, den ich brauche, um eine Stadt voller widerspenstiger Vampire zu regieren, die jahrelang mit jedem Scheiß durchgekommen sind. Ich bin nicht wie Ihr, Lucius."

„Das musst du auch nicht sein. Du verschaffst dir Respekt, Colt. Du betrittst einen Raum und alle Augen sind auf dich gerichtet. Du strahlst Autorität aus, ob es dir nun bewusst ist oder nicht. Du musst keine Gewalt anwenden, damit Leute verstehen, dass du die Kontrolle hast. Dein moralischer Kompass ist stark, eine Eigenschaft, die diese Stadt dringend braucht."

Ich nicke langsam. Vielleicht ist es der Blutverlust, aber ich fühle mich verdammt seltsam. In meiner Magengrube kratzt etwas heftig, fast schmerzhaft. Es tut weiter weh, ein ständiges Ziehen. „Ich schätze, ich fühle mich geschmeichelt. Es kommt nicht jeden Tag vor, dass mir eine Stadt anvertraut wird. Aber sechshundertachtunddreißig Jahre sind genug für mich. Ohne Vienna scheint es nicht viel zu geben, wofür es sich lohnt, weiterzumachen. Ich habe meine Rolle gespielt und ich habe es gut gemacht. Es ist Zeit für mich, mich in Würde zu verabschieden."

„Colt."

„Nein, ich will nicht, dass Ihr es mir ausredet, Lucius. Dafür respektiert Ihr mich genug. Ihr habt mir versprochen, dass Ihr zu meiner Entscheidung steht, und das ist sie." Ich verziehe das Gesicht, als das Ziehen stärker wird und zur Größe einer Faust anschwillt. „Aber danke, dass Ihr an mich gedacht habt."

„Halt die Klappe, Colt, und *schau* doch nur."

Lucius drückt mir Viennas Handgelenk fast ins Gesicht. Er streicht mit dem Daumen über den Schnitt, den er keine fünf Minuten zuvor gemacht hat, und verschmiert Bluttröpfchen auf ihrer Haut. Mein Magen krampft sich zusammen; die oberflächliche Wunde schließt sich schnell und hinterlässt keine Spuren.

Ich blinzle überrascht und ein Hochgefühl durchströmt mich. *Es hat funktioniert.* Schnell bewege ich Vienna in meinen Armen, setze sie auf und beuge sie nach vorn, damit ich die klaffende Kopfwunde untersuchen kann. Ich kann einen Siegesschrei kaum unterdrücken, als ich sehe, dass der Schädelbruch verheilt ist und die Kopfhaut sich regeneriert, während ich zusehe. Je schneller sich Vienna erholt, desto schmerzhafter wird mein Magen, aber ich kann mich nicht dazu überwinden, mich darum zu sorgen.

Irgendetwas hat den Schalter umgelegt.

„Ich will verdammt sein", murmelt Lucius erstaunt.

Farbe, die schwächste Röte, blüht unter ihrer Haut auf. Nach und nach löst sich die Steifheit, die der Tod einem Lebewesen verleiht und Vienna wird weich und geschmeidig. Fassungslos starre ich Lucius an. „Was zum Teufel habe ich getan?"

„Ich lehne mich mal aus dem Fenster", sagt er langsam und zögerlich, „und glaube deine Theorie. Es sieht so aus, als hätte sie eine höllische Mahlzeit gebraucht, um die Verwandlung zu vollziehen. So etwas habe ich in tausend Jahren noch nicht gehört. Es ist … faszinierend. Wahrhaft faszinierend."

Faszinierend ist nicht das Wort, das ich verwenden würde, aber hey, jedem das seine. Ich lege meine Hand an ihre

Wange und wünsche mir, dass sie die Augen öffnet. „Vienna. Komm schon, Kleine, wach auf. Lass mich nicht noch länger warten, diese schönen Augen wiederzusehen."

Alles geschieht innerhalb von Sekunden.

Blaugraue Augen blitzen auf und fixieren die meinen. Lucius bellt eine scharfe Warnung und setzt sich bereits in Bewegung, um Vienna von mir wegzuziehen. Die Magenkrämpfe verstärken sich, dann bäumt Vienna sich auf und stürzt nach vorn. Sie befreit sich aus Lucius' Griff und versenkt ihre Reißzähne in meinem Hals.

Verflucht, sie ist genauso verdammt frech wie immer.

15

Vienna

#Mindblown

Das ist von nun an mein Social-Media-Hashtag, beschließe ich, als ich das Summen der Energie, die mich durchströmt, spüre. Mein Körper fühlt sich an, als hätte ich ein Dutzend Energydrinks und mehrere Dosen Drogen zu mir genommen und meine Finger in eine Steckdose gesteckt. Berauscht, ist nicht das richtige Wort. Ich denke eher an eine völlige geistige Überlastung.

Alles ist verstärkt. Hören, Tasten, Riechen, Schmecken, Sehen. Alle fünf Sinne sind überirdisch *fantastisch*.

Ich fühle mich, als hätte ich jahrelang geschlafen und wäre dann unsanft geweckt worden. Aus meinem Schlummer in eine Welt gerissen, in der ich völlig unbesiegbar bin. Unbesiegbar und unaufhaltsam. Da ist ein Verlangen, ein dunkles Verlangen, das an mir nagt. Es ist mir aus dem Traumland gefolgt wie eine schmierige Bestie, die sich aus den Schatten an mich heranpirscht. Und bevor ich eine Chance habe, meine Umgebung einzuschätzen, stürzt sie los.

Mein Zahnfleisch schmerzt. Meine Zunge streicht über die Spitzen meiner neuen extra langen, extra spitzen Eckzähne, bevor sie sich zielsicher in Fleisch bohren. Ich schmecke kurz etwas Salz, dann spritzt mir Blut in den Mund, dick und kupfrig. *Köstlich.* Ich sauge mehr von der himmlischen Substanz aus der Quelle und stöhne, als sie meine Kehle hinunterfließt.

Ich umklammere einen harten Schädel, verheddere meine Finger in kurzem, weichem Haar und zwinge ihn, sich zu neigen, um die Vene noch ein wenig besser freizulegen. Der Geruch meines Opfers ist mir so vertraut, als wäre es mein eigener und wirkt wie ein Streichholz in einem Raum voller Gas. Meine Muschi geht in Flammen auf, sie will gefüllt werden, so nass und begehrlich.

„Neulinge sind so begierig, wenn sie das erste Mal aufwachen." Ich erkenne die Stimme, die von Belustigung und dem eleganten Hauch eines englischen Akzents geprägt ist. Fast so elegant wie der Duft von teurem Parfüm in meiner Nase, als er seinen Arm um meine Kehle schlingt und zudrückt, bis sich meine Reißzähne lösen. „Als ihr Schöpfer wird sie von dir trinken müssen, bis sie sich unter Kontrolle hat. Sobald ihre niederen Instinkte gezähmt sind, kannst du sie an menschliches Blut gewöhnen, aber für den Moment ... bring ihr ein paar Manieren bei."

Ich schaffe es, meinen Blick von dem männlichen Hals abzuwenden, den ich soeben markiert habe, und weg von dem perfekten Paar Einstichwunden und den kleinen Rinnsalen des Bluts, die ins Leere laufen. Ich lecke mit der Zunge über meine Lippen und bleibe an den Spitzen meiner Reißzähne hängen. Der Arm um meinen Hals bedeutet mir nichts; ich will das Blut in meinem Mund.

Lucius reißt mich nach hinten und zerrt meinen nackten

Körper vom Bett und weg von Colt. Er ist stark, mächtig und sein Alter bietet ihm Vorteile, die mein wildes, kleines Gehirn im Moment nicht einmal begreifen kann. Aber er stellt sich zwischen meinen unstillbaren Durst und meine Mahlzeit. Für einen alten Vampir sollte er es doch besser wissen?

Ich bin bereit für einen Kampf und weiß nicht, warum. Mit Colt im Bett zu liegen, klingt so viel schöner, als Chaos und Zerstörung anzurichten, aber die Bestie in mir schreit nach mehr. Sie will Tod und Chaos, Blut und laute, rotzige Tränen. Dieses Ding in mir hat ein Ziel und niemand wird verhindern, es zu erreichen, nicht der König und auch ich nicht.

„Das wird sich alles sicher seltsam anfühlen, Vienna. Ein Vampir zu sein, ist nicht so, wie man es sich vorgestellt hat, aber das Verlangen, das du jetzt spürst, wird vergehen. Colt ist dein Erschaffer, dein Schöpfer. Höre auf ihn, gehorche ihm und er wird dich auf den richtigen Weg führen. Bist du ruhig genug, dass ich dich loslassen kann?" Ich warte, bis sich der Arm entspannt. Schnell wie eine Schlange entziehe ich mich Lucius' Griff und stürze mich wieder auf Colt. Mein Körper ist wie eine gespannte Feder. Jede Bewegung ist gut geölt, ich bin eine verdammte Maschine. Wenn ich ein zehnstöckiges Gebäude erklimmen wollte? Ich bin mir ziemlich sicher, es wäre kein Problem. Von hier – wo auch immer *hier* ist – bis zur Staatsgrenze und wieder zurück zu laufen? Erledigt in einer Angelegenheit von Sekunden. Ich kann die verdammte Welt zwischen meinen Händen biegen und formen, wie ich will.

Colt verschwimmt einen Sekundenbruchteil, bevor ich auf ihm lande. Ich habe meine Reißzähne bereits gefletscht und bin zum Angriff bereit. Ein Teil von mir stirbt vor Scham: Warum verhalte ich mich so? So bin *ich* nicht. Es scheint, als wäre ich in zwei Hälften gespalten und die vampirische Hälfte ist eindeutig dominanter. Für den Moment. Ich werde kein Ungeheuer sein. Ich erinnere mich daran, was passiert ist, bevor meine Lichter ausgingen, also weiß ich, was auch immer passiert ist, nachdem ich platt war, muss schlimm gewesen sein.

Colt hätte sich nicht erlaubt, mich zu verwandeln, wenn er gewusst hätte, dass ich als psychotische, dämonische Verrückte zurückkommen würde.

Ich knalle auf die Matratze, drehe mich bereits und mache mich bereit, erneut loszuspringen. Hände packen meine Knöchel fest und ziehen mich am Bett hinunter, bis meine Hüfte an der Kante ruht. Feste Oberschenkel drücken gegen meine, fixieren meine Beine und eine langgliedrige Hand packt mich am Nacken und drückt mein Gesicht in die Laken. Mein Gehirn sagt mir, dass ich atmen muss, aber meine Lunge ist ruhig und still in meiner Brust. Eine unheimliche Stille schützt meinen Kopf, kein rasendes Pulsieren des Blutes in meinen Ohren oder das dramatische Pochen meines Herzens, das in Panik hinter meinen Rippen schlägt. Mein Körper mag ein Kraftpaket sein, aber er funktioniert mit einem beängstigend anderen System, als ich es gewohnt bin.

„Vienna. Hör auf, dich gegen mich zu wehren, und beruhige dich. Du kannst mich nicht besiegen, du wirst dich nur selbst ermüden. Colt, geh und hole dir etwas zu trinken. Du bist langsam und träge und deine Reaktionen können nicht mit ihr mithalten." Lucius teilt seine Befehle mit einem Hauch von Dominanz aus. „Ich werde sie fixieren, bis du zurückkommst. Du musst oft und viel trinken, wenn sie dich als einzige Nahrungsquelle benutzen wird."

„Seid ihr sicher?"

Ich fange fast an zu weinen, als ich seine Stimme höre. Mein Colt. Mein Herz glaubt, dass es Jahre her ist, seit ich seine verdammte Stimme das letzte Mal gehört habe. Zu hören, wie seine Zunge die Worte umspielt, so wie er es mit meiner Klitoris tut. Meine Muschi vibriert als Reaktion. Sie ist mehr als bereit, die Gedanken an Gewalt beiseitezuschieben und direkt zum Fickteil unseres Wiedersehens überzugehen.

Die Finger ziehen sich warnend an meinem Hals zusammen. „Neuerschaffene sind stark, aber ich habe noch keinen getroffen, der es geschafft hat, mich zu überwältigen, Colt."

Oh, das ist eine Herausforderung. Im Ernst, man könnte meinen, er stachelt mich an, es ihm zu zeigen. Wenn er nicht aufpasst, drückt er meinen Superzickenknopf, und irgendwie glaube ich, dass der Superzickenknopf von Vampir-Vienna viel beeindruckender ist, als der der sterblichen Vienna es je sein könnte.

Tu es nicht. Schluck den Köder nicht. Du bist tot und heilst schnell. Wenn er dich in den Boden stampfen will, kann er es tun. Er kann dir praktisch alles antun und die Beweise werden verschwinden, bevor die Sonne aufgeht. Lucius verlangt Respekt, also werden wir ihn ihm geben. Wir werden ihm keinen Grund geben, den Vampirmaster auf uns loszulassen, denn das wäre dumm und ...

„Ich komme mit einem nackten Neuling klar."

Ich schäme mich nicht für meine Nacktheit und scheine jegliche Bescheidenheit verloren zu haben. Es ist mir ehrlich gesagt scheißegal, dass all meine Vorzüge für alle und jeden frei sichtbar sind, dass sie nach Herzenslust glotzen können – etwas, das ich als Mensch gehasst hätte. Aber Lucius' Spott macht meinen scheinbar stolzen Dämon wütend, der zum Aufstand übergeht. Nackt oder nicht, mit mir ist nicht zu spaßen.

Kleider machen keine Krieger.

Ich drücke meine Hände gegen die Matratze und presse mich hoch, um Lucius' Griff an meinem Hals zu testen. Ich reiße den Kopf zur Seite und kann endlich sehen. Ich weiß, was er vorhat – er will mich festhalten, seine Stärke und Autorität demonstrieren und mich unterwürfig und gehorsam machen. „Lass mich verdammt noch mal los."

„Ah, sie kann sprechen." Lucius klingt tatsächlich erfreut. „Schön, dass du wieder bei uns bist, Vienna. Benimm dich und ich lasse dich frei. Wenn nicht, wirst du gefesselt, bis ich mir sicher bin, dass du keine Gefahr für Colt darstellst, während er sich erholt. Der verdammte Narr hat sich zweimal fast ausgelaugt, um dich an diesen Punkt zu bringen. Also werde ich nicht zulassen, dass du etwas tust, was du bereuen wirst, wenn deine Emotionen nachlassen."

Ich knurre und zeige ihm mit großem Vergnügen meine Reißzähne.

„Ähm, der verdammte Narr steht noch *genau hier*." Colt winkt lässig mit der Hand. „Und ich gehe nirgendwohin. Lucius, könntet Ihr Vienna und mich ein wenig allein lassen? Ich werde mich nicht von ihr unterkriegen lassen, so schlecht geht es mir nicht. Außerdem, wenn sie mir das Leben schwer macht, werde ich ihr ordentlich den Hintern versohlen."

Lucius *hmmmt* nachdenklich. Aus dem Augenwinkel kann ich sehen, wie er abwägt, was auch immer er abwägen muss, bevor er antwortet. Er lässt meinen Nacken los und tritt von mir weg, um zu sehen, wie ich reagiere. „Augustus wird draußen bleiben. Wenn er irgendwelche Anzeichen einer Störung wahrnimmt, *wird* er eingreifen. Meine Pläne für dich gehen über das hier hinaus, Colt", sagt er mit Nachdruck und ich habe das Gefühl, dass hier noch ein ganz anderes Gespräch im Gange ist. „Und von deinem Schützling zerfleischt zu werden, gehört nicht dazu."

Mein Liebhaber richtet sich auf und drückt die Schultern durch. Jetzt, da der Blutrausch etwas nachgelassen hat, sehe ich, dass er müde und erschöpft aussieht. Harte Emotionen haben sein Gesicht gezeichnet, seit ich ihn das letzte Mal gesehen habe – im Flugzeug, als er sich mit Vadim, dem russischen Vollidioten, anlegte – und er sieht aus, als hätte er mit einem Höllenhund im Kampfring gestanden. „Oh, sie wird sich bei mir schon benehmen", sagt er bedrohlich und es jagt mir einen Schauer über den Rücken. „Sie kennt die Konsequenzen, wenn sie mir nicht gehorcht."

Grinsend rolle ich mich auf den Rücken, spreize die Beine und fächere meine Finger über meine Muschi, um sie verführerisch zu verbergen. Ich werfe Colt einen Luftkuss zu und übertreibe es mit meinen gespitzten Lippen. „Big Daddy mag Analspielchen. Komm schon, Colt, zieh dich mit mir aus. Niemand hat mich davor gewarnt, dass es mich so *geil* machen würde, ein Vampir zu sein. Oder durstig", füge ich mit einem Schmollmund hinzu. „Die durstige, geile Vienna will gern spielen."

„Das ist mein Stichwort, um zu gehen." Lucius räuspert sich scharf. „Solltest du dich in einer romantischen Situation wiederfinden, Colt, dann mach dir keine Sorgen darüber, wie viel Lärm sie macht. Wir sind hier an laute Unterwürfige gewöhnt."

Ich schnurre kehlig und streichle mich selbst. „Ich? Ich bin leise im Vergleich zu dem Löwen da." Ich fahre mir mit der Zungenspitze über die Oberlippe, hebe meine Hand und krümme meine Finger zu vermeintlichen Krallen. Ich ziehe sie durch die Luft und stoße mein bestes *Grrrr* aus.

„Ja, nun … viel Glück, Colt. Du wirst es brauchen." Lucius geht davon, als ich ihm zum Abschied mit den Fingern winke.

Die Tür schließt sich hinter dem König und endlich bin ich mit meinem Schöpfer allein. Wie aufregend. Ich bin durch den Kaninchenbau ins verrückte Wunderland gefallen und es ist wahrscheinlich das Beste, was mir je passiert ist. Es gibt keine grinsende Katze oder psychotische Königin, die „Ab mit ihren Köpfen!" schreit, aber es ist unglaublich, dass ich Teil einer geheimen Welt bin, in der der Tod nicht das Ende ist.

Er ist nur der Anfang.

„Du hast es also geschafft. Ich schätze, ich sollte dir danken, dass du mich nicht aufgegeben hast …" Verdammt, wie sinnlich klingt meine Stimme? Die Verwandlung zu einem Vampir hat offensichtlich all meine Hemmungen gelöscht und mein inneres Sexhäschen losgelöst. Ich kichere vor mich hin und stelle mir ein schlankes, weißes Kaninchen in einem Stringtanga, gepolsterten Handschellen und mit einem Halsband vor. Es dreht sich um und wackelt mit seinem flauschigen Hinterteil, um den buschigen Schwanz zu zeigen. Dann schaut es über die Schulter und lässt einen Reißzahn aufblitzen, während es zwinkert.

Colt kommt näher und ich bin hin- und hergerissen. Soll ich ihm noch einmal an die Gurgel gehen oder ihm diese lächerliche Hose abreißen und etwas ebenso Appetitliches probieren. Entscheidungen, Entscheidungen. Er nimmt mir die Entscheidung ab, beugt sich über das Bett, hebt mich hoch und hält mich so fest, dass meine Rippen wie Eisstiele zu brechen drohen. „Verdammt noch mal, Vi. Verdammt noch mal."

Seine Berührung besänftigt den tobenden Wahnsinn in mir. Das war es, was ich mir in den letzten Sekunden wünschte, bevor der Asphalt meinen Sturz abbremste: Colts Arme um mich zu spüren, die mich fest in seine Liebe hüllen. Ich glaube, ich starb in dem Moment, als mein Schädel auf dem Asphalt aufschlug. Ich kann mich an nichts mehr nach diesem Sekundenbruchteil des Aufpralls erinnern, aber ich weiß, dass ich wollte, dass Colt mich ein letztes Mal liebt, bevor ich starb. „Es war schlimm, was?"

Er küsst mein Haar. „Du hast keine verdammte Ahnung. In dem Moment, als ich wusste, dass du weg bist, ist meine Welt völlig aus den Fugen geraten. Es fühlte sich an, als würde nichts jemals wieder richtig sein. Ich habe dir genug Blut gegeben, um den ganzen Club zu ernähren, und es war nicht genug. Nichts schien genug zu sein, um dich zurückzubringen. Lucius sagte, dass der Schaden für deinen Körper zu groß sein könnte, um zu heilen, selbst wenn mein Blut dir einen Schub geben würde. Es gab keine Garantie, dass du mit all deinen Eigenheiten zurückkommen würdest."

Jetzt, da wir uns berühren, können unsere Hände nicht aufhören, über die nackte Haut zu gleiten. Unsere Körper haben die gleiche Temperatur, was es meinem Gehirn leichter macht, zu glauben, dass er warm ist. Es ist eine Kleinigkeit, aber es ist beruhigend. Ich bin mir sicher, dass all meine Eigenheiten genau dort sind, wo sie sein sollten, ebenso wie meine Hände, die sich in sein Haar klammern.

„Weißt du, jetzt, da ich ein Vampir bin", Junge, das klingt wirklich seltsam, wenn ich es laut ausspreche, „brauchst du dich nicht mehr zurückhalten. Ich bin keine winzige ...", ich knabbere an seinem Kiefer, „kleine ...", an seinen Lippen, „zerbrechliche ..." necke seinen Mund mit einem sanften Kuss, „Menschenfrau mehr, Colt. Ich bekomme blaue Flecken, ich heile. Wenn etwas reißt, ist es sofort wieder gut. Ich weiß, du hast mir noch nicht gezeigt, wozu du fähig bist, aber es gibt keinen Grund mehr, es zu verstecken. Du kannst sein, wer du bist, du kannst mich so hart ficken, wie du willst, und ich werde es nehmen. Jeden ... schönen ... Zentimeter ..."

Sein Kiefer verkrampft sich und seine Augen glühen wie eine bräunliche Glut. Ich liebe es, zu sehen, wie er sich mir widersetzt. Wie er es sich selbst verweigert, seine Triebe, sein ursprüngliches, körperliches Verlangen. „Wir haben Wichtigeres zu tun, bevor wir wie tollwütige Sexsüchtige aufeinander losgehen können, kleine Füchsin. Es wird noch Restemotionen geben, Probleme, die durch die Gewalt deiner Verwandlung entstanden sind. Die Art und Weise, wie ein Vampir verwandelt wird, hat oft Auswirkungen auf seine Entwicklung. Wir müssen von Anfang an streng mit dir sein, bevor diese Probleme anfangen, deine Kontrolle zu untergraben."

Ich verdrehe die Augen und küsse ihn erneut, dieses Mal eindringlicher. Ich werde bekommen, was ich will, auf die eine oder andere Weise. Ich küsse ihn, bis er sich entspannt und seine Muskeln ihren brutalen Griff um mich lockern. Der Mann hat einen verdammt starken Bizeps. Als er den Kuss schließlich erwidert, stöhne ich leise und bedürftig und für meinen Geschmack zu süß. „Meine Kontrolle ist schon okay, Colt. Meine Muschi braucht allerdings eine strenge Lektion in Disziplin. Sie ist ein sehr böses Mädchen gewesen."

Sofort versteift er sich und drückt mich auf Armeslänge weg. Er beugt sich leicht vor, um mir in die Augen zu sehen. „Vadim. Was hat er dir angetan, Vienna?"

Scheiße, das war nicht die Richtung, die ich angestrebt habe. Meine Erinnerungen lassen das ekelhafte Gefühl der Finger des Vampirs in mir wieder aufsteigen. Ich dränge es weg, verbanne die Erinnerung, während ich achtlos mit den Schultern zuckte. „Der Wichser hat seinen Standpunkt klargemacht. Es spielt keine Rolle; am Ende hat er nicht bekommen, was er wollte. Ich liege nicht auf einem Tisch in Russland gefesselt und warte darauf, dass irgendein armer Trottel seine Quote für Schwängerungen für diese Woche erfüllt. Ich nehme an, du hast dich für mich um das russische Arschloch gekümmert?"

„Definiere, *er hat seinen Standpunkt klargemacht.*"

Oh, ich mag diesen gefährlichen Ton. „Was soll ich dir sagen, Colt? Es wird dich nur wütend machen und es gibt nichts, was du in dem Moment oder jetzt hättest tun können, um es zu ändern. Ich bin in Sicherheit, ich lebe – nun, zu einem gewissen Grad – und ich habe dafür gesorgt, dass zwei seiner Lakaien einen hohen Preis für seine Taten zahlen mussten." Ich schenke Colt ein Siegerlächeln, aber in seinen braunen Augen lauert eine Finsternis, die sich durch nichts von dem, was ich sage, aus der Ruhe bringen lässt. „Einer von ihnen hat einen Hoden verloren und der andere hat seinen Augapfel verlegt. Ich hatte eine sehr arbeitsreiche Nacht."

„Vienna." *Mmmm,* diese Domstimme macht die besten Dinge mit meinem Inneren. Alles wird ganz weich und so empfänglich. „Ich weiß, dass du über wundersame Genesungskräfte verfügst, über eine Quelle innerer Stärke, die so tief ist, dass sie ihre Wurzeln in der verdammten Erde selbst haben muss, aber ich werde keine Spielchen mit dir spielen. Wenn er dich berührt hat, dann sagst du es mir, und zwar sofort."

Ich zucke erneut mit den Schultern und quietsche dann, als Colt seine Finger um meinen Hals schlingt und mich auf die Zehenspitzen hebt.

Es ist eine gewalttätige Geste, egal, wie man es betrachtet. Ein Beobachter würde wahrscheinlich Alarm schlagen. Aber ich bin nicht besorgt, und das nicht nur, weil ich diesem Mann meine ganze Existenz anvertrauen würde. Ein Beobachter würde nicht sehen, dass sein Griff so locker ist, dass ich mich ohne jede Anstrengung losreißen kann. Ein Beobachter könnte nicht sehen, was ich in seinen Augen sehe – eine Fülle von Sorgen, die so tief gehen, in denen das instinktive Bedürfnis, mich zu beschützen, und nach Rache vermischt werden. Das ist Liebe. Unsere Art der Liebe.

Ich seufze verzweifelt und hebe meine Hand, um sanft das Handgelenk zu drücken, das mit der Hand verbunden ist, die er um meinen Hals geschlungen hat. „Er hat mich gefesselt und mir gedroht. Er hat mich angefasst. Das war es, ich verspreche es. Es war unangenehm, sicher, aber es hat mich nicht verletzt, nicht so, wie er es sich erhofft hat. Das Arschloch wollte mich einschüchtern, mir Angst machen, damit ich mich füge, aber es hat nicht funktioniert. Er hat mich nur richtig wütend gemacht."

Mit einer fließenden Bewegung lässt Colt mich los, streicht mir mit den Fingerspitzen über die Wange und dreht sich weg, um zur Tür zu gehen. Die Muskeln in seinem Rücken und seinen Armen sind starr vor Anspannung. Ich bin so im Einklang mit ihm, dass ich die mörderischen Schwingungen riechen kann, die er freisetzt. Es ist ein beunruhigender Geruch, etwas, was ich noch nie zuvor gerochen habe. Bitter und kupfern, fast rauchig, als würde er in den heißesten Feuern der Hölle brennen.

„Er ist tot, oder? Er kann niemandem mehr wehtun, Colt. Lass es einfach gut sein."

„Lucius hat ihn im Verhör, zusammen mit Oberon", knirscht er, ohne mich anzuschauen. Nur noch ein paar Meter, dann ist er an der Tür. „Er wird sich wünschen, ich hätte ihn bereits im Flugzeug umgebracht, wenn ich ihm erst zentimeterweise den Schwanz und dann die Finger abschneide, einen nach dem anderen."

Oh, scheiße. Ich habe nur einen Augenblick, um meine Entscheidung zu treffen. Ehe ich mich versehe, verschwimme ich durch das hübsche Gästezimmer. Die Geschwindigkeit treibt mir Tränen in die Augen. Es ist so verdammt *cool*. Ich springe auf Colts Rücken, als er die Tür aufreißt, und wir krachen dagegen, als mein Gewicht ihn nach vorne drückt. Alles, was ich tue, jede Bewegung, die ich mache, ist superelastisch und extra schnell. „Wenn er noch lebt, braucht Lucius ihn. Persönliche Rachefeldzüge können warten, bis Vadim seinen Nutzen überlebt hat."

„Das hat er bereits." Colt windet sich und versucht, mich abzuschütteln, aber ich klammere meine Glieder um ihn und halte ihn fest wie eine Liane. „Niemand fasst dich so an. Schon gar nicht dieser Wichser!", brüllt er regelrecht, schlägt mit der Faust gegen die Wand und lässt den Putz zu Staub zerfallen.

Ich fühle mich, als hätte ich eine Flasche Scotch getrunken und wäre nackt auf einen mechanischen Bullen geklettert. Irgendein verrückter Idiot hat die Fernbedienung und lässt den Bullen unter mir toben und bocken. Wer weiß, wie lange ich diesen wilden Ritt durchhalte, aber ich grabe meine Fersen in seine Seiten und bleibe hartnäckig. „Colt, du könntest diese ganze manische Energie in etwas viel Produktiveres stecken, wie mich zu ficken", schlage ich strahlend vor, als er sich heftig dreht; ich kralle meine Fingernägel in seine Brust, um das Gleichgewicht zu halten. „Das klingt doch viel spaßiger, oder, Sir?"

„Vienna", knurrt er.

„Colt", äffe ich ihn nach und lecke mit der Zunge über die Seite seines Halses. „Zwing mich nicht, etwas Unanständiges zu tun."

„Verdammt noch mal, Vi, ich muss das tun."

„Und das kannst du auch, sobald Lucius mit ihm fertig ist. Verdammt, ich werde in einem Stringtanga danebenstehen und mit Cheerleader-Pompons winken, um dich anzufeuern. Aber im Moment musst du dich beruhigen und über die Konsequenzen nachdenken." Ich sollte lernen, meinen eigenen Rat zu befolgen. Ich bin im Begriff, etwas zu tun, das tagelange Auswirkungen haben wird. „Ich habe Durst, also werde ich nur einen Schluck trinken, während du dich aufregst und mit deinen Sachen um dich wirfst, okay?"

„Wage es ja nicht, Vienna. Du musst Manieren lernen, bevor du – au, scheiße! Das *reicht*."

Ich habe meine Zähne bereits in seiner Vene versenkt und summe zufrieden, als das Blut meinen Mund füllt und den Durst in meiner Kehle stillt. Niemand hat mir gesagt, dass ich nach der Verwandlung am Verhungern wäre. Ich könnte die nächste Stunde so bleiben und mich satttrinken.

Colt greift mit der Hand nach hinten und schlingt sie um meinen Nacken. Wir drehen uns noch einmal, während ich gierig schlucke, dann wirft er seinen Oberkörper nach vorn und zieht mich mit einem verstümmelten Quietschen über seine Schulter. Ich knalle mit dem Rücken auf das Bett und schlucke hastig das Blut in meinem Mund hinunter. Ich starre in Colts wütendes Gesicht, lächle verlegen und wische die Spuren meines Vergehens mit dem Handrücken ab. „Hallo, mein Hübscher."

Mein Versuch der Leichtfertigkeit kommt nicht weit. Er dreht mich um und zieht mich an den Oberschenkeln hinunter, sodass mein Hintern von der Bettkante hängt. Seine Handfläche klatscht heftig auf die Wölbung einer Arschbacke, dann auf die andere. Es ist hart genug, um herrlich zu stechen, aber mein erschrockener Schrei schreckt ihn nicht im Geringsten ab. Wenn überhaupt, dann spornt ihn mein Schmerz nur noch zu einer schnelleren, konzentrierteren Tracht Prügel an.

„Sich zu nähren, bedeutet nicht, dass man stiehlt. Es bedeutet nicht, dass man zu einem Tier wird und sich einfach nimmt, was man will. Es gibt eine Etikette, es gibt Regeln. Vor allem, wenn du mich als dein Bankett benutzt. Verstehst du das, Füchsin?" Seine Hand verursacht ein Feuerwerk auf meinem Arsch. Es strahlt so grell wie der Himmel am Unabhängigkeitstag. „Hunger ist keine Entschuldigung dafür, unhöflich zu sein."

Gott, er will mir so richtig den Hintern versohlen. Meine Arschbacken fühlen sich jetzt schon geschwollen und prall an. Sie sind heiß von der wiederholten Bekanntschaft mit seiner Handfläche. Ich winde mich und versuche, mich weiter aufs Bett zu bewegen, aber dann lenkt er seine Aufmerksamkeit eben auf die Rückseite meiner Oberschenkel. Oh Gott, das ist noch so viel schlimmer.

Tränen schießen mir in die Augen. Sie entspringen

Schuldgefühlen und Schmerz. Der einzige Trost, den ich habe, ist zu wissen, dass er so sehr damit beschäftigt ist, mir den Hintern zu versohlen, dass er keine Zeit haben wird, Vadim und seinen feigen Handlanger zur Strecke zu bringen. „Ich kann nichts dafür, dass ich Durst habe!"

Seine Hand landet mit einem feuchten Schmatzen zwischen meinen Schenkeln und direkt auf meiner bedürftigen Muschi. Er hat seinen Schlag nicht zurückgehalten und der Schmerz durchzuckt meine Klitoris und attackiert meine Nervenenden, was mich an den Rand eines Orgasmus treibt. Meine Hüfte zuckt und bockt und ich reite auf dem Hochgefühl, das er mit jedem strafenden Schlag auslöst. „Manieren, Füchsin. *Bitte* und *Danke*. Ich werde dich nicht zu einem Monster erziehen."

Verdammt noch mal! Das schrille Flehen hallt verzweifelt in meinem Kopf nach. „*Bitte*, Sir." Ich heule auf, meine Augen rollen zurück und er dringt mit zwei dicken Fingern in meinen glitschigen Körper ein. Ich umklammere sie und heiße sie in der feuchten Oase zwischen meinen Beinen willkommen. Kurz blitzt die Erinnerung an Vadims Gesicht in meinem Kopf auf, dann zerschmettert Colts Stimme das Bild in Stücke.

„So eine kleine Schmerzhure, Vienna. So verdammt gierig, wie du an meinen Fingern saugst." Die herrliche Fülle zieht sich zurück und ich stöhne aus Protest auf. Das Stöhnen verwandelt sich in ein freudiges Aufschreien, als Colt mich wieder umdreht, meine Beine mit den Händen hebt und sie weit aufspreizt. „Du willst, dass ich etwas Spaßiges und Produktives tue, Vi? Das kannst du haben."

Die Seidenhose ist bereits verschwunden und mein Entführer ist vorbereitet. Die dicke Länge seines Schwanzes steht einen Moment lang stolz in meinem Blickfeld, bevor er ihn packt und die pralle Spitze gegen mich drückt. Ich mache mich auf das gefasst, was gleich kommen wird, aber ich bin trotzdem nicht für die schiere Kraft seines Stoßes bereit. Er treibt die Eichel tief hinein, die gefurchten Rillen an seiner Länge stimulieren die empfindlichen Nerven in meiner Muschi.

Ich schreie zu gleichen Teilen aus Schock und Vergnügen auf, als ich seinen Schwanz mit einem einzigen Stoß bis zum Anschlag zu spüren bekomme.

Colt gibt mir keine Gelegenheit, mich zu sammeln. Ich habe das Biest entfesselt und jetzt muss ich mit ihm fertig werden. Vielleicht ist es gar nicht so schwer wie erwartet. Nicht, wenn sich seine Beherrschung völlig aufgelöst hat und sein Körper meinem zeigt, wer der verdammte Boss ist. Ein leises, wimmerndes Miauen entweicht meinen Lippen, ist durch das schnelle Schlagen von Fleisch auf Fleisch jedoch kaum hörbar. Das ist genau das, was ich wollte, und was er braucht. Ein Ventil für die Hölle, die er durchlebt hat, während ich in der Dunkelheit schwebte, ohne zu wissen, was um mich herum geschah.

Der Orgasmus bäumt sich auf und reißt mit scharfen Zähnen durch mich hindurch. Er verwüstet mich von Kopf bis Fuß. Ich krümme mich, zittere, schreie, alles gleichzeitig. In meinem Kopf ist kein Platz für Gedanken; das brutale Stoßen, das mich auf dem Bett hinaufschiebt, schüttelt alles durcheinander, bis es nur noch mich und Colt gibt, die so tief miteinander verbunden sind, wie es zwei Personen nur sein können. Gemeinsam jagen wir Lust und Schmerz auf einem schlüpfrigen Abhang hinunter.

Er umklammert meine Schultern mit den Händen und zieht mich auf seinen Schwanz zurück, während er in mich stößt. Sein Gesicht ist ein Abbild von Wut und verzweifelter Leidenschaft. Für manche wäre das eine schlechte Kombination, aber für mich, für uns, ist es perfekt. Als Sterbliche hätte ich ihn nie auf diese Weise nehmen und unversehrt überleben können. Nicht ohne einen Monat lang komisch zu laufen. Ich spüre bereits die ersten Blutergüsse. Meine Muskeln schreien sogar durch den süßen Rausch der Nachbeben. Nachbeben, die sich schnell zu einem zweiten Orgasmus aufbauen.

„Colt", ich verschlucke mich an meiner Spucke, die sich in meinem offenen Mund bildet.

„Noch einmal. Du kommst verdammt noch einmal, Vienna." Seine Augen brennen heftig, als er in die meinen starrt. Er beugt sich über mich, bohrt seine Länge tief hinein und nimmt meinen Mund in Besitz. Seine Zunge taucht ein und kämpft mit meiner. „Komm auf meinem verdammten Schwanz, Vi. Ich will, was mir gehört."

Ja, das ist unsere Art der Liebe. Wenn das ein Vorgeschmack auf die kommenden Jahrhunderte ist, werde ich sie mit offenen Armen empfangen. Liebe ist nicht immer süß und sanft. Sie ist hart und schnell und so voller Emotionen, das Herz und Verstand davon überlaufen. *Das* ist Leidenschaft. Ich werde in Besitz genommen, als würde die Welt untergehen, der Himmel einstürzen und nur noch Minuten verbleiben, bevor die Welt implodiert.

Ich kratze mit den Fingernägeln Streifen in seinen Rücken und seine Schultern. Meine Zehen krümmen sich, die Muskeln schreien. Ich werfe den Kopf zurück und schreie erneut, als mich der Orgasmus in die unendliche Leere zieht. Meine Sicht wird weiß, ganz weiß, für ein paar kostbare Sekunden, aber ich höre Colts schmerzerfülltes Stöhnen, als er von seinem eigenen Höhepunkt zerrissen wird. Meine Muschi umschließt ihn fest, drückt und löst sich aus eigenem Antrieb und saugt den letzten Tropfen Sperma aus seiner Länge.

Mit einem leisen *umpf* bricht er auf mir zusammen.

Völlig fertig starre ich an die Decke und frage mich, was zum Teufel ich getan habe, das zu verdienen.

* * *

COLT

ES WAR EINE SCHLECHTE IDEE, mich von Vienna dazu verleiten zu lassen, sie zu ficken. Eine wirklich schlechte Idee der besten Art. Ich war grob zu ihr, zu grob. Ihre Schreie klingen immer noch in meinen Ohren, ihre Muschi umschließt meinen Schwanz so fest, als hätte die Kraft meiner Stöße uns miteinander verschmolzen. Ich bewege mich, sobald ich wieder einen Funken Energie in meinem Körper spüre. In diesem Moment glaube ich, nichts anderes zu fühlen als Vienna unter mir, erschlafft und gesättigt.

Ich vermisse den Klang ihres Herzschlags, das mühsame Heben und Senken ihres Atems. Ich habe das Geräusch ihres Stöhnens geliebt, aber die Stille, in der wir jetzt schweben, ist genauso schön. Die Frau, die ich liebe, ist ein Teil von mir und ich bin ein Teil von ihr. Mein Blut fließt durch ihre Adern.

Ich denke, dass dies vielleicht eine unglückliche Art sein könnte, eine gemeinsame Ewigkeit zu beginnen, aber alle Zweifel, die ich habe, werden in dem Moment ausgelöscht, in dem ich in ihr Gesicht schaue. Sie lächelt, fast grinst sie sogar, ihre Augen wirken verschwommen und glasig. Sie ist eine befriedigte Frau und das lässt mich lächerlich erleichtert fühlen. Ich hasse den Gedanken, ihr wehgetan zu haben, aber sie scheint sich nicht zu quälen. Ganz im Gegenteil, Gott sei Dank.

„Vienna. Geht es dir gut?" Ich zucke zusammen und erstarre, als sie einen leisen, kehligen Laut ausstößt. Ihre Augen flattern, das Lächeln wirkt fast verrucht. Als Mensch war Vienna umwerfend. Es gibt nur wenige Menschen, die in meinen Geschichtsbüchern als unvergesslich eingehen, aber sie steht ganz oben auf der Liste.

Als Unsterbliche jedoch ist sie göttlich. Verführerisch. Prachtvoll.

„Du hast meine Welt auf den Kopf gestellt." Sie streckt sich und wimmert und deutet mit einem sinnlichen Finger auf meinen halbharten Schwanz. „Gib mir nur eine Minute, dann sind wir wieder startklar."

Wenn sie sich so schnell erholen kann, habe ich offensichtlich ein Monster geschaffen. Ich kann mich nicht erinnern, dass ich mich jemals so schnell von einem harten Schlag erholt hätte, wie Vienna es tut, nicht einmal in meiner Glanzzeit. Sie ist ein wandelndes verfluchtes Wunder und sie gehört mir ganz allein. „Hast du deine Lektion gelernt?"

Sie zwinkert mich unter ihren Wimpern an und wackelt mit den Augenbrauen. „Ja, ja. Wann immer ich möchte, dass du mir den Hintern versohlst, brauche ich dich nur zu beißen. Diese letzte Lektion ist fest in meinem Arsch verankert, Sir. Ich weiß es zu schätzen, dass du dir die Zeit genommen hast, mich wegen meiner Fehler zu belehren." Ihr Kichern ist ansteckend, sie soll verdammt sein.

„Das war überhaupt nicht der Sinn dieser Übung." Ich stöhne theatralisch auf und lasse dann die Stirn an ihre sinken. „Gott, ich habe dich vermisst. Vierundzwanzig Stunden ohne dein freches Mundwerk und ich hatte schon Entzugserscheinungen."

„Ohh, so ein Softie."

Das hat mich noch nie jemand genannt. Weich war ich noch nie. Vor meiner Zeit in der Knechtschaft unter Vadim war ich nicht unbedingt ein Hüter des Friedens. Nach meiner gewalttätigen Vergangenheit als bösartiger Killer hatte ich mich zwar beruhigt, aber die Triebe waren immer noch da, auch wenn ich sie unter Kontrolle hatte. Als Vadims braver, kleiner Diener war ich quasi mit einer

Würgekette gefesselt und wurde an der kurzen Leine gehalten.

Jetzt nicht mehr. Es ist so verdammt gut, das zu denken. Kein Arschkriechen mehr vor diesem Wichser, kein Verstecken meines wahren Ichs, um in sein Regime zu passen. Kein Verdrehen meiner Moral, um zu seiner Agenda zu gehören. Zum ersten Mal seit Jahrzehnten bin ich frei. Meine Zeit gehört mir. Nicht, dass ich zu einem mordenden Klischee zurückkehren möchte, aber mir fällt eine Last von den Schultern, zu wissen, dass dieses Kapitel meines Lebens fast zu Ende ist.

Sobald Oberon und Vadim zu Asche verfallen sind.

„Also, was machen wir jetzt, Colt? Ich hoffe, dass die Menschenhändlerkrise unter Kontrolle ist, wenn Lucius Vadim in Gewahrsam hat. Das bedeutet, dass du im Grunde arbeitslos bist, nicht wahr? Ich selbst gehöre derzeit auch zu den arbeitslosen Untoten." Sie streicht mit der Hand über meine Schulter, meinen Nacken, um mit dem kurzen Haar an meinem Haaransatz zu spielen. „Ich bin für einen einjährigen Urlaub auf den Bahamas. Sonne, Meer und Sex."

„Mmmm-hmm. Dieser Urlaub würde nur etwa dreißig Sekunden dauern, Füchsin." Ich schmiege mich an ihren Hals. „Aber da wir gerade von der Zukunft sprechen, Lucius hat mir tatsächlich ein Angebot gemacht." Eins, das mich von meinem Plan ablenken sollte, mich im Morgengrauen selbst zu vernichten, aber diese deprimierende Tatsache erwähne ich nicht. Warum die Stimmung verderben? „Wie würde es dir gefallen, an meiner Seite Phoenix zu regieren?"

Langsam senkt sie den Kopf und sieht mich mit zusammengekniffenen Augen an. In diesen Augen ist ein leichter Rotstich zu erkennen, ein subtiles Zeichen dafür, was aus ihr geworden ist. Es ist mein Indikator für ihre Gefühle und ich werde ihn in den nächsten Monaten brauchen, wenn sie ihre verschlagene Seite entdeckt. Es wird ein Punkt kommen, an dem sie sich für das schämt, was sie ist. An dem sie versuchen wird, ihren Durst zu verbergen. Es ist meine Aufgabe, sie auf dem schmalen Grat zu halten und sie davon abzuhalten, Amok zu laufen. „Phoenix regieren? Du meinst die Stadt?"

„Ja. Ich habe Antoine getötet und die Stadt somit ohne Herrscher zurückgelassen, dem die Vampire gehorchen werden. Eigentlich sollte Lucius die Zügel in die Hand nehmen, aber er hat schon genug damit zu tun, sich um die Folgen des Menschenhändlerrings zu kümmern und Tucson zu regieren. Es wird schwierig sein, die Vampire von Phoenix unter Kontrolle zu bringen und die Ordnung wiederherzustellen. Aber ich denke, dass wir gemeinsam schaffen können, was getan werden muss."

Vienna stemmt ihre Hüfte gegen meine und wir zischen beide durch zusammengebissene Zähne. Die Dinge dort unten sind etwas empfindlich. „Wir verlassen also unser gemütliches Liebesnest in deinem Lagerhaus und …"

„Wir ziehen natürlich in eine Villa. Nachdem sie abgerissen, mit Salz bestreut, exorziert und nach unseren Vorstellungen wiederaufgebaut wurde. Gott weiß, wie viele Geister in diesem Haus leben. Wir könnten das Haus sogar ein paar Meter in eine andere Richtung verschieben; es verkleinern." Mir gefällt die Idee. Wir brauchen den ganzen Prunk nicht, den Antoine in seiner Umgebung forderte. Und die Geister der Hunderten von Opfern müssen wir erst recht nicht anlocken. „Natürlich nur, wenn du es willst. Ich habe alles getan, was Lucius von mir verlangt hat, Vi. Jetzt kommt meine Zeit und ich will sie mit dir verbringen. Die ganze Zeit, für den Rest meines Lebens. Wenn du nicht nach Phoenix gehen willst, werde ich ihm absagen."

Es gibt kein Zögern. Vienna ist keine Frau, die zögert, wenn sie sich einmal entschlossen hat. Sie springt mit beiden Füßen voran, egal ob das Wasser zwei Zentimeter oder fünfzig Meter tief ist. „Bekommen wir einen Titel für diese Umsiedlung? Denn wenn ja, ich wollte schon immer eine Gräfin sein. Gräfin Vienna", sagt sie träumerisch und grinst vor sich hin. „Das hört sich gut an."

Ich kann genauso gut aufs Ganze gehen. Vierundzwanzig Stunden ohne sie haben mir gezeigt, dass ich nicht halb der Mann bin, der ich war, bevor ich sie vor einer verdammten Woche getroffen habe. Verdammt, es ist noch nicht einmal eine Woche her. Bloße Tage. Es hat nur Tage gedauert, bis sie mich so verdorben hat, dass sich mein Leben in ein großes schwarzes Loch verwandelt, wenn sie nicht da ist. „Wäre ein Ring etwas, an dem du interessiert wärst, Füchsin?"

„Das kommt darauf an. Kommt der Ring mit einem Heiratsantrag?"

Ich lache. Jemand ist schnell von Begriff. „Nun, das könnte ein Problem darstellen. Die Kreaturen der Nacht heiraten normalerweise nicht. Ich bin mir nicht sicher, ob eine Trauung für uns rechtlich bindend wäre." Ich gleite mit dem Mund über ihren Kiefer und finde ihre Lippen. „Lucius kann bestimmt eine Art Zeremonie durchführen, auch wenn sie nur für uns von Bedeutung ist. Die Ewigkeit ist eine lange Zeit", erinnere ich sie. „Wenn ich dir einen Ring an den Finger stecke, Vi, kommt er nie wieder ab."

Sie streicht mit der Zunge über meine Lippe, gefolgt vom scharfen Kratzen ihrer Reißzähne. „Ich denke, wir haben bewiesen, dass Liebe kein ausschließlich menschliches Konzept ist, Colt. Wenn du mich gefragt hättest, als ich noch sterblich war, hätte ich mir Zeit genommen, um darüber nachzudenken. Alt zu werden, während du jung und fit bleibst ... ich hätte Angst gehabt, dass dir eine hübsche Vampirin über den Weg läuft und dich wegschnappt. So ist es besser. Ich liebe dich. Ob mit Ring oder ohne, ich will mit dir in die Zukunft gehen."

Der Kuss ist lang und zärtlich und steigert sich zu etwas

mehr, sodass ich wieder völlig hart werde. Ich grinse und amüsiere mich bei dem Gedanken, dass Augustus uns vielleicht eine Weile lang nicht in die Augen sehen kann.

Wir müssen beide bald etwas trinken, um bei Kräften zu bleiben, wenn wir die ganze Nacht durchficken wollen. Vienna unterliegt einem strafferen Rhythmus als ich, denn ihr Körper braucht eine konstante Blutversorgung. Als ihr Spender muss ich dafür sorgen, dass sie sich nimmt, was sie braucht, wenn ihr Körper danach verlangt, sonst … nun, ich mag den Gedanken an eine bösartige, heißhungrige Vienna nicht.

Als ich ihre Hände über ihrem Kopf festhalte, schaue ich ihr in die Augen und bin fasziniert. Sie ist immer noch meine Vienna, immer noch mein kämpferisches, angriffslustiges Mädchen. Diese steinblauen Augen sind voller Lust und Schalk, eine mächtige Kombination und plötzlich kommt mir ein Gedanke, der mich in Anbetracht unserer derzeitigen Situation amüsiert.

Sie war nie meine Gefangene, aber ich werde für immer der ihre sein.

EPILOG

Vienna

DIE NACHT IST ENDLICH ANGEBROCHEN und heute ist der Abend, auf den ich gewartet habe.

Ein Monat ist vergangen, seit ich meine Menschlichkeit gegen eine Ewigkeit mit Colt getauscht habe. Vier lange Wochen voller Stress, innerer Kämpfe und dem tiefen Wunsch, zwei böse Männer in mundgerechte Stücke zu reißen. Nicht, dass ich einen von ihnen verspeisen würde – ich habe einen viel erleseneren Geschmack, wenn es um meine Mahlzeiten geht –, aber ich würde nicht zögern, Oberon und Vadim an die Haie zu füttern, wenn ich mitten in Arizona welche finden könnte.

Lucius hat sich verdammt viel Zeit gelassen, um die benötigten Informationen aus dem Russen herauskitzeln, und ich glaube, er hat es genossen. Ich kann es ihm nicht verübeln – Vadim hat die ganze Welt in Aufruhr versetzt, als das Ausmaß seiner Experimente und Zuchtprogramme ans Licht kamen. Geschichten über endlose Folter, Berichte über zahlreiche Selbstmorde innerhalb der Mauern seiner Einrichtung, Augenzeugenberichte von denen, die von ihm und seinen Forschern systematisch missbraucht wurden … es reicht aus, um selbst einen Vampir mit einem eisernen Magen krank zu machen.

Es gibt immer noch ein paar lose Enden, um die er sich kümmern muss. Menschen, die aus ihrem Leben gerissen wurden, wurden dorthin zurückgebracht, wo sie herkamen. Diejenigen, die in der Einrichtung geboren wurden, sind … rehabilitiert worden. Die von Lucius und Colt kontaktierten Verbindungen brachten Hilfe von mächtigen Vampiren aus der ganzen Welt: Männer und Frauen mit vampirischem Blut, die denselben Moralkodex teilen wie mein Verlobter und sein König. Als unorthodoxe Naturgewalt haben sie die Bedrohung, die Vadim für uns als Spezies darstellte, fast ausgerottet.

Ich finde es unerträglich traurig, wenn ich daran denke, dass mehr als ein Drittel der Menschen, die von den Fesseln von Vadims Grausamkeit befreit wurden, das Leben nicht mehr meistern konnten, nachdem die Ketten zerbrochen waren. Eine Woche nach der Zerstörung der unterirdischen Berglabors kam es zu einer Epidemie von Selbstmorden. Der Verlust so vieler Menschen, denen sie zu helfen versucht hatten, erschütterte sowohl Lucius als auch Colt.

Heute Abend werden Vadim und Oberon für ihre Verbrechen bestraft.

Ich gehe über das Gelände des Phoenix-Grundstücks, das Colt nach Antoines Tod *geerbt* hat. Am Tor stehen immer noch Wachen, aber das Haus selbst ist verschwunden. Ich habe nur Bilder des riesigen Anwesens gesehen – Colt hat sich geweigert, mich in seine Nähe zu lassen, als es noch stand und von den Seelen heimgesucht wurde, die durch Antoines Hand ihre Leben verloren hatten. Jetzt ist nichts mehr davon übrig.

Die Abrissbirne hat sich um das oberirdische Gebäude gekümmert und ist durch die Wände geknallt, bis nur noch Schutt übrig war.

Eine beträchtliche Menge C4 Sprengstoff vernichtete die darunterliegenden Folterkammern.

Gegenüber befindet sich das, was laut Colt einmal Zwinger waren. Auch sie wurden dem Erdboden gleichgemacht. Die Arbeiter haben jeden einzelnen Ziegelstein entfernt, bevor Colt anordnete, ein halbes Dutzend Palo Verde-Bäume auf dem Gelände zu pflanzen. Ich bin mit der Idee einverstanden. Hier sind zu viele gestorben und obwohl wir Agenten des Todes sind, ist es Balsam für die Seele, wenn die Waage ausgeglichen werden und Leben sprießen kann.

Unser neues Haus ist bereits im Bau, etwa einen halben Kilometer westlich von hier. Das Grundstück ist riesig, groß genug, dass wir beschlossen haben, unseren Neuanfang nicht auf dem Grundriss des Spukhauses zu bauen. Die Geister, die hier noch herumschwirren, verdienen Frieden. Sobald der Krater, auf dem das Herrenhaus einmal stand, aufgefüllt ist und weitere Bäume angepflanzt wurden, wird dieser Ort nicht mehr gestört werden. Wir sperren ihn ab und überlassen diesen Teil des Anwesens wieder der Natur.

Zwei Scheinwerferpaare fahren die Auffahrt hinauf.

Ich verschränke die Arme vor der Brust, lasse meine Reißzähne heraus und warte darauf, dass die SUVs vorfahren und die Motoren abgestellt werden.

Tiberius steigt auf der Fahrerseite des ersten schwarzen Geländewagens aus, gefolgt von Lucius und Selene vom Rücksitz. Vadim sitzt zwischen den beiden. Der Russe sieht nicht wie der Vampir aus, den ich vor einem Monat getroffen habe. Ohne den Zugang zu unbegrenzten Mengen an Blut und seinem Reichtum ist der Mann, der mich vergewaltigt hat, im Vergleich zu seiner früheren Größe fast mager. Er sieht alt aus, man sieht ihm sein Alter an, aber seine bösen Augen brennen vor Hass.

Noch gibt es keine Angst, aber die wird kommen.

Lucius hat Colt versprochen, er dürfe sich um Vadim kümmern, wenn es um seine Hinrichtung geht. Ich glaube, Colt hat es sogar gefordert, aber das Versprechen wurde gegeben und gehalten. Es wird kein leichter Tod sein, nicht so wie Colts Temperament sich seit Wochen wie der Vesuv aufführt.

Augustus steigt aus dem zweiten SUV und knallt die Tür zu. Die hintere Beifahrertür fliegt auf und Oberon wird mit dem Kopf voran in den Dreck geschleudert, Colt ist direkt auf seinen Fersen. Mein Dom greift nach unten, packt seinen ehemaligen Freund am Genick und zerrt seinen jämmerlichen Arsch zu uns hinüber.

„Ich habe dir ein Geschenk zu unserem Jubiläum mitgebracht, meine Füchsin." Colt lässt Oberon vor mir fallen und knallt ihm seinen Stiefel in die Kniekehlen, als er versucht, auf die Beine zu kommen. „Bleib auf den Knien, Oberon. Mein Mädchen liebt Verfolgungsjagden und sie ist verdammt viel schneller als du."

Lucius zwingt Vadim in eine ähnliche Position, bevor er sich mit Selene neben mich stellt. Colt wechselt auf meine andere Seite, sodass wir eine Wand aus vier Personen bilden. Augustus und Tiberius nehmen ihre Positionen hinter den Verbrechern ein, bereit, sie aufzuhalten, sollten sie sich bewegen.

„Danke", murmle ich Colt zu, lege meine Hand in seine und drücke seine Finger. „Ich liebe Geschenke."

„Vadim, Oberon", spricht Lucius sie kalt an, ganz der König, der seinem Ruf entspricht. „Ihr beide werdet für eure Verbrechen zum Tode verurteilt. Eure Taten haben unser Überleben als Spezies in Gefahr gebracht und gedroht, uns vor den Menschen bloßzustellen. Habt ihr noch etwas zu sagen, bevor eure Urteile vollstreckt werden?"

„Ihr werdet alle schreiend sterben", mault Vadim uns an und knurrt durch die Lippen. „Die ganze Macht meiner Armee wird über euch hereinbrechen und Blut und Zerstörung mit sich bringen. Nur weil ihr mich tötet, wird es nicht aufhören. Mein Tod wird es nur noch beschleunigen."

Lucius rollt mit den Augen. „Deine Armee wurde vor zehn Tagen aufgelöst, du Idiot. Ausgerottet wie gehirngewaschenes Ungeziefer. Von deiner Armee, deinem Reich und deinem Erbe ist nichts mehr übrig. Alles, wofür du gearbeitet hast, wurde ausgelöscht. Der Schaden, den du angerichtet hast, wird bereits repariert. In sechs Monaten wird dein Name nichts mehr bedeuten. Die russische Mafia scheint seltsam erleichtert zu sein, dich los zu sein, *Avtoritet*. Du warst eine Bedrohung, und sie wissen es." Er schnippt mit den Fingern in die Richtung des knienden Vampirs. „Colt. Er gehört ganz dir."

Colt löst seine Finger aus meinen, haucht einen Kuss auf meine Schläfe und tritt einen Schritt nach vorn. Er zieht einen Flachmann aus der Tasche, packt Vadims Kiefer und übt Druck auf die Gelenke aus, bis der Russe gezwungen ist, seinen Mund weit zu öffnen. „Ich habe lange und gründlich darüber nachgedacht, wie ich das machen soll. Antoine war ein kranker Wichser, er hat es verdient, dass man ihm den Kopf verdreht, bis er von seinem Hals abreißt. Aber du ... du hast Hand an mein Mädchen gelegt, du Arschloch." Er reißt den Deckel von der Flasche und schnuppert einmal tief am Inhalt, wobei er leicht zurückzuckt. „Oh ja, das ist das gute Zeug. Ich will, dass du verbrennst, Vadim. Ich will, dass du schreiend im Todeskampf stirbst."

Klare Flüssigkeit rinnt aus der Flasche in Vadims offenes Maul, tropft über sein Kinn und an der Vorderseite seines zerrissenen Hemdes hinunter. Seine blassen, blauen Augen weiten sich, er würgt und krallt sich an seiner Kehle und Colts Hand fest. Eine Sekunde später reißt Augustus seine Arme ab und drückt sie auf Vadims Rücken.

Der Geruch von Benzin erfüllt die Luft.

„Fuck", murmelt Lucius leise, packt Selene und mich an den Ellbogen und zieht uns drei Meter zurück, während Tiberius Oberon aus der Feuerlinie zieht.

„Sieh zu, dass du auch den letzten Tropfen trinkst." Colt neigt die Flasche höher an und schüttelt sie sogar, um sicherzugehen, dass nichts mehr übrig ist. „Ich wette, das macht gerade irgendeinen komischen Scheiß in deinem Körper, was? Deine Venen fühlen sich an, als wären sie mit Säure gefüllt, es frisst sich in deinen Magen. Es wird dich nicht umbringen, es ist nur Benzin, und du bist nicht menschlich genug, dass es deine traurige Existenz beenden könnte." Er kramt wieder in seiner Tasche und zieht einen dünnen, roten Stab heraus, an dessen Spitze sich etwas befindet, das wie ein Stück Schnur aussieht. „Das hier aber schon."

Colt schiebt den Feuerwerkskörper in Vadims offenen Mund und klappt seinen Kiefer über dem kleinen Sprengsatz zu, sodass die Lunte zwischen seinen Lippen herausschaut. Der Russe gibt ein paar interessante Geräusche von sich, aber mein Geliebter hat dafür wirklich kein Ohr. Er zückt ein Feuerzeug, entzündet die Flamme und hält sie einen knappen Zentimeter vor die Lunte. „Eins ist klar, Vadim: du wirst zumindest mit einem Knall abtreten."

Er zündet die Lunte an und sowohl er als auch Augustus halten den sich windenden, schreienden Gefangenen bis zur letzten Sekunde fest. Meine Angst steigert sich ins Unermessliche, als die Lunte in die Richtung von Vadims weiß zusammengepressten Lippen zischt. Wenn sie es falsch timen, wird nicht nur Vadim in ein paar Sekunden seinem Schöpfer gegenübertreten.

Auf ein unausgesprochenes Signal hin lösen Colt und

Augustus ihren Griff um Vadims Kiefer und seine Arme und flüchten in Sicherheit. Bevor der Russe den Feuerwerkskörper ausspucken kann, gibt es einen scharfen Knall, als sich der Sprengsatz entzündet, und die Hälfte seines Gesichts ist sofort weg. Ich ziehe eine Grimasse, als das Blut spritzt. Vadims Schmerzensschrei hallt in der Stille der Nacht nach, bevor die Flamme das Benzin in seiner Kehle erfasst.

Der Russe verbrennt zu einem Feuerball, der sich in Sekundenschnelle in flammende Asche auflöst.

Colt wischt sich lässig die Hände ab und klatscht sie zusammen, als wollte er sich von den Überresten Vadims befreien. „Das war tatsächlich unglaublich befriedigend. Nicht so sehr, wie ihm das Herz aus der Brust zu reißen oder den Kopf vom Nacken zu drehen, aber trotzdem … befriedigend."

„Du bist völlig verrückt", zische ich ihm zu, als er seine Arme um meine Taille schlingt. „Du hättest mit ihm in Flammen aufgehen können!"

„Manche von uns sind organisiert und überlegen sich das Timing, bevor sie einen solchen Plan in Angriff nehmen." Er knabbert an meinem Ohrläppchen.

„Wahnsinnig", wiederhole ich und wende meine Aufmerksamkeit Oberon zu, als Tiberius ihn nach vorn stößt. Oh, gut. Ich bin dran. Ich bin zwar nicht so kreativ wie der Meister der Pyrotechnik hinter mir, aber ich bin noch nicht so alt wie er. Ich habe Leute verstümmelt, aber ich habe noch nie jemanden getötet, egal ob untot oder nicht.

Oberon wirft sich mit dem Gesicht nach unten vor Lucius' Füße. „Bitte, ich will nicht sterben. Gebt mir eine Chance, bitte. Ich tue alles."

Gott, hab etwas Würde. Das Urteil ist schon seit Wochen gefällt, er sollte sich mit dem Gedanken an den Tod abgefunden haben. Der einzige Grund, warum man sich noch nicht um ihn gekümmert hat, ist, dass Lucius sichergehen wollte, dass wir alle Informationen haben, die in seinem kranken Gehirn gespeichert sind.

„Was sollte ich deiner Meinung nach tun? Du hast dich mit Vadim verschworen, hast Vienna entführt, hast Menschenhandel betrieben. Deine Strafe ist gerecht.“ Lucius schüttelt abweisend den Kopf und gestikuliert zu mir. „Bist du sicher, dass du diejenige sein willst, die das macht, Vienna?“

„Oh ja. Ich habe von dieser Nacht geträumt.“ Ich gebe Colt einen Klaps auf den Arm und stolpere nach vorn. Ich begegne Oberons Blick und starre ihm fest in die Augen. „Du hast meine Frage nicht beantwortet, Oberon. Wie sehr hängst du an deinem Schwanz?“

Er schluckt schwer. „Wartet. Wartet! Lucius, ich hab's versaut. Lasst mich um mein Leben kämpfen. Wenn ich gewinne, diene ich Euch für den Rest der Ewigkeit. Ich werde Tucson verlassen, Ihr werdet nie wieder von mir hören, ich schwöre. Was auch immer Ihr wollt, ich werde es tun.“

„Du gehst davon aus, dass du gewinnen wirst. Gegen wen schlägst du vor, zu kämpfen? Tiberius, Augustus, Colt?“ Lucius breitet seine Hände aus. „Du kämpfst vielleicht um dein Leben, Oberon, aber diese drei Männer sind mehr, als du bewältigen kannst. Rache gegen Überleben sind nicht die besten Aussichten.“

Oh verdammt, nein. Wenn dieser kleine Wichser glaubt, dass er sich davor drücken kann, dass ich ihm in den Arsch trete und ihn zu Staub zermalme, dann hat er das alles nicht richtig durchdacht. Aber ich nehme an, verzweifelte Zeiten Verlangen nach schwachsinnigen Maßnahmen. „Er kämpft gegen mich. Sein Arsch wurde für mich reserviert und ich habe zu lange gewartet, um ihn einfach einem der Jungs zu überlassen. Wenn er kämpfen will, dann tritt er gegen mich an."

„Vi ..."

„Halt die Klappe, Colt. Du hattest deinen Spaß, jetzt lass mich meinen haben." Ich grinse Oberon böse an und entblöße meine Reißzähne vor ihm, erfreut, als er sich vor Angst fast die Zunge verschluckt. „Du hast mir keine Angst gemacht, als ich noch sterblich war, Oberon. Ich bin stärker und schneller, als ich es damals war. Glaubst du immer noch, dass du das hier in einem Stück überstehst?"

Ich ziehe meine Lederjacke aus und strecke die Arme zur Seite. Die epische Hitzewelle, die Tucson fest im Griff hatte, ist seit einer Woche vorbei, aber in Phoenix ist es immer noch ungewohnt warm. Nicht, dass ich die Hitze auf die gleiche Weise spüre, aber ich bin buchstäblich *todschick* gekleidet und hätte mir nie träumen lassen, dass ich mich für einen Kampf rüsten würde. Mein Trägertop bietet nicht viel Schutz, aber meine treuen Stiefel werden sich als nützlich erweisen.

„Wenn ihr so weit seid", sagt Lucius, und Tiberius weicht zurück.

Oberon ist blitzschnell auf den Beinen und stürzt sich gedankenlos auf mich. Es gibt keine Planung, keine Strategie, nur schiere, rohe Gewalt. Zuerst kriege ich eine Faust in den Bauch und dann ins Gesicht, bevor er mich so hart trifft, dass ich in den Dreck fliege. Einen Moment später springt er auf mich und schlägt mit seinen Fäusten wie mit einem Hammer auf mein Gesicht ein, sodass sich Splitter des Schmerzes durch meinen Schädel bohren. So will er also spielen.

Ich stoße meine Hand nach oben und schlage mit dem Handballen gegen seine Nase. Der Knorpel knirscht unangenehm, als ich ihn treffe, und ich werde mit Blut besprüht. Er kläfft laut auf, schlägt meine Hand weg und greift nach meiner

Kehle, aber ich packe seine Hand zuerst mit beiden Händen und biege sie nach hinten, bis ich Knochen brechen höre. Er bäumt sich auf, hält sich das gebrochene Handgelenk und wimmert, als könne er nicht verstehen, was zum Teufel gerade passiert ist.

Ich ziehe meine Beine unter ihm hervor, sodass er auf dem Boden sitzt, als ich meine Knie an meine Brust heranziehe und ihm einen Tritt verpasse, der seine Brust trifft und ihn mit so viel Kraft nach hinten schleudert, dass er sich zweimal überschlägt, bevor er liegen bleibt. Ich rapple mich auf, nehme Anlauf und schwinge meinen rechten Fuß, trete ihm in den Magen und drehe ihn dabei auf den Rücken.

Meine Ohren klingeln; ich kann mein eigenes Blut im Mund schmecken.

Ich verfolge ihn, als er wegkriecht, greife nach seinem verletzten Handgelenk und verdrehe es. Ich kann spüren, wie die Knochen aneinander reiben. Mal sehen, wie es ihm gefällt, wenn jemand seine gebrochenen Knochen hin und her schiebt, nicht wahr? In mir wächst eine Bösartigkeit, angeheizt von Blutlust und Abscheu. Ich möchte ihm den Arm ausreißen und ihn damit schlagen.

„Vi, verliere dich nicht. Bring es einfach zu Ende." Colts Stimme erdet mich und reißt mich aus der Spirale des Vernichtungsdrangs.

„Vienna, du musst mich nicht töten", beschwichtigt mich Oberon, dessen Stimme ganz anders klingt als die von Colt. Sie ist weinerlich und rau und geht mir auf die Nerven. „Wir können das hier beide überstehen."

Mein Stiefel schlägt zwischen seine Beine, bevor ich merke, dass ich mich überhaupt bewegt habe. Seine Worte gehen in einen hohen, mädchenhaften Schrei über, der sich zu einem Keuchen wandelt. Ich trete ihn erneut, und dann ein drittes Mal. Offenbar habe ich ein Wutproblem, wenn es um ihn geht. Er hat den Unfall verursacht, bei dem mein Arm gebrochen wurde, und mir Schmerzen zugefügt. Er hat mich, ohne nachzudenken, an Vadim ausgeliefert, weil er von meiner Gefangennahme profitieren wollte.

Ja, ich muss ihn wirklich töten.

Meine Waffe steckt in der Gesäßtasche meiner Jeans und ich ziehe sie heraus, wobei ich mir Zeit lasse, sie zwischen meinen Händen aufzuspannen. Es ist nicht so kreativ wie Colts Methode, aber es ist schmerzhaft genug, um mein Bedürfnis zu stillen, Qualen zu verursachen. Ich beuge mich hinunter, drehe Oberon auf den Bauch und lasse mich auf seinen Schultern auf die Knie fallen, um ihn zu fixieren.

„Du hättest viel netter zu mir sein sollen, als du die Chance dazu hattest, Arschloch", sage ich zu ihm, während ich das dünne Stück Draht unter seinen Hals schiebe und dann die Enden überkreuze, bevor ich daran ziehe. Er bockt und tritt, seine Füße klatschen auf den Boden, während ich die Schlinge Zentimeter für Zentimeter fester ziehe. „Vielleicht würdest du dann jetzt nicht deinen Kopf verlieren."

Blut sammelt sich unter ihm, als der Draht sich durch seine Haut bohrt und die Muskeln durchschneidet. Er kann nicht mehr sprechen, nur noch ein unangenehmes Gurgeln von sich geben und ich zögere nicht, fest an dem Draht zu ziehen, bis er seinen Hals vollständig durchtrennt und seinen Kopf mit einem bösen Ruck abreißt.

Er löst sich unter mir auf, sein Körper kehrt in die Erde zurück, und ich bin … ausgelaugt.

Ich lasse den Draht fallen und reibe mir mit den Händen über das geprellte Gesicht. Morgen früh wird jeder Schmerz verschwunden sein, aber im Moment spüre ich die Schläge noch mit kristallklarer Deutlichkeit. Ich bin mir nicht sicher, ob ich mich von den emotionalen Auswirkungen dieser Tat genauso schnell erholen werde. Jemanden zu töten, und sei es nur eine kranke Missgeburt von einem Vampir, hat mich bis ins Mark erschüttert.

Ich sitze da und starre auf meine Hände.

„Vienna, das hast du gut gemacht. Kannst du mich ansehen?"

Ich dachte, wenn ich Oberon töte, fühle ich mich besser. Es sollte doch meine Natur sein, oder? Der Tod ist ein Teil von mir, aber vielleicht ist etwas schiefgegangen, als ich mich in der Verwandlung verlor. Er musste sterben, um den Preis für seine Taten zu zahlen, aber vielleicht hätte ich auf Colt hören und jemand anderen die Tat vollbringen lassen sollen.

Nein. So denke ich nicht. Ich habe die Entscheidung getroffen, jetzt muss ich sie akzeptieren. Ich hebe meinen Blick zu Colt und sehe die Besorgnis in seinen Augen. Mit meiner Hand an seinem Kiefer seufze ich. „Es geht mir gut. Es ist getan und alles ist vorbei. Wir haben die Verbrecher erledigt. Alles rosig." Nun, das ist irgendwie schon gelogen. Ich rieche nichts als den säuerlichen Gestank von Benzin, keine Rosen. „Wir können das jetzt hinter uns lassen, nicht wahr? Das Haus bauen, nach Phoenix ziehen und einfach eine Weile … entspannen."

„Ja, Vi, wir können es hinter uns lassen. Wird es dir gut gehen?"

Das ist eine gute Frage und ich werde die Antwort nicht wissen, bis ich darüber nachgedacht habe. Aber während ich in der Asche eines Mannes sitze, den ich nicht wirklich kannte, den ich jedoch mit jeder Faser meines Seins verabscheue, vermute ich, dass die Antwort letztendlich *Ja* lauten wird. Wenn ich daran denke, in was er verwickelt war, an welchen Gräueln er beteiligt war und was er unschuldigen Menschen angetan hat, dann weiß ich, dass die Welt ohne Leute wie ihn und Vadim, die wertvollen Platz einnehmen, ein sicherer Ort ist.

Sollte ich jemals wieder in dieser Lage sein, werde ich nicht zulassen, dass meine Gefühle mich daran hindern, mit klarem Kopf zu denken. Es wird ein Pflock ins Herz sein, und das war's. Ich habe den letzten Monat damit verbracht, zu lernen, kein Monster zu sein und mir mit Colts Hilfe beizubringen, wie man die brutalen Triebe zähmt und ruhig und gelassen damit umgeht.

Heute Abend bin ich durchgedreht und ich bin nicht stolz darauf.

Aber ich kann mich bessern.

Colt hilft mir auf die Beine und zieht mich an sich. Er streckt mir seinen Hals hin, weil er irgendwie weiß, was ich brauche. „Nur zu, Vi. Du wirst dich besser fühlen, wenn du getrunken hast."

Ich lasse mich an ihn sinken und schließe meine Lippen über seiner Haut. Mit der Zunge spiele ich über die Vene, bevor meine Reißzähne sie so sanft wie möglich durchbohren. Noch etwas, das Colt mir beigebracht hat: Wie man trinkt, ohne Schmerzen oder Unbehagen zu verursachen. Es erfordert Geduld und Kontrolle und beides muss ich jetzt zurückerlangen.

Er streichelt meinen Kopf, während ich langsam trinke. „Ich war noch nie so stolz auf dich, Vienna."

Ich hebe den Kopf und blinzle ihn an. „Weil ich mich in eine rasende Furie verwandelt habe?"

„Nein, meine Füchsin. Du hast die Kontrolle verloren, weil er dich überrumpelt hat. Wir können dir mit der Zeit beibringen, wie du damit umgehen kannst. Ich bin stolz auf dich, weil du nicht ausgerastet bist, als er zu Staub zerfallen war." Colt zuckt mit dem Kinn. „Hier sind noch fünf von uns, auf die du deine Wut hättest lenken können, aber das hast du nicht getan. Du machst Fortschritte. Die meisten neuen Vampire brauchen Jahre, um die Kontrolle zu finden, die du bereits hast, mich eingeschlossen."

Ich lächle. „Dann bin ich wohl ein Wunderkind, was?"

„Oh, du bist definitiv etwas Besonderes. Das hier ist das Ende des Kapitels, das uns zusammengeführt hat, Vi. Bist du bereit für das, was als Nächstes kommt?"

Ich schaue den Vampir an, der meine Welt um die eigene Achse gedreht und sie in ein alternatives Universum katapultiert hat.

Er ist die Liebe meines Lebens, ohne Zweifel. Wir hatten Höhen und Tiefen, Lernkurven zu bewältigen, und Herausforderungen, die die meisten Leute zerstören würden. Und doch stehen wir hier in einem Kreis von Freunden an dem Ort, an dem wir die Ewigkeit verbringen werden, wenn alles nach Plan läuft.

Colt ist jetzt alles, was ich an Familie noch habe. Meine Eltern haben die Nachricht von meiner Verlobung nicht gut aufgenommen, vor allem, weil ich damit ihre sorgfältig ausgearbeiteten Richtlinien für mein Leben nach dreißig über den Haufen geworfen habe. Zurzeit weigern sie sich, mit mir zu sprechen. Das ist in Ordnung, sie werden sich schon wieder einkriegen, aber ich brauche sie nicht. Nicht, wenn ich Colt habe, der alle Rollen in meinem Leben spielen kann.

Ich lege meine Hand in seine, als wir Lucius und Selene zu den Geländewagen folgen. Wir werden zurück nach Tucson fahren und dort wohnen, bis das Haus hier fertig ist und wir die Leitung in Phoenix übernehmen können. Wir freuen uns beide darauf, die Probleme anzugehen, die Antoine zurückgelassen hat. Wir können hier einen sicheren Ort für diejenigen schaffen, die ihn brauchen, und unser Leben gemeinsam verbringen.

Es ist ziemlich verdammt perfekt.

„Ja, Sir. Mit dir bin ich zu allem bereit."

Ich kann es kaum erwarten.

WILLST DU MEHR VON DEN MITTERNACHT DOMS?

Lies die ganze Serie, um mehr über deinen Lieblings-BDSM-Vampir-Club zu erfahren:

Alphas Blut von Renee Rose & Lee Savino

Ihr Vampir Master von Maren Smith

Ihr Vampir Prinz von Ines Johnson

Ihr Vampir Held von Nicolina Martin

Ihr Vampir Schuft von Brenda Trim

Ihr Vampir Rebell von Zara Zenia

Ihre Vampir Leidenschaft von Tymber Dalton, die als Lesli Richardson schreibt

Ihre Vampir Versuchung von Alexis Alvarez

Ihre Vampir Besessenheit von Tabitha Black

Ihr Vampir Fürst von Ines Johnson

Ihr Vampir Verdächtiger von Brenda Trim

Seine gefangene Sterbliche von Renee Rose & Lee Savino

Die Gefangene des Vampirs von Kay Elle Parker

Vampirbeute von Vivian Murdoch

EBENFALLS VON KAY ELLE
PARKER

IN ENGLISCHER SPRACHE

Hangman's Haunt Series:
    Wild - Book 1
    Nocturnal - Book 2
    Eclipsed - Book 3
    Destined - Novella

The Shadowcrown Duet:
    King Of Shadows - Book 1
    Queen Of Shadows - Book 2

Club Avalon Series:
    Dance For Me - Book 1

Standalones:
    Speechless
    Monsters & Guardians (Trigger Warning!)
    Black Light: Branded

Anthologies:

Black Light: Roulette War
Loves Bites

ÜBER DIE AUTORIN

Kay Elle Parker ist eine internationale Bestsellerautorin, die in der Wildnis von Yorkshire lebt. Sie hat einen eklektischen Musikgeschmack, liest, wann immer sie Zeit dazu findet, und liebt ihre Fell-Ponys und Border Collies.

Ihr Sinn für Humor ist verrucht, wird oft missverstanden und ist geradezu schmutzig und ansteckend.

Liebesromane zu schreiben, ist ihr Traum und Kay hat Bücher in den Bereichen Dark, BDSM und Paranormal veröffentlicht.

Erst kürzlich erschien ihr erster Western BDSM-Roman, Black Light: Branded, in englischer Sprache.

Sie liebt alles, was mit Vampiren und Gestaltwandlern zu tun hat.

Und sie chattet unglaublich gern mit ihren Lesern!

www.ingramcontent.com/pod-product-compliance
Lightning Source LLC
Chambersburg PA
CBHW050612110726
47899CB00001B/74